MARTINA BERSCHEID

DIE KLASSEN KAMERADIN

ROMAN

SCHAUMBERG

Bibliografische Informationen der Deutschen Nationalbibliothek:
Die Deutsche Nationalbibliothek verzeichnet diese Publikation in der Deutschen Nationalbibliografie; detaillierte bibliografische Daten sind im Internet abrufbar über:
http://dnb.d-nb.de

ISBN 978-3-910306-06-6

Brunnenstraße 15, 66646 Marpingen, Telefon 06853 502380
info@edition-schaumberg.de, www.edition-schaumberg.de

1. Auflage, September 2023

Lektorat: Katja Bohlander-Sahner
Korrektorat: Stefan Blasius
Gestaltung, Satz: Thomas Störmer
Schrift: Alegreya
Titelbild: adobe stock, daniele
Druck, Verarbeitung: bookpress.eu

»Jeder sieht, was du scheinst.
Nur wenige fühlen, wie du bist.«
NICCOLÒ MACHIAVELLI

»Der Lohn für Anpassung ist,
dass alle dich mögen, außer dir selbst.«
RITA MAE BROWN

Für alle Evas …

Prolog

Endlich schlief er.
Sie lehnte sich an den Türrahmen und betrachtete ihn, wie er in seinem Fernsehsessel saß: ein Hemdzipfel war aus der Hose gerutscht, deren Cordstoff fleckig und abgewetzt war. Sein Mund stand halb offen. Ein Speichelfaden sickerte heraus. Das Haar stand ihm wirr vom Kopf ab.
Sie suchte nach einem Gefühl und fand nichts als Gleichgültigkeit. Mit einer Prise Genugtuung.
Sie wandte sich ab, zog die Tür hinter sich zu und ging leise durch den Flur, wo es noch immer nach den Krautrouladen vom Mittag roch. Auf der Treppe war sie vorsichtig, die dritte Stufe von unten und die zweite von oben knarrten. Sie kannte die Schwachstellen des Hauses, hatte sie sich eingeprägt in all den Jahren. Genau wie die seiner Bewohner, die sie schon lange durchschaut und sich dieses Wissen zunutze gemacht hatte.
Lautlos erreichte sie das Obergeschoss. Sie schlüpfte in ihr Schlafzimmer und schloss ab. Alte Angewohnheit. Zur Sicherheit. Die sie nun hinter sich lassen, in weniger als einer halben Stunde abstreifen konnte wie eine Libellenlarve ihren Chitinpanzer. Vieles würde sie hinter sich lassen. Sich leicht fühlen. Frei.
Sie zog den Koffer unter dem Bett hervor. Sie hatte vor Tagen schon zu packen begonnen. Die meisten Kleider würde sie hier lassen. Die konnte man ersetzen. Was man nicht ersetzen konnte, hatte sie ohnehin verloren.

Sie jagte den Gedanken davon. Keine Zeit, sich der Schwere hinzugeben, der Traurigkeit, die sie tief in sich drin eingesperrt hatte: ein gefährlicher Ort, den sie nur selten besuchte. Weil dort die Trauer wohnte. Und sie daran erinnerte, wer sie einmal gewesen war.
Sie klappte den Koffer zu und schlüpfte in die Jacke. Die Nacht war kühl. Auch die Kälte würde sie hinter sich lassen, erst einmal. Sie freute sich auf warmen Wind, auf Sand unter den Füßen, auf den Geschmack von Salz auf der Zunge.
Bevor sie das Zimmer verließ, ließ sie noch einmal den Blick schweifen. Über die beigefarbenen Vorhänge mit den abgestoßenen Kanten. Das Bett aus Pressspan, das trotz seines weißen Anstrichs seine Herkunft aus einem Billigmöbelhaus nicht verhehlen konnte. Das Bettzeug mit dem aufgedruckten Sonnenuntergang. Die Bilder an den Wänden – die Skyline New Yorks, ein karibischer Sonnenuntergang. Billige Drucke, schief gerahmt, wie sie zuhauf in den Zimmern kleinbürgerlicher Menschen hingen. Menschen, die sich Horizonte anschauten, ohne ihren eigenen je zu erweitern. Keins davon hatte sie selbst ausgesucht.
Sie betrachtete die Dinge nicht aus Wehmut. Sondern um sich alles einzuprägen – für den Fall, dass ihr einmal Zweifel kommen sollten.
Zuletzt trat sie vor den weißen Kleiderschrank mit dem Spiegel.
Schmal war sie geworden in den letzten Monaten. Stand ihr gut und befremdete sie dennoch. Ihre Wangenknochen stachen etwas hervor, die Haut war blass. Die Schatten unter den Augen verliehen ihrem Gesicht etwas Geheimnisvolles. Es gab genug Menschen, die davon angezogen wurden.
»Ciao«, sagte sie leise, als würde sie sich von sich selbst verabschieden. Von der Person, die sei einmal gewesen, oder von

der Rolle, die sie in den letzten Monaten gezwungen gewesen war einzunehmen?
Sie würde es herausfinden.
Zukünftig konnte sie sein, wer sie wollte.
Sie nahm den Koffer und löschte das Licht. Schlüpfte zurück in den Flur. Zögerte. Trat an die hellgelb gestrichene Tür gegenüber heran. Einen Moment verharrte sie. Lauschte. Kein Ton war zu hören. Wieder suchte sie ein Gefühl. Ein Gefühl der Zuneigung, des Bedauerns. Des Zweifels.
Geh endlich, sagte sie sich selbst. Das wolltest du doch.
Ja. Das wollte sie.
Jetzt nicht zögern.
So vorsichtig wie wenige Minuten zuvor stieg sie die Treppe nach unten.
Vom Wohnzimmer her dröhnte Schnarchen. Sie lächelte.
Er hatte sich am Abend zuvor kräftig eingeschenkt von dem schwarz gebrannten Schnaps.
Sie öffnete die Haustür. Bevor sie hinausging und die Tür hinter sich schloss, legte sie ihren Schlüssel auf die Kommode unter der Garderobe. Sie würde ihn nicht mehr brauchen.
Draußen roch es nach Regen und Kuhdung, wie so oft in diesem verdammten Ort, in dem sie alle brav samstags die Straße kehrten und ihre Böden schrubbten und ihren Mief doch nie los wurden.
Aber sie. Sie schon.
Die Kirchturmuhr schlug zehn Mal.
Sie war pünktlich, hatte sich ein Timing angewöhnt. Diese spießigste aller Eigenschaften, die sie besaß, hatte sich als nützlich erwiesen.
Dank der hässlichen flachen Schuhe, die sie später am Flughafen entsorgen würde, machten ihre Schritte keinen Laut in den leeren Straßen.

Das Taxi wartete zwei Abbiegungen weiter vor dem Sportheim, das heute wegen des Feiertags geschlossen war. Der Fahrer hatte sich an ihren Wunsch gehalten und den Motor ausgeschaltet, solange er gewartet hatte.
Er stieg aus, grüßte und verstaute ihr Gepäck im Kofferraum.
»Wohin?«, fragte er, nachdem sie beide eingestiegen waren.
Sie nannte ihm den Zielort.
Als er losfuhr, schloss sie die Augen. Öffnete sie erst wieder, nachdem sie das Dorf lange hinter sich gelassen hatten.

Kapitel 1

In der *Alten Buche* folgte die Zeit ihren eigenen Regeln. Eva blickte zu der Uhr, die schief über der Eingangstür hing. Gerade einmal eine Viertelstunde war vergangen, seit sie das letzte Mal hingeschaut hatte. Es schien, als hätten sich die Minuten in der Kneipe mit Langsamkeit vollgesogen, wie die wenigen Gäste mit Alkohol.

Die Tür öffnete sich mit einem Knarzen. Uwe kam herein.

Der hatte gerade noch gefehlt.

Eva heftete den Blick auf das Bierglas, das sie aus dem schaumigen Wasser der Spüle zog und auf die Abtropffläche stellte. Der Barhocker auf der anderen Seite der Theke scharrte über den Boden. Uwe ließ seinen Körper darauffallen. Aus dem Augenwinkel sah sie, wie er den Rücken krümmte.

»Hey, mach doch mal Pause. Setz dich zu mir, ich geb einen aus.« Sein Atem roch nach Salami und Einsamkeit.

»Keine Zeit.«

Eva schnappte sich den Spüllappen von der Theke und ging zu dem Tisch am Fenster, den sie gerade abgeräumt hatte. Sie wischte über die hölzerne Platte, wo sich die Ränder von Biergläsern in den braunen Anstrich gefressen hatten. An den Ecken und Kanten platzte die Farbe ab. Die Vorhänge verströmten den Geruch nach Tabak, obwohl hier schon lange niemand mehr rauchen durfte. Gelbstichig geworden, schleifte der ehemals weiße Webstoff träge über die Fensterbank. Wie zerschlissen er war. Darüber konnten auch die zweiundzwanzig Kornblumen nicht hinwegtäuschen, die sich auf der ausgefransten Borte aneinanderdrängten. Kreuzstich, mit ungeübter Hand gestickt. Eva hatte sie schon oft nachgezählt. Als könnte sich ihre Zahl ändern.

Außer dem Wetter änderte sich gar nichts, weder hier in der Alten Buche noch in Kiesbach.

Sie hätte jetzt Lust auf eine Zigarette. Oder einen Schnaps. Am besten beides. Allein und weit weg.

Als sie sich aufrichtete, stieß sie sich den Kopf an der Lampe. Sie sah aus wie ein Nachttopf ohne Henkel. Und dann noch orange.

Eva schob die Stühle an den Tisch. Die Lehnen hatten die Form von Herzen. Oder Pobacken, ganz wie man wollte.

Heute waren wenige Gäste in der Alten Buche, selbst am Stammtisch saßen nur zwei. Wie sie sich über ihre aufgefächerten Karten beugten, vor wichtigen Mienen, als ginge es um was. Die Schmelzers hockten in ihrer Ecke in einträchtiger Schweigsamkeit. Uwe klammerte sich am Tresen fest, starrte in sein Bier. Immerhin war er noch nüchtern genug, um den Takt des Schlagers mitzuklopfen, der aus dem Radio dudelte.

Jetzt eine ihrer alten Metalplatten auflegen.

Sie hatte Gerda sogar gefragt. Die hatte jedoch den Kopf geschüttelt und gemeint: »Ich würd ja, aber die Gäste …«

»Eva! Zahlen, bitte.« Herr Schmelzer wedelte mit seinem kunstledernen Portemonnaie. Wie die meisten Besucher der Alten Buche nannte er sie wie selbstverständlich beim Vornamen.

Sie ging zum Ecktisch der Schmelzers. »Neun Euro neunzig.«

»Stimmt so.« Er zählte ihr zehn Eineuromünzen in die Hand.

»Dankeschön.« Sie zwang die Mundwinkel nach oben.

Herr Schmelzer hakte beide Daumen hinter die Hosenträger, dehnte sie wie zwei Schleudern und ließ sie knallen.

»Gut war‘s.«

Als ob er nicht zwei Wiener Würstchen aus dem Glas, sondern ein Rinderfilet verspeist hätte. Das Brot hatte er wieder liegen gelassen. Daneben klebte Senf wie ein frisch abgelegter Hundehaufen.
»Richte ich aus.«
Sie stellte das Bierglas, das Weißweinglas mit Frau Schmelzers pinkfarbenem Lippenabdruck und den Teller auf das Tablett. Frau Schmelzer drehte an ihrem goldenen Ehering und beobachtete jeden ihrer Handgriffe. Als wollte sie überprüfen, ob Eva alles richtig machte.
Erst als sie fertig war, erhob sich das Ehepaar.
»Schönen Abend noch.« Seine Gattin im Schlepptau, verließ er das Gasthaus.
Eva trug das Tablett zur Theke. Dort redete Uwe unablässig auf Gerda ein. Sein fleckiges Hemd sonderte den Mief tagelang aufgesogenen Schweißes ab.
Gerdas Hand zitterte am Zapfhahn. Ihr Unterarm war scheckig wie das Fell eines Leoparden. Zwischen ihren rostrot gefärbten Haaren schimmerte die Kopfhaut.
Dass die sich das noch antat, ganz allein, mit fast siebzig. Aber weil Gerda es sich antat, hatte Eva einen Job.
Den sie brauchte. Trotz allem.
Uwe beugte sich vor. »Alles roger, Eva?«
Spuckeblasen zerplatzten an ihrem Hals. Sie presste die Lippen zusammen und trat einen Schritt zurück.
»Eva hat Feierabend.« Gerda wies mit dem Kopf zur Tür. Ist doch nichts los, bedeutete ihr Blick. Hau schon ab.
»Schaaaade«. Uwes Oberlippe glänzte.
»Hier Uwe, dein Pils.«
Gerda knallte das Bierglas auf den Tresen, dass der Schaum über den Rand schwappte, und nickte Eva zum Abschied zu.

Draußen zog Eva die Tür hinter sich zu. Aschgraue Wolken ballten sich am Horizont. Darunter kauerte Kiesbach, eingepfercht von Feldern und Hügeln. Im Osten bohrten sich Hochspannungsmasten fischgrätig in den Himmel. Im Westen erstreckten sich Wald und Wiesen. Kaum zu glauben, dass ein paar Kilometer dahinter die Stadt lag.
Sie fröstelte und zog die Strickjacke über. Trotz des aufkommenden Windes war sie froh, ein paar Schritte zu gehen.
Sie holte das Handy aus der Tasche. Kurz vor neun. Keine Nachricht. Sie schaltete das Telefon aus. Für Alexanders Anruf war es ohnehin zu früh. Der würde erst gegen 21.30 Uhr kommen, eine halbe Stunde, bevor die Alte Buche schloss. Da war sie längst zu Hause.
Die Straße führte abwärts am Bolzplatz vorbei. An seinen Rändern wuchs Unkraut. Wenige Schritte weiter begann der Wald. Auf dem Parkplatz davor tauchte ein roter Kleinwagen seine Schnauze ins Gestrüpp, als schämte er sich seiner Rostflecken. So einen hatten sie auch mal, in grünmetallic. Es hatte sie geschmerzt, als Alexander den Wagen kurz nach Charlys Geburt gegen einen neuen Kombi eingetauscht hatte. Weil sie gewusst hatte, dass damit eine Zeit endete, bevor sie richtig begonnen hatte.
Eva kramte in ihrer Tasche nach ihrem MP3-Player, nur um festzustellen, dass sie ihn vergessen hatte. Warum sie nicht Musik mit dem Smartphone höre, fragte Alexander sie regelmäßig. Sie konnte es nicht erklären. Irgendwie hing sie an dem Ding.
Eva kickte gegen eine plattgefahrene Coladose. Scheppernd schlitterte sie über den Asphalt, bis ein Schlagloch sie bremste. Zu beiden Seiten der Straße markierten Zäune das Sperrgebiet des Spießertums. Dahinter standen weiß verputzte Häuser mit Blumenkästen vor den Fenstern, aus denen rosa Geranien quollen.

Evas Geranien waren rot.
Das Brummen eines Rasenmähers fräste sich durch die Stille. Um diese Zeit. Dabei wussten die Kiesbacher doch sonst immer, was sich gehörte und was nicht.
An der Kreuzung zur Talstraße blieb sie stehen. Links oder rechts. Beide Wege führten nach Hause. Der Linke dauerte länger.
Also den. Nach ein paar Schritten bereute sie ihre Entscheidung. Die Lauer, gelegentlich Besucherin der Alten Buche, tratschte mit ihrer Nachbarin. Die Stockrosen neben ihr beugten sich neugierig über den Zaun.
Am liebsten wäre Eva umgekehrt. Nein, das war lächerlich.
»Diese schwüle Suppe macht mich fertig.« Die Lauer tupfte sich mit einem Papiertaschentuch die Stirn ab.
»Mich auch. Hoffentlich kommt heute Nacht mal was runter.« Die Nachbarin deutete zum Himmel und verzog das Gesicht, als hätte sie Zahnweh.
Die Lauer schnaubte. »Letztes Jahr ist mir der Garten ersoffen, und diesen Sommer verdorrt alles.«
Zur Bekräftigung scharrte sie über ihren struppig gelben Rasen. Auf ihren Flipflops wucherten violette Plastikblumen.
»Guten Abend«, sagte Eva laut.
Die Frauen zuckten zusammen.
Die Lauer taxierte sie. Ihre aufgemalten Augenbrauen verliehen ihrem Gesicht einen Hauch von Spott.
»Ach, Frau Heinrich ... grüßen Sie Ihren Mann. Ich komme diese Woche noch zu ihm in den Laden. Brauche Karten für meinen Geburtstag.« Ihre Lippen kräuselten sich, während sie Eva musterte.
»Mach ich.« Einen Dreck würde sie tun.
Als Eva an den Frauen vorbeiging, spürte sie deren Blicke im Rücken.

Sie bog in eine Straße, die zum ursprünglicheren Teil Kiesbachs gehörte. Ausgemergelte Kletterrosen klammerten sich an Fassaden, übersät mit Altersflecken. In den Vorgärten lagen sich umgestürzte Gartenzwerge wund.

Zu verkaufen stand in roten Lettern auf einem Pappschild hinter einem trüben Fenster. Sie blieb stehen. Das wild wuchernde Gras und das spröde Holz des Balkongeländers erinnerten sie an ihr Elternhaus, das drüben in Hirschweiler gegen den Verfall kämpfte. Wie ihr Vater im städtischen Altenheim.

Über den buckligen Dächern platzte der Himmel auf. Für einen Moment gewährte die Sonne dem Tag noch ein paar Strahlen, bevor sie sich wieder hinter schwarzen Wolken verschanzte. Der Wind frischte auf. Auf Evas Armen bildete sich Gänsehaut. Sie zog die Strickjacke fester um sich und beschleunigte ihren Schritt. Ignorierte das strammstehende Männchen der Fußgängerampel und überquerte die Fahrbahn, ohne nach links und rechts zu schauen. Um diese Zeit kam ohnehin kein Auto.

Ihr Haus thronte auf einer Anhöhe. Sein größter Vorteil war, dass es nur eine Nachbarin gab.

Eva ging an deren Hecke vorbei. Daneben, im Licht der Lampen, die den Weg zum Eingang flankierten, posierte das Haus. Schmal und hochbeinig, die Fenster mit blauen Rahmen, die Haustür lippenstiftrot. Sie hatte Alexander nie gesagt, dass sie beides scheußlich fand.

Eine Vorstadtpomeranze, dachte sie. So wie ich.

In der Ferne zuckte ein Blitz über den Himmel.

Die Haustür öffnete sich. Alexanders Konturen zeichneten sich vor dem erhellten Flur ab.

»Da bist du ja. Ich hab gerade versucht, dich anzurufen, aber dein Handy war aus.«

»Ich musste mir ein bisschen die Beine vertreten.«

»Okay. Aber ich mag es nicht, wenn du abends allein …«

»Es ist doch nicht mal dunkel.«
Sie blieb am Gartentor stehen, schaute Richtung Horizont, wo ein weiterer Blitz den Himmel zerriss.
Alexander kam auf sie zu. »Was ist?« Seine Stimme vibrierte vor Ungeduld.
Sie unterdrückte ein Seufzen und folgte ihm ins Haus.
»Hast du Hunger?«
»Ich muss duschen.«
Oben nahm sie ein paar CDs aus dem Regal, schnappte den Player und schloss sich im Bad ein. Sie entschied sich für *Enter Sandman* von Metallica und regelte die Lautstärke so hoch, dass das Dröhnen der Bässe das Rauschen der Dusche übertönen würde.
Alexanders Rufe auch.
Eva warf ihre Kleider auf den Boden, stieg in die Kabine und drehte auf. Ließ sich berieseln von der wunderbaren Mischung aus Wasser und Musik. So lange, bis der Ärger des Tages abgewaschen war.

Kapitel 2

Endlich zog Alexander unten die Haustür zu. Eva schlug die Augen auf. Die Ritzen des Rollladens siebten das hereindrängende Sonnenlicht auf den Teppich.
Sie stand auf, zog den Laden hoch und blickte hinaus in den blauen, gewitterfeuchten Morgen.
Unten in der Küche kochte sie sich einen Kaffee.
Sie nahm einen gierigen Zug und setzte sich an den Küchentisch, auf Charlys Platz, der seit sechs Wochen leer geblieben war. So lange hatte ihre Tochter sie nicht besucht.
Eva legte die Hände auf das spröde Holz der Tischplatte. »Wenn du willst, kaufen wir einen Neuen«, hatte Alexander kürzlich angeboten.
Das kam nicht infrage. Der Tisch war das einzige Möbelstück, an dem sie hing. Er hatte schon in der Wohnung über Alexanders Geschäft gestanden, in der sie anfangs zu dritt gelebt hatten.
Sie fuhr mit den Fingern über die raue Oberfläche, ertastete seine Narben: Kerben von Charlys Löffel, den sie von sich geworfen hatte, wenn sie ihren Brei nicht essen mochte. Buchstaben und Zahlen, die sich durch Papier ins Holz gedrückt hatten. Schnitte von abgerutschten Küchenmessern.
Sie erinnerte sich an eine jener Nächte, in denen Charly als Baby stundenlang geschrien hatte, als Alexander aufgestanden war, damit sie ein paar Stunden Ruhe hatte. Die sie nicht fand. Sie hatte die beiden in der Küche gefunden, an diesem Tisch.

Sie schliefen, Vater und Tochter, Alexander noch mit dem Fläschchen in der Hand.
Er war ein guter Vater. Damals wie heute.
War sie eine gute Mutter?
Sie trank einen großen Schluck.
Es war auch eine schlaflose Nacht gewesen, in der sie an dem Tisch gesessen hatte, das weiße Plastikstäbchen in Händen, auf dessen Sichtfenster zwei rosa Streifen erschienen waren. Sie hatte sie angestarrt. Alles in ihr hatte »Nein!« geschrien. Nicht jetzt. Nicht mit neunzehn.
Alexander hingegen war überglücklich gewesen. Er schien nicht den geringsten Zweifel gehabt zu haben, mit einundzwanzig der Vaterrolle gewachsen zu sein. Er hatte ihr einen Heiratsantrag gemacht. Und sie wurde Ehefrau und Mutter. Kümmerte sich um das Kind. Es sei das Beste für die Kleine, wenn Eva weitestgehend zu Hause blieb. Fand Alexander. Fanden fast alle.
Und sie glaubte es.
Ein paar Jahre später, nach dem Tod seiner Mutter, hatten sie das Haus gebaut.
Sie hatte alles geschehen lassen. Die Weichen waren gestellt worden. Es war kein schlechtes Leben. Aber es fühlte sich an wie in einem Zug zu sitzen, der durch die immer gleiche Landschaft zuckelt. Und sie wartete darauf, irgendwo anzukommen.
Dennoch, ihre Tochter hatte sie vom ersten Tag an geliebt wie niemanden sonst. Hatte die Zeit mit ihrem Kind genossen und versucht, tapfer zu sein, als Charly vor knapp zwei Jahren ausgezogen war. Und dennoch …
Liebe und Schuld waren aus dem gleichen Stoff gewebt.
Eva trank die Tasse leer. Sie musste raus, jetzt, sofort. Bevor sie zu sehr ins Grübeln kam.
Sie zog ihre Laufsachen an, stopfte einen Fünfeuroschein für den Bäcker in die Hosentasche und steckte den MP3-Player ein.

Draußen war es warm, aber noch nicht zu heiß. Sie nahm den Pfad neben dem Nachbarhaus, der fast zugewuchert war von Brombeergestrüpp. Charly hatte sich dort immer satt gegessen, war spätsommerlang mit verschmiertem Gesicht und schmutzigen Hosen nach Hause gekommen.
Der Weg stieg leicht an. Eva blieb stehen, blickte über das Dorf, das sich in der Sonne rekelte.
Eigentlich sah es richtig malerisch aus, dieses Kiesbach. Zumindest aus der Ferne.
Sie begann zu laufen. Alexander mahnte immer, dass sie sich zunächst aufwärmen müsse. Er empfahl ihr Dehnübungen, glaubte wirklich, ihr Ratschläge geben zu können, obwohl er überhaupt keinen Sport trieb. Selbst die Sonntagsspaziergänge mit Charly früher waren ihm zu viel gewesen.
Sie schaltete den Player ein. Entschied sich für Smells Like Teen Spirit von Nirvana. Darauf folgte Thunderstruck von AC/DC. Die Musik durchdrang ihren Körper, dehnte sich in ihm aus. Sie fühlte sich leicht und geerdet zugleich. Sie lief, bis sie außer Atem kam. Nach einer Biegung tauchte eine Bank auf. Sie ließ sich darauf nieder. Die große Runde würde sie heute nicht schaffen.
Das Lied verklang und sie schaltete aus.
Wie so oft dachte sie an jene Tage in ihrer Jugend, an denen Alexander und sie nach einem Konzert in den frühen Morgenstunden nach Hause gefahren waren, trunken von Musik. An das Glücksgefühl, das längst verblasst war. Aber einen unauslöschlichen Abdruck in ihrem Inneren hinterlassen hatte.
Wind fuhr durch die Zweige, Sonnenlicht sprang über die Blätter. Früher hatten sie manchmal zu dritt hier gesessen und Brote gegessen, weil ihre Tochter Picknicks liebte.
Da war sie auch glücklich gewesen. Manchmal.
Eva stand auf, schaltete die Musik wieder ein. Dancing With

Myself von Billy Idol. Sie passte ihre Schritte dem Rhythmus an. Der Pfad endete im Kiesbacher Neubaugebiet. Vor einem Doppelhaus stieg ein Mann im Anzug in seinen SUV, während er telefonierte. Er starrte sie an. Jetzt erst wurde Eva bewusst, dass sie laut gesungen hatte.
Egal.
Sie grinste. Nickte dem Mann zu und bog in die Hauptstraße, dann in eine Nebenstraße und in noch eine – ein Umweg, aber sie wollte nicht an Alexanders Laden vorbei.
Keiner begegnete ihr. Alle hatten schon die Rollläden heruntergelassen, sich verrammelt gegen die Hitze, als wäre sie ein Feind. Nur ein alter Mann im gerippten Unterhemd und Hosenträgern saß auf den Stufen seines Häuschens. Eine Emailletasse schwankte in seinen Händen. Eva hob die Hand zum Gruß. Er erwiderte ihn mit einem fast zahnlosen Lächeln.
Vor der Bäckerei schaltete sie die Musik aus. Sie kaufte zwei Müslistangen. Während die Verkäuferin mit dem Papier raschelte, fiel ihr Blick auf die Schokoladentafeln, die in einem Regal neben der Theke aufgereiht waren.
»Noch eine Nussnugat.« Sie bezahlte, ließ sich eine Tüte und das Kompliment aufdrängen, wenn jemand sich Schokolade erlauben könne, dann Eva.
Draußen erblickte sie die Lauer, vermutlich auf dem Weg zu Alexander, um ihre dämlichen Geburtstagskarten auszusuchen. Es gab niemanden, der so oft etwas bei ihm kaufte wie sie. Eva war klar, dass das nicht an dem immens hohen Bedarf der Lauer an Schreibwaren lag. Alexander lachte nur, wenn sie ihn darauf hinwies, dass die Lauer offenkundig auf ihn stand.
Sie bog in die nächste Straße und arbeitete sich durch das Labyrinth kleiner Gassen, bis sie ihr Haus erblickte.
Sie setzte an zum Endspurt. Oben auf dem Hügel war sie schweißgebadet. Sie zog die Stöpsel aus den Ohren und schloss

die Tür auf.
Drinnen schrillte das Telefon. Eva hastete hinein, fand es auf dem Küchentisch und meldete sich.
Alexander. »Wo warst du?«
»Laufen.«
»Frau Lauer meinte, sie hätte dich im Dorf gesehen.«
»Da muss sie sich irren.«
Zum Glück sah er sie nicht. Dann hätte er gewusst, dass sie log. In ihr drin verhärtete sich etwas, gewann ein Gewicht, von dem sie dachte, es in der letzten halben Stunde verloren zu haben.
Alexander lachte. »Sie sieht halt viel und redet gerne.«
Vor allem mit dir, dachte sie. Ob Frau Lauers Heinz eigentlich davon wusste?
Eva ließ sich auf den Küchenstuhl sinken.
»Alles klar? Du sagst ja gar nichts.«
Sie schloss kurz die Augen. »Ich bin kaputt und brauche eine Dusche.«
»Verstehe.« Er räusperte sich. »Ich komme nicht zum Mittagessen heim, ich will noch ein bisschen Buchhaltung machen. Könntest du mir aus der Stadt eine Pizza oder so mitbringen?« Er machte eine Pause. »Nachdem du bei deinem Vater warst?«
Eva unterdrückte ein Schnauben. Was sollte dieser Nachsatz?
»Ja. Mache ich. Nachdem ich bei meinem Vater war.«
»Super.«
»Ja.« Leg doch auf.
»Dann bis später.«
»Ciao.«
Jetzt Kaffee und Zucker …
Aber als sie die Tüte auspackte und ihr Blick auf Müslistangen und Schokolade fiel, verging ihr der Appetit. Sie würde die Tafel ihrem Vater mitbringen. Vielleicht würde er sich dann ausnahmsweise über ihren Besuch freuen.

Kapitel 3

»Setzen Sie sich doch.« Frau Schmied strahlte.
Wo nahm diese Frau nur ihre Fröhlichkeit her? Vielleicht war die genau so falsch wie die Zähne der meisten Patienten in dieser Einrichtung. Nein, es hieß ja Bewohner. Darauf hinzuweisen, wurde Frau Schmied nie müde. Bewohner hatte einen Ehrenplatz in ihrem Wortschatz.
Frau Schmied schaute sie auffordernd an. Ihr rosiger Teint passte nicht zu dem hageren Gesicht. Sie hatte fast immer Dienst, wenn Eva ihren Vater besuchte. Jedes Mal schob sie sich hinter ihr ins Zimmer, gab Belanglosigkeiten von sich, die niemand hören wollte, und verließ den Raum erst, wenn Eva sich gesetzt hatte.
Eva unterdrückte ein Seufzen und ließ sich auf dem Holzstuhl nieder, damit sie die Frau endlich loswurde. Frau Schmieds Augen leuchteten auf, als hätte sie Großes bewegt.
»Dann lass ich Sie mal allein.«
Mit vorgestreckter Brust, an der sie ihr Namensschild trug, als wäre es das Bundesverdienstkreuz, verließ sie das Zimmer.
Die Tür klickte ins Schloss. Es wurde still. Als hätten sämtliche Geräusche die Gelegenheit genutzt, mit Frau Schmied hinauszuschlüpfen.
Eva schlug vorsichtig die Beine übereinander. Sie wusste nie, wie sie sich hinsetzen sollte auf diesem Stuhl. Die Sitzfläche war sehr schmal. Leute mit dicken Hintern mussten Mühe haben, ihn darauf unterzubringen, ohne dass er über beide Seiten quoll.

Eva legte die Hände auf die uringelbe Tischplatte und verschränkte die Finger. Ihr rechter Daumennagel war eingerissen. Mit dem Zeigefinger fuhr sie darüber.
Was sollte die Zeitschinderei.
Sie sah auf, direkt in die verschwommen blauen Augen ihres Vaters. Wie zwei zugefrorene Seen, mit einer dünnen Wasserschicht auf der Eisfläche.
Er betrachtete ihre Hände. Seine Mundwinkel hingen herunter. Die schrumpelige Haut über den Wangenknochen erinnerte an geronnene Milch. Irgendjemand hatte sich die Zeit genommen, ihm ein sauberes Hemd anzuziehen, das struppige Haar zu waschen und zu kämmen, vielleicht Frau Schmied, aber Eva empfand keine Dankbarkeit. Genau genommen empfand sie überhaupt nichts. Außer dem Wunsch, den Pflichtbesuch hinter sich zu bringen.
»Na? Wie geht's dir heute?«
Grässlich. Sie klang wie Frau Schmied. Aber was sollte sie jemanden fragen, der zwar neunzehn Jahre im gleichen Haus gewohnt hatte, über den sie jedoch kaum mehr wusste als über einen entfernten Bekannten.
Wie erwartet gab ihr Vater keine Antwort.
Ihr Po begann zu schmerzen. Die vorderen Kanten der Sitzfläche drückten sich in die Unterseite ihrer Oberschenkel. Sie verlagerte das Gewicht, zog das rechte Bein vom linken Knie und rutschte so weit nach hinten, wie es der Stuhl zuließ. Die schmale Lehne begrüßte ihre Wirbelsäule mit der gewohnten Härte.
»Ich hab dir was mitgebracht.«
Sie fischte die Schokoladentafel aus ihrer Handtasche und schob sie auf die andere Seite des Tisches. Der Blick ihres Vaters folgte misstrauisch ihrer Hand und verharrte auf der Tafel. Er kniff die Augen zusammen, als bemühte er sich, die weiße

Aufschrift auf dem rosa Grund zu entziffern.

»Nussnugat. Deine Lieblingssorte.«

Und ihre auch. Der kleinste gemeinsame Nenner ihrer Vater-Tochter-Beziehung.

Sie blickte zum Fenster. Mochte das Wetter noch so schön sein, die Luft draußen frisch und klar, es war verriegelt. Sperrte die ranzige Raumluft ein, gegen die der Geruch nach Desinfektionsmitteln vergeblich ankämpfte.

Draußen rotteten sich dunkle Wolken zu einer schwarzen Wand zusammen. Der blaue Himmel am Morgen hatte sein Versprechen nicht gehalten.

Wie lange saß sie schon hier? Sie schaute auf die Uhr.

Erst acht Minuten.

Diese kahlen Wände, schlohweiß, ohne Foto, Kunstdruck oder Poster. Ihr Vater duldete nichts davon. Nur einen Tisch und zwei Stühle, das Bett. Früher hatte sie Blumen aus dem Garten mitgebracht, um für ein bisschen Farbe zu sorgen, und sie in eine rote Vase gestellt. Frau Schmied hatte ihr jedoch beim dritten Mal gesagt, sie möge dies doch bitte lassen. Ihr Vater habe es nicht so mit Blumen. Was hieß, dass er die Vase jedes Mal mit Absicht umgestoßen hatte. »Das hat mit ihnen persönlich gar nichts zu tun«, hatte Frau Schmied versichert, sich aber rasch abgewandt.

Wie gut, dass Eva das Heim wenigstens nicht bezahlen musste. Ihre Mutter hatte alles geregelt. Eva sah sie vor sich, die handbeschriebenen Seiten, auf denen ihre Mutter alles aufgelistet hatte, die Versicherungen und Konten. Sie war erstaunt gewesen, über wie viel Geld ihre Eltern verfügt hatten. Oder besser gesagt, hätten verfügen können, wenn sie gewollt hätten. Aber bis auf drei Urlaube im Schwarzwald hatten sie sich nichts gegönnt. Als hätten sie darauf hingelebt, sich irgendwann einen Platz in diesem Heim erkaufen zu können. Als hätte sie gewusst,

dass ihre Zeit abgelaufen war, sechs Wochen vor ihrem Tod, hatte ihre Mutter sie aufgeklärt, welches Vermögen sie und ihr Vater besaßen. Sie hatte verkündet, dass sie Eva das Haus – das sie selbst von ihren Eltern geerbt hatte – überschreiben wolle und Eva es nach ihrem Tod verkaufen möge. Das Geld dürfe sie als Vorschuss auf ihr Erbe betrachten. Für ihren Vater sei gesorgt: Allein der Verkauf der Eigentumswohnung würde die Kosten des Heimes weitestgehend decken. Außerdem sei noch genug Geld auf den Konten. Überdies wolle sie nach ihrem Tod verbrannt und ihre Asche solle in die Nordsee gestreut werden – damit Eva sich nicht um ein Grab kümmern müsse. Bei ihrem Vater solle alles genauso gehandhabt werden.
Eva hatte ihre Mutter ungläubig angeblickt. Sie hatte keine Ahnung gehabt, dass ihre Eltern eine Eigentumswohnung besessen hatten. Wie immer hatten sie sie von den wichtigen Dingen ausgeklammert.
Und dann die Seebestattung: Ihr ganzes Leben lang hatten ihre Eltern keinen Strand gesehen, hatten Eva den Wunsch, wie alle anderen Klassenkameraden nach Spanien oder wenigstens an die Küste Deutschlands zu fahren, nie erfüllt. Und jetzt suchten sie sich das Meer als letzte Ruhestätte aus.
Natürlich waren die Pläne ihrer Mutter, vor allem ihre Voraussicht, vernünftig und bewundernswert gewesen – im Wissen um den eigenen baldigen Tod und den rapide fortschreitenden geistigen Verfall ihres Mannes so strukturiert und besonnen zu handeln.
Aber für Eva besaß dieses Regeln den Beigeschmack von Verrat. Sie hatten im elterlichen Wohnzimmer gesessen, in Eva hatten Wut und Trauer miteinander gekämpft. Sie hatte die Lippen zusammengepresst und auf die alberne Kuckucksuhr gestarrt, die ihre Mutter früher täglich abgestaubt hatte.
Warum hätte sie ihrer Mutter Vorwürfe machen sollen? Am

Ende ihres Lebens verhielt sie sich so, wie sie sich immer verhalten hatte: Sie stellte ihre Tochter vor vollendete Tatsachen. Ihr Vater hatte es stets ebenso gehalten.
Als Kind hatte Eva manchmal das Gefühl gehabt, ihre Eltern seien nicht Eheleute, sondern Zwillinge. Sie waren sich so ähnlich und schienen immer einer Meinung zu sein. Sie konnten stundenlang reden, ohne ein Wort an Eva zu richten. Wenn sie etwas sagte, schauten sie sie manchmal erstaunt an, als wäre ihnen gerade erst aufgefallen, dass sie eine Tochter hatten. Sie waren beide fast vierzig gewesen, als Eva geboren wurde. Sie wusste nicht, ob sie lange ersehnt gewesen oder in Kauf genommen worden war: ein Störenfried, der nichts dafür konnte und dem man wohl oder übel hin und wieder Aufmerksamkeit schenken musste.
Wie gut es Alexander hingegen gehabt hatte. Zwar hatte er seine Eltern früh verloren, aber es waren herzliche Menschen gewesen, die ihrem Sohn ein liebevolles Zuhause geboten hatten. Eva hatte Alexanders Vater nicht mehr kennen gelernt, aber seine Mutter hatte sie als ihre Tochter bezeichnet.

Evas Rücken begann zu schmerzen. Dieser verdammte Stuhl. Sie rückte einen Zentimeter nach vorne. Der Druck ließ nach, dafür schnitt ihr die Kante der Sitzfläche in die Haut.
Einmal hatte sie ein Kissen mitgenommen. Frau Schmied hatte sie entsetzt angesehen. »Was wollen Sie denn damit?« »Darauf sitzen. Was glauben Sie denn?«
Frau Schmied war rot angelaufen und murmelte irgendetwas von »Vorsichtsmaßnahme« und ihr standardmäßiges »nicht persönlich«. Als Eva Alexander später beim Abendessen davon erzählte, lachte er. »Vielleicht hat sie gedacht, du wolltest deinen Vater ersticken«, und ihr blieb der Bissen im Hals stecken. Daraufhin hatte sie sich bei der Heimleitung beschwert. Die

Direktorin rutschte auf ihrem Stuhl herum, obwohl der gepolstert war und ergonomisch geformt. Frau Schmied sei »speziell«, aber immer »besorgt um die Bewohner« und »unersetzlich«.

Neunzehn Minuten. Immerhin. Eva schaute zu ihrem Vater, der sich nicht gerührt hatte. Wie hielt er das aus, die ganze Zeit auf diesem Stuhl zu verharren?
Plötzlich bewegte er den rechten Arm, dann den linken. Sein Blick klarte auf, als hätte er jetzt erst begriffen, was da vor ihm auf dem Tisch lag. Seine Finger, lang und gekrümmt, tasteten sich an die Schokoladentafel heran. Es sah aus, als starteten zwei Spinnen einen Angriff.
Seine Mundwinkel zuckten. Er grub die Fingernägel in das Papier. Zog daran, zerrte, zerriss. Aus seinem Mundwinkel tropfte Speichel. Eva schluckte aufsteigende Übelkeit hinunter.
»Soll ich dir helfen?«
Er ignorierte sie. Seine Finger bohrten sich in die Tafel. Silberne und rosafarbene Papierstreifen flatterten über den Tisch. Er keuchte vor Anstrengung.
Jetzt lag die Schokolade frei. Er umklammerte sie, hob sie an den Mund und biss hinein. Kaute mit offenem Mund. Seine Zähne färbten sich braun. Spucke tropfte herunter, kleckste auf das saubere Hemd.
Eva legte beide Hände auf die Ränder der Sitzfläche. Sie schloss die Finger um das Holz, das an dieser Stelle rissig war. Ein Splitter stach in ihre Haut.
Plötzlich erstarrte ihr Vater. In Zeitlupentempo streckte er den Arm aus, stierte auf die angebissene Schokolade, öffnete die Lippen. Ein Laut entfuhr seinem Mund. Erst leise, bis er Fahrt aufnahm, an Höhe gewann und in einem schrillen Schrei gipfelte. Er schleuderte die Tafel von sich, sein Brüllen konden-

sierte zu einem Wort.
»Gift!«
Eva sprang auf. Der Stuhl schrappte über das Laminat, kippte und knallte auf den Boden.
»Sei still! Verdammt, das ist nur Schokolade.«
Sie eilte um den Tisch herum, fasste ihn an der Schulter. Er schrie und schlug nach ihr.
Die Tür wurde aufgerissen. Frau Schmied stürmte herein, das Gesicht noch stärker gerötet als sonst. Besitzergreifend legte sie den Arm um Evas Vater. Er ließ es geschehen.
»Was haben Sie gemacht?« Frau Schmieds Unterlippe zitterte drohend.
»Ich habe ihm Schokolade mitgebracht. Seine Lieblingssorte.«
Eva hob die angebissene Tafel auf und feuerte sie auf den Tisch.
Frau Schmieds Augen verengten sich. »Aber das ist eine andere Marke. Sie wissen, wie wichtig Gewohnheiten und Rituale für ihren Vater sind.«
»Und Sie gehen mir auf die Nerven.«
Der Satz war heraus, bevor sie nachgedacht hatte.
Frau Schmied riss die Augen auf.
»Sie mögen Ihre Arbeit wunderbar machen, kein bisschen unter Zeitnot zu leiden und meinen Vater besonders ins Herz geschlossen zu haben. Schön.« Eva trat einen Schritt nach vorne.
»Aber hören Sie auf, mich wie eine Idiotin zu behandeln.«
Frau Schmied schnappte nach Luft, aber sie schwieg. Evas Vater war ganz still. Reglos hing er in den Armen der Pflegerin.
Eva holte ihre Tasche und wandte sich zum Gehen. Bevor sie die Tür hinter sich zuzog, erhaschte sie noch seinen Blick. Er griente.
Sie knallte die Tür hinter sich zu.
Draußen holte sie tief Luft. Ihre Wut fiel in sich zusammen. Leichter hatte sie es sich mit diesem Ausbruch nicht gemacht.

Ein Feuerwehrauto näherte sich mit Geheul, brauste an ihr vorbei. Warum konnte das Altersheim nicht abfackeln, dachte sie und schämte sich sofort.
Sie würde auch nächste Woche wieder herkommen, durch die langen Flure laufen bis zu Zimmer A19 und eine Stunde auf dem harten Holzstuhl absitzen, während ihr Vater die weißen Wände oder seine Finger oder was auch immer betrachtete. Sie war seine Tochter, und Töchter machten das.
Brave Töchter sowieso.
Wieso ließen sie sich nicht übermalen, diese Muster, nach denen man sich verhielt? Wieso fühlte man sich schlecht bei dem Wunsch, sie zu verändern? Sie war ihren Eltern gegenüber nie laut geworden. Aber manchmal hatte es in ihr gebrodelt. Als Zwölfjährige, wenn ihre Mutter ihr noch immer das Haar zu Zöpfen flocht und sie sich furchtbar dafür schämte. Als Vierzehnjährige, wenn ihr Vater ihr verbot, eine Geburtstagsfeier zu besuchen, die länger als zwanzig Uhr dauern würde. Und manchmal, auf dem Schulweg, wenn niemand in der Nähe gewesen war, dann brüllte sie ihre Wut heraus. Verzog sich zu Hause in ihr Zimmer und hörte auf ihrem Walkman Fear of the Dark von Iron Maiden, so laut bis knapp unter der Schmerzgrenze.
Gut, sie hatte gelernt, Widerworte zu geben.
Aber mehr auch nicht.
Die Uhr der nahe gelegenen Kirche schlug zweimal. Halb sechs. Sie könnte den früheren Bus erwischen, wenn sie sich beeilte. Der Wind stieß ihr in den Rücken und schob sie vorwärts. Sie ging die Straße hinab in die entgegengesetzte Richtung zur Bushaltestelle. Spülwassergraues Licht versickerte zwischen den Dächern.
Eva bog in eine Seitenstraße und von der in eine Gasse, in der sie noch nie gewesen war. Mit jedem Schritt, den sie sich vom

Altersheim entfernte, fühlte sie sich besser.

Die Gasse war so schmal, dass kaum ein Auto durchpasste. Häuschen reihte sich an Häuschen. Steingraue Fassaden, braune Türen, schmucklose Fensterbänke. Siamesische Mehrlinge. Nur eines trotzte dem Einheitsbild.

In die Vorderfront war ein Schaufenster eingelassen. *Schallplatten und CDs*, stand auf der Scheibe. Darunter hingen Tourplakate diverser Metalbands.

Genau das, was sie jetzt brauchte.

Ein auf schwarzem Samt drapierter Totenkopf in der Auslage grinste sie an.

Eva grinste zurück und drückte die Tür auf.

Kapitel 4

Sie hatte Zigarettendunst erwartet, vermischt mit dem Geruch nach Staub und einem herben Aftershave. Aber auf der niedrigen Verkaufstheke verglomm ein Räucherstäbchen neben einer altmodischen Ladenkasse und verströmte zitrusartiges Aroma. Daneben stand ein knallorangefarbenes Telefon. Mit Wählscheibe.

Der Raum glich einem überdimensionierten Wohnzimmer. An einer Schmalseite machte sich ein Sofa mit zerschlissenem, moosfarbenen Cordbezug breit, daneben baute sich ein Ständer mit Musikzeitschriften auf. An den Wänden hingen Tourplakate und Bandposter. Außerdem gab es mehrere Regale, vollgestopft mit Büchern und DVDs sowie Kisten mit Schallplatten und CDs. Eva griff wahllos hinein. Iron Maiden, Guns N' Roses, Queen. Von irgendwoher ertönte Musik. Metallica.

Als hätte jemand ein Zimmer für sie eingerichtet, in der ihre Jugendzeit wieder auferstand. Sie lächelte.

»Bin gleich da.«

Die Männerstimme kam von hinter der Theke, wo ein roter Samtvorhang den Raum dahinter abtrennte. Kurz darauf erschien ein hochgewachsener, kräftiger Mann. Eva schätzte ihn auf Mitte vierzig. Er hatte das braune Haar zu einem Zopf gebunden. Mit einer Mischung aus Neugier und Freundlichkeit blickte er sie aus braunen Augen an.

»Hi. Kann ich helfen?«

Mit schweren Schritten trat er hinter der Theke hervor. Trotz

der Hitze trug er Stiefel. Dazu eine abgewetzte Jeans und ein schwarzes T-Shirt.
»Berufskleidung«, kommentierte er Evas Blick. »Wenn ich hier im Anzug oder in Shorts stehen würde, nähme mich doch keiner ernst.«
»Möglich.« Eva nickte.
Er schaute an sich herab. »Könnte schlimmer sein, oder?«
»Allerdings. Leopardenleggings zum Beispiel.«
Sie lachten beide, und die Erinnerung an den hässlichen Vorfall mit ihrem Vater schrumpfte zu einem kleinen Punkt, der sich in ihrem Gedächtnis verlor.
»Ehrlich gesagt, ich trage sowieso keine Anzüge. Es sei denn, zu einer Hochzeit oder einer Beerdigung.« Er lächelte. »Suchst du was Bestimmtes?«
Sie schüttelte den Kopf. »Ich bin zufällig vorbeigekommen und war neugierig.«
»Okay. Kommt leider nicht allzu häufig vor, dass sich jemand in das Gässchen hier verirrt. Es sei denn, jemand hat mich empfohlen.«
»Das kann ich ja ab sofort tun.«
»Nur zu. Ich bin übrigens Kai.«
»Eva.«
Er streckte ihr die Hand hin. Seine Haut fühlte sich rau und kühl an. Für einen Moment war sie befangen.
»Machst du eigentlich auch Musik?«, fragte sie schnell, damit es nicht auffiel.
Er winkte ab. »Ich hab als Sechzehnjähriger mal mit E-Gitarre angefangen.«
»Und?«
»Naja, mein Gitarrenlehrer meinte, ich sollte es besser mit Blockflöte probieren.«
Sie musste lachen.

»Und du? Irgendwie musikalisch unterwegs? Als Frontfrau einer Frauen-Rockband oder so?«
»Nein. Dort könnte ich höchstens als Triangel-Spielerin mitmachen.«
Ihr Handy klingelte. Einmal, zweimal.
Sie holte es hervor, schaute auf das Display, von dem ihr der Name ihres Mannes entgegenblinkte.
»Geh ruhig ran.« Kai lächelte.
»Das kann warten.« Sie drückte Alexanders Anruf weg. »Der Laden ist übrigens toll.«
Kai seufzte. »Naja. Eher ein Hobby.«
»Hobby?«
»Seit ich vierzehn bin, steh ich auf Rock und Metal, querbeet, alte und neue Sachen. Das hier ist so was wie mein zweites Zuhause. Und hin und wieder kommt jemand zu Besuch.« Er lächelte. »Ich könnte den Raum sogar noch größer machen.« Kai deutete auf die Wand, die sich gegenüber des Sofas befand und in die eine schmale Tür eingelassen war.
»Die ist nur eingezogen. Dahinter stapeln sich noch jede Menge DVDs und anderer Kram. Ich komm einfach nicht nach. Aber was quatsch ich dich voll ... Magst du einen Kaffee oder so?«
»Danke nein.«
Sie zögerte, unsicher, ob ihre nächste Frage nicht zu persönlich war – sie kannte den Mann ja überhaupt nicht. Aber eigentlich konnte sie sie genau aus diesem Grund stellen.
»Aber mit dem Hobby verdienst du genug ... «
Er winkte ab. »Ich bin in der glücklichen Lage, dieses prächtige Anwesen mein Eigen zu nennen. Fast zumindest. Gehörte meinen Großeltern, aber meine Eltern haben es mir überlassen. Gegen eine Minimiete. Deswegen bin ich mit dem kleinen Zeh in der Gewinnzone.«

Er machte eine Pause, als wäre er nicht sicher, ob er den Satz aussprechen sollte, der bereits auf seiner Zunge wartete. »Eigentlich bin ich Grundschullehrer.«
»Was?« Sie prustete los. »Entschuldigung.«
»Doch wirklich. Im Laden bin ich deswegen nur am Dienstagnachmittag und an Samstagen.«
»Gut zu wissen. Danke für die Info.«
»Gerne. Die ganze Zeit habe ich schon überlegt, wie ich sie so dezent wie möglich verpacke.«
Hinter ihr öffnete sich die Tür. Sie drehte sich um. Ein Pärchen um die fünfzig trat ein und grüßte Kai freundschaftlich.
»Ich muss jetzt gehen.«
Kai schnitt eine Grimasse, die so viel bedeuten mochte wie: Da kann man nichts machen.
»Moment noch ...« Er drückte ihr einen dünnen Stapel knallrotes Papier im Postkartenformat in die Hand. »Vielleicht kannst du die weitergeben.«
Eva betrachtete die Flyer mit aufgedrucktem Totenkopf und Kais Adresse.
»Mach ich gerne.«
»Danke.«
»Ja dann.«
»Man sieht sich?«
»Bestimmt«, antwortete sie und verließ den Laden.

Kapitel 5

Alexanders Begrüßungskuss schmeckte nach Kartoffelchips. Dass er immer dieses ungesunde Zeug in sich stopfen musste. Als folgte er einem Naturgesetz, das sich mit einer mathematischen Gleichung beschreiben ließ: Kartoffelchips plus Feierabend gleich Entspannung.

Ihr fiel ein, dass sie die Pizza vergessen hatte, die sie ihm hatte mitbringen sollen. Alexander anscheinend auch. Zum Glück.

Er schob sie sanft von sich. »Na, wie war's?«

Sie ließ die Hände von seinen Schultern sinken. »Wie immer.«

»Hat dein Vater was gesagt?«

Das wollte er jedes Mal wissen.

»Wenig.«

»Ich hab dich mal angerufen ...«

»Hab ich gar nicht gehört.«

Sie wandte sich ab, damit er ihr nicht ansah, dass sie log.

Ihr Blick fiel auf die orangefarbenen Brösel auf der Granitplatte. Mit der Handkante schob sie sie zu einem Häufchen zusammen.

»Lass das doch.«

»Dann mach's eben gleich weg.«

Er holte tief Luft, wie immer, wenn er sich ärgerte, es aber auf einen Streit nicht ankommen lassen wollte. Er griff nach dem Spültuch, wischte die Krümel in seine hohle Handfläche und beförderte sie in den Mülleimer.

Eva wandte sich ab und blickte aus dem Fenster zum Himmel,

der dunkelviolett gefleckt war wie ein Körper voller Hämatome.
Alexander trat hinter sie. »Heute kommt bestimmt noch mal was runter.«
Eva zuckte die Achseln.
»Ich wollte dich abholen.« Seine Hände massierten ihren Nacken. »Du bist ja ganz verspannt.«
Sie schloss die Augen. »Bitte weitermachen.«
»Und was bekomme ich dafür?«
Sie hörte seiner Stimme an, dass er grinste.
»Eine Tüte Kartoffelchips.«
Er lachte. Seine Finger wanderten tiefer, Richtung Schulterblätter.
»Ruf doch in Zukunft an, wenn es später wird.«
Sie öffnete die Augen und trat von ihm weg. Seine Hände rutschten herunter.
»Alexander … Ich musste noch einkaufen und es ist gerade mal halb acht, also noch ewig hell …«
»Eva, ich mein's nur gut.«
Natürlich. Der Satz, der alles entschuldigte. Der sie in die Schranken wies.
Sei froh, so einen fürsorglichen Mann zu haben. Das war das Credo ihrer Mutter gewesen, selbst kurz vor ihrem Tod hatte sie es noch gesagt.
Sie war ja froh. Manchmal.
Er lächelte. Sein Blick, so warm wie seine Hände, ruhte auf ihr, reflektierte die Zuneigung, die er für sie empfand, die sich nicht abgenutzt hatte in den zwanzig Jahren ihrer Ehe. Eine Zuneigung, die ihr manchmal unheimlich war, die sie müde machte in dem Bestreben, ihr stets gerecht werden zu müssen. Die ihr die Luft zum Atmen nahm.
»Und wie war dein Tag?«
Wie gut, dass es diese Floskeln gab. Trittsteine im Nebel der Sprachlosigkeit. Aushängeschilder der Routine.

»Ganz okay.«
Bei Alexander gab es keine geschwätzigen Kunden, keine Flaute, keine schlechten Zeiten, auch wenn der Laden an manchen Tagen so gut wie leer blieb. Sie fragte sich, ob das Optimismus oder Naivität war. Oder eine Art Leidenschaft? Kai fiel ihr ein und die Art, wie er von seinem Geschäft gesprochen hatte.
Alexander ging zur Spüle und füllte den Wasserkocher.
»Soll ich dir auch einen Tee machen?«
»Nein danke.«
»Aber du bist doch sicher hungrig, oder?«
»Ich hab unterwegs was auf der Hand gegessen.« Wieder log sie, um einer Diskussion zu entgehen.
Sie stellte die Einkaufstasche auf die Arbeitsplatte und räumte aus. Er sah ihr über die Schulter, als hätte er noch nie Butter, Aufschnitt und Kirschtomaten gesehen. Als müsste er überprüfen, dass sie alles richtig machte oder nichts vergessen hatte.
»Ah, du hast an meine Lieblingswurst gedacht, danke.«
Oh Himmel. Möchtest du, nein danke, ja bitte, gern geschehen, im Kühlschrank steht noch Essen, schmeckt prima, wie lieb von dir, dir auch, und das Wetter ist schön.
Sie biss sich auf die Lippen.
Der Wasserkocher schnappte. Alexander holte die angeschlagene Tasse aus dem Küchenschrank, die Charly ihm vor Jahren geschenkt hatte. I love Papa, stand darauf, das love von einem verblassten Herzen symbolisiert.
Wie konnte er bei dieser Hitze Tee trinken. Und dann auch noch auf eine Tüte Kartoffelchips.
»Charly hat angerufen.«
»Was?«
»Vor einer Stunde.«
Verdammt. Nachdem sie Kais Laden verlassen hatte, war Eva ziellos durch die Stadt gelaufen. Dann hatte sie sich eingeredet,

dringend noch etwas einkaufen zu müssen. Und was hatte ihr die Trödelei eingebracht? Sie hatte den Anruf ihrer Tochter verpasst. Sie räusperte sich. »Ja, und was hat sie gesagt?«

»Wenig.« Alexander grinste. »Sie war auf dem Sprung. Zu einer Party. Ich glaub, sie hat was am Laufen.«

»Am Laufen.« Sie wusste genau, was er meinte.

»Naja.« Sein Grinsen wurde breiter. »Sie trifft einen Typen.«

»Das hätte sie mir erzählt.«

»Eva …«

Warum hörte er nicht endlich mit diesem Grinsen auf?

»Sie ist einundzwanzig. Glaubst du wirklich, sie ist uns Rechenschaft schuldig?«

Sie verschränkte die Arme. »Das meine ich nicht.«

»Und was meinst du?«

»Ach, unwichtig.«

Alexander schaute sie prüfend an. »Es geht ihr sehr gut. Was wollen wir mehr?«

Dass sie wieder acht war, die Treppe herunterrannte, sich in Evas Arme warf. Dass sie ihren unvergleichlichen Kindergeruch verströmte, nach Wärme und Rosinenbrötchen und Wald, wo sie am Nachmittag verbotenerweise mit den größeren Kindern gespielt hatte.

Alexander rührte in seiner Tasse und lächelte in sich hinein.

»Heute Party, morgen Vernissage, übermorgen Theater. Hat sie gesagt. Sie ist gut beschäftigt.«

Eva mühte sich, sein Lächeln zu erwidern. Sie freute sich für Charly. Aber Alexanders Worte wirbelten den Bodensatz ihrer Gefühle auf. Sie schämte sich für den Neid und die Selbstsucht, die an der Oberfläche auftauchten.

»Weißt du noch, wie wir uns damals betrunken haben, nach dem Metal-Konzert … Wann war das noch mal?«

»Ich hab noch was zu tun«, unterbrach sie ihn. »Wäsche.«

»Ach komm. Reicht doch morgen ...«
»Was gemacht ist, ist gemacht.«
Oh Gott. Sie klang schlimmer als ihre Mutter, die eine begnadete Hausfrau gewesen war. Und das auch noch mit Hingabe.
»Eva.«
Was denn noch. »Ja.«
»Da ist ein Brief für dich gekommen.«
Sie drehte sich um. »Was für ein Brief?«
Alexander griff in die Gesäßtasche und reichte ihr einen schlichten Umschlag.
An Eva Maria Römer, stand darauf, ihr Mädchenname, so fremd, als gehörte er einer anderen Person. Adressiert war der Brief an die Anschrift ihrer Eltern in Hirschweiler, wo schon lange niemand mehr wohnte.
»Frau Hartmann hat den Postboten abgefangen, als er den Brief einwerfen wollte. Sie hat mich angerufen, und ich habe ihn vorhin geholt.«
Er lächelte sie an wie ein Kind, das auf Lob wartet.
»Wie aufmerksam von Frau Hartmann«, rühmte sie demonstrativ die ehemalige Nachbarin ihrer Eltern, die, seit Evas Vater im Altenheim war, nach ihrem Elternhaus sah, das sich nicht verkaufen ließ.
Eva betrachtete den Brief. Die Absenderin war Tanja Gerhard, in Klammern: früher Moser.
Tanja Moser. Eine Klassenkameradin hatte so geheißen. Was wollte die denn? Eva hatte zu niemandem mehr Kontakt, seit sie die Schule verlassen hatte, nicht mal zu jenen Mitschülerinnen, mit denen sie jeden Tag mit dem Bus gefahren war.
Alle waren weggezogen. Außer ihr.
»Mach doch mal auf.«
»Später, ist nicht so wichtig.«
Sie verließ die Küche und schloss die Tür fest hinter sich.

Kapitel 6

»Liebe Eva! Weißt du noch, was vor fünfundzwanzig Jahren war? Richtig: Wir waren gemeinsam in der zehnten Klasse! Und wir drei – Steffi, Michael und ich – dachten uns, es wäre spannend, mal zu sehen, was aus uns 23 Mädels und Jungs geworden ist. Wir laden Dich daher ganz herzlich ein zu unserem Klassentreffen, am 10. Juli, um 19 Uhr, im Ristorante Da Marco. Wir würden uns freuen, wenn Du kommen würdest. Bitte sag uns bis zum 03. Juli telefonisch Bescheid unter ...«

Eva ließ die Karte sinken. Ungeöffnet hatte der Brief in ihrer Nachttischschublade gelegen, wo sie ihn am Abend vor vier Tagen hineingelegt hatte. Sie hatte ihn am nächsten Tag in Ruhe lesen wollen, wenn Alexander im Laden war, und dann vergessen. Erst heute Morgen war er ihr wieder eingefallen. Ein Wunder, dass Alexander sie in der Zwischenzeit nicht mit Fragen danach gelöchert hatte.

Sie nippte an ihrem Kaffee. Die Sonne blinzelte zwischen schwefelgelben Wolken hervor und schickte einen Strahl in die Küche, quer über die Karte und das letzte gemeinsame Klassenfoto vor der Oberstufe. Sie betrachtete die Gesichter der dreizehn Jungs und zehn Mädchen. An manche erinnerte sie sich deutlich, aber die meisten kamen ihr fremd vor. Sie versuchte, ihnen Namen zuzuordnen. Es war erschreckend, wie schlecht es ihr gelang. Vor allem bei den überwiegend dauergewellten Mädchen hatte sie Mühe. Sie entdeckte sich selbst in der hinteren Reihe, am linken Rand. Das lockige Haar – Natur,

worauf sie immer stolz gewesen war – fiel ihr über die Schultern. Sie lächelte mit einer Selbstsicherheit, die sie verblüffte und an die sie sich nicht erinnern konnte.
Mit sechzehn hatte sie Alexander kennen gelernt, und jede Bekanntschaft, jede Freundschaft, jedes schulische Ereignis war verblasst. War nicht mehr von Belang gewesen, verglichen mit den großen Gefühlen, die sie damals überwältigt hatten. Die anderen aus ihrer Klasse schienen noch immer befreundet zu sein – Tanja zumindest mit Michael und Steffi, die miteinander gegangen waren, seit sie vierzehn gewesen waren.
Ihre Freundin Hannah hatte Eva erst kennen gelernt, als Charly auf der Welt war. Von den Schulkameradinnen hielt sie nur mit Kerstin Kontakt, die eine Klasse über ihr gewesen und zum Studium fortgezogen war. Sie schrieb ihr regelmäßig, der letzte Besuch war Jahre her. Man versprach sich unter Tränen, mit dem nächsten Wiedersehen nicht so lange zu warten, höchstens ein paar Wochen oder Monate. Dann wurden Jahre daraus, weil Alltag und Routine wieder die Regie übernahmen.
Was ihre ehemaligen Klassenkameradinnen wohl aus ihrem Leben gemacht hatten? Vielleicht gab das Internet etwas her.
Sie holte ihren Laptop und stellte ihn auf den Küchentisch. Tippte Tanja Gerhard in das Fenster der Suchmaschine. Eine Liste von Einträgen. Fotos, Links zu sozialen Netzwerken.
Sie klickte eins der Fotos an. Die Frau, die ihr entgegenlächelte, war eindeutig ihre ehemalige Klassenkameradin. Noch immer blond, aber mit Kurzhaarfrisur und schwarz gerahmter Brille, schlanker als das pummelige Mädchen, das sie einmal gewesen war.
Eva schloss das Foto und klickte den ersten schriftlichen Eintrag an. Die Website einer Arztpraxis öffnete sich, von Dres. Tanja Gerhard und Lothar Gerhard, Gynäkologen.
Eva pfiff durch die Zähne. Sie suchte nach weiteren Namen, die

ihr einfielen. Nicht von allen fand sie Einträge, vor allem von den Mädchen nicht, die wohl geheiratet und einen neuen Namen angenommen hatten. Andere waren erstaunlich präsent im Netz. Timo leitete ein Fitnessstudio und war ehemaliger Leichtathlet, der es einmal bis zu den Europameisterschaften geschafft hatte. Andrea war Anwältin für Familienrecht, engagierte sich überdies in einer Naturschutzorganisation und schien unentwegt Vorträge zu halten.
Evas Mund war trocken. Sie kippte den Rest kalten Kaffees hinunter und schaltete den Laptop aus.
Was hatte sie vorzuweisen? Bevor sie sich für ein Studium hätte entscheiden können – Psychologie oder Germanistik – war sie schwanger geworden. Um wenigstens irgendeinen Beruf zu haben, hatte sie eine Ausbildung zur Einzelhandelskauffrau gemacht, als Charly im Kindergarten war. Sie hatte einen Mann und ihr geliebtes Kind. Ein Haus mit Garten. Auf dem Land. Ihre Hobbys waren Rockmusik, Lesen und Puzzeln (das hatte sie nicht mal Hannah erzählt). Den Teilzeitjob in der Alten Buche, wo sie seit zehn Jahren arbeitete, konnte man kaum erwähnen.
Häuser hatten sicher auch einige. Manche mehrere Kinder, zwei oder drei, sie hatte sogar Fotos gesehen im Netz. Ob alle liiert waren, ihre Ehen glücklich, die Partnerschaften stabil? Verbrachten sie ihre Urlaube auf Mallorca, den griechischen Inseln oder in der Dominikanischen Republik? Oder sollte es tatsächlich noch jemand von ihnen nur alle fünf Jahre ins Allgäu schaffen wie Alexander und sie, weil man einen Schreibwarenladen mit Postfiliale nicht allein lassen konnte? Würden die anderen mit dicken Autos vorfahren, um allen zu zeigen: Ich hab's geschafft?
Sie hatte nicht mal den Führerschein.
Kann dir doch egal sein, würde Alexander jetzt einwerfen.

Er hätte recht. Auf solche Dinge legte sie eigentlich gar keinen Wert.
Und dennoch war es ihr nicht egal.
Das Telefon schrillte.
Es war Gerda, die sie bat, heute ausnahmsweise für zwei Stunden zu kommen, ihre Kollegin Kathrin vertreten, die kurzfristig ausfiel.
Eva schloss die Augen. »Klar.«
Gerda bedankte sich und legte auf.
Die Alte Buche war der letzte Ort, an dem Eva jetzt sein wollte. Andererseits, was hatte sie vor? Kathrin arbeitete dienstags und jedes Wochenende und vertrat sie immer ohne Murren, wenn bei ihr etwas dazwischenkam.
Eva stand auf und stellte das Geschirr in die Spüle. Wie viel Uhr war es überhaupt? Sie blickte zur Wand, ins Leere. Obwohl die Küchenuhr seit einem Jahr nicht mehr dort hing, schaute sie instinktiv immer wieder an die Stelle. Selbst Alexander hatte das gemerkt. »Ich kann sie auch wieder aufhängen.«
Bloß nicht. Das Ticken hatte sie wahnsinnig gemacht. Tacktack, wieder zwei Sekunden, die vergangen waren. Verloren.
»Früher hast du dich doch auch nicht darüber beschwert.« Alexander hatte die Stirn gerunzelt.
Früher hatte sie das Ticken nicht wahrgenommen. Seit Charly weg war, schienen Evas Sinne geschärft: Alles war zu laut, zu grell, zu bitter, zu kalt. Und überall nahm sie Gerüche wahr, die sie vorher nicht bemerkt hatte: Erde roch nach Metall. Wasser nach Wald. Sonne nach Staub. Und Einsamkeit nach bitteren Mandeln.
Sie kramte ihr Handy aus der Hosentasche. In einer halben Stunde musste sie los.
Sie hastete nach oben, kämmte die Haare, zog Jeans und ein schwarzes T-Shirt an. Dazu den knallroten Schal. Heute soll-

te Uwe keine Gelegenheit haben, ihr auf die Beine oder in den Ausschnitt zu glotzen.

Sie hatte gerade die Schlüssel in der Hand, da hörte sie Alexanders Auto. Sie seufzte und wartete, bis er aufgeschlossen hatte.

»Hey«. Er lächelte. »Wo willst du denn hin? Ich dachte, du hast heute nichts vor?«

»Doch. In die Buche. Kathrin kann erst um sechs.«

»Komm, ich fahr dich.«

Sie unterdrückte ein Seufzen. »Das ist lieb, danke.«

Im Wagen stellte Alexander das Radio an. Er summte vor sich hin. Ein Ausdruck von Zufriedenheit zeichnete seine markanten Gesichtszüge weich. Wenn es einen Menschen gab, der in sich ruhte, dann war er es.

Hatte sie sich nicht auch genau deswegen in ihn verliebt?

»Um sechs bist du fertig?«

»So in etwa.«

»Rufst du an.« Es war keine Frage.

»Ja klar.«

Er lächelte. »Ich koch was, okay?«

»Okay.« Es würde heute Abend also Nudeln mit Sahnesoße geben. Voller Mehlklümpchen.

Alexander hielt, beugte sich zu ihr und küsste sie auf die Wange. »Viel Spaß.«

Spaß? Sie stieg aus und winkte ihm nach. Eine frische Böe griff ihr ins Haar. Die Sonne hatte sich wieder hinter dunklen Wolken verschanzt.

Als Alexanders Wagen um die Ecke bog, fiel ihr ein, dass die Einladung zum Klassentreffen noch immer auf dem Küchentisch lag. Verdammt.

Sie stieß die Tür zur Alten Buche auf, fester als nötig.

Agnès

Da hatte sich jemand richtig Mühe gegeben. Um zu beeindrucken. Zu zeigen, dass man sich das leisten konnte, ein Vermögen für Papier auszugeben. Papier, das im Müll landen würde, früher oder später.

Sie lachte leise und legte die Karte weg.

Vor ein paar Tagen war die Einladung in der Post gewesen, in dem dicken braunen Umschlag, mit dem Riki sie hin und wieder nervte. Mit ihrer kindlichen Musterschülerinnenschrift hatte Riki geschrieben: Der Brief kam für dich. Du weißt, ich müsste das nicht tun ... Und dann folgten die üblichen Unverschämtheiten. Sie war auf den Balkon gegangen, hatte Rikis Brief mit großer Achtsamkeit in kleine Schnipsel zerrissen und im Aschenbecher verbrannt. Es hatte sich angefühlt wie eine Entgiftungskur. Die Karte hatte sie behalten. Obwohl sie auch diese in einem ersten Impuls am liebsten verbrannt hätte, nachdem sie sie gelesen hatte.

Einladung zum Klassentreffen.

In jener Stadt, jenem Flecken auf der Karte Deutschlands, den sie sich geschworen hatte, niemals wieder zu betreten. Nicht mal in dessen Nähe zu kommen. Nur zu ganz wenigen Menschen von damals, aus dieser Region, hatte sie noch Kontakt – nur zu jenen, mit denen es sich nicht vermeiden ließ. Wie Riki. Und zwei Bekannten. Mit einem der beiden verband sie Geschäftliches. Der andere hatte ihr in einer Zeit geholfen, in der sie glaubte, sich auf niemanden mehr verlassen zu können.

Eigentlich war es auch seine Schuld, dass die Einladungskarte nicht das gleiche Schicksal erleiden musste wie Rikis Brief. Und sie hatte sich wie so oft im Leben gewundert, welche Zufälle es gab.

Denn am gleichen Tag, an dem der Brief gekommen war, hatte er sie angerufen. »Kann ich dich um einen Gefallen bitten?«,

hatte er gefragt. Sie wussten beide, dass sie es tun würde. Weil sie ihm noch etwas schuldig war. Und weil sie beide wussten, dass man in einem Menschenleben nicht viele traf, denen man vertrauen konnte.
Nach dem Telefonat hatte sie lange auf dem Balkon gestanden. Das Glas Wodka, das sie sich eingeschenkt hatte, zitterte in ihrer Hand, was sie wütend machte. Und traurig. Sie trank schnell, und da sie kaum etwas gegessen hatte, wirkte der Alkohol rasch. Hüllte sie in Gleichgültigkeit, bevor die Bilder in ihr hochsteigen konnten. Bilder, die sich in ihr Gedächtnis tätowiert hatten.
Sie stand auf, goss sich in der Küche einen Drink ein und schob die Balkontür auf. Schwülwarme Luft strömte ihr entgegen. Sie lehnte sich ans Geländer, trank einen Schluck. Genoss die Kühle, die ihr die Kehle hinunterrann.
»Tanja und Michael«, sagt sie leise. Sie erinnerte sich dunkel an die beiden. Sie hatte wenig mit ihnen zu tun gehabt. Manchmal waren sie ganz nett. Aber mehr auch nicht. Nett. Die kleine Schwester von langweilig. Eigentlich hatte es nur eine Person gegeben, die sie in ihrer Klasse interessant gefunden hatte. Typ Einzelgänger, genau wie sie. Befreundet waren sie jedoch nicht gewesen. Schade, vielleicht.
Sie trank ihr Glas aus und ging hinein. Holte ihr Telefon und wählte die Nummer, die in der Karte stand.
Nach dem dritten Läuten meldete sich jemand.
»Hi«, sagte sie und nannte den Namen, unter dem Tanja sie kannte. Die freudige Überraschung am anderen Ende der Leitung hörte sich fast echt an.
Sie lächelte. Beantwortete die aus Höflichkeit gestellten Fragen nach ihrem Befinden, ohne selbst eine zu stellen. »Ich komme«, sagte sie und beendete das Gespräch.

Kapitel 7

Sie hatten gegessen, der Fernseher lief, zwei Gläser Rotwein standen auf dem Tisch. Samstagabend. Draußen kläffte ein Hund.

Alexander klapperte mit dem Geschirr in der Küche herum. Eva saß mit angezogenen Beinen auf dem Sofa und starrte auf den Mund des Nachrichtensprechers, ohne ihm zuzuhören. Sie verspürte eine bleierne Müdigkeit. Wie immer, wenn sie aus der Buche kam. Je weniger los gewesen war, desto schlimmer. Genau zwei Gäste hatten sich an diesem Nachmittag in Gerdas Lokal verirrt. Erst kurz bevor sie ging und Kathrin eintraf, sprudelten zehn Leute herein, Fußballfans. Anscheinend hatte der Lokalverein auswärts gewonnen.

Alexander hatte sie abgeholt. Den Brief erwähnte er nicht. Er wartete zu Hause auf dem Küchentisch, an der gleichen Stelle, wo sie ihn liegen gelassen hatte. Als ihr Mann den Herd anstellte, um die Soße zu wärmen, steckte sie den Brief in die Tasche ihrer Jeans.

Das Geklapper verstummte. Alexander kam ins Wohnzimmer, beladen mit einer Schachtel Kekse und zwei Tafeln Schokolade.

»Willst du mich mästen?«

Er lachte und ließ sich neben sie aufs Sofa fallen.

»Hast du vor hinzugehen?«

Hitze flutete ihren Magen, als wäre ein Ballon mit heißem Wasser geplatzt. »Wohin?«

»Na, zu dem Klassentreffen.«

Sie hatte es gewusst. Dass er den Brief lesen würde.
Nicht ärgern. Das war es nicht wert. Er verstand es nicht. Ihre Angelegenheiten waren seine, und seine waren ihre. Das war seine Auffassung von partnerschaftlichem Vertrauen.
»Weiß nicht.« Sie rückte ein paar Zentimeter von ihm weg.
Er riss die Schokoladentafel auf. Es war die gleiche Sorte, die sie ihrem Vater mitgebracht hatte.
»Ich würde es lassen.« Er brach einen Riegel ab.
»Wieso?«
Er zuckte die Achseln, stopfte sich die Schokolade in den Mund und starrte auf den Fernseher, wo sich der Moderator einer dieser albernen Quizshows bejubeln ließ.
»Du hast all die Jahre von niemandem etwas gehört. Und hast du jemals an irgendwen von damals gedacht?«
»Aber gerade deswegen könnte es doch interessant werden.« Sie widersprach ihm, obwohl ihre Gedanken genau in die gleiche Richtung gegangen waren.
»Das bringt dir nichts. Glaub mir.«
»Weil du schon auf so vielen Klassentreffen warst.«
Er brach einen weiteren Riegel ab. Seine Wangen hatten sich rosa gefärbt. Sie wusste, was das bedeutete.
»Warst du wirklich!«
»Auf einem. Verdammt.« Fast wäre ihm die Tafel aus der Hand gerutscht.
»Davon hast du mir nie erzählt.«
Er schnaubte. »Weil es nicht wichtig war.«
»Wann war das denn?«
Er steckte sich das letzte Stück Schokolade in den Mund. Faltete das Silberpapier und strich es glatt.
»Das ist ewig her. Damals, als du mit Charly in Mutter-Kind-Kur warst. Ich dachte, es lenkt mich ab von meiner Einsamkeit.« Er verfiel in einen albern theatralischen Tonfall. »Die

Netten waren nicht gekommen, dafür die Selbstdarsteller. Die größten Luschen von früher wollten auf einmal erfolgreiche Geschäftsmänner sein.« Er lachte. Verachtung grub zwei tiefe Furchen in die Haut um seinen Mund.

»Vielleicht sind sie ja wirklich erfolgreiche Geschäftsmänner.«

Er kommentierte Evas Einwand mit einem Schulterzucken. Griff nach der zweiten Tafel, dabei fixierte er den Fernseher. Mit dem Kinn wies er in Richtung Bildschirm: »Den sieht man auch überall.«

Eva nahm ihr Rotweinglas und trank einen großen Zug. Zu süß. Alexander kaufte immer den falschen Wein.

Wieso war es ihm peinlich, auf einem Klassentreffen gewesen zu sein? Weil er sich mehr erhofft hatte? Eigentlich deckten sich ihre Befürchtungen genau mit seinen Erfahrungen – dass der Abend zu einer Quizshow mutieren würde: Wer hat den makellosesten Lebenslauf, ist die steilste Karriereleiter hinaufgeklettert, hat die schönste Frau, den bestaussehenden Mann, die begabtesten Kinder? Abgesehen von der Lächerlichkeit des Ganzen: Sie hatte gute Chancen auf einen der hinteren Plätze. Vielleicht sollte sie die Einladung wirklich wegwerfen und das Ganze vergessen.

Andererseits könnte der Abend bei ihr ganz anders verlaufen. Und hatte sich Alexander nicht auch Abwechslung erhofft? Eine Wiederbelebung verschütteter Kontakte?

»Es würde mich schon interessieren, was aus den Leuten geworden ist.«

Alexander lachte über etwas. »Was meinst du?«

»Nichts.« Sie trank von dem viel zu süßen Wein, ein, zwei, drei Schlucke.

Sie betrachtete ihren Mann, wie er kaute und auf den Bildschirm starrte. Wie er sich über die Witze des Moderators amüsierte. Es war ein Abend wie unzählige davor. Auch in Zu-

kunft würden die meisten ihrer Abende so verlaufen.
Sie stand auf.
»Wo gehst du hin?«
»Eine rauchen.«
Sie wusste, dass ihn das ärgerte. Und tat es nur deswegen.
Eine steile Falte spaltete seine Stirn. »Ich dachte, du hättest endlich aufgehört.«
»Gelegenheitsraucher hören nie auf.«
Verlegenheitsraucher auch nicht, dachte sie.
Sie öffnete die Glastür zum Garten. Draußen war es noch warm. Eva zog die Schuhe aus und setzte sich auf das steinerne Mäuerchen, das die Terrasse vom Rasen abgrenzte. Sanfter Wind flüsterte in den Büschen und Sträuchern.
Sie atmete das Aroma des Juniabends ein. Warum saßen sie nicht hier draußen? Sie wussten doch, wie wankelmütig der mitteleuropäische Sommer war, der seine heißen Tage nur unregelmäßig verschenkte.
Eva fischte ihre Zigaretten aus der Hosentasche, zündete eine an und nahm einen tiefen, brennenden Zug.
»Eva«, rief Alexander von drinnen. »Das musst du dir ansehen.«
»Gleich.«
Sie rauchte die Zigarette zu Ende und drückte sie aus.
Sie würde zu diesem verdammten Klassentreffen gehen. Schlimmer als eine Quizsendung an einem warmen Sommerabend konnte es nicht werden.

Kapitel 8

Das Da Marco war eines jener teuren italienischen Restaurants, wo es keine Pizza unter fünfzehn Euro gab.

»Das hier ist es?« Alexander runzelte die Stirn.

»Scheint so.«

»Nobler Schuppen. Siehst du einen Parkplatz?«

»Fahr hier ran.«

»Da ist absolutes Halteverbot.«

»Ich steig doch nur schnell aus.«

Er presste die Lippen zusammen, setzte jedoch den Blinker und hielt. Sofort schaltete er die Warnlampe an.

»Danke.« Eva schnallte sich ab.

»Hey, warte.«

Sie unterdrückte ein Seufzen und hielt ihm ihr Gesicht hin.

Er zog sie zu sich und küsste sie. »Viel Spaß, hoffentlich. Und ruf mich an, hörst du.«

»Natürlich.« Sie stieß die Tür auf und winkte.

Damit er endlich abfuhr.

Es war ein milder Abend nach einem verregneten Tag. Eva schaute auf die Uhr. Sie hatte noch zwanzig Minuten Zeit. Zu früh zu erscheinen war fast schlimmer, als sich zu verspäten. Spießig wäre sie sich vorgekommen. Ungeübt in solchen Verabredungen. War sie ja auch. Alexander hätte das nicht verstanden.

So hatte sie geschwiegen, als sie von zu Hause losgefahren waren, obwohl sie gewusst hatte, dass sie vermutlich die Erste

sein und herumstehen würde, bis die anderen eintrudelten.
Sie wandte sich um, ging ein paar Schritte weg vom Da Marco. Schon nach ein paar Metern schnitten ihr die Riemen der Sandalen in die Füße. Wieso hatte sie die überhaupt angezogen? Sie waren schon vor Jahren eng gewesen.
Alexander hatte die Brauen hochgezogen, hatte sie gemustert. Erst die Füße in den goldenen Schuhen. Dann das weiße Sommerkleid. Sie hatte sich geschämt unter seinem Blick, dem Blick eines besorgten Vaters, der die Ausgehgarderobe seiner Tochter auf Freizügigkeit prüft. Charly hatte er so nie taxiert. Noch nicht mal, wenn sie bauchfreie Tops getragen hatte.
»Eva«, rief plötzlich eine helle Stimme hinter ihr. Sie drehte sich um. Eine Frau stand hinter ihr und lachte. Eva hatte keine Ahnung, wer sie war.
»Mensch!« Die Frau war klein und korpulent, bewegte sich jedoch mit Eleganz und Selbstsicherheit auf sie zu. Ihr meerblaues Kleid, das an einen Kaftan erinnerte, flatterte im aufkommenden Wind.
Die Frau streckte die Arme nach ihr aus. »Du hast dich gar nicht verändert.«
Eva hatte diesen Standardsatz erwartet und hätte gerne »Du dich auch nicht« geantwortet, wenn sie gewusst hätte, wer sie gerade an sich presste. Die Frau schob sie von sich und strahlte, als wollten ihre Mundwinkel die Ohren berühren. Ihre Augen waren von einem warmen Braun.
»Ich bin Regina.«
Regina. Das Mathe-Ass der Klasse. Ein schmales Mädchen mit kastanienbraunem Zopf und Sommersprossen auf der Nase …
Regina schien ihre Gedanken erraten zu haben. »Hab ein bisschen zugelegt. Aber spätestens, wenn ich abgestillt habe, mache ich wieder Sport. Dann purzeln die Pfunde.«
Sie lächelte, aber eine Spannung lag in ihrer Miene. Sie erwar-

tete, dass Eva nachfragte. Also tat sie ihr den Gefallen. »Junge oder Mädchen?«
»Zuletzt ein Mädchen.« Regina straffte sich. »Wir haben noch drei größere Jungs.« Jedes Wort troff vor Mutterstolz.
Eva rang sich ein Lächeln ab. Das fing ja toll an.
Vielleicht sollte ihr schnell übel werden, sie sich ein Taxi rufen, in eine Altstadtkneipe fahren lassen und drei Wodka auf Ex trinken.
»Komm.« Regina streckte die Hand aus und hakte sich bei ihr unter. »Wir müssen. Ich hasse es, zu spät zu kommen.«
Regina ließ ihren Arm erst wieder los, als sie das Restaurant betraten. Ein Kellner in weißem Hemd und schwarzer Hose lotste sie in einen Seitenraum, wo eine Frau gerade hell auflachte.
An der Türschwelle blieb Eva stehen und blickte in den Festsaal. An dessen Längsseite erstreckte sich ein Hufeisen aus Tischen mit apricotfarbenen Decken, weißem Geschirr und Blumenarrangements, die eher nach Hochzeit aussahen und deren Duft die Luft beschwerte. Eine Armada aus Gläsern umzingelte jedes Gedeck. Drei Gabeln und Messer lagen auf weißen Stoffservietten neben den Tellern. Die Stühle waren mit Hussen verhüllt. Ein Kellner mit einem Tablett voller Sektgläser bewegte sich elegant zwischen den Leuten. Wider Erwarten waren schon einige da.
»Gehört Tanjas Schwager.«
Das Zimmer, der Kellner oder der ganze Laden hier, lag es Eva auf der Zunge. Das Essen war, der Besteckfolge nach, ein mehrgängiges Menü. Sie überschlug das Geld in ihrem Portemonnaie. Etwa vierzig Euro. Ob das reichte, in so einem Nobelrestaurant? Welch ein Gegensatz zur Alten Buche mit ihrer Dämmrigkeit, den verkratzten Möbeln, dem altmodischen Keramikgeschirr und den Papierservietten.

Regina breitete wieder die Arme aus und stürzte auf einen Mann zu, dürr und mindestens einsneunzig. An seinem breiten Grinsen erkannte Eva Sven, das Musikgenie.
Sie beobachtete die Anwesenden, die miteinander lachten und redeten, als hätten sie sich viel zu erzählen. Als hätte es die Jahre nicht gegeben, die zwischen ihrer Schulzeit und ihrem jetzigen Leben lagen. Sie erkannte Tanja, apart in ihrem blassvioletten Kostüm, und Michael, dessen Haar fast weiß war, was ihn besser aussehen ließ als früher. In Grüppchen standen ihre ehemaligen Klassenkameraden zusammen, drei in Jeans und Hemd, der Rest der Männer im Anzug. Die Sommerkleider der Frauen deckten den kompletten Farbkreis ab. Vielleicht saßen sie nachher nach Komplementärfarben geordnet.
Und sie trug Weiß. Nur Schwarz hätte sie noch deutlicher auch optisch zur Außenseiterin gemacht.
Noch konnte sie gehen. Würde sowieso niemand merken.
Sie trat einen Schritt zurück, wandte sich um und zuckte zusammen. Vor ihr stand eine Frau. Sie hatte sie nicht kommen gehört, und erst jetzt nahm sie ihren Duft wahr. Nach Zitrone roch sie, nach Süden, nach Sonne. Ihre Haut war gebräunt, als käme sie direkt aus dem Urlaub. Grüne Augen blickten sie an.
»Wenigstens gibt's Champagner.« Der rot geschminkte Mund der Frau verzog sich zu einem Lächeln.
Eva wusste nichts zu sagen, also nickte sie. Wer verdammt war das schon wieder?
Die Frau strich sich über ihr dunkles Haar, das sich an ihr Gesicht schmiegte und perfekt auf Kinnlänge geschnitten war. An ihrem Hals funkelte eine Kette, die im Dekolleté ihres tief ausgeschnittenen schwarzen Kleides verschwand.
»Du bist Eva, nicht wahr?« Die Frau reichte ihr die Hand.
»Siehst noch aus wie damals. Nein, wirklich, das ist keine Phrase. Ich hab dich früher oft genug angestarrt, ich muss es

wissen.« Ihr Lachen war unerwartet hell.
»Angestarrt? Wieso das denn?«
Die Frau streckte die Hand aus, berührte Evas Locken.
»Darum. Vielleicht erinnerst du dich, wie meine damals aussahen.«
Eva wusste immer noch nicht, wer da vor ihr stand. »Entschuldige, aber ...«
»Ich bin Agnès. Früher Agnes.«
Agnes. Eva starrte sie an. Diese Frau und ihre ehemalige Klassenkameradin konnten unmöglich die gleiche Person sein.
»Was ein kleiner Akzent doch ausmacht, nicht wahr?«
Agnès' roter Mund entblößte makellos weiße Zähne. »Wenn meine Eltern schon nicht schlau genug waren, meinen Namen damit zu verschönern, musste ich es eben tun.«
»Klingt wirklich gut«, hörte Eva sich sagen und kam sich dämlich dabei vor.
Sie erinnerte sich kaum an die Agnes von früher. Höchstens an ihr Haar von undefinierbarer Farbe. Eva hätte heute nicht mehr sagen können, ob es eher blond, braun oder rötlich gewesen war. Ihre Mutter hatte es ihr selbst geschnitten, nur war sie als Friseurin völlig talentfrei gewesen. Da Agnes eines der wenigen Internatskinder gewesen war und ihre Eltern offenbar nur alle paar Monate besucht hatte, war das Haar in mehr oder weniger unregelmäßigen Strähnen nachgewachsen. Natürlich hatten manche deswegen dumme Bemerkungen gemacht. Aber Agnes hatte sie mit stoischer Miene über sich ergehen lassen, als hätten ihre Gedanken die Flucht ergriffen und ihren Körper zurückgelassen, an dem jede Beleidigung abprallte. Irgendwann war sie nur noch mit einer Basecap in der Schule erschienen. Aber da waren es die meisten schon leid gewesen, sie zu ärgern. Nach einer Weile hatte niemand mehr Notiz von ihr genommen.

Eva musterte verstohlen Agnès' glattes Gesicht, den Schimmer ihres Haares, den ihrer Augen. Größer hätte die Verwandlung nicht sein können.

Agnès berührte ihren Arm. »Wollen wir?«

Ihre Stimme klang, als wären sie vertraut miteinander. Als wären sie Freundinnen oder zumindest mal gewesen. Dabei hatten sie heute fast so viel miteinander gesprochen wie während ihrer gesamten Schulzeit.

»Wo wir schon mal hier sind.« Sie erwiderte Agnès' Grinsen.

»Hey!« Agnès schnippte in Richtung des Kellners, der sich gerade mit gehauchter Entschuldigung an ihnen vorbeiquetschte und ein voll beladenes Tablett auf den Händen balancierte.

Sie nahm zwei Sektkelche, reichte Eva einen und sagte: »Auf diesen Abend. Zur Not trinken wir ihn uns schön.«

Ihre Gläser stießen aneinander. Eva nahm einen Schluck. Prickelnd lief ihr der Sekt die Kehle hinunter.

Agnès zwinkerte ihr zu.

Gemeinsam betraten sie den Raum.

Kapitel 9

Die meisten waren schon gegangen, als Agnès sich das vierte Glas Rotwein eingoss. Eva rührte in den Resten ihrer Panna Cotta. Keinen Bissen bekam sie mehr runter. Sie erwiderte Heidis Gruß, die gerade aufbrach. Sie war eine der wenigen gewesen, die sie auf Anhieb erkannt hatte. »Du warst doch süchtig nach Pistazieneis«, hatte Heidi gesagt. Eva war erstaunt gewesen, dass sie das noch wusste.

Auch alle anderen hatten sie freundlich gegrüßt, als sie mit Agnès den Raum betreten hatte. »Hörst du noch Metal?« »Was, du hast tatsächlich Alexander geheiratet?« Ihre ehemaligen Klassenkameradinnen hatten sich offenbar für sie interessiert und an ihrem Leben Anteil genommen, während sie die meisten nur oberflächlich wahrgenommen hatte.

Später hatte sich Tanja eine Weile zu ihr gesetzt, als Agnès zum Rauchen und Telefonieren nach draußen gegangen war. Hatte von ihrem Mann, der Praxis, dem Hund geplaudert und darauf hingewiesen, dass ihr Schwager für Essen und Getränke lediglich fünfundzwanzig Euro verlange, Freundschaftspreis. Dabei hatte sie diskret eine Visitenkarte des Da Marco über den Tisch geschoben.

»Da gibt es diesen herrlichen Wein für so gut wie umsonst, und die hauen alle schon ab?« Agnès schüttelte den Kopf.

»Naja, vielleicht vertragen sie nicht so viel wie du.« Eva grinste. Agnès prostete ihr zu.

Den ganzen Abend hatten sie sich unterhalten, auf eine ungezwungene, manchmal sogar alberne Art, wie Eva es lange nicht mehr getan hatte. Agnès stellte Fragen, die auf echtem Interesse statt auf Neugier zu beruhen schienen: ob sie einen Mann habe, was sie beruflich mache und so weiter. Zunächst hatte Eva sich gescheut, von ihrem Kiesbacher Leben zu erzählen. Von Charly zu berichten fiel ihr leicht. Aber über ihren Job in der Alten Buche hatte sie nur gesagt: »Ich arbeite in der Gastronomie«. Agnès hatte sich damit zufrieden gegeben, nicht nachgehakt, und stattdessen von sich selbst erzählt: Banklehre abgebrochen, BWL-Studium, dann Controllerin. Danach ein paar Semester Psychologie, zwischendrin immer mal wieder ein paar Modeljobs, seit vier Jahren selbstständig als Coach für Persönlichkeitsentwicklung.

Jetzt blickte sie Olaf und Anja hinterher, die gerade den Saal verließen. »Du musst aber nicht auch schon los, oder?«

Eva schüttelte den Kopf. Es war erst kurz vor zehn – und der schönste Abend seit Langem. Wer hätte das gedacht! Eine Stunde wollte sie noch bleiben. Oder zwei …

»Wie wär's, wenn wir uns noch ein Gläschen von dem Roten genehmigen und dann weiterziehen? Ich kenne da eine Bar …«

Eva zögerte.

»Ist das weit von hier? Alexander wollte mich nämlich vor dem Da Marco abholen.«

»Ein Kätzchensprung.« Agnès schmunzelte.

»Ja dann.« Sie stießen an. Warm rann Eva der Wein die Kehle hinunter.

»Hast du ein Foto von ihm?«

»Wem?«

»Deinem fürsorglichen Gatten. Oder treibst du dich noch mit anderen Männern rum?«

»Sehe ich so aus?«

»Und wie.« Agnès lachte.

Eva holte ihr Portemonnaie aus der Handtasche, klappte es auf und betrachtete das Foto. Wie lange hatte sie es nicht mehr angeschaut? Warum schleppte man eigentlich das Bild von jemandem mit sich herum, den man jeden Tag sah?
Agnès warf einen Blick auf das Bild. »Schon ein bisschen in die Jahre gekommen, was? Das Foto, meine ich.« Sie grinste. »Aber nicht übel.«
Eva wich ihrem Blick aus und steckte das Portemonnaie wieder ein.
Agnès beugte sich näher zu ihr, als wollte sie ihr etwas Geheimes anvertrauen. »Mein Ex hieß auch Alexander.«
»Du warst verheiratet?«
»Zweimal. Alexander war Ex – also, Ehe-Ex – Nummer 1.« Sie trank ihr Glas leer. »Komm, jetzt sag, dass Heiraten sowieso nicht zu mir passt.«
Eva kicherte. »Heiraten passt nicht zu dir.«
»Braves Mädchen.«
Agnès griff nach der Flasche, schien zu überlegen, und goss sich erneut ein.
»Warum eigentlich?«
Agnès hob in gespielter Verzweiflung die Hände. »Ich hab sie immer betrogen. Konnte einfach nicht anders.«
Sie nahm noch einen Schluck. »Nein, im Ernst: Es ist fairer so. Ich kann tun und lassen, was ich will, wann, mit wem und wie oft. Ich bin niemandem Rechenschaft schuldig. Von keinem abhängig.«
Sie leckte sich einen Tropfen Wein von den Lippen.
Plötzlich erhob sie sich und fasste Eva am Arm. »Komm«.
Ihr Griff war fordernd und sanft zugleich. Eva stand auf.
Als sie den Saal verließen, deutete einer der Kellner eine Verbeugung an. Es sah aus, als steckte er Agnès etwas zu.
Draußen, im Licht der Lampe, hielt sie Eva ein Kärtchen unter

die Nase. Roberto, stand darauf, darunter eine Handy-Nummer.

»Rufst du ihn an?«

Agnès zuckte die Achseln und hakte sich bei ihr unter. Zu zweit nahmen sie fast den ganzen Bürgersteig ein. Sie wichen niemandem aus, obwohl viele Nachtschwärmer unterwegs waren. Die Nacht und das Leben gehörten ihnen, wenn auch nur für die Dauer einer vom Rotwein heraufbeschworenen Gefühlsregung.

Zwei Männer warfen ihnen Blicke zu, warfen sie nach ihnen aus wie Angeln, aber sie würden die Köder nicht schlucken. Sie waren zwei schlaue, flinke Fische, sie glitten durch die warme Nacht, ließen sich nicht festhalten.

Agnès stoppte vor einer gläsernen Fassade, durch die grünes Licht nach draußen fiel. Sie zog Eva durch die geöffnete Tür.

Trotz der Hitze war es brechend voll. Agnès nahm sie bei der Hand, fand eine Lücke durch die Menge. Die klare Stimme einer Sängerin tönte aus den Lautsprechern, tanzte auf metallischen Beats über ihren Köpfen, diffundierte durch ihre Poren, ließ ihre Körper vibrieren. Leiber streiften einander, rieben sich ab- und unabsichtlich. Der Schweiß der Menge vermischte sich mit ihrem, aber es stank nicht, es war das Parfum des Lebens. Agnès hielt ihre Hand fest. Selbst dann noch, als sie sich zur Bar durchgequetscht hatten. Sie schob sich an einem eng umschlungenen Pärchen vorbei, beugte sich über den Tresen zu dem Barkeeper, der sie anlächelte. Sie schrie ihm etwas zu, er nickte und angelte zwei Cocktailkelche vom gläsernen Regal.

Eva wandte sich um. Sie betrachtete die Menschen, die lachten und tranken, den Sommer feierten oder sich selbst oder nur den Augenblick. Und sie in ihrer Mitte.

Agnès berührte sie am Arm, reichte ihr ein Cocktailglas. »Auf uns.«

Eva trank. Es schmeckte nach Erdbeeren. Sie leckte sich Zuckerkrümel von den Lippen.
»Die beste Erdbeer-Margarita der Stadt.« Agnès lächelte. Ihr Glas war schon fast leer.
Ein neuer Song wurde gespielt. Agnès stieß einen kleinen Schrei aus, stellte ihr Glas auf den Tresen, drängte sich durch die Menge zu einer kleinen Gruppe Tanzender. Sie schob sich in deren Mitte. Als wäre es Teil einer Choreografie, einer Inszenierung, machten die anderen Platz, bildeten einen Kreis um sie. Agnès hob die Arme. Das grüne Licht zuckte über ihr Gesicht, sie hatte die Augen geschlossen. Die Menschen drehten die Köpfe, sahen ihr bei ihrer selbstvergessenen Performance zu.
Eva spürte ihren Herzschlag. Es pochte in ihren Adern. Schwindel drehte sich in ihrem Kopf. Sie wandte sich zu dem Barkeeper um, der ihr zuzwinkerte. Sie hob ihr leeres Glas. Er reckte den Daumen nach oben. Drückte ihr eine neue Margarita in die Hand.
Du solltest jetzt mit dem Trinken aufhören, kämpfte eine Stimme in ihrem Kopf gegen die Bässe der Musik.
Ja. Sollte sie.
Sie nahm einen großen Zug, blickte Agnès entgegen, die mit wiegenden Hüften auf sie zuschritt, lachte und sich zu ihr beugte. Sie nahm einen weiteren Cocktail entgegen, den der Barkeeper schon für sie vorbereitet hatte.
»Ich glaube, der mag dich.«
»Wir kennen uns. Ich bin öfter hier.« Agnès zwinkerte ihr zu.
Ein Mann tauchte neben ihnen auf. Er rief dem Barkeeper etwas zu und wandte sich dann an Agnès. »Toller Auftritt eben. Endlich mal jemand, der tanzen kann.«
Agnès lehnte sich nach vorne, hob den Kopf, antwortete irgendetwas. Der Mann lachte. Grübchen drückten sich in seine

Wangen. Ähnlich wie bei Alexander, wenn er lächelte.
Alexander. Verdammt!
Eva setzte das Glas auf den Tresen. Rosarote Flüssigkeit schwappte über den Rand auf ihre Finger. Mit der anderen Hand fischte sie ihr Handy aus der Tasche. Drei verpasste Anrufe. Es war kurz vor Mitternacht.
Sie tippte Agnès auf die Schulter, die sich auf einem plötzlich frei gewordenen Barhocker niedergelassen hatte. Vielleicht hatte der Typ dafür gesorgt. Er betrachtete Agnès, als würde er gerne noch viel mehr für sie tun. Agnès drehte sich um. Eva hielt das Handy hoch. Agnès verstand. Sie erhob sich und brüllte dem Mann etwas ins Ohr. Wandte sich Eva zu und folgte ihr.
Der Weg zum Ausgang dauerte ewig. Die Menschen standen wie eine Wand, sie fand kaum eine Lücke. Schweiß rann ihr von der Stirn, vom ganzen Körper.
Endlich war sie draußen, Agnès hinter ihr. Der Mann war ihr gefolgt.
Eva lehnte sich an die Fassade. Der Putz bohrte sich in ihren Rücken. In ihrem Kopf drehte sich ein Karussell. Sie schloss kurz die Augen. Verdammt.
»Alles klar?« Agnès legte ihr die Hand auf den Arm.
»Ich muss Alexander anrufen.« Die Margarita drückte sich vom Magen die Speiseröhre hoch. Sie schluckte. Presste das Handy ans Ohr. Voicebox.
»Komm, wir gehen zum Da Marco zurück.«
Agnès nahm Eva am Arm. Der Mann wollte ihnen folgen, doch sie hob die Hand. »Lass mal.«
Abrupt blieb er stehen. Enttäuschung huschte über sein Gesicht. »Kommt ihr später noch mal?«
»Vielleicht?« Agnès zuckte mit den Schultern.
Sie bogen um die Ecke. Evas Füße brannten, die Riemen der Sandalen schnitten ihr ins Fleisch. Sie wählte noch einmal Ale-

xanders Nummer, ohne Erfolg.
»Der macht dir doch jetzt keinen Stress?«
Eva biss sich auf die Lippen. Jeder Schritt wurde zur Qual. Dabei hatte sie vorhin überhaupt nichts gespürt. Außer diesem Schwindel, dieser Leichtigkeit, die vielleicht nichts anderes als Betrunkenheit war.
Sie erreichten die Hauptstraße. Das Da Marco war erhellt von den milchigen Lichtkegeln der Straßenlampen, die sich in die Dunkelheit bohrten.
Sie fröstelte.
»Ich hab übrigens eine sehr bequeme Couch.« Agnès grinste, und Eva musste lachen.
Ein Wagen schlich heran, stoppte. Alexanders Kombi.
Er stieg aus. Sein Gesicht schimmerte geisterhaft in der Dunkelheit. Er sah sie an. Dann fiel sein Blick auf Agnès. Seine Mundwinkel mühten sich an einem Lächeln ab.
»Da bist du ja. Ich hab mir Sorgen gemacht.«
»Ich hab gut auf sie aufgepasst.« Agnès' Stimme war so zuckrig wie der Rand des Margaritaglases. Wider Willen musste Eva kichern.
Agnès umarmte sie und drückte ihr Küsschen auf beide Wangen.
»Man sieht sich.«
Sie löste sich, schritt die Straße entlang, in rhythmischem Gang. Sie drehte sich um und warf Eva eine Kusshand zu.
»Kommst du?« Alexander hatte den Versuch zu lächeln aufgegeben. Der laufende Motor des Kombis röhrte. Eva blieb stehen und schaute Agnès nach, wie sie um die Ecke verschwand. Konzentriert, um nicht zu schwanken, stieg sie auf der Beifahrerseite ein, die Alexander für sie geöffnet hatte.
Er fuhr los. Das Schweigen zwischen ihnen schwoll an, dröhnte in ihren Ohren, lauter als die Bässe der Musik in der Bar.

»Wo warst du denn?«
Sie schluckte. »Wir waren noch etwas trinken.«
Er schaute sie an, zog Luft ein. »Das riecht man.«
»Stinke ich oder was?« Ihre Schläfen begannen zu pochen.
»Wenn du mich so fragst.« In seinem Blick lag Verachtung.
Eva biss sich auf die Lippen, schluckte erneut, um der aufsteigenden Magensäure Widerstand zu bieten. Wieso eigentlich? Dann kotzte sie ihm eben das Auto voll.
»Eva. Ich hab mir Sorgen gemacht.«
Sorgen, Sorgen, Sorgen, echote es in ihr, fuhr Achterbahn in ihrem Kopf, neongrün, schneller und schneller.
»Ich meine … hättest doch anrufen und sagen können … ich wollte schon ins Bett gehen.«
»Entschuldigung. Entschuldigung, Entschuldigung.«
»Was soll das jetzt?«
»Ich HABE angerufen. Ich HABE dir noch zu Hause vorgeschlagen, mit dem Taxi zu fahren. Ich HABE …«
»Ja! Hab's verstanden!«
Er schlug mit beiden Händen aufs Lenkrad.
»Hattest du wenigstens einen schönen Abend?«
Bis eben schon. Sie presste die Lippen zusammen, damit die Worte nicht entschlüpften.
Wieso nicht? Wieso konnte sie sie nicht rauslassen, nicht mal in betrunkenem Zustand?
Er räusperte sich. »Wer war denn die Frau?«
»Agnès.«
»Sah nett aus.«
Sei still, dachte sie. Sei bitte, bitte, bitte still.
Sie drehte den Kopf zum Fenster. Schaute in die Nacht, wo die Häuser an ihr vorbeizogen wie eine Illusion. Sie verließen die Stadt Richtung Kiesbach, im Scheinwerferlicht tauchten die ersten Felder auf. Sie holte ihren MP3-Player aus der Tasche,

den sie glücklicherweise eingesteckt hatte. Under Pressure von Queen erklang, und sie schloss die Augen.

Agnès

Satt und rund stand der Vollmond am Himmel. Sie saß mit angezogenen Beinen auf dem Bett. Sie würde nicht schlafen können. Egal. Das konnte sie tagsüber nachholen. Wie gut, dass sie sich für berufliche und private Selbstständigkeit und gegen eine Familie entschieden hatte. Gegen einen Ehemann und Kinder, die Forderungen stellten. Die vor Tagesanbruch schrien und Bedürfnisse ankündigten. Um die sie sich hätte kümmern müssen.

Sie war genug damit beschäftigt, für sich selbst Sorge zu tragen.

Noch immer lag ihr der Geschmack des Abends auf der Zunge. Sie hatte ihn genossen. Eine Tatsache, die sie erstaunte. Ja, sie hatte gehofft, dass dieses Klassentreffen ganz amüsant werden würde. Hatte sich Genugtuung gewünscht – und erhalten –, wenn die anderen sie sahen. Wenn sie erfuhren, wie erfolgreich sie war. Dass sie niemanden von ihnen gebraucht hatte, um dort hinzugelangen, wo sie war. Dass sich vielleicht ein paar Kontakte aufwärmen ließen – aus beruflichen Gründen.

Dann hatte Eva da gestanden.

In dem weißen Kleid, den goldenen Schuhen. Unsicher. Unschuldig. Mit einem Ausdruck im Gesicht, der deutlich machte, dass sie sich fehl am Platz fühlte. Dass sie sich ihrer Wirkung auf Menschen offenbar nicht bewusst war. Dass sie die Blicke, die man ihr zuwarf, nicht bemerkte. Dass sie doch nur die Hand ausstrecken musste nach dem Leben, dass es ihr etwas bieten konnte. Wenn sie nur wollte.

Dass sie mit etwas beschäftigt zu sein schien, das sie von ihrer Außenwelt immer ein Stück auf Distanz hielt.

Genau wie früher.
Auch da schien Eva da und gleichzeitig weit weg zu sein.
Deswegen hatte Agnès sie angesprochen.
Sie hatten einen richtig schönen Abend zusammen verbracht.
Agnès stand auf, schob die Tür zum Balkon auf. Die Luft war noch immer warm, fast wie im Süden. Lud dazu ein, nach draußen zu gehen. Die Nacht zu genießen. Das Leben zu kosten, das bei Dunkelheit einen anderen Geschmack annahm. Süßer und vollmundiger. Mit dunklen Aromen. Uneindeutiger. Vieles blieb im Vagen. In Andeutungen und Versprechungen. Im Unverbindlichen. Von Schatten gedämpft.
Der Reiz der Nacht.
Sie kannte ihn nur zu gut. Wie glücklich sie war, dass sie sie genießen konnte, die Nächte. Vor allem jene im Sommer. Dass die Zeit schon lange vergangen war, in der sie sich nach Einbruch der Dämmerung verkrochen, nicht mehr hinausgewagt hatte. Selbst, als sie den notwendigen Schnitt in ihrem Leben gemacht und einen Neubeginn beschlossen hatte, musste sie sich anfangs in die Nächte zurücktasten.
»Du bist gemacht für die Nacht.«
Ein Satz, den sie nie vergessen würde. Genauso wenig wie den Menschen, der ihn ausgesprochen hatte.
Damals hatte sie noch geträumt, von einer eigenen Bar. Ähnlich wie jener, in die sie Eva vor ein paar Stunden entführt hatte. Sie lachte, als sie an Evas Miene dachte, die Überraschung und Freude spiegelte, als erlebte sie ein Abenteuer. Vielleicht war es auch so. Wie gelöst sie gewirkt hatte. Bis ihr Mann mit seinen Anrufen ihrer Freude ein Ende gesetzt hatte.
Bestimmt hatten sie später Streit bekommen. Vielleicht stritten sie noch immer. Sie hatte ein Gespür dafür. Für die Spannungen. Für die Leerstellen, die Wünsche und Sehnsüchte. Die Enttäuschungen. Ein Blick in sein Gesicht hatte genügt: So

kannte er Eva nicht, so ausgelassen. So wollte er sie auch nicht kennen.
Sie hatte es wirklich bedauert, dass Eva so früh aufgebrochen war.
Sie schob die Balkontür zu, ging zurück ins Schlafzimmer. Checkte die Uhrzeit auf ihrem Handy.
Halb zwei.
Die Bar hatte bis vier geöffnet.
Sie streifte ihr Kleid über den Kopf und warf es in eine Ecke. Zog ein Neues aus dem Schrank, weiß war es, ähnlich wie Evas Kleid, nur mit Lurexfäden durchzogen. Sie schlüpfte in die Schuhe, packte Telefon und Schlüssel ein, verließ die Wohnung. Auf dem Weg zur Bar begegnete sie niemandem. Der Mond blickte über die Dächer der Stadt, als hätte er ein Auge auf sie. Nach einer Viertelstunde erreichte sie die Bar.
Der Puls der Musik nahm sofort von ihr Besitz. Ihr Herzschlag und die Beats verschmolzen. Ein warmes Gefühl durchströmte sie. So mussten sich Menschen fühlen, wenn sie von ihrem Zuhause, von Zugehörigkeit sprachen.
Sie roch Schweiß und Leben. Alkohol und Illusionen, die man sich gerne machte in dieser Nacht. Die einen über Wasser, vielleicht sogar am Leben hielten.
Ein paar Köpfe drehten sich nach ihr um.
Sie fing den Blick eines Mannes auf und erwiderte ihn. Sie bewegte sich an ihm vorbei, Richtung Bar und wusste, dass er ihr folgen würde.

Kapitel 10

Der Schmerz bohrte sich tief in ihre Schläfen. Eva presste die Augenlider zu, doch der Schlaf ließ sie im Stich und stahl sich davon. Mit einem Stöhnen drehte sie sich auf die Seite und blinzelte. Das Bett neben ihr war leer.

10.39 Uhr. Vorwurfsvoll leuchteten die Ziffern des Weckers im Dämmerlicht des Schlafzimmers auf. Ihr T-Shirt klebte an ihrer Haut. Das Kopfkissen dünstete Schweiß aus, den Schweiß ihres Körpers, wie eine olfaktorische Reflexion.

Der Schmerz arbeitete sich vom Kopf durch ihren Körper, pflügte durch ihre Adern, beharkte ihre Magennerven.

Katerübelkeit. Das letzte Mal war lange her.

Vorsichtig streckte sie die Beine aus und richtete sich auf. Das Schlafzimmer begann zu rotieren, der Stuhl vor dem Fenster, auf den sie letzte Nacht ihre Klamotten geworfen hatte, die Kommode, der Schrank.

Nach einer Weile ließ der Schwindel nach. Sie schob die Füße über die Bettkante. Sie musste nur etwas trinken, dann ging es ihr besser.

Langsam stand Eva auf. Sie zerrte eine Jogginghose aus dem Schrank, zog sie an und tapste barfuß in den Flur.

Alles war still. Welcher Tag war heute? Samstag?

Wie gut, dass Alexander weg war. Er war der Letzte, den sie jetzt sehen wollte. Er hatte ihr den Abend verdorben. Den schönsten Abend seit … Ewigkeiten.

Sie hatte es ihm sagen wollen. Und die Worte herunterge-

schluckt, wie so oft. Was hinderte sie daran, auszusprechen, wenn sie sich über ihn ärgerte?
Sie schob den Gedanken weg und betrat die Küche. Gestank nach Fett und kaltem Rührei strömte ihr entgegen. Mit ein paar Schritten war sie am Fenster und riss es auf. Trank gierig die Luft, schwülwarm war sie, egal.
Wieso hatte er sich Eier braten müssen, ausgerechnet heute? Er hatte doch gesehen letzte Nacht, dass sie ein bisschen was getrunken hatte – als ob das so schlimm wäre – und konnte sich denken, dass es ihr heute Morgen sicher nicht nach Rührei gelüstete.
Immerhin hatte er ihr Kaffee übrig gelassen. Sie goss sich eine große Tasse voll und trank ihn schwarz und heiß. Sofort platzte Schweiß aus ihren Poren. Aber ihr Magen beruhigte sich, das war das Wichtigste. Duschen musste sie sowieso. Sie strich sich ein paar Locken zurück, die an ihrer Stirn klebten.
Sie drehte sich zum Küchentisch und streckte die Hand nach der Obstschale aus, hielt inne. Da lag ein Zettel.
Ich hoffe, du hast gut geschlafen?
Mehr nicht. Darunter lag eine Kopfschmerztablette.
Sie schnaubte.
War das Absicht? Wollte er sie mit diesem Satz, seinem verdammten Rührei und seinem Tablettchen demütigen?
Ich hab's doch nur gut gemeint, dröhnte seine Stimme in ihren Ohren.
Sie fegte den Zettel vom Tisch. Die Tablette schlitterte über den Boden wie ein Mini-Eishockey-Puck.
Raus hier.
An der Haustür schlüpfte sie in ihre Sneakers, schnappte den Schlüssel und zog zu.
Der Sommermorgen packte sie mit feuchten Händen und pustete ihr Hitze ins Gesicht. Fest setzte sie die Füße auf den

Boden. Sie würde jetzt laufen gehen, sie schwitzte ohnehin, und das bisschen Alkohol, meine Güte! Warf sie Alexander die Schnäpse und Biere vor, die er sich an so manchem Abend genehmigte? Und hatte er die Cola-Weizen und Wodka-Lemons vergessen, die sie früher getrunken hatten? Wie berauscht sie damals waren nicht nur vom Alkohol. Sondern vor allem von den Konzerten, die sie häufig besucht hatten, dem Tanzen, der Musik und dem Wissen, jung zu sein?

Sie waren später nie mehr auf einem Rockkonzert gewesen. Ein paar Mal hatte sie es vorgeschlagen, aber Alexander hatte abgewehrt, die Zeiten seien doch vorbei. Er hörte mittlerweile fast nur noch austauschbaren Allerweltspop, der aus dem Radio dudelte.

Gestern Abend hatte sie sich annähernd wieder so gefühlt wie früher. Das Pulsieren der Musik in ihrem Körper, die Leichtigkeit im Kopf, das Wissen, unvernünftig zu sein, für diese Nacht, diesen Augenblick. Dieses Gefühl, dem Leben auf der Nase herumzutanzen ...

Das hatte sie ihm früher nie erklären müssen.

Agnès hatte das gleiche Gefühl gehabt, das hatte sie ihr angesehen.

Agnès. Eva lächelte.

Wie wohl sie sich mit ihr gefühlt hatte. Wie gut sie sich verstanden hatten. Obwohl sie sich kaum kannten.

Als Eva auf den Feldweg einbog, fiel ihr ein, dass sie ihren MP3-Player vergessen hatte. Sie überlegte, umzudrehen, entschied sich jedoch, weiterzulaufen. Normalerweise hörte sie immer Musik beim Laufen. Außer, wenn Hannah dabei war. Wieso kam sie jetzt auf Hannah? War schon ewig her, dass sie sich gesehen hatten. Im Frühjahr? Verdammt, sie musste sich unbedingt mal wieder bei ihr melden.

Hohes Gras kitzelte ihren Arm. Sie wich wilden Brombeeren

aus und ließ das Dorf hinter sich, das Dorf mit seiner samstäglichen Betriebsamkeit, seinem Noch-den-Sonntagsbraten-Kaufen, dem Vorgarten-Mähen, dem Fensterputzen, dem Tratsch in Bäckerei und Metzgerei.
Ihr Herz pochte. Die Sonne bohrte sich durch einen milchigen Himmel. Gleich war Eva im Wald. Dorthin würde sich am Samstag kaum jemand verirren, den stürmten sie erst morgen Nachmittag, ob sie wollten oder nicht, denn der Sonntagsspaziergang war Pflicht.
Der Wald empfing sie mit Kühle. Sie atmete tief durch, dann begann sie zu laufen. Als sie beschleunigte, tanzten Sternchen um ihren Kopf. Sie verlangsamte.
Ob Agnès auch Laufen ging? Bestimmt nur auf dem Band. Eva konnte sie sich gut vorstellen, wie sie in einem hippen Studio in einem schicken Sportdress ihr Fitnessprogramm absolvierte. Wahrscheinlich sah sie selbst verschwitzt umwerfend aus. Nach dem Training ging sie bestimmt in die Sauna. Gemischt, natürlich.
Eva musste grinsen.
Warum hatte sie nicht daran gedacht, Agnès ihre Telefonnummer zu geben?
Der Weg stieg sanft an. Sie drosselte erneut das Tempo. Über ihr tuschelten die Bäume, als tauschten sie die neuesten Waldnachrichten aus. Hast du schon gehört, dass es eine Wildsau erwischt hat, weil die Zweibeiner in ihren Blechkisten alles niederwalzen, was ihnen in den Weg kommt? Haben in deiner Krone dieses Jahr auch wieder Vögel genistet? Und dieser Specht, der geht mir derart auf die Nerven …
Charly hatte solche Geschichten erzählt, als sie klein gewesen war. Als man sie abends kaum ins Haus bekam. Als sie ganze Sommer lang mit abgeschnittenen Jeans und verschrammten Knien durch Kiesbachs Felder gestreift und im Wald mit den

größeren Kindern Häuser gebaut hatte. »Der Wald spricht«, hatte sie beim Abendessen gesagt, »man muss nur zuhören«, und ihre Zahnlücke gezeigt, bevor sie mit Appetit in ihr drittes Käsebrot biss.

Manchmal waren sie gemeinsam in den Wald gegangen, und Charly hatte geflüstert: »Hörst du es, Mama?«, und wenn sie den Kopf schüttelte, sagte Charly: »Du musst die Augen zumachen.« Eva hatte die Augen geschlossen, auf das Rauschen der Bäume gelauscht, das Knacken eines Astes, das Singen der Vögel. Sie hatte die warme, etwas klebrige Hand ihrer Tochter auf ihrem Arm gespürt. Eine Welle der Zufriedenheit war durch ihren Körper gespült, ein Gefühl, genau am richtigen Platz zu sein. Ein Gefühl, das sie zu bewahren versuchte, das sie manchmal durch einen Tag, eine Woche retten konnte, bis es sich über Nacht verflüchtigte.

Seitenstechen zwang sie zum Anhalten. Ihr keuchender Atem schaufelte die nach Moos duftende Erde in ihre Lungen. Sein Rhythmus vermischte sich mit dem Raunen des Windes, dem Knistern der Blätter. Sie setzte sich auf den weichen Waldboden und stützte den Kopf auf die Arme.

Nachher würde sie Charly anrufen, am besten gleich, nachdem sie nach Hause gekommen war. Dann war Alexander noch nicht zurück, und sie konnte in Ruhe mit ihrer Tochter reden, ohne das Gefühl zu haben, er könnte lauschen, im Geiste jedes ihrer Worte auf Gluckenhaftigkeit prüfen und später kommentieren.

Sie stand auf und setzte sich in Bewegung. Es fiel ihr leichter als zu Beginn, weil der Rückweg abwärts führte. Sie ließ den Wald hinter sich, bog auf den Feldweg ein und wechselte erst dann zum Schritttempo, als die Brombeerhecken ihre Triebe über den Weg bogen wie dornige Brücken. Sie schob sie beiseite, passierte das Nachbarhaus, das hinter seiner Hecke schlief

und einen Traum nach vergangenen Zeiten träumte mit seiner von Efeu ummantelten Fassade.
Die Kirchturmuhr schlug zweimal, als Eva die Haustür aufschloss. Halb zwölf? Dann blieb ihr eine gute Stunde, bis Alexander heimkam.
In der Küche hielt sie den Kopf unter den Hahn, trank, ließ sich Wasser über die Handgelenke laufen. Das Telefon lag auf der Arbeitsplatte. Hatte Alexander heute Morgen schon telefoniert? Sie würde nicht im Speicher nachschauen, obwohl sie ahnte, dass er das umgekehrt tat.
Sie setzte sich und wählte die Nummer ihrer Tochter. Nach dem siebten Läuten ging der Anrufbeantworter dran. Die freundliche Computerstimme verkündete, dass niemand zu Hause sei, sie aber gerne …
Eva legte auf. Sie zögerte nur einen Augenblick und versuchte es dann unter Charlys Mobilnummer. Das Handy war aus.
Die Enttäuschung grub ein Loch in ihren Magen. Charly hat ihr eigenes Leben, mahnte sie sich. Aber welchen Stellenwert nahm sie darin noch ein?
Sie starrte auf das Telefon, als wüsste es die Antwort.
Erneut fiel ihr Hannah ein. Der Gedanke an sie war wie ein Strohhalm, und sie griff nach ihm, um nicht vom Strudel ihres eigenen Selbstmitleids mitgerissen zu werden.
Doch auch bei Hannah meldete sich nur der Anrufbeantworter.
»Hallo, hier ist Eva.«
Sie lauschte auf ihren Atem, weil ihr die Worte fehlten. Weil ihr alles, was ihr in den Sinn kam, peinlich erschien, überhaupt die Idee, sich bei Hannah auszuheulen, nur weil sie Charly nicht erreichte.
»Wollte nur mal wieder was von mir hören lassen, ciao.«
Als sie aufgelegt hatte, erinnerte sie sich an den Streit, und dass sie Hannah stehen gelassen hatte. »Dann änder doch dein

Leben«, hatte Hannah ihr vorgeworfen. »Das Dorf ist nicht dein Problem.« Da war Eva losgelaufen, denn sie hatte keine Lust darauf gehabt, zu erfahren, was Hannahs Meinung nach ihr Problem war. Tief drinnen wusste sie es doch genau.

Das Telefon fiel ihr aus der Hand und schlitterte über den Boden.

»Verdammt!«

Eva hob es auf. Roch ihren Schweiß. Sie lief nach oben ins Bad. Duschte kalt. Mit geschlossenen Augen ließ sie das Wasser an sich herabrauschen und biss die Zähne zusammen.

Notdürftig trocknete sie sich ab und ging noch tropfend ins Schlafzimmer. Zerrte Unterwäsche und ein verwaschenes Jerseykleid aus der Kommode. Hausfrauenfummel, dachte sie. Praktisch und pflegeleicht, dennoch tief genug ausgeschnitten und mit modischem Touch, der den Ehemann, wenn er sie beim Putzen betrachtete, von den gelben Gummihandschuhen ablenkte und ihn daran denken ließ, dass man es mit einem Ruck über den Kopf ziehen konnte.

Ihr Magen begann wieder zu pochen. Ja, gleich würde sie das Mittagessen zubereiten wie jede brave Hausfrau, Würstchen und Kartoffelsalat, was Alexander mochte und sie nicht mehr sehen konnte. Aber vorher noch eine Waschmaschine anschalten. »Du warst ja fleißig«, könnte der treusorgende Ehemann dann bemerken und sie ein Standardlächeln aufsetzen. Das konnte sie am besten, einfach die Mundwinkel hochziehen und Zähne zeigen, und der Ehemann konnte sich zurücklehnen, rundum zufrieden mit sich und der Überzeugung, alles richtig zu machen.

Sie zog das weiße Kleid vom Stuhl, das sie am Abend zuvor getragen hatte. Es verströmte einen zarten Geruch nach der letzten Nacht und nach Agnès' Parfum, ihrem Witz, ihrem Esprit. Auf dem Boden lag die Handtasche. Da war bestimmt noch der

Geldbeutel drin, denn gestern hatte sie nichts mehr getan, als sich ins Bett fallen zu lassen und sich von Alexander wegzudrehen. Besser, sie packte sie gleich aus, bevor sie es vergaß.
Sie öffnete sie. Ja, da waren der Geldbeutel, das Taschentuch, die Visitenkarte des Da Marco. Und eine weitere. Sie stutzte. Hatte dieser Roberto sie ihr heimlich zugesteckt, wie er es bei Agnès getan hatte?
Wer weiß, wie viele Frauen nach dem Besuch im Da Marco ein Kärtchen von ihm fanden. Eva schüttelte den Kopf.
Sie nahm das Kärtchen heraus. Agnès Kaspari stand darauf. Darunter eine Mobilnummer.
Evas Herz machte einen Hüpfer. Sie griff nach ihrem Handy und wählte. Nach dem dritten Klingeln ertönte Agnès' amüsante Stimme: »Hallo Eva.«

Kapitel 11

Sie waren in einem Café in der Altstadt verabredet, von dem Eva noch nie gehört hatte. Agnès beschrieb ihr den Weg so detailliert, als wäre sie ihn extra gelaufen und hätte sich jede Straße, jedes Schild, jedes Geschäft, an dem sie vorbeikam, aufgeschrieben. Eva hatte den Dienstag vorgeschlagen. Da hatte sie frei und würde ohnehin in der Stadt sein, um ihren Vater zu besuchen. Das hatte den Vorteil, dass sie sich auf etwas freuen konnte nach der Pflichtstunde im Altenheim und dass sie Alexander erzählen konnte, dass sie etwas länger bei ihrem Vater geblieben sei. Und dann noch einkaufen gewesen war. Oder nach einem Geburtstagsgeschenk für Charly Ausschau gehalten hatte.

Den Gedanken, warum sie ihm nicht einfach die Wahrheit sagte, schob sie weit weg.

Alexander war am Samstag mit einem Lächeln aus dem Laden nach Hause gekommen, als hätte es die Spannungen zwischen ihnen nicht gegeben. Er lobte ihren Kartoffelsalat, in dem sie nur herumpickte, über die Maßen, erzählte Anekdoten aus dem Laden, wie ihn die unsägliche Lauer wieder angehimmelt und ihn der alte Baumgartner aufgehalten habe, der wie jeden Samstag kurz vor Ladenschluss hereingekommen sei und ihn in ein Gespräch verwickelt habe.

Sie hatte geschwiegen und in ihr Brot gebissen, dass es knirschte. Den Rest des Samstags und den Sonntag verbrachten sie wie immer: Gartenarbeit, Fernsehen, Ausschlafen, Brötchen vom Bäcker, er eine Stunde vorm Computer. Dann Lesen auf der Terrasse, Krimi am Abend. Schön geruhsam. Vor allem geruhsam. Und Charly hatte sich noch immer nicht gemeldet.

Eva hatte an Agnès gedacht, an ihren Anruf. Sie hatte die Erinnerung hervorgeholt wie ein Zauberamulett, das den Verdruss und die Eintönigkeit des Tages in Vorfreude verwandelte.

»Ich bleibe heute mal ein bisschen länger«, hatte sie Alexander heute Morgen beim Frühstück gesagt, den Halbsatz »bei meinem Vater« weggelassen und ihm trotz ihres schlechten Gewissens das Treffen mit Agnès verschwiegen.

Jetzt hastete sie über das Kopfsteinpflaster zum Rathaus. Sie hatte Agnès von ihrem Vater erzählt. Seine Demenz hatte sie jedoch für sich behalten. Nicht mal eine Stunde hatte sie es im Heim ausgehalten. Sie hatte es nicht mehr ertragen, in das bleiche Gesicht ihres Vaters zu schauen, an dem ihr Blick und jedes Gefühl abprallte, das sie mühsam aus einem Winkel ihres Herzens gezerrt hatte. Mit jedem Schritt entfernte sie sich von seinen wässrigen Augen, so glatt wie ein windstilles Meer. Bei ihm gab es nur Flaute oder Sturm. Mit ihm zu kommunizieren, bedeutete, auf der Stelle zu verharren oder zu kentern.

Die ganze Stadt schien auf den Beinen zu sein. Einzelne Wattewölkchen schwammen im blauen Himmel über den Dächern. Sonnenlicht stürzte sich die Fassaden hinab und ergoss sich über die Flaneure. Der Marktbrunnen gluckste. Hochhackige Absätze trommelten im Rhythmus des Sommers auf das Pflaster. Stimmen und Gelächter verwoben sich zu einem unsichtbaren Netz der Verbundenheit. In Eva pulsierte ein Gefühl, das vielleicht Glück war.

Das Café befand sich in der Nähe des Brunnens. Seine Terrasse ragte wie eine Halbinsel in die Fußgängerzone. Darauf standen Bistrotische mit grauen Marmorplatten, verschnörkelten schmiedeeisernen Stühlen und roten Sonnenschirmen. Von

drinnen ertönte ein französisches Chanson.
Sie lächelte. Sie hatte minimalistische Möbel und Jazzmusik erwartet. Agnès blieb für Überraschungen gut.
Fast alle Plätze waren besetzt, wie Agnès vorausgesehen und daher vorab für sie reserviert hatte.
Eine junge Frau mit blondem Zopf lächelte Eva an.
»Ein Tisch für Kaspari«, sagte sie. Ihre Stimme war belegt. Die Frau deutete auf ein Zweiertischchen, das direkt neben einer Hortensie stand und von dem aus man die Fußgängerzone überblicken konnte.
Sie setzte sich. Das Mädchen brachte ihr die Karte, als wäre es ihr größtes Vergnügen. Ob sie selbst auch nur annähernd so nett war, wenn sie in der Alten Buche bediente?
»Die Waffeln mit Erdbeeren und Vanilleeis sind der Hammer.« Agnès. Sie beugte sich herunter und hauchte Eva zwei Küsse auf die Wangen. Woher war sie so plötzlich aufgetaucht?
Sie ließ sich neben Eva auf einen Stuhl sinken. Langsam nahm sie die Sonnenbrille ab, klappte sie zusammen und klemmte sie an den Ausschnitt ihres Etuikleides, das den exakt gleichen Rotton wie ihre Fingernägel hatte.
»Schön, dass wir uns so schnell wiedersehen.«
Agnès grinste und schnippte nach dem Mädchen, das sofort an ihren Tisch trat, obwohl das Café bis auf den letzten Platz besetzt war.
»Zweimal Milchkaffee und die Waffeln mit Erdbeeren.«
Das Mädchen tippte die Bestellung ein, bedankte und entfernte sich.
»Und wenn ich etwas anderes gewollt hätte?« Eva grinste.
»Wolltest du nicht.«
Tja, Agnès hatte recht. Wie machte sie das bloß?
»Woher wusstest du eigentlich, dass ich es war am Samstag?«
Das ganze Wochenende hatte ihr diese Frage im Kopf herum-

gespukt. Als sie telefoniert hatten, war sie zu überrumpelt gewesen, um danach zu fragen.
»An der Vorwahl.«
Klar. So einfach.
»Und wenn es jemand anderes gewesen wäre?«
»Da wär mir schon was eingefallen.«
Hundertprozentig.
»Und das Kärtchen hast du am Freitag in meine Handtasche gesteckt, als ich auf der Toilette war?«
»Exakt.« Agnès lächelte. »Ich bin für Taten statt Worte. Bevor ich lange nach einer Nummer frage, gebe ich meine weiter. Und wenn der- oder diejenige Interesse hat, dann meldet er oder sie sich. Und wenn nicht, nicht.«
Eva lehnte sich zurück und betrachtete Agnès, die sich nach dem Mädchen umsah, mit dem Zeigefinger auf den Tisch trommelte. Sie war dankbar, dass Agnès sie nicht nach dem Besuch bei ihrem Vater gefragt hatte. Alles, was sie bedrückt, worüber sie nachgedacht hatte, verlor an Gewicht. Der Gedanke an die Spannungen zwischen Alexander und ihr verblasste, das Gefühl aus Trauer und Scham über die konsequente Zurückweisung ihres Vaters verdunstete in der flirrenden Helligkeit, die Agnès ausstrahlte. Eva betrachtete sie, wie sie ihr gegenübersaß, die Beine übereinanderschlug, mit den Füßen wippte. Ihr Haar, das die Konturen ihres Gesichtes betonte. Der rot geschminkte Mund, den ein spöttisches Lächeln umspielte. Sie inszenierte sich als Femme fatale, aber seltsamerweise machte genau das ihren Charme aus. Für Eva war ein Mensch wie Agnès vollkommen fremdes Terrain: ihr Wesen, ihre Art, Menschen zu begegnen. Sie fragte sich, was Agnès eigentlich an ihr fand. Vielleicht war sie nichts als Zeitvertreib. Und wenn schon.
Das blonde Mädchen balancierte ein Tablett vor sich her, stellte

Kaffeeschalen und zwei Teller vor ihnen ab.
»Guten Appetit. Ich hoffe, du gehörst nicht zu den Frauen, die ständig jede Kalorie zählen.«
»Seh ich so aus?«
Agnès musterte sie. »Von der Figur her schon.«
Sie grinste, und Eva spürte, wie ihre Wangen heiß wurden.
Sie stieß die Gabel in den Berg aus Waffeln, Erdbeeren und Sahne. Herrlich.
»Ich bin froh, dass du heute Zeit hast. Ab Donnerstag bin ich nämlich für ein paar Tage weg.«
»Beruflich?« Eva schob sich ein Stück Waffel in den Mund. Die Sahne war doch eine Spur zu süß.
Agnès nickte. »Zwei Kunden. Erst Madrid und dann ein Tag Berlin.« Sie stöhnte theatralisch.
»Du scheinst dich nicht gerade zu freuen ...«
»Ach, die sind kompliziert. Erstens ist der in Madrid mein erster Ehe-Ex und zweitens war ich dieses Jahr schon zweimal in Spanien und einmal in Berlin.«
»Du kommst ja ganz schön rum.«
Agnès lächelte. »Ja. Das habe ich auch immer gewollt.«
»Was war der exotischste Ort, an dem du warst?«
»Hm. Sri Lanka, glaube ich. Ja, aber das war privat. Hochzeitsreise mit Nummer 2. Und natürlich Namibia vorletztes Jahr.«
Sie begann zu erzählen, von Windhoek, Swakopmund, das um die Wende vom 19. aufs 20. Jahrhundert von Deutschen besiedelt worden war und wie Lüderitz zu den bekanntesten Badeorten zähle. Von der Lagune der Walfischbucht mit ihren Flamingos und Pelikanen. Dass aber das Landesinnere sehr viel interessanter sei, unbeschreiblich die Namib-Wüste, wo sie einen Rundflug in einem winzigen Flugzeug gemacht habe. Dann der Fish River Canyon. Am besten sei die unvergessliche Begegnung mit Elefanten und Giraffen im Etosha-Park gewesen.

Evas Kopf schwirrte. Sie spürte eine Trockenheit in der Kehle, in ihrem Körper, den weder der Kaffee noch das bestellte Wasser zu löschen vermochten. Die immer größer wurde, je mehr sie von Agnès' Erzählung aufsaugte und von der sie dennoch nicht genug bekommen konnte. Zwischen den Bildern, die Agnès' Ausführungen erzeugten, blinkte ein Gefühl auf, unübersehbar in seiner Neonbeleuchtung, immer greller, bis es alle Vorstellungen von Elefanten und Wüstenlandschaften in den Schatten drängte. Es war Neid, und sie schämte sich dafür.

»Ach schade.« Agnès' ärgerlicher Tonfall zog Eva zurück in die Realität.

Agnès wischte auf ihrem Smartphone herum. »Ich dachte, da wären noch einige Fotos drauf.«

Sie lehnte sich zurück und nippte an ihrem Kaffee. »Mal sehen, wohin es mich dieses Jahr verschlägt.«

Eva starrte auf ihren Teller, auf dem das letzte Stückchen Waffel in einem Sahnesee schwamm.

»Und du? Wo fahrt ihr so hin?«

Eva räusperte sich. »Alexander hat ein Geschäft, da ist kaum Urlaub drin.« Sie hasste sich selbst, dass ihr nichts Besseres einfiel als seine Standardbegründung. Mit der Gabel schob sie die Waffelinsel auf ihrem Teller hin und her, bis sie aufgeweicht war.

»Ich wäre schon froh, ich käme wenigstens mal für ein Wochenende nach Berlin. Da waren wir nur einmal, kurz nach der Wende.«

Sie pickte eine Erdbeere vom Tellerrand und betrachtete sie von allen Seiten, als gäbe es an ihr etwas auszusetzen.

»Dann komm doch das nächste Mal mit mir mit.«

»Was?« Sie sah auf.

»Ja. Warum nicht?« Agnès schob sich eine Erdbeere zwischen die Lippen. »Ich glaube, wir hätten eine Menge Spaß.«

Aus ihrer Handtasche kam ein Brummton. Agnès fluchte. »Verdammte Mistteile. Nie hat man seine Ruhe.«
Sie ließ die Gabel sinken und zog ihr Smartphone heraus. Meldete sich mit erstaunlich geschäftsmäßiger Sachlichkeit. Hörte zu. Nickte.
»Gerne. Das lässt sich einrichten. Ich bin gerade unterwegs und melde mich später. Bis dann.«
Sie legte auf und seufzte. »Manchmal sehne ich mich nach einem Nine-to-five-job in der Stadtverwaltung. Pässe ausstellen, Kirchenaustritte bearbeiten.«
»Im Ernst?«
»Ja. Manchmal.« Sie grinste. »Natürlich nicht.«
»Musst du los?«
Agnès sah auf ihre goldene Armbanduhr. »Nicht sofort. Eineinhalb Stündchen haben wir noch.«
Sie winkte dem Mädchen und verlangte die Rechnung. »Du bist übrigens eingeladen.«
»Quatsch, kommt gar nicht infrage.«
Agnès beugte sich vor und legte ihre Hand auf Evas. Kühl und zart war ihre Haut. »Hey. Erstens leide ich unter Verschwendungssucht und zweitens mache ich das gerne, okay?«
»Das ist total nett, aber …«
»Dein Gastronomiejob bringt doch bestimmt nicht mehr als vierhundertfünfzig Euro ein, und Taschengeld zahlt dir dein Göttergatte bestimmt nicht, wenn er dir nicht mal einen Trip in die Hauptstadt gönnt, oder?«
Eva starrte sie an. Bei jedem anderen hätte sie etwas erwidert. Hätte Alexander verteidigt, von der Schwierigkeit erzählt, auf dem Land ein Geschäft zu halten. Hätte sich darüber entrüstet, dass sie doch kein Taschengeld wolle. Wäre aufgestanden und gegangen. Hätte womöglich sogar den Kontakt abgebrochen. Aber jetzt schwieg sie. Fühlte den sanften Druck von Agnès'

Fingern, blickte in ihre Augen, deren ironischer Schimmer erloschen war.
Woher wusste sie …
»In meinem Job muss man zwischen den Zeilen lesen können, denn die Menschen verschweigen das, was sie für unwichtig halten. Oder ihnen peinlich ist.«
Sie lächelte mit einer Wärme, die Eva ihr nicht zugetraut hatte. Einer Wärme, die von ihrer Hand zu ihr hinüberkroch, in ihre Haut eindrang und durch ihre Adern floss. Sie erwiderte Agnès' Lächeln und wusste, dass diese keinen Kommentar von ihr erwartete.
Agnès bezahlte. Eva schluckte über den Preis und die vier Euro Trinkgeld. In der Alten Buche konnte sie über fünfzig Cent froh sein.
Agnès stand auf. »Komm, lass uns den Rest des Nachmittags auskosten.«
»Und was machen wir?«
Agnès klappte die Sonnenbrille auseinander und setzte sie auf. »Was die meisten Mädchen mögen, vor allem ich: shoppen.«

Kapitel 12

Er wartete vor der Haustür. Es war gerade mal Viertel vor acht, im Juli, also von Dunkelheit um diese Zeit keine Spur, und er stand mit verschränkten Armen vor der Haustür und schaute die Straße runter, ob sie wohl endlich heil und unversehrt heimkehrte.

Sie kickte gegen einen Kiesel, umklammerte die Stofftasche mit dem Alibieinkauf in der einen Hand und die Tüte der Boutique, in die Agnès sie geschleppt hatte, in der anderen. Der Schweiß suchte sich einen Weg zwischen ihren Brüsten, über ihren Rücken, und bis vor zehn Sekunden war ihr das egal gewesen. Aber jetzt war sie zu Hause, in Kiesbach. Jetzt kehrte alles zurück. Die Unbeschwertheit, die sie in den Stunden mit Agnès gespürt hatte, verflüchtigte sich. Jetzt fühlte sie, wie ihr Kleid am Körper klebte, wie ihr die Henkel der Tasche in die Handfläche schnitten. Die Schwere in den Beinen, die nach oben wanderte in ihren Rumpf.

Sie versuchte, Alexanders Blick standzuhalten, ihn anzuschauen in seinen Bermudas, aus denen seine gebräunten Beine wuchsen, dem weißen T-Shirt, das sich über seinen Brustkorb spannte. Zwang sich, zu denken: Mein Mann sieht verdammt gut aus und nicht: Verschwinde endlich im Haus und glotz nicht so blöd.

Jetzt löste er die Arme und kam auf sie zu. Er lächelte, aber es sah gezwungen aus, als zerrte ein unsichtbarer Kobold an seinen Mundwinkeln. Er beugte sich zu ihr. Sie hielt ihm die

Wange hin.
»Hallo Schatz.«
»Ich hab heute Morgen doch gesagt, dass es später wird.«
»Was?«
Er blinzelte, als hätte er sie nicht verstanden. Er griff nach ihrer Tasche, bedachte den herauslugenden Porree mit einem nachdenklichen Blick und setzte sich dann in Bewegung Richtung Haustür.
Drinnen war es kühl. Eva wollte sofort nach oben, die Tüte der Boutique im Kleiderschrank verstauen, sich das Gesicht waschen, sich wappnen. Aber er rief schon nach ihr.
»Kommst du?«
Okay, dann brachte sie es eben gleich hinter sich. Auch gut.
Sie ließ die Tüte im Flur stehen, streifte die Sandalen ab und tappte auf bloßen Füßen in die Küche.
Alexander lehnte an der Arbeitsplatte.
»Du, Eva …«
»Entschuldige. Hätte ich dich anrufen sollen? Wie wär's, wenn wir ein Telefonsignal verabreden, und ich lasse es dann jede Stunde dreimal bei dir klingeln.«
»Eva.«
»Oder noch besser …« Sie holte eine Colaflasche aus dem Kühlschrank. »Lade doch so eine verdammte Ortungs-App auf mein Handy, wenn ich duschen bin – falls du es noch nicht gemacht hast. Dann kannst du mich den lieben langen Tag aufspüren und meine Wege verfolgen.«
Sie schraubte die Flasche auf und trank in gierigen Schlucken. Aber ihre Wut kühlte nicht ab.
»Und wenn Klein-Eva dann ausnahmsweise in Gotham City unterwegs ist und sich verirrt, kann Batman aus Kiesbach sofort in sein Batmobil springen und Klein-Eva aus der bösen Stadt befreien.«

Sie knallte die offene Flasche auf die Arbeitsplatte, dass es spritzte.
Alexander wich zur Seite. Er starrte sie an, seine Mimik konnte sich nicht zwischen Verunsicherung, Belustigung und Ärger entscheiden.
»Eva. Es ist was passiert.«
Was?
Charly. Oh Gott.
»Was ist los? Ist was mit Charly?«
»Es geht nicht um Charly. Beruhige dich, okay?«
Erleichterung flutete ihren Körper, riss Wut und Ärger mit sich und ließ nichts zurück als Scham.
»Können wir jetzt reden?«
Sie nickte, und er ließ sie los.
»Es geht um Gerda.«
»Gerda?«
»Sie ist gestürzt. Kathrin hat sie hinter der Theke gefunden und den Notarzt geholt. Sie hat vor fünf Minuten Bescheid gesagt.«
»Das ist ja schrecklich! Weiß man schon was Genaueres?«
Er zuckte die Achseln. »Wahrscheinlich Oberschenkelhalsbruch. Aber der Grund für den Sturz ist ungeklärt. Na ja, sie hatte ein schwaches Herz.«
Sie starrte ihn an. »Was?«
»Wusstest du das nicht?« Er schob die Flasche ganz nach hinten an die Wand, riss zwei Blätter Küchenrolle ab und wischte die Flecken von der Platte.
Eva schaute zu, wie sich der weiße Zellstoff vollsaugte und in braunen Matsch verwandelte.
»Nein, ich hatte keine Ahnung.«
»Hm.«
Er knüllte die nassen Fetzen zusammen und warf sie in den Müll. Ein klebriger Schimmer blieb auf der Arbeitsplatte zurück.

»Wusstest du etwa davon?«
»Nein, aber sie ist ja auch nicht meine Chefin. Kathrin hat es jedenfalls gewusst.«
Seine Worte versetzten ihr einen Stich.
»Was willst du mir damit sagen?«
»Nichts.« Er runzelte die Stirn. »Was ist los mit dir?«
»Meine Tage habe ich nicht, falls du das wissen willst.«
»Sag mal, Eva, geht's noch?«
Er machte einen Schritt auf sie zu, und jetzt blitzte Ärger in seinen Augen.
Dabei fragte er sie das tatsächlich manchmal, wenn sie schlecht drauf war.
Dennoch musste sie sich jetzt zusammennehmen. Für ihr schlechtes Gewissen, dass sie von Gerda kaum etwas wusste, Kathrin offenbar schon, konnte er auch nichts.
Sie schlug einen versöhnlichen Ton an. »Wie lange muss sie denn bleiben? Kann man sie besuchen?«
Sie hatte wirklich keine Lust auf Krankenhaus. Das Altenheim jede Woche reichte ihr völlig, aber die arme Gerda …
»Keine Ahnung. Vielleicht rufst du Kathrin mal an.«
Er fing an, die Einkaufstasche auszuräumen. Eva sah ihm zu, wie er Gemüse auspackte, das sie nicht gebraucht hätten, wie er die Packung Müsli und das Glas Honig in den Küchenschrank zu seinem Zwillingsbruder schob, Honig, den keiner aß außer Charly und den sie dahaben wollte, wenn ihre Tochter endlich mal wieder nach Hause kam.
Sie zwang den Fokus ihrer Gedanken zurück zu Gerda, stellte sich ihr wirres rotes Haar auf einem weißen Kopfkissen vor, ihren kleinen Körper, der nur aus Knochen und Sehnen zu bestehen schien, wie er sich in einem Krankenhausbett verlor.
Sie ließ sich auf einen Küchenstuhl fallen.
Alexander setzte sich ihr gegenüber, schob die Flasche zu ihr.

»Alles okay? Wenn du willst, fahre ich dich morgen in meiner Mittagspause ins Krankenhaus.«
»Mal sehen. Ja.«
»Und mach dir mal keine Sorgen ums Geld. Das überbrücken wir schon.«
»Geld?«
»Naja. Die Alte Buche ist ja erst mal geschlossen.«
Sie krampfte die Hand um die Colaflasche.
Alexander griff über den Tisch. »Hey. Nicht eindrücken.«
»Was?«
»Sonst nimmt der Automat sie nicht mehr an.«
Sie starrte ihn an. »Ist das deine größte Sorge, fünfundzwanzig Cent Pfandverlust?«
Sein Gesicht färbte sich rot. »Ich meine ja nur.«
Eva stand auf. Sie hatte genug vom Streiten, genug von ihrer Wut.
»Wie war's eigentlich bei deinem Vater?«
Sie hielt inne. Holte tief Luft. »Wie immer. Ich muss jetzt duschen.«
»Gut, dann mach ich was zu essen.«
»Ich habe keinen Hunger.«
»Du musst doch was essen.«
»Ja. Gut. Okay.«
Sein Lächeln war gesättigt von Zufriedenheit über ihre scheinbar wiedergekehrte Vernunft. Sie wandte sich ab.
Als sie die Treppe hochstieg, tat er ihr bereits mit Geschepper sein hausmännliches Talent kund. Damit sie ihn nachher auch artig lobte.
Mit einem festen Ruck der Badezimmertür trennte sie sich von seinen Küchengeräuschen ab. Zehn Minuten Ruhe.
Sie duschte kalt. Die Wasserstrahlen bohrten sich wie Akupunkturnadeln in ihre Haut. Ihre Schläfen pochten. Ein Knäu-

el Gedanken wirbelte durch ihren Kopf: Gerda, ihr Vater, Kathrin, Alexander. Die Fäden schossen kreuz und quer, schwarz und grau, verhedderten sich. Dazwischen einer, leuchtend rot, wie Agnès' Kleid.
Sie schloss die Augen und versuchte, an eine weiße Wand zu denken, bis ihr Körper taub vor Kälte war.
Zitternd stieg sie aus der Dusche. Am liebsten würde sie sich einfach ins Bett legen. Oder im Schlafzimmer aus dem Fenster klettern, wie Charly es nach ihrem einzigen großen Streit einmal aus ihrem Kinderzimmer versucht hatte, ganz klassisch mit zusammengebundenen Laken.
Sie zog ein T-Shirt und eine Shorts aus dem Schrank. Eine Jeans fiel herunter, fluchend hob sie sie auf. Auf dem Schrankboden lagen fünf knallrote Papiere verstreut. Sie mussten aus der Jeanstasche gerutscht sein. Sie hob einen auf. Let's rock stand darauf. Platten, CD's, Zeitschriften.
Kais Flyer. An den hatte sie gar nicht mehr gedacht.
Unten schrillte das Telefon. Vielleicht war das endlich Charly. Sie zog sich hastig an und eilte die Treppe runter. Stille im Flur. Alexander stand in der Küche und rührte in einem Topf, aus dem ihr nach Gorgonzola riechender Dampf ins Gesicht spuckte.
»Wer war das?«
»Meinungsforschungsinstitut.«
Sie blickte ihm über die Schulter. Mehlklümpchen trieben in der Sahnesoße wie tote Fische in einem umgekippten Weiher. In einer Schüssel daneben ein Schlangennest aus Spaghetti. Übelkeit kitzelte ihren Gaumen.
»Das ist hübsch, was du für Charly gekauft hast. Wird ihr gefallen.«
Was redete er denn jetzt schon wieder? Hatte sie seine Sprache verlernt? Oder er ihre?

Er drehte den Herd aus, wusch sich die Hände, trocknete sie mit der Behäbigkeit des Ahnungslosen ab. Fehlte nur noch, dass er zu pfeifen anfing.
Sie vergrub die Hände in den Taschen ihrer Shorts, wo sie sich wie von selbst zu Fäusten ballten.
Er ging zum Esszimmertisch, schob einen Stuhl zurück und nahm die Tüte. Die Tüte der Boutique, die sie in den Flur gestellt hatte. Seine Finger zogen an dem Stoff des türkisfarbenen Kleides, das sie gekauft hatte. Das sie gar nicht haben wollte. Agnès hatte sie gefragt, wann sie sich eigentlich das letzte Mal etwas gekauft habe. Das Kleid sei wie für sie gemacht. Wenn sie das nächste Mal abends ausgingen, müsse sie es tragen.
Alexander fingerte nach dem Preisschild und pfiff durch die Zähne.
»Stolzer Preis. Aber wir haben ja nur die Eine.«
Er strahlte sie an, und sie presste die Nägel in die Handflächen, fester und fester, damit ihre Hände nicht hervorschossen, ihm nicht das Lächeln aus dem Gesicht kratzten, auf seinen Rücken trommelten. Sie biss sich auf die Lippen, damit sie nicht schrie. Sie durfte das nicht fühlen. Das war ihr Mann, der sie und ihre gemeinsame Tochter vergötterte.
Den sie doch liebte.
Der nichts verstand.
Oder nur so tat?
Das Telefon schrillte. Mit zwei Schritten war sie an der Tür, im Flur, riss das Telefon von der Ladestation.
»Hallo«, meldete sie sich atemlos.
Es war nur Kathrin.

Agnès

Sie lauschte auf seine regelmäßigen Atemzüge. Endlich schlief er. Zur Sicherheit zählte sie bis fünfhundert, dann zog sie sich

langsam zurück und stand auf.
Das Kreuz baumelte an seiner goldenen Kette, schlug sanft gegen ihre Brust.
Ein Streifen Mondlicht fiel auf das Laken, auf seinen halb entblößten Körper. Sie betrachtete ihn. Es war ein Selbsttest, ob sich etwas in ihr regte.
Tat es nicht. Er war nicht der Erste, der sie für ein Coaching engagiert hatte und bei einem Escort-Service besser aufgehoben gewesen wäre.
Nach dem Aufwachen würde er sicher glauben, Sex gehabt zu haben. Die Männer glaubten immer, dass sie das bestimmten. Dass sie die Zügel in der Hand hielten. Weil sie das Geld besaßen.
Sie lächelte. Deswegen hatte sie ihn ausgesucht. Weil er so vorhersehbar war.
Er hatte sie über ihre offizielle Seite kontaktiert. War sogar hier in diese Stadt gekommen, hatte am Telefon von »neuen Impulsen« gesprochen, die er dringend brauche. Sie hatte gleich gewusst, auf welche Art von Impulsen er eigentlich abzielte.
Das war sie gewohnt. So sehr, dass sie weder Empörung noch Irritation empfand. Sie hatte im Laufe ihres Lebens beides weitestgehend durch spöttische Gelassenheit ersetzt.
Außer ein bisschen Tätscheln war mit ihm nichts gelaufen. Er war plötzlich müde geworden. Unendlich müde.
Zuerst zog sie die Gummihandschuhe aus ihrer Tasche. Sie glaubte zwar nicht, dass er Anzeige erstatten würde, zu peinlich wären die pikanten Details. Außerdem war er verheiratet – sowas! – und würde sich an kaum etwas entsinnen. Zwischen der letzten Erinnerung an den vorigen Abend und dem Aufwachen würde eine Lücke von mehreren Stunden klaffen. In der alles Mögliche hätte passieren können.
Sie schlich ums Bett herum, auf seine Seite, wo Hose, Hemd

und Unterwäsche in einem Knäuel auf dem Boden lagen. Der Duft nach seinem Parfum stieg von ihnen auf. Sehr herb. Sollte wohl betonen, dass es sich um ein dominantes Männchen handelte.
Vorsichtig zog sie seinen Geldbeutel aus der Gesäßtasche. Zögerte. Eigentlich hatte sie sich geschworen, das nicht mehr zu machen. Sie öffnete das Portemonnaie. Im Licht des Vollmondes erspähte sie mehrere Hunderter. Mit den sechshundert für den Abend, die sie im Voraus kassiert hatte, ein nettes Sümmchen.
Das würde ihr über die Runden helfen. Die Krankheit vor drei Monaten. Die Reisekosten. Die Anschaffung einer neuen Waschmaschine, die den Geist aufgegeben hatte. Die Klamotten. All das nagte an ihren Ersparnissen. Die laufenden Kosten musste sie ja auch irgendwie berappen. Von der Altersvorsorge ganz zu schweigen.
Der Typ hatte sowieso genug. Dem tat das nicht weh. Er hatte ihr erzählt, er liebe den Geruch von Bargeld.
Er hatte ihr von seinen Geschäften erzählt. Wie erfolgreich er war. Mit welchen Größen der internationalen Wirtschaft er zusammenarbeite. Sie war hübsch zurechtgemacht und hatte ihn angesehen und gelächelt, als wäre sie beeindruckt. Als durchschaute sie ihn nicht. Als wüsste sie nicht, dass jemandes Reichtum immer auch bedeutete, dass jemand anderes irgendwo auf der Welt arm war. Als könnte sie die schmutzigen Geschäfte nicht erahnen hinter der schönen Fassade, die er ihr mit Worten zu errichten versuchte. Eine Fassade, so glänzend wie der Büroturm, in dem er arbeitete und von dem er ihr Fotos auf seinem Smartphone zeigte. Die seiner Ehefrau und Zwillingstöchter hatte sie auch gesehen, auch wenn er die schnell hatte wegscrollen wollen.
Sie nahm das Geld an sich und steckte die Brieftasche zurück.

Schenkte dem Mann im Bett einen letzten Blick.
»Du warst umwerfend!«
Davon war er doch überzeugt.
Er antwortete mit einem Schmatzen und drehte sich auf die Seite.
Sie überprüfte, ob sich ihr Handy und das Fläschchen in ihrer Tasche befanden. Dann klemmte sie sich die Pumps unter den Arm und verließ seine Wohnung. Sie ignorierte den Fahrstuhl und nahm die Treppe. Erst als sie das Apartmenthaus verlassen hatte, zog sie ihre Schuhe wieder an und die Handschuhe aus. Die Luft war lau.
Sie bog in eine Straße, die zum Zentrum führte. In einem Hauseingang blieb sie stehen. Sah sich um. Keins der Fenster war erleuchtet, aber es war früher Morgen. Bald würde es hell werden. Sie trat auf den Bürgersteig zurück.
In Kürze erreichte sie den Taxistand. Die Fahrt dauerte keine zehn Minuten. Sie gab ein großzügiges Trinkgeld, stieg aus und sah dem Wagen nach, dessen Brummen sich in der Stille der Straße auflöste.
Sie stand einen Moment da und atmete die Nachtluft. Dann zog sie den Schlüssel aus der Tasche.
Ein Scharren am Ende der Straße ließ sie innehalten. Sie lauschte. Sie hatte keine Angst.
Die Nacht antwortete stumm. Sie hatte sich getäuscht.
Sie stieg die Treppe hinauf, schloss die Wohnungstür auf. Verstaute das Geld unter der Matratze und ließ sich dann darauffallen. Es dauerte nur ein paar Sekunden, bis sie einschlief.

Kapitel 13

Scharfkantiges Licht schnitt durchs Fenster, schürfte über die Tischplatte, ritzte sich in das rissige Holz. Eva saß im Schatten, rührte im Rest ihres Kaffees und betrachtete den Krümel, der auf der Oberfläche schwamm. Sie schob den Teller mit dem halb aufgegessenen Croissant weg. Sieben Tage waren seit Gerdas Sturz vergangen, Tage von geleeartiger Konsistenz, die sich in nichts voneinander unterschieden. Nicht mal das Wetter sorgte für Abwechslung.

Früher hatte sie gestöhnt bei der Aussicht, bei Sommerhitze Nachmittag und Abend in der von Schweiß angereicherten Luft der Alten Buche verbringen zu müssen. Dazu das Schlagergedudel, die Blicke der Schmelzers und Uwes Gequatsche. Armer Uwe. Wo würde er jetzt sein Bier trinken, und vor allem, mit wem? Sie hatte tatsächlich Mitleid.

Eva stützte die Arme auf die Arbeitsplatte. Die Arbeit in der Buche war kaum mehr als ein notwendiges Übel gewesen. Aber jetzt vermisste sie Gerda und ihre ruppige Mütterlichkeit, mit der sie ihre Gäste behandelt hatte.

Gerdas Stimme hatte gezittert, als Eva sie besucht hatte. Sie habe eine Herzattacke gehabt und sei deswegen gestürzt. Sie könne die Alte Buche nicht mehr weiterführen. Die letzten Worte hatte sie geflüstert. Eva hatte überlegt, ihre Hand zu nehmen, hatte auf Gerdas altersfleckige Finger gestarrt und musste den Blick abwenden von den Nägeln, von denen der rote Lack blätterte. Auch von Gerdas Leben war mit dem Verlust der Alten Buche der Lack ab. Eva las es in ihren Augen, aus den Schatten um sie herum, als hätten sie sich einen Trauermantel umgelegt. Sie hatten geschwiegen, bis Eva schließlich aufstand und sich verabschiedete.

Wie auf Watte war sie durch die Krankenhausflure gelaufen, hinaus in die Hitze getaumelt, wo Alexander stand und den Arm um sie legte. Sie war dankbar gewesen, dass er in diesem Moment da war und das Richtige tat. Schweigend waren sie nach Kiesbach zurückgefahren. Kaum waren sie zu Hause gewesen, da hatte Charly endlich angerufen.

»Mum, wie geht's dir«?

»Gut«, hatte Eva gelogen. »Und dir?«

Charly entschuldigte sich. Ihr sei gar nicht aufgefallen, dass sie sich schon seit zwei Wochen nicht mehr gemeldet habe. Sie habe einen Ferienjob, noch eine Woche. Sie sei kurzfristig eingesprungen für eine Freundin, die sich das Bein gebrochen habe. Der Job sei so cool. Sie verdiene gut und tue dabei auch noch was Gutes, mache die Leute in Fußgängerzonen auf Umweltschutzprojekte und Menschenrechtsorganisationen aufmerksam. Eva hatte ihrer Stimme gelauscht, satt vor Zufriedenheit und knisternd vor Energie.

»Wir sehen uns an meinem Geburtstag, ich melde mich«, hatte Charly das Gespräch beendet.

Eva hatte sich auf das Bänkchen im Flur gesetzt, weil sie die plötzliche Stille mit solcher Wucht traf, dass es fast körperlich schmerzte. Jetzt stand sie auf und kippte den Rest des Kaffees in die Spüle. Sie trank zu viel davon. Dann lag sie die Nächte wach, bis zum frühen Morgen, und wenn sie Alexanders Geraschel weckte, fühlte sie sich alt und verbraucht. Und trank noch mehr Kaffee, um die Müdigkeit aus ihrem Körper zu spülen.

»Die Arbeit hat dir mehr bedeutet, als du dachtest«, hatte Alexander vor ein paar Tagen gesagt. »Aber wir schaffen das auch

so. Zumindest vorübergehend«.
Er hatte den Arm um sie gelegt, und sie hatte geschwiegen. Was sein Laden abwarf, würde auf Dauer nur schwer reichen, auch nicht zusammen mit der Miete, die die kleine Wohnung über dem Geschäft einbrachte.
Aber das war nicht der Punkt. Sie konnte es sich nicht vorstellen, Tag für Tag in diesem Haus zu verbringen, dem Garten, diesem Ort, und die einzige Abwechslung bestünde im Wischen der Arbeitsflächen und Böden, dem Abknipsen verwelkter Blüten im Garten, den Besuchen ihres Vaters im Altersheim. Und dem Zählen der Tage, bis Charly wieder anrufen, bis sie wiederkommen, sich an den Tisch setzen und ihre Fröhlichkeit über Eva ausschütten würde. Während sie drei Brötchen mit Marmelade verspeiste, würde sie Geschichten erzählen, einen Teppich weben aus Anekdoten und Ereignissen ihres Alltags. Eva sehnte sich danach, sich darauf zusammenzurollen, sich einzuwickeln in den weichen Stoff aus Charlys Worten. Vielleicht war das der Grund, warum sie Kiesbach aushielt: weil Charly es liebte, dieses Dorf mit seinen buckligen Feldern, dem halbmondförmigen Waldstück, der es umschloss wie eine sich öffnende Faust, und immer wieder hierher zurückkehren würde. Wenn sie das tat, dann wollte Eva da sein.
Aber jetzt musste sie raus. Sofort.
Eva griff nach ihrer Tasche und verließ das Haus. Schon nach ein paar Schritten stand ihr der Schweiß auf der Stirn.
An der Bushaltestelle wartete zum Glück niemand. Das Letzte, worauf sie Lust hatte, war Small Talk über Krankheiten oder das Wetter. Eine Minute später bog der Bus um die Ecke. Bis auf zwei knutschende Teenager auf der letzten Bank war er leer.
Während der Fahrt in die Stadt schaute sie aus dem Fenster. Der Mais schaukelte im sanften Sommerwind, die Wiesen waren getupft mit Kornblumen und Klatschmohn. Der blaue

Himmel stand so tief, dass ihn die Baumspitzen des Waldes zu streicheln schienen. Schon schön.
Sie schloss die Augen.
In der Stadt stieg sie an der gewohnten Haltestelle aus, die ganz in der Nähe des Altenheims lag. Die Macht der Gewohnheit.
Am Sonntag hatte Frau Schmied angerufen und gesagt, Eva solle die nächsten Tage besser wegbleiben. Ein paar Bewohner, darunter ihr Vater, hätten einen Magen-Darm-Virus. Eva war derart erleichtert gewesen, dass sie sich geschämt hatte.
An einem Eiscafé kaufte sie sich vier Kugeln Schokoladeneis. Wenn Alexander dabei war, kaufte sie nur zwei.
Was jetzt? Zuerst einmal in den Schatten. Sie ging weiter die Straße entlang. Ein Auto fuhr vorbei, aus den geöffneten Fenstern dröhnte laute Musik. Rockmusik.
Kai und sein Laden fielen ihr ein. Vor ein paar Tagen hatte sie erst seine Flyer in der Hand gehalten. Sie hatte das Gefühl, seit ihrer Begegnung wären Monate vergangen.
Heute war Dienstag, da hatte er doch geöffnet. Wenn das kein Lichtblick war.
Ein Mann rempelte sie an, eine Kugel klatschte auf den Asphalt. Der Mann entschuldigte sich, bot an, ein neues Eis zu bezahlen, aber Eva wehrte ab. In Kais Laden konnte sie es ohnehin nicht mitnehmen. Ihr Hirn schien den Weg in die Seitengasse gespeichert zu haben, denn ihre Füße bewegten sich wie von selbst dorthin. Sie stopfte sich den Rest Eiswaffel in den Mund, tupfte sich mit einem zerknitterten Papiertuch, das sie in ihrer Hosentasche fand, die Lippen, und betrat den Laden. Heute lief Dream Theater. Ihre Lieblingsband. Die sie nie beim Laufen hörte. Deren Songs musste man zuhören. Die ganze Aufmerksamkeit schenken. Ohne Ablenkung.
Surrounded verklang, und Kai kam hinter dem Vorhang hervor.
»Na, wenn der Tag jetzt nicht gerettet ist.«

»Ach, deiner auch?« Sie erwiderte sein Grinsen.
»Und wie. Ich sehne die großen Ferien herbei. Weder Klassenarbeiten korrigieren noch Prügelknaben auf dem Schulhof auseinanderzerren müssen.« Er seufzte. »Was kann ich heute für dich tun?«
»Ich war in der Nähe und hatte Lust auf gute Musik.«
Sie widmete sich den Regalen, zog eine CD heraus.
Kai trat neben sie. »Die ist von Freunden von mir. Kann ich nur empfehlen.«
Seine Augen waren grau und klar. Ehrliche Augen, mit einem Fächer aus winzigen Lachfältchen darum.
»Sie geben derzeit ein paar Konzerte ...«
Er dehnte das Satzende, als folgte da noch was.
Wollte er sie fragen, ob sie mit ihm hingehen wollte? Sie hätte schon mal wieder Lust auf Livemusik. Aber wie sollte sie Alexander erklären, dass sie mit einem Typen, den sie kaum kannte, zu einem Rockkonzert ging? Auch wenn Kai absolut nicht den Eindruck machte, als wollte er sie anbaggern.
Aber Kai fragte nicht.
»Ich nehme die CD.«
»Prima. Meine ersten Einnahmen heute. Ganze zwölf Euro.«
Sie musste lächeln.
»Darf ich dir im Gegenzug eine Cola anbieten? Ist sogar kalt.«
»Gern.«
Er verschwand hinter dem Vorhang und kam kurz darauf mit zwei Flaschen Cola zurück.
»Du brauchst doch kein Glas, oder?«
Sie winkte ab.
Aus den Lautsprechern kamen jetzt leisere Töne, und Eva erkannte den Song sofort, eine Ballade.
Wait for Sleep.
Sie war achtzehn, es war Sommer, genauso heiß wie in diesem

Jahr. Sie lag am Ufer des Badesees, neben ihr Alexander. Sie atmete seinen sonnenwarmen Geruch, und, ganz nah an ihrem Mund, sang sein Mund das gleiche Lied.
»Das muss schön sein. Das, woran du gerade denkst.«
Jetzt erst merkte sie, dass sie lächelte.
»Ist lange her.«
Kai fragte nicht nach, und dafür war sie ihm dankbar.
Sie trank den Rest ihrer Cola in einem Zug.
»Du musst los?«
Schwang eine Spur Bedauern in seiner Stimme mit?
»Naja, ich auch. Eigentlich habe ich vor zwanzig Minuten geschlossen.«
»Sorry. Ich wollte dich nicht um deinen Feierabend bringen.«
»Hast du nicht. Und außerdem wird der in Zeugnisschreiben bestehen.«
»Darum beneide ich dich nicht.«
Sie kramte zwölf Euro aus ihrem Geldbeutel. Er gab ihr die CD und folgte ihr zur Tür.
»Bis bald mal wieder.«
»Bestimmt. Ich kenne ja den Weg.«
»Dann kann nichts schiefgehen.« Er hob die Hand.
»Ciao.« Sie drehte sich um.
»Ach, Eva!«
»Ja?«
»Vielleicht hast du ja Interesse. An dem Konzert.«
Eva zögerte. Warum eigentlich nicht? Kai war nett. Nur nett.
»Ja. Dann melde ich mich.«
»Bis dann.«
Sie hob die Hand zum Gruß und zog die Tür hinter sich zu.
Die Hitze hatte nicht nachgelassen. Eva steuerte durch die Gassen auf die Hauptstraße zu. Der Bus fuhr die Haltestelle an, sie lief los und erwischte ihn gerade noch.

Auf der Heimfahrt schloss sie die Augen.
Vorsichtig holte sie die Erinnerung hervor, die der Song in Kais Laden heraufbeschworen hatte. Eine kostbare Erinnerung, die sie nur selten zuließ, als könnte sie durch häufiges Darandenken Schaden nehmen. Es war die Erinnerung an die glücklichste Zeit in ihrem Leben. Wie sicher sie damals gewesen war, ihrer selbst, ihrer Liebe zu Alexander und ihrer Zukunft. Vielleicht hätte das so bleiben können ... wer wusste das schon?
Dennoch nagte das Gefühl an ihr, das Schicksal habe sie verraten, oder, schlimmer noch, sie sich selbst. Aber worin bestand dieser Verrat? Vielleicht war die Wahrheit einfach die, dass den meisten Menschen berauschendes Glück nur einmal im Leben zustand, und man die verbleibende Zeit davon zehren musste.
Ihr Handy riss sie aus den Gedanken.
Agnès. Eva lächelte.
»Hey. Wieder zurück aus Madrid?«
»Seit gestern Abend, Gott sei es gedankt. Gegen den Brutofen dort ist es hier ja fast herbstlich kühl. Und du? Alles klar bei dir?«
Eva seufzte.
»Also nicht.«
»Ich hab meinen Job verloren.«
»Oh, Shit. Wie das?«
Eva erzählte. Von Gerdas Sturz, dass die Alte Buche ab sofort geschlossen bliebe, dass sie keine Ahnung habe, wie es beruflich mit ihr weitergehen solle. War es ihr beim Klassentreffen noch peinlich gewesen, Details ihres Kellnerjobs preiszugeben, so war ihr das jetzt egal.
»Shit«, wiederholte Agnès. »Pass auf: Ich hab heute Termine. Aber wie wär's, wenn wir uns morgen treffen? 13 Uhr, im Café, wie letztes Mal? Schaffst du das?«
»Klar«.
»Okay. Bis morgen.«

Kapitel 14

Sie war prompt zu früh. Saß am gewohnten Zweiertisch und schaute die Fußgängerzone hinunter. Die freundliche Bedienung stellte eine Apfelschorle vor ihr ab – das erstbeste Getränk, das ihr auf die Frage der Kellnerin eingefallen war. Sie kam wirklich aus der Provinz. Weißweine und Hugos, Smoothies und Erdbeershakes drängten sich auf dem schmalen Tablett aneinander. Apfelschorle war das meistverkaufte Getränk der Alten Buche.

Die Buche ...

Eva spülte den Gedanken daran mit einem großen Schluck weg und richtete ihre Aufmerksamkeit auf die Passanten, die an den Geschäften vorbeispazierten oder mit einem Eis in der Hand auf dem Rand des Marktbrunnens saßen und sich eine Pause gönnten.

Da erspähte sie Agnès. Sie schritt durch die Menschenmenge, die auseinanderwich. Wie das Meer vor Moses, dachte Eva und musste kichern über ihren überzogenen Vergleich.

Hochhackigen Schrittes schlenderte Agnès auf das Café zu und zog eine Schleppe Blicke hinter sich her. Ihr knöchellanges, trägerloses Kleid floss an ihrem Körper herab. Sie telefonierte, unterstrich ihre Worte mit Gesten, als könnte ihr Gesprächspartner sie sehen. Lachte, blieb stehen, ging weiter. Eva war sich sicher, dass Agnès sich voll bewusst war, dass sie angestarrt wurde.

»Ich muss jetzt Schluss machen«, sagte Agnès, als sie vor dem

Café angelangt war. Sie trat an den Tisch, und Eva blinzelte, als sie in ihren Lichtkreis eintauchte.

Agnès ließ ihr Handy in die Handtasche gleiten und küsste sie auf beide Wangen. Sie roch wie immer verdammt gut, nach Selbstsicherheit und exotischen Früchten.

»Komm«, sagte sie und winkte der Bedienung.

»Bleiben wir nicht hier?«

Agnès schüttelte den Kopf. »War nur als Treffpunkt gedacht.« Sie drückte der Bedienung, die herbeieilte, einen Fünfeuroschein in die Hand, bevor Eva ihren Geldbeutel aus der Tasche gekramt hatte.

»Du kannst mich doch nicht immer einladen.«

Agnès grinste. Kann ich wohl, behauptete ihr forscher Blick.

»Komm, wir gehen in den Park.«

»In den Park?«

Eva konnte sich Agnès an ziemlich vielen Orten vorstellen, aber nicht in einem Park.

Sie schien ihre Gedanken erraten zu haben. »Ja, man sieht es mir nicht an, aber ich habe eine Schwäche für kleine Entchen. Sie mit Brosamen zu füttern, grenzt für mich an Meditation.«

Eva lachte los.

»Nein, im Ernst. Ich mag den Park. Wo kann man besser miteinander reden, zumal über die wichtigen Themen des Lebens?« Ihre Stimme war frei von Ironie. »Kennst du den Pavillon hinter der Statue?«

Eva nickte langsam. Sie erinnerte sich dunkel an ein Reiterdenkmal. Sie war bisher kaum im Park gewesen, nur früher manchmal, wenn sie einen Kinderarzttermin mit Charly in der Stadt gehabt hatte und ihre Tochter anschließend für die Stunden im Wartezimmer mit einem Eis und Schwänefüttern entschädigen wollte.

»Na, dann los.«

Agnès fasste Eva am Arm und zog sie sanft mit sich. Sie führte sie durch die Fußgängerzone und in die Altstadt hinein. Während des ganzen Spaziergangs schwiegen sie, bis Agnès sie vor einem Eiscafé fragte: »Vielleicht eine kleine Stärkung?«
»Nur wenn ich zahle.«
Agnès runzelte die Stirn. Unwille grub eine Falte auf ihre Stirn. »Soweit ich mich erinnere, hast du gerade deinen Job verloren.«
»Für zwei Eisbecher reicht es. Bitte, Agnès, es ist mir wichtig, mich wenigstens damit zu revanchieren.«
»Okay. Das verstehe ich. Gut sogar.«
Eva kaufte zwei Spaghettieis zum Mitnehmen. Nach einer Weile erreichten sie den Park.
Sie folgten einem Kiesweg, der ein Rasenstück durchtrennte. Ahornbäume breiteten ihre Äste aus. Sonnenlicht flirrte auf den Blättern. Eine türkische Großfamilie hatte im Schatten eines Baumes mehrere Decken um einen Grill gruppiert, Campingstühle und Klapptisch aufgebaut, um dessen Stabilität man sich Sorgen machen musste angesichts der Schüsseln, Teller und Schalen, die sich darauf aneinanderdrängten.
Agnès blieb stehen. Sie blickte zu der Familie, die sich angeregt unterhielt. Eine sanfte Brise trug ihre Stimmen herüber.
»Picknick. Das hab ich mir immer gewünscht als Kind.« Melancholie verdunkelte ihre Stimme, die Eva überraschte.
Sie dachte an ihre eigene Kindheit zurück. Auch sie hatte nie mit ihren Eltern gepicknickt. Gegessen wurde zu Hause, es sei denn, sie waren anlässlich einer Kommunionsfeier oder eines anderen Festes eingeladen gewesen. Die Mahlzeiten hatten stets im Esszimmer stattgefunden, Punkt zwölf Uhr mittags und achtzehn Uhr abends.
»Wir haben das auch nie gemacht.«
Agnès schien sie nicht gehört zu haben. Noch immer starrte sie zu der Familie hinüber, die gerade wortreich den Geschmack

des gegrillten Fleisches lobte.
Agnès schlang einen Arm um ihre Taille. Die Geste offenbarte eine Verletzlichkeit, die sie bisher gut zu kaschieren verstanden hatte.
»Agnès.« Eva berührte sie an der Schulter. »Wollen wir weiter?«
Sie drehte sich zu ihr um. Ihre Augen waren schmal und funkelten, ob vor Trauer oder Zorn, wusste Eva nicht auszumachen. Vielleicht beides.
Wie gut sie diese Gefühlsmelange kannte. Aber sie verstand nicht, was genau Agnès aufwühlte.
»Ja, gehen wir weiter.« Agnès setzte sich in Bewegung. Sie warf ihren Eisbecher in eine Mülltonne, obwohl sie nicht ganz aufgegessen hatte.
»Sorry, aber mir ist der Appetit vergangen.«
»Verstehe«, sagte Eva.
»Nein, tust du nicht. Wie auch.« Agnès lächelte.
»Weißt du, deswegen wollte ich nie Kinder. Weil ich ihnen keine Regeln aufzwingen wollte. Bei meinen Eltern waren die meisten bescheuert.«
Oh ja, dachte Eva. Dennoch versetzten ihr Agnès' Worte einen Stich. Sie war selbst Mutter, wahrscheinlich hatte sie sich mehr als einmal dämlich verhalten.
Agnès deutete ihr Schweigen richtig.
»Du hast es bestimmt besser gemacht als deine Mutter. Schließlich hast du ein gutes Verhältnis zu Charly.«
»Ich vermisse sie entsetzlich.«
Agnès blieb stehen. »Siehst du? Meine Eltern haben mich nie vermisst. Im Gegenteil, sie haben mich aufs Internat abgeschoben. Sie haben sich nie für mein Leben oder das, was ich denke oder mache, interessiert.«
»Das tut mir leid.« Eva schluckte. Agnès' Worte wühlten Erinnerungen hervor, Erinnerungen an Situationen mit ihrem Va-

ter, wie es unzählige gegeben hatte.
Sie war etwa zwölf Jahre alt. Ihr Vater saß in seinem Sessel, in dem sich sonst niemand niederlassen durfte. Er las Zeitung und fragte nicht, wie ihre Mathearbeit gewesen war, für die sie tagelang gelernt und in der sie eine Eins geschrieben hatte. Irgendwann hatte sie es nicht mehr ausgehalten. »Ich habe eine Eins in Mathe.« Endlich hatte ihr Vater die Zeitung gesenkt. »Das ist schön. Aber das nächste Mal wartest du, bis ich fertig gelesen habe.« Da war sie nach oben gegangen, hatte ihr Matheheft auf den Boden geworfen, hatte sich unter die Bettdecke verkrochen und ins Kissen gebrüllt und fast gehofft, ihre Eltern würden es dennoch hören und kommen. Aber ihre Mutter klopfte erst, als es Abendessen gab. Punkt achtzehn Uhr.
Agnès zerrte sie weg von ihren Erinnerungen.
»Aber sie haben mir gleichzeitig ein riesiges Geschenk gemacht: Da sie bereits aus meinem Leben verschwunden sind, wird mich ihr Tod absolut kalt lassen.«
Trotz der Hitze kroch ein Schauder Evas Rücken hinauf.
»Sorry.« Agnès fasste sie am Arm. »Ich habe mich gehen lassen. Aber meine Eltern sind mein wunder Punkt.«
»Ist doch in Ordnung.«
Agnès lächelte. »Okay. Aber ich glaube, wir haben das Reiterdenkmal verpasst.«
Hatten sie. Stattdessen waren sie am Teich angelangt.
»Die tut es doch auch.« Eva deutete auf eine Holzbank. Sie setzten sich und betrachteten schweigend das Spiel der Sonnenstrahlen auf dem Wasser. Schilfrohr zitterte im Wind und ein Schwan zog seine einsame Bahn.
Irgendwann begann Eva zu erzählen. Von ihrem verlorenen Job. Von Alexander, der sie liebte, dessen Fürsorge sie jedoch als erdrückend empfand, was ihr wiederum ein schlechtes Gewissen bereitete. Von ihrer Mutterrolle, der sie sich nie sicher war.

Agnès unterbrach sie kein einziges Mal. Sie zog die Worte aus Eva heraus, als besäße sie eine magnetische Kraft. Worte, die Gedanken formulierten, die sie nicht hatte aussprechen wollen. Aber bei Agnès schienen sie Eva gut aufgehoben.
Als sie geendet hatte, fühlte sie sich leer.
Agnès legte den Arm um sie.
»Wir haben alle unsere Gespenster, die uns verfolgen«, sagte sie leise. »Die Kunst ist, trotzdem zu leben und nie aufzuhören, sein Glück zu suchen.«
Agnès beugte sich vor und strich ihr mit einer Behutsamkeit übers Haar, die Eva überraschte.
»Bleib nicht stehen, Eva, okay? Du musst weitergehen.«
Und obwohl Eva nicht genau verstand, nickte sie.

Kapitel 15

Manchmal, so wie jetzt, war Eva überzeugt, dass Traurigkeit und Fröhlichkeit Geschwister sind. Sie saß im Garten auf den Stufen der Steintreppe, die nackten Füße auf dem Rasen ausgestreckt und sah der Sonne zu, wie sie Farben an den Himmel malte: von Grellorange bis Dunkelviolett. Ein Augenblick, schmerzhaft-schön.

Alexander traf sich heute mit einem Kumpel. Er hatte vorgeschlagen, zu Hause zu bleiben, überzeugt, dass es ihr nicht gut ging. Wie schlecht sie aussehe, wurde er nicht müde zu wiederholen. Sie musste fast laut werden, bis er ihre Versicherung akzeptierte, dass er getrost zu seinem Treffen gehen konnte. Dass man sie durchaus allein lassen konnte.

Als er vor einer Stunde endlich gegangen war, hatte sie ihren MP3-Player geholt und den Ton so laut wie gerade noch erträglich gestellt. Ihr Körper hatte vibriert von der Energie, die die Musik auf sie übertrug. Die Schwermut, die sie seit dem Nachmittag im Park befallen hatte, verflog.

Es war lange her, dass sie sich jemandem so tiefgehend mitgeteilt hatte. Sie wusste nicht, was genau ihren Redefluss ausgelöst hatte. Vielleicht die Tatsache, dass Agnès als Erste von Gefühlen und Erlebnissen erzählt hatte, die man einer flüchtigen Bekannten normalerweise nicht anvertrauen würde.

Also war sie für Agnès mehr als nur eine Bekannte. Und Agnès war mehr für sie.

Eva lächelte.

Der Satz mit den Gespenstern fiel ihr ein.
Sie kannte ihre doch genau. Eins starrte an ihr vorbei, wenn sie es im Altenheim besuchte. Natürlich meinte Agnès nicht nur Menschen. Nein, die meisten Gespenster steckten in einem selbst. Erinnerungen und Emotionen, die man am liebsten für immer verbannen oder wegsperren würde. Oder Charaktereigenschaften, die man an sich hasste und die doch so schwer abzulegen waren.
Vielleicht sollte man negative Erinnerungen nicht wegsperren, sondern ihnen ein hübsches Zimmer im Gedächtnis einrichten. Vielleicht verloren sie dann den Schrecken. Was aber war mit dem Verdrängten, das sich im Unterbewusstsein eingenistet hatte und seinen Schatten auf das Leben warf? Was mit unliebsamen Verhaltensmustern, die einen formten, wie in Zement gegossen?
Das hatte sie Agnès gefragt. Agnès hatte zunächst geschwiegen.
»Du musst für möglichst viel Licht sorgen«, hatte sie schließlich leise gesagt.
Oder für gute Musik, dachte Eva.
Sie stand auf, ging über die Terrasse ins Haus und stieg die Treppe hoch ins Schlafzimmer. Sie schaltete den CD-Spieler auf ihrem Nachttisch ein. Die CD, die sie bei Kai gekauft hatte, war noch darin. Sie lauschte eine Weile den Gitarrenklängen und der kratzig-weichen Stimme des Sängers. Dann kniete sie sich vor die Kommode und zog die unterste Schublade auf, wo sie in einer alten Keksdose Fotos, Briefe und Bilder aufbewahrte, die Charly als Kind gemalt hatte.
Sie schüttete alles auf den Teppich und betrachtete eine Zeichnung ihrer Tochter. Der aufgekrakelten roten Zahl zufolge war sie damals vier Jahre alt gewesen. Eine Sonne mit Grinsegesicht lachte auf drei Strichmännchen mit gelben Haaren hi-

nunter, ein Kleines in der Mitte zweier Großer. Mama, Papa, Kind. So einfach. So schwer.
Eva legte das Bild zur Seite, und obenauf lag jetzt ein Foto, das sie mit Charly auf dem Arm zeigte. Wie jung sie gewesen war, Anfang zwanzig, ihr Lächeln so stolz, wie man es von einer frisch gebackenen Mutter erwartete. Nur ihre Augen wirkten ungewöhnlich groß, als hätte sie Mühe, sie offen zu halten und auf die Kamera zu richten. Sie wusste, welche Anstrengung das war, vom Schlafmangel abgesehen, weil Charly sie nachts bis zu drei Mal weckte. Es war jene Anstrengung, es sich nicht anmerken zu lassen, wie kräftezehrend das innere Tauziehen war zwischen der Liebe zu ihrem Kind und der Angst, dieser Liebe zum Trotz zu scheitern – an der Mutterrolle, eigenen und fremden Erwartungen, dem Leben überhaupt.
Sie legte das Foto zur Seite und betrachtete ein anderes, auf dem Alexander mit Charly im Sandkasten spielte. Er war sich immer allem so sicher gewesen, seiner Rolle als Vater, als Ehemann. Wie sich sein Leben auch veränderte: Selbst als seine Mutter gestorben war, hatte die Trauer diese Sicherheit nicht aushöhlen und zum Einsturz bringen können. Er hatte ein zweites Kind gewollt, kaum dass Charly ein Jahr alt gewesen war. Eva hatte ihm nie gesagt, wie erleichtert sie war, dass sie kein weiteres Mal schwanger wurde. Ihm offen zu sagen, dass sie sich davor geradezu fürchtete, hatte sie nie gewagt.
Ihr fiel Agnès' Satz ein, als sie heute Nachmittag die Großfamilie beim Picknick beobachtet hatten: dass sie nie Kinder gewollt habe. Eva war innerlich zusammengezuckt und hatte Agnès gleichzeitig dafür bewundert. Noch immer schien man es einer Frau als Charakterschwäche oder gar Kaltherzigkeit auszulegen, wenn sie sich nichts aus Kindern machte und das offen aussprach. Sie selbst war nicht frei von diesen Gedanken. Der Muttermythos stand auf einem hohen Podest, und wer

sich zu nahe an den Rand wagte, drohte zu stürzen und tief zu fallen.
Manchmal hatte sie sich gefragt, ob Charly je gemerkt hatte, wie viel Mühe ihr das Leben in Kiesbach bereitet hatte. Wie schwer es ihr gefallen war, zu akzeptieren, dass sie weder studieren noch nach Berlin oder Hamburg gehen würde. Dass ihr dieser Muttermythos auf die Schultern gedrückt hatte und wie anstrengend und vergeblich es gewesen war, diese Last zu tragen.
Sie sah sich weitere Fotos an, eins ihrer Schwiegermutter neben Charlys Kinderwagen oder auf dem Sofa in ihrer Dachwohnung, und eins ihrer Eltern, wie sie im Garten des Hirschweiler Hauses auf einer Bank saßen. Es war ein Musterbild großelterlicher Zuneigung. Die sorgsam geschnittenen weißen Kletterrosen wirkten wie eigens für dieses Foto gezogen. Ihre Eltern trugen ihre besten Kleider und hatten einen rosigen Teint. Charly saß auf dem Schoß ihrer Großmutter, die sie ihr Leben lang immer nur mit Charlotte Sofia angesprochen hatte, weil sie mit den »neumodischen Namensverstümmelungen« nichts anzufangen wusste. Evas Vater war natürlich der gleichen Ansicht gewesen. Es hätte an ein Wunder gegrenzt, wenn er einmal Evas Meinung geteilt hätte. Wenigstens begnügte er sich mit Charlotte.
Sie betrachtete ihren Vater, wie er seinem Enkelkind mit einer Zärtlichkeit über die Wange strich, die er ihr stets vorenthalten hatte. Oder konnte sie sich nicht mehr daran erinnern? Sie durchsuchte den Stapel Bilder. Es war kein einziges Foto darunter, das sie zusammen mit ihren Eltern zeigte. Auch aus ihrer Schulzeit war keins dabei, nur weitere von ihrer kleinen Familie, als hätte es keine anderen Menschen von Belang in ihrem Leben gegeben.
Eva räumte die Fotos zur Seite. Sie hatten unten im Wohnzim-

mer noch einige Fotoalben, aber es mussten auch noch welche aus ihrer Kindheit und Schulzeit existieren. Die lagen wahrscheinlich alle in ihrem Elternhaus, wo sie schon eine Ewigkeit nicht mehr gewesen war, obwohl es offiziell ihr gehörte. Alexander fuhr alle paar Wochen vorbei. Eva würde ihn bitten, sie das nächste Mal mitzunehmen. Vielleicht gab es Schulfotos, auf denen Agnès zu sehen war. Warum hatten sie sich nicht schon als Mädchen angefreundet? Wie gut, dass sie sich nach all den Jahren gefunden hatten.
Sie zog ihr Handy aus der Tasche und schrieb eine Nachricht an sie.
Danke für den schönen Nachmittag.
Die Antwort kam Sekunden später. Immer wieder gerne.
Eva lächelte. Und wann?
Jetzt dauerte es länger. Vermutlich musste Agnès erst in ihrem Terminkalender nachsehen. Der Gedanke versetzte ihr einen leisen Hieb.
Übermorgen?, schrieb Agnès zurück. Um 13 Uhr am Café?
Klar. Bis dann, schrieb sie zurück.
Sie legte das Handy weg, trat ans Fenster und schaute hinaus, bis, früher als erwartet, unten die Haustür klickte und Alexander »Ich bin wieder da« rief.

Agnès

Mit einem Handtuch betupfte sie ihre Unterlippe. Betrachtete sich im Spiegel dabei, wie sie keine Miene verzog. Im Waschbecken kreuzten zwei dünne Blutrinnsale einander, vereinigten sich und strömten gemeinsam dem Abfluss entgegen.
Sie drehte den Hahn auf und spülte das Blut weg.
Wie hatte sie sich nur so täuschen können. Dass einer handgreiflich wurde, war ihr schon Jahre nicht mehr passiert. Früher hatte Jannis dafür gesorgt, dass derjenige nie mehr dazu

in der Lage sein würde, ihr wehzutun. Und dass es sich herumsprach, dass er die Hand über sie hielt.

Instinktiv berührte sie die Kette mit dem Kreuz, als müsste sie sich daran festhalten.

Musste sie nicht. Sie war schon immer hart im Nehmen gewesen. Alleine klar gekommen. Aber Jannis hatte diesen Beschützerinstinkt besessen. Zuweilen war das nützlich gewesen. Aber wie oft hatten sie deswegen gestritten.

Welche Zeitverschwendung.

An ihn zu denken, bedeutete Schmerz. Auch heute. Nach so langer Zeit. Würde es immer. Mehr als eine aufgeplatzte Lippe. Mehr als alles, was ihr bisher widerfahren war.

Wenigstens war der Typ vorhin abgezischt, nachdem er ihr eine gescheuert hatte. Er hatte dagestanden, mit riesigen Augen auf seine Hand gestarrt, als fiele ihm zum ersten Mal auf, dass er eine besaß. Eine, mit der man Lippen aufplatzen lassen und Nasen brechen konnte.

»Das wollte ich nicht.« Er hatte gewimmert wie ein Baby.

»Schieb ab!«

Es war ihr egal gewesen, ob das irgendjemand im Haus hörte. Er war aus der Wohnung gerannt.

Mit einem Schrei schlug sie auf das Waschbecken.

Wie hatte sie so dumm sein können! Wo hatte sie ihre Menschenkenntnis gelassen? Sie hatte sich bisher nie von gutem Aussehen einlullen lassen. Sie wusste selbst nur zu gut, dass bei den meisten nichts dahinter war. Andere ließen sich blenden. Aber sie doch nicht!

Sie hatte gleich mehrere Fehler begangen. Dass sie sich mit ihm eingelassen hatte, und dass sie es nicht bei dem einen Mal belassen hatte. Sie hatte gemerkt, dass dieser Cedric eine Bedürftigkeit ausstrahlte, die er mit dem üblichen Machogelaber über seine Großartigkeit zu kaschieren versuchte.

Es hatte an diesen Cocktails gelegen, und daran, dass sie sich plötzlich so verdammt schlecht gefühlt hatte an dem Abend. Manchmal stürzte sie von einer Sekunde auf die andere ab. Dann war in ihr nichts als Dunkelheit, die sich ausbreitete wie schwarzer Nebel. Dann brauchte sie diese Leichtigkeit, die ihn vertrieb. Eine Leichtigkeit, die sie erreichte, wenn sie sich in einen Kaufrausch stürzte oder sich betrank oder sich einen Typen aufgabelte, der ihr Schmeicheleien ins Ohr flüsterte.
Dieses Mal hatte sie alles davon getan, nacheinander. Mit der Folge, dass sie unnötig Geld verprasst und einen Typen am Hals hatte, der glaubte, ohne ihre Aufmerksamkeit nicht mehr existieren zu können.
Hätte sie es doch nur bei dem einen zufälligen Treffen belassen!
»Das … das kannst du nicht mit mir machen.«
Sie hatte befürchtet, er würde zu heulen anfangen. Sie hasste es, wenn Menschen in Tränen ausbrachen, egal, ob Mann oder Frau.
»Natürlich kann ich das«, hatte sie ruhig gesagt, und da war der Typ weiß geworden. Seine Augen hatten sich verengt, und ehe sie ausweichen konnte, hatte er ihr die Faust ins Gesicht geschlagen.
Tja. Vielleicht würde er sie dafür jetzt in Frieden lassen.
Und wenn nicht?
Sie verjagte den Gedanken.
Endlich hörte die Lippe auf zu bluten. Sie warf das schmutzige Handtuch in den Mülleimer und besah sich ihren Mund. So schlimm war es zum Glück nicht. Wenn sie Lippenstift auftrug, würde niemandem etwas auffallen.
Glück gehabt. Vor ein paar Jahren hatte es sie heftiger erwischt. Da hatte ihr ein Kerl ein blaues Auge verpasst. Wochenlang hatte sie nicht arbeiten können.

Sie hatte geglaubt, im Laufe der Zeit umsichtiger geworden zu sein.
Jetzt erst mal stärken. Runterkommen.
Sie verließ das Bad, ging in die Küche und holte den Wodka aus dem Kühlschrank. Sie füllte ein Wasserglas bis zur Hälfte und trank. Genussvoll schloss sie die Augen, als der Alkohol kalt in ihren Magen floss.
Ihr Handy klingelte. Sie hastete ins Wohnzimmer, nahm es vom Tisch und prüfte die Nummer auf dem Display. Sie lächelte.
»Wie schön, dass du dich meldest.« Das war sogar die Wahrheit.

Kapitel 16

»So. Jetzt führe ich dich in mein Lieblingslokal.«
»Aber da zahle ich.«
Agnès neigte den Kopf und verzog die dunkelrot geschminkten Lippen zu einem Lächeln.
Das Restaurant befand sich in einer Seitenstraße und sah wie ein gewöhnliches, noch nicht einmal sehr gepflegtes Wohnhaus aus. Kein Schild über der Tür, von deren Rahmen die weiße Farbe blätterte, keine Speisekarte. Altrosafarbene Vorhänge versperrten den Blick in die Fenster. Nur die weißen Geranien und violetten Petunien, die sich die graue Fassade herunter ergossen, minderten den schäbigen Ersteindruck.
»Lass dich nicht täuschen, das ist Taktik. Wenn zu den Stammgästen noch jede Menge Laufpublikum käme, würde Harrys Lokal aus allen Nähten platzen.«
Eva folgte Agnès nach drinnen und blieb stehen. Der Kontrast zu seinem unscheinbaren Äußeren hätte nicht größer sein können. Ein gigantischer Kristalllüster dominierte die stuckweiße Decke und breitete seine Arme nach allen Seiten aus, als wollte er die Anwesenden segnen. Die Wände waren rot gestrichen. Auf dunklem Parkett gruppierte sich ein Dutzend Tische, alles Einzelstücke. Es schien, als hätte sich ein Antiquitätensammler ausgetobt.
Die Hälfte der Tische war besetzt. Zwei Frauen, die ihre Goldklunker ins Kristalllüsterlicht hielten, drei Männer im Anzug, von denen der Jüngste ein Notebook auf den Knien balancierte

und vier Paare, wovon eines arabisch aussah. Die Frau hatte ein silbrig schimmerndes Seidentuch um den Kopf geschlungen.
Ein schwarzhaariger, mittelgroßer Mann schritt auf Eva und Agnès zu, ein heiseres Lachen eilte ihm voraus. Er streckte die Arme aus, griff Agnès in den Nacken, zog sie an sich und küsste sie auf den Mund.
Aha. Eva verkniff sich ein Grinsen.
»Harry, das ist Eva.«
Die Augen des Mannes strahlten. Er beugte sich vor und hob die Hand. Für einen Moment fürchtete Eva, dass er auch ihr in die Haare greifen und sie auf den Mund küssen würde, aber er berührte sie nur am Arm.
»Herzlich willkommen. Sie müssen eine gute Freundin sein, denn ich erlaube meinen Stammkunden nur, die besten Freunde mitzubringen.«
Agnès zwinkerte ihr zu.
Harry führte sie zu einer Nische, wo ein Tisch aus verschnörkeltem dunklen Holz und samtbezogene Sessel standen. Ein Kellner brachte Champagner und nahm ihre Bestellungen auf. Agnès wählte Entrecôte, Eva entschied sich für Ofengemüse mit Hummus.
Sie schaute sich um. Sie war noch nie in einem so exquisiten Restaurant gewesen.
Agnès beugte sich vor. »Hey. Das hier«, sie machte eine ausholende Geste, »das ist kein Grund, aufgeregt zu sein. Harry ist ein ganz normaler Typ, gelernter Dekorateur, der das Glück hatte, auf einem Lottoschein sechs richtige Zahlen anzukreuzen. Lass dich nicht blenden, auch wenn das genau der Zweck und Harrys Geschäftsgrundlage ist.«
Sie beugte sich weiter vor. »Glaub mir, Ausbildung, Intelligenz, alles schön und gut. Aber nur Coolness bringt dich weiter. Mit

Coolness kann man es bis auf die Gästeliste des Buckingham Palace schaffen.«
Eva lächelte. »Und, hast du schon eine Einladung?«
»Ich arbeite dran.« Agnès grinste.
Zwei Kellner näherten sich, servierten das Essen und gossen Rotwein ein, den sie nicht bestellt hatten. Agnès blickte nicht mal auf.
»Coolness also, ja?«
»Richtig. Und eine gesunde Portion Skrupellosigkeit.«
Agnès schnitt ein Stück Fleisch ab, schob es sich in den Mund und schloss genussvoll die Augen.
Das Essen schmeckte grandios. Den Gedanken an die Rechnung schob Eva in einen der nebelverhangenen Winkel ihres Hirns, der sich mit jedem weiteren Schluck Wein ausdehnte.
»Ich wollte etwas mit dir besprechen.«
Agnès Stimme änderte ihre Klangfarbe von Samtrot zu Mineralwasserflaschengrün. Ihre Geschäftsstimme.
»Pass auf. Ich muss nächste Woche für längere Zeit weg. Beruflich. Ein Kunde, dem mehrere Hotels gehören, will, dass ich ihn und seine Gattin auf eine Geschäftsreise begleite und bei der Schulung des Personals beratend zur Seite stehe. Unter uns: völlig unnötig. Aber die Bezahlung: bombastisch.«
Zur Bekräftigung leerte sie ihr Rotweinglas bis auf einen winzigen Rest, woraufhin es von einem der Kellner sofort wieder aufgefüllt wurde.
»Für die zwei Monate, in denen ich unterwegs bin, brauche ich jemanden, der mein Apartment hütet. Meine Pflanzen gießt. Einfach mal ein paar Stunden bleibt, damit es dort bewohnt aussieht. Es wird in meiner Gegend nämlich gerade sehr viel eingebrochen. Und von den Nachbarn möchte ich keinen fragen, die meisten kenne ich noch nicht mal.«
»Natürlich schaue ich nach deiner Wohnung.« Eva zwang ihre

Lippen zu einem Lächeln, das ihre Enttäuschung überspielen sollte – darüber, dass Agnès zwei Monate weg sein würde. Und sie offenbar deswegen so teuer einlud, weil sie die Homesitterin spielen sollte.

Sie trank den Rest Wein und hielt die Hand auf ihr Glas, damit keiner auf die Idee kam, ihr noch mal nachzuschenken.

Agnès wollte fortfahren, wartete jedoch, bis der Kellner ihre Teller abgeräumt hatte.

»Du bist ein Schatz!« Sie strahlte. »Ich zahle dir … zweitausend Euro. Wenn das okay ist?«

Eva schnappte nach Luft. Zweitausend Euro. Zwei-null-null-null. Dafür hatte sie drei bis vier Monate in der Alten Buche kellnern müssen. Und den Betrag würde sie dafür bekommen, dass sie sich zwei Monate lang ein paar Mal die Woche in Agnès' Apartment setzte und ihre Pflanzen goss.

»Hey. Jetzt sag bloß nicht, du kannst das nicht annehmen.«

Eva fing Agnès' Lächeln auf und spielte es zurück. Sie hatte tatsächlich so etwas in der Art sagen wollen.

»Aber nur, weil du es bist.«

»Davon gehe ich aus.«

Agnès winkte nach einem der Kellner. »So. Und jetzt versüßen wir uns diesen Moment.«

Ohne aufzuschauen, orderte sie bei dem sofort herbeigeeilten Mann: »Zweimal Crème brûlée.«

Es war später Nachmittag, als sie das Essen mit einem Espresso beendeten. Harry trat an ihren Tisch und erkundigte sich, ob alles zur Zufriedenheit der Damen gewesen sei. Eva musste sich konzentrieren, sein schaukelndes Gesicht mit ihrem Blick festzupinnen. Sie hatte wieder zu viel getrunken, so viel, dass es ihr fast egal war. Agnès hingegen merkte man überhaupt nichts an. Eva unterdrückte den Drang, sich an ihr festzuhalten.

Harry küsste Agnès zum Abschied. Als er Eva die Hand reichte, schlossen sich seine Finger warm und fest um ihre. Er drückte kurz zu und zwinkerte dabei, als wollte er ihr eine Botschaft übermitteln.

Dann wandte er sich wieder an Agnès.

»Du … kommst doch demnächst mal wieder vorbei?«

Agnès und Harry tauschten einen langen Blick. Er strich ihr eine Haarsträhne hinters Ohr, fuhr die Konturen ihres Gesichtes nach, bis zu ihrem Kinn, wo seine Hand verweilte.

Unübersehbar, dass es zwischen den beiden knisterte.

»Bestimmt. Bis dann, Harry.« Agnès schob langsam Harrys kräftige Männerhand von ihrem Gesicht.

Sie drehte sich um, und Eva fiel auf, dass Harry keine Rechnung gebracht hatte. Sie folgte Agnès, so schnell es auf ihren weinschweren Beinen möglich war.

»Agnès, wir haben vergessen zu bezahlen.«

Agnès blinzelte in die Sonne. »Nicht nötig.«

»Nicht nötig?«

»Nein.« Agnès' Augen blitzten, als reflektierten sie das Nachmittagslicht.

Ihr Handy meldete sich, und sie fingerte es aus der Tasche. Ihr Lächeln schwebte davon. Sie drückte den Anrufer weg und warf das Telefon in ihre Tasche zurück.

»Ich muss schon wieder.« Sie küsste Eva schnell auf die Wangen.

»Ich ruf dich an. Zwecks Schlüsseln und … vielleicht willst du die Wohnung vorher noch sehen?«

»Unbedingt.«

»Okay, dann übermorgen? Ich ruf dich an. War wie immer toll mit dir.«

Sie eilte die Straße hinunter, ohne sich noch einmal umzudrehen.

Kapitel 17

»Wie, du hast einen Job?«

Alexander starrte sie an. Als wäre das ein Ding der Unmöglichkeit. Aber egal. Nachdem sich der Alkoholnebel gelichtet hatte, brannte in ihrem Körper eine Hitze, die seine lauwarme Reaktion nicht abkühlen konnte.

Auch wenn ihr Magen rumorte und ihre Schläfen leise pochten: Sie fühlte sich so großartig wie schon lange nicht mehr.

»Kaum zu glauben, aber wahr.« Sie lehnte sich in ihrem Gartenstuhl zurück.

»Nein, das ist toll. Ganz toll ist das.«

Er ließ seine Bierflasche aufschnappen und setzte sich neben sie.

»Und was ist das für ein Job?«

»Homesitting.« Eva weidete sich an seiner irritierten Miene und unterdrückte ein Grinsen.

»Du passt also auf ein Haus auf.«

»Yep.«

»Yep?«

»Das heißt so viel wie ja. Aber eigentlich ist es nur eine Wohnung.«

»Oh Mann, Eva!« Er schüttelte den Kopf. »Ich weiß, was yep heißt. Aber ich hab diesen Ausdruck noch nie aus deinem Mund gehört.«

Er trank einen Schluck Bier und blickte über den Garten zum Horizont, wo das Tiefblau des Sommerhimmels in der Abend-

dämmerung verblasste.
Guter Zeitpunkt für den größten Trumpf.
»Ich bekomme zweitausend Euro.«
»Was?« Er verschluckte sich und hustete.
»Du hast richtig gehört.«
»Für ein bisschen …«
»… Blumen gießen, Briefkasten leeren. Einfach mal da sein.«
Er schüttelte ungläubig den Kopf. »Und wie lange?«
»Zwei Monate.«
Sie sah ihm an, wie er rechnete. Wie er Einsatz und Gewinn gegeneinander abwog und zufrieden feststellte, dass die Gewinn-Waagschale deutlich schwerer war.
Plötzlich runzelte er die Stirn.
»Und wer zahlt dir so ein Heidengeld fürs Blumengießen?«
Eva hielt ihren Namen einen Moment zurück, bevor er ihr von der Zunge glitt. »Agnès.«
»Agnès?«
Erinnerte er sich nicht?
»Ja, Agnès. Ich habe sie dir nach dem Klassentreffen vorgestellt.«
Die Erinnerung rastete fast hörbar im Getriebe seines Gedächtnisses ein, schien es einen Moment zum Stocken zu bringen. Seine Miene verschloss sich ein paar Sekunden, bevor er sie ansah und ein Lächeln bemühte.
»Aha. Die Frau, mit der du um die Häuser gezogen bist.«
Er lachte, als meinte er es lustig, aber sie kannte ihn besser. Und die nachmittägliche Leichtigkeit drohte sich zu verflüchtigen.
»Genau.« Nicht nur damals, dachte sie. Gerade vor ein paar Stunden wieder.
»Und die verdient so gut, dass sie dir zweitausend Euro zahlt?«
»Yep«, antwortete sie. Absichtlich.

Er fuhr sich übers Gesicht, als wollte er Ärger oder Ungläubigkeit wegwischen.
»Und warum fragt sie dich?«
»Weil ich so ein liebes Mädchen bin.«
Er überhörte die Ironie darin, oder vielleicht fehlte ihm einfach ein Gen, das dafür zuständig war, sie wahrzunehmen.
Egal.
Er beugte sich vor. »Zweifellos.« Er küsste sie.
»Ich hab dir schon lange nicht mehr gesagt …«
Sie legte ihm die Finger auf die Lippen. »Ich dich auch.«
Ein paar Stunden später wachte sie auf. Sie lauschte auf Alexanders Atem, so nah, dass er sie am Ohr kitzelte. Sein Arm lag quer über ihrer Brust.
Durch das Fenster strömte laue Nachtluft, tippte sanft gegen die Vorhänge.
Alles fühlte sich gut an. Für diesen einen Moment.

Kapitel 18

»Voilà! Der schönste Platz in meiner bescheidenen Hütte.« Mit einer übertrieben ausladenden Geste führte Agnès Eva durch das Apartment. Von »bescheiden« und »Hütte« konnte natürlich keine Rede sein.

Am meisten beeindruckt war Eva von der Dachterrasse, bestückt mit exotischen Topfpflanzen und Gartenmöbeln aus irgendeinem edlen Gehölz. Sie wirkte wie ein eigener, nach draußen verlegter Raum, nur durch gläserne Schiebetüren von der Wohnung getrennt. Drinnen schien sich ein Innenarchitekt für viel Geld ausgetobt zu haben. Das Wohnzimmer wurde von einer verspiegelten Bar und einem Flachbildfernseher dominiert, der fast Kinoleinwandausmaße besaß. Den Wert der weißen Ledergarnitur schätzte Eva im fünfstelligen Bereich. Auch Schlafzimmer, Bad und Küche waren minimalistisch-modern eingerichtet, vor allem: teuer.

Wie provinziell im Vergleich dazu ihr Haus war.

»Du brauchst nicht vor Ehrfurcht zu erstarren«, hatte Agnès gesagt und gegrinst. »Du darfst alles benutzen. Sogar die Küche, wenn es klappt.«

»Wenn es klappt?«

»Ja. Kochen gehört zu den Dingen, die ich definitiv nicht kann und nicht vorhabe zu lernen. Außerdem habe ich große Ehrfurcht vor diesem Monstrum von Herd.«

»Warum hast du ihn dann gekauft?« Eva hatte gegrinst.

Für einen Moment schien Agnès konsterniert. »Gehört eben

dazu«, hatte sie erwidert und sie hatten beide gelacht.
»Was zu trinken?« Agnès schob sich die Sonnenbrille ins Haar.
Eva nickte. »Aber ohne Alkohol.«
Agnès nickte und verschwand nach drinnen.
Eva ging hinaus auf die Dachterrasse, lehnte sich ans Geländer und blickte hinunter auf die von Platanen gesäumte Straße. Auf dem Bürgersteig parkten teure Autos. Kein Mensch war zu sehen. Agnès trat an sie heran und reichte ihr ein hohes Glas mit einer orangefarbenen Flüssigkeit.
»Guck nicht so skeptisch, ist nur Orangensaft mit Grenadine, aufgehübscht durch einen Strohhalm.«
»Schön hier.«
Agnès zuckte die Achseln. »Vor allem anonym. Hier schert sich keiner um den anderen. Und das ist auch gut so.«
Ein Sportwagen röhrte heran und durchbrach für einen Moment die Stille. Er hielt und parkte gegenüber.
»Wie bei reichen Leuten.« Eva versuchte zu scherzen. »Und welches der Prachtstücke da unten ist deins?«
Agnès zog an ihrem Strohhalm. »Der schicke Rote natürlich.« Sie zeigte ans Ende der Straße auf ein tomatenrotes Sportcabrio. »Ist aber echt nicht wichtig. Innerhalb der Stadt fahre ich ohnehin nicht, weil es sowieso kaum Parkplätze gibt. Lieber nehme ich ein Taxi. Außerdem sind die meisten Autos sowieso auf Pump gekauft.«
Ein verächtlicher Zug schlängelte sich um ihren Mund. Sie fasste Eva am Arm. »Komm, machen wir es uns bequem.«
Eva folgte ihr zu den beiden Liegestühlen unter einem Sonnenschirm.
Agnès streckte ihre Beine aus. Ihr Seidenshirt raschelte. Eva legte sich in den Stuhl neben sie.
»Also.« Agnès drehte sich zu ihr um. »Sollte das Telefon klingeln, während du in der Wohnung bist, einfach ignorieren.

Dazu ist der Anrufbeantworter da. Es werden ohnehin nicht viele Anrufe kommen, weil meine Kunden und Bekannten Bescheid wissen und außerdem meine Mobilnummer haben. Um die Post musst du dich nicht kümmern. Ich habe einen Lagerservice inklusive digitalem Nachsendeauftrag eingerichtet. Deine Hauptaufgabe besteht also darin, meine Lieblinge hier zu versorgen.« Sie nickte in Richtung des Oleanders, der am Nächsten stand. »Und da zu sein.«

Sie deutete auf das zweistöckige Haus gegenüber. »Da drüben wurde letzten Monat eingebrochen. Ich bin zwar versichert, habe aber keine Lust auf Umstände. Betrachte das hier also einfach als deine Zweitwohnung für die nächste Zeit.«

Weil ihr schon wieder die passenden Worte fehlten, trank Eva von ihrer Orangen-Grenadine.

»Und, hast du dir schon die ganzen Vergnügungen ausgemalt, denen du dich in deinem zweimonatigen Stadtleben hingeben willst?«

»Vergnügungen?«

»Na ja, das ist nicht Berlin und noch nicht mal, sagen wir, Düsseldorf. Aber gut gehen lassen kann man es sich in jeder Hinsicht.«

»In jeder Hinsicht.«

»Genau.« Sie beugte sich vor und senkte die Stimme, als fürchtete sie, belauscht zu werden. »Du kannst hier auch jederzeit übernachten. Allein oder …«

Theatralisch atmete sie das unausgesprochene Satzende in die Sommerluft.

»Also, wenn du glaubst, Alexander würde mit mir ausgehen und dann hier schlafen – eher unwahrscheinlich.«

»Ich hab nicht an Alexander gedacht.«

Agnès' Grinsen wurde breiter, und Eva konnte nicht anders, als mitzugrinsen.

»Du bist schlimm.«
»Ich weiß.« Agnès seufzte übertrieben.
Sie schwang ihre gebräunten Beine über die Lehne des Liegestuhls. »So. Ich brauche noch was zu trinken.«
Sie nahm Evas leeres Glas.
Drinnen ploppte es, und kurz darauf erschien Agnès mit zwei Sektkelchen.
»Also, wir müssen wirklich noch anstoßen.«
Eva stöhnte auf. »So langsam mache ich mir Sorgen um meine Leberwerte.«
»Ach was. Ich glaube, du kannst ruhig ein bisschen aufholen.«
»Sei dir da mal nicht so sicher. Es hat Zeiten gegeben …«
»Ach?«
»Hast recht, ist lange her.«
»Also Prost!«
Sie stießen an. Ein Glas später beschloss Agnès, dass sie Hunger habe und sie unbedingt etwas bestellen sollten.
»Also, der Thailänder ist wunderbar. Und liefert schnell. Aber ehrlich gesagt gelüstet es mich gerade nach einer riesigen, fettigen Pizza.«
»Keine Einwände, außer: Ich zahle.«
Agnès hob die Hände in gespielter Verzweiflung. »Okay.«
»Für uns beide.«
Agnès zögerte. »Okay«, sagte sie schließlich.
Die Pizza schmeckte so köstlich, dass Eva ihr Sättigungsgefühl ignorierte und auch das letzte Viertel noch aß. Agnès war bereits fertig und leckte sich die Finger.
»Ich weiß, das tun wohlerzogene Mädchen nicht, aber ich bin ja schließlich zu Hause.« Sie rieb sich den Bauch. »Ich glaube, ich muss nie wieder etwas essen.«
»Und ich glaube, die Pizzeria wird gut an mir verdienen die nächsten beiden Monate.«

Agnès verschränkte die Arme hinter dem Kopf und schloss die Augen. Die Sonne stand tief, aber es war noch immer heiß. Gleich würde sich Eva verabschieden müssen, und wenn sie Agnès wiedersah, war der Sommer vorbei.
»Weißt du, was ich schade finde?«
Agnès drehte sich zu ihr um. »Was denn?«
»Dass wir die beiden nächsten Monate nicht zusammen verbringen können.«
Agnès blinzelte. Der Schauer einer Gefühlsregung zog über ihr Gesicht, eine Gefühlsregung, die Eva nicht zu deuten wusste. Bedauern oder Belustigung?
Sie wartete darauf, dass Agnès etwas antwortete, aber sie streckte die Hand aus und berührte Eva am Arm.
Für einen Moment spannte sich das Schweigen zwischen ihnen wie ein Band, bis Eva es löste.
»Ich muss jetzt gehen.«
»Holt er dich wieder ab?«
Sie antwortete nicht.
Agnès beugte sich vor. »Mädchen, mach endlich den Führerschein.«
Beide prusteten gleichzeitig los, aber Eva war sich sicher, dass auch Agnès keine Ahnung hatte, was eigentlich so lustig daran war.
An der Wohnungstür standen sie sich gegenüber, beide befangen. Agnès zog Eva kurz an sich und küsste sie auf die Wangen. Dann fischte sie ein zusammengerolltes Bündel Scheine aus der Tasche ihrer Leinenshorts.
»Hier, das sind tausend. Die andere Hälfte gebe ich dir in acht Wochen.«
Eva zögerte.
»Jetzt nimm schon.« Agnès drückte ihr die Scheine in die Hand. »Du brauchst Geld und tust was für mich. Ich hab Geld und be-

zahle dich. Ganz einfach.« Sie lächelte.

Eva steckte die Scheine in ihre Tasche.

»Noch etwas: Wenn die zwei Monate vorbei sind, wirf am letzten Tag die Schlüssel einfach in den Briefkasten.«

»Okay.«

Eva hatte sich bereits ausgemalt, wie sie in der Wohnung auf Agnès warten würde. Wie sie zusammen ein Glas Champagner auf ihr Wiedersehen trinken würden. Wie sie sich berieseln lassen würde von Agnès' Anekdoten.

Agnès fasste ihren Arm. »Ist nicht böse gemeint ... ich werde nur sehr spät hier und zu nichts zu gebrauchen sein. Am nächsten Abend kommst du einfach wieder und wir gehen aus.«

Sie zwinkerte, als wären sie Verschwörerinnen.

»Du meldest dich doch ...«

»Sicher«, sagte Agnès leise.

Sie griff erneut in die Hosentasche, zog einen Schlüsselbund hervor und hielt ihn Eva hin.

»Machs gut.« Dann wandte sie sich um und schloss die Tür.

Vermutlich hasste Agnès Abschiede genauso wie sie.

Eva verstaute die Schlüssel in ihrer Handtasche und stieg die Treppen hinunter, hinaus in die warme Luft.

Sie würde sich nicht umdrehen, um zu schauen, ob ihr Agnès auf der Dachterrasse nachblickte. Sie ging die Straße entlang. Sie hatte mit Alexander die Erlöserkirche als Treffpunkt ausgemacht. Sie wollte nicht, dass er sie vor Agnès' Wohnung aufgabelte. Noch weniger wollte sie darüber nachdenken, warum das so war.

Die Kirchturmuhr schlug neun Mal, als sie sich auf den Treppenstufen der Kirche niederließ.

Alexanders Kombi bog um die Ecke und hielt direkt vor ihr. Er öffnete von innen die Beifahrertür. »Na, alles in Ordnung?«

»Sicher.« Eva stand auf und stieg ein.

Kapitel 19

Sie hatte befürchtet, er würde die üblichen Fragen stellen. Wie Agnès' Wohnung sei. Ob sie das Geld bekommen habe. Wie der Abend gewesen sei. Sie wusste selbst nicht, warum sie keine Lust hatte, darüber zu reden. Aber er fragte nicht. Er wollte nur wissen, ob sie hungrig sei. Sie hatte automatisch ja gesagt, ohne darüber nachzudenken. Immer noch war sie satt von der Pizza. Für einen kurzen Moment dachte sie, dass er sie vielleicht zum Essen einladen wollte, wo sie schon einmal in der Stadt waren, aber er sagte: »Ich kann uns Nudeln mit Käsesoße kochen.« Sie unterdrückte ein Seufzen.

»Lass uns was trinken gehen.« Sie strich ihm über die Wange. Er griff nach ihrer Hand und küsste sie.

»Ich hab uns zwei Bier kalt gestellt.«

»Ja, wenn das so ist.« Sie zog ihre Hand zurück.

Eva aß nichts und trank kein Bier mehr an diesem Abend. Sie behauptete, sie sei müde, und die Enttäuschung in seinen Augen weckte ein beunruhigendes Gefühl der Genugtuung. Eins zu eins, dachte sie. Als führten sie stillschweigend einen Kampf, wer den anderen öfter enttäuschte.

Sie legte sich ins Bett und starrte durchs geöffnete Fenster. Dachte an Agnès, die jetzt ihre Koffer packte, vermutlich laut Musik dabei hörte und sich hin und wieder an ihrer Bar bediente.

Am liebsten würde sie gleich am nächsten Tag in die Wohnung fahren. Agnès hatte jedoch gesagt, das sei nicht nötig, da komme ohnehin noch einmal eine Putzhilfe. Übermorgen reiche völlig. Allerdings müsse Eva in den zwei Monaten, die sie aufpasse, ab und zu selbst sauber machen, weil die Putzfrau zu ihren erwachsenen Kindern führe.

Alexander kam ins Schlafzimmer und legte sich neben sie.

»Bist du noch wach?«

Nein, dachte sie und atmete gleichmäßig weiter. Er drehte sich um. Eva zählte bis zweihundert. Dann hörte sie Alexanders vertrautes leises Schnarchen.

Der folgende Tag verging quälend langsam. Das einzige Highlight war der Anruf von Hannah. Sie sei in Urlaub gewesen, habe Eva die Karte nicht bekommen? Hatte sie nicht. Jedenfalls habe sie sich riesig gefreut, auf ihrem Anrufbeantworter Evas Stimme zu hören.

Sie plauderten ein bisschen über dies und jenes. Über ihren Streit im Frühling verloren sie kein Wort. Vor allem Hannah redete. Sie erzählte von ihrer Städtereise nach London, und Eva versuchte, den Stich zu ignorieren, den ihre Worte in ihr auslösten.

»Lass uns doch mal zusammen Kaffee trinken oder so.« Hannah schlug einen Termin vor. Eva willigte gerne ein.

Der Besuch bei ihrem Vater am Nachmittag endete nach zwanzig Minuten. Sie erzählte ihm von der neuen Arbeit, von ihren Plänen für Charlys Geburtstag. Sie hatte Zweifel, ob er irgendetwas begriff von dem, was sie sagte. Ob er sie heute überhaupt erkannt hatte oder wusste, dass Charly seine Enkelin war. Aber sie war froh, dass er nicht schrie oder vor sich hin brabbelte, sondern die ganze Zeit durch sie hindurchschaute, als wäre sie aus Glas.

Irgendwann legte er den Kopf auf die Tischplatte und schlief ein. Frau Schmied weckte ihn sanft und brachte ihn ins Bett.

Eva atmete auf und verließ das Altenheim, ohne die Pflegerin noch eines Blickes zu würdigen.
Draußen streifte sie durch die Gassen. Es war wieder heiß geworden, der Asphalt flimmerte, und da fiel ihr Kais Laden mit seiner herrlichen Kühle ein. Dort angekommen, stand sie vor verschlossener Tür.
Natürlich, Kai hatte ihr doch gesagt, dass er nur dienstags und samstags geöffnet hatte. Sie war einen Tag zu früh beziehungsweise zwei zu spät. Schade.
Der Abend verging wie gewohnt. Sie hörte sich Alexanders Geschichten an, von im Laden vergessenen Geldbörsen oder der Lauer, die drei Tage hintereinander eine Briefmarke gekauft habe. Dass ihm das alles nicht lästig, nicht zu kleinbürgerlich war. Aber wozu ihn fragen, was er daran so liebte? Also ließ sie ihn reden, nickte hin und wieder und machte Bemerkungen wie: »Ach wirklich« und »So was aber auch«. Sie schämte sich, dass er diese Einwürfe schluckte wie Charly als Kind diese grässlichen pinkfarbenen Schokolinsen. Als er in der Nacht fragte, ob sie noch wach sei, sagte sie ja.

Jetzt stand sie vor Agnès' Wohnung. Niemand war ihr auf dem Weg in den zweiten Stock begegnet. Kein Geräusch war zu hören gewesen bis auf ihre eigenen Schritte.
Die metallene Tür erinnerte mehr an den Zugang zu einem Tresor als zu einem Apartment. Darauf hatte sie bei der Wohnungsführung gar nicht geachtet. Wieso fürchtete Agnès Einbrecher, bei dieser Tür? Eva konnte sich nicht vorstellen, dass irgendjemand sie aufbekam, es sei denn mit Sprengstoff.
Die Klingel an der Wand war so klein, dass man sie fast übersah. Auf dem Namensschild stand Hassler, genau wie unten neben der Eingangstür. Bereits bei der Wohnungsübergabe war ihr das aufgefallen. »Wohnst du hier inkognito?« Agnès hatte ge-

blinzelt. »Interessanter Gedanke. Aber nein, ist nur der Nachname meines Ex. Überbleibsel meiner letzten Ehe sozusagen. Ich vergesse immer, das Schild auszutauschen.«

»Ich dachte, du wärst schon länger geschieden?«

Agnès hatte gegrinst. »Seit genau sieben Wochen.«

Eva schloss die beiden Schlösser auf, zusätzlich zu dem Türschloss war noch ein Sicherheitsschloss angebracht. Vielleicht versteckte Agnès irgendwelche Wertgegenstände. Zuzutrauen wäre es ihr.

Eva betrat die Wohnung. Ein zitrusartiger, kühler Geruch schlug ihr entgegen. Agnès' Geruch. Als hätte sie vor ihrer Abreise ihre Duftmarke hinterlassen.

Eva lächelte bei dem Gedanken. Sie legte die Schlüssel in die Silberschale auf dem weiß lackierten Tischchen. Daneben stand das Telefon. Der Anrufbeantworter blinkte nicht, also ging sie gleich weiter.

Bis auf Bad und Schlafzimmer war das Apartment ein riesiger offener Raum. Eva blieb einen Moment stehen und ließ den Blick schweifen.

Im Wohnbereich stand auf dem Glastisch eine Vase mit langstieligen weißen Rosen, davor lag ein Umschlag. Sie öffnete ihn. Auf der Karte darin hatte Agnès in ihrer geschwungenen Schrift geschrieben: Nochmals danke fürs Aufpassen, A.

Eva seufzte. Sie vermisste sie jetzt schon.

Als sie aufsah, blickte sie ihrem von der Barwand gespiegelten Gesicht entgegen, das die Stirn in Falten legte.

Vielleicht ein Drink zum Aufmuntern? So etwas würde Agnès jetzt sagen. Mit wie vielen unterschiedlichen Menschen hatte sie hier angestoßen? Evas Blick glitt über die aufgereihten Flaschen. Es waren nur vier Stück, etwas wenig für eine Bar. Sie standen so akkurat, als wären sie nie geöffnet worden. Nur zwei von ihnen waren angebrochen.

Eva wandte sich ab und ging in die Küche. Herd, Spüle, Kühlschrank und Backofen verschmolzen zu einem Element, an das sich nahtlos ein Schrank anschloss. Die ganze Küchenzeile wirkte wie ein Raumteiler zum Essbereich und so neu, als wäre sie gerade eingebaut worden. Agnès schien oft unterwegs zu sein. Und eine sehr gründliche Putzfrau zu beschäftigen.
Eva fuhr mit den Fingern über die weiße Lackoberfläche der Schränke, die Aluminiumverkleidung des Herdes. Betrachtete die gigantische Kaffeemaschine. Die rührte sie besser nicht an. Sie würde sich Instantkaffee besorgen.
Sie öffnete den Kühlschrank. Zwei Flaschen Champagner lagen im untersten Fach. An der Rechten baumelte ein Schildchen, auf dem stand: Bedien dich. Den Kühlschrank hatte Agnès offenbar extra für sie noch einmal aufgefüllt: drei Flaschen Wasser, eingelegte Oliven, Paprika und Pilze. Auf der Arbeitsplatte neben dem Kühlschrank stand eine Schüssel Obst.
Eva griff sich eine Banane, durchquerte den Raum zur Terrassentür und schob sie auf. Heißer Wind wehte ihr entgegen. Sie zog die Sandalen aus, genoss die Hitze, die von den warmen Steinen durch die Haut ihrer Füße drang.
Sie öffnete den Sonnenschirm und legte sich auf eine Liege. Der Wind rauschte in den Platanen. Auf der Straße schlug eine Autotür. Eine Männerstimme redete irgendetwas und verstummte abrupt.
In der Wohnung gegenüber, auf der anderen Straßenseite, wurde ein Vorhang vors Fenster gezogen. Was mochten das für Leute sein, die hier lebten? Welchen Berufen gingen sie nach? Sie hatte Agnès gefragt, wie ihre Nachbarn so seien. Agnes hatte sie mit einem Blick angesehen, der zwischen Belustigung und Irritation changierte.
»Ich sehe sie kaum«, hatte sie schließlich geantwortet. »Ich finde es auf gewisse Art beruhigend, dass Menschen in meiner

Nähe leben. Aber ich muss nicht unbedingt mit ihnen sprechen.« Obwohl Eva alles andere als eine Freundin zwanghaftinniger Nachbarschaftsverhältnisse war, hatte sie dieser Satz ein wenig befremdet.

Was sollte sie jetzt tun? Was hatte sie erwartet? Dass das Leben, sobald sie Agnès' Wohnung betrat, spannend und abwechslungsreich sein würde?

Sie hatte nicht mal daran gedacht, ein Buch mitzunehmen. Nur ein paar ihrer CDs. Mal sehen, womit Agnès sich ihre Freizeit vertrieb.

Eva stand auf und ging hinein. Trank in der Küche ein Glas Wasser und stellte es in die Spüle. Sie zog die Schubladen auf. Hier fehlte es an nichts. Ein Koch könnte für eine ganze Gesellschaft mühelos ein Fünf-Sterne-Menü zubereiten. Und mit teuerstem Porzellan eindecken. Sie holte eine weiße Tasse aus dem Schrank, deren Form an eine Callablüte erinnerte. Sie stellte sie zurück.

Als Nächstes schlenderte sie ins Badezimmer, das wie die übrige Wohnung in Anthrazit und Weiß gehalten war. Die Wanne war riesig. In ihr hätten Alexander, Charly und sie zusammen baden können. Sie erinnerte sich, wie sie sich zu dritt in ihre Badewanne gequetscht hatten, als Charly ein Baby gewesen war und sie noch in der engen Wohnung über dem Laden gewohnt hatten.

Sie öffnete den Badezimmerschrank. Parfumflakons und Cremedosen gruppierten sich nebeneinander. Teure Marken, noble Namen. Für Damen und Herren. Eva schmunzelte. Also gab es doch jemanden in Agnès' Leben, der ihr mehr bedeutete? Warum hatte sie ihr das nicht verraten? Oder hatte sie Herrenkosmetika eingekauft, die sie mochte und jedermann benutzen durfte, mit dem sie hier die Nacht verbrachte?

»Agnès, Agnès.« Eva zögerte einen Moment, dann nahm sie

eins der Damenflakons und besprühte ihr Handgelenk. Ein süßes Aroma stieg ihr in die Nase, viel schwerer als Agnès' Duft. Seltsam, passte gar nicht zu ihr. Und hatte sie noch nie an ihr wahrgenommen.

Eva wollte die Tür des Schränkchens schließen, da entdeckte sie ein Fläschchen aus braunem Glas in der Ecke.

Rescuetropfen. Es stand im hintersten Winkel versteckt, als wäre es Agnès peinlich, dass sie auf Bachblüten schwor.

Eva verließ das Bad und ging hinüber ins Wohnzimmer. Wie die Küche glich es der Mustereinrichtung eines Luxusmöbelhauses. Vielleicht wohnte Agnès noch nicht lange hier. Vielleicht war sie während der Trennung von ihrem Ex-Mann hierher gezogen. Eva setzte sich auf die Couch, starrte auf den gigantischen Fernsehbildschirm. Brauchte man so etwas, vor allem wenn man wie Agnès kaum zu Hause war? Welche Filme sie sich wohl anschaute? Vielleicht gab der Wohnzimmerschrank Aufschluss.

Sie stand auf und zog eins der Schubfächer auf. Es war leer, genau wie das zweite, nur im dritten lagen einige CDs, ausschließlich Mozart und Vivaldi. Hätte sie nie vermutet. Aber sie hatte mit Agnès nie über Musik gesprochen, ebenso wenig über Filme. Oder Bücher. Das Regal enthielt ein paar Klassiker – Flaubert, Proust – aber keine zeitgenössische Literatur, keine Schmöker oder Krimis.

Vielleicht gab es im Schlafzimmer etwas Persönliches.

Ihre Hand lag schon auf der Klinke, als ihr einfiel, dass Agnès ihr sehr wohl gezeigt hatte, wo das Schlafzimmer war, nicht jedoch das Zimmer selbst. Sie zögerte. Wie kam sie eigentlich dazu, hier herumzustöbern? Andererseits hatte Agnès sie aufgefordert, hier zu übernachten. Und das tat man schließlich im Schlafzimmer.

Sie drückte die Klinke hinunter. Der Raum war so minimalis-

tisch eingerichtet wie die übrige Wohnung, die Möbel schwarz. Ein riesiges Bett, mit weißer Bettwäsche bezogen, zwei Nachttische, an der Wand gegenüber eine quaderförmige Kommode, darüber hing eine abstrakte Malerei. Alles edel. Nirgends Schnickschnack, Schmuck, Bücher oder Zeitschriften. Eine verspiegelte Glastür führte zu einem begehbaren Kleiderschrank von den Ausmaßen eines eigenen Zimmers. Er enthielt jedoch nur eine Handvoll Kleider, darunter zwei für festliche Anlässe und zwei Kostüme, dazu zwei Paar hochhackige Schuhe. Ziemlich wenig. Und nichts davon hatte sie je an Agnès gesehen. Nun ja, sie musste ja auch einiges mitgenommen haben, wenn sie zwei Monate unterwegs war. Aber die Sachen waren allesamt für wärmere Tage vorgesehen, es war kein Mantel oder Wollpullover darunter. Vielleicht wechselte Agnès jede Saison ihre Garderobe? Zuzutrauen wäre es ihr. Aber verdiente sie wirklich so viel als Coach? Sie hatten kaum über ihren Beruf gesprochen. Keine Details.
Eva nahm ein Paar schwarze Pumps heraus. Sie waren von schlichter Eleganz, was auf einen hohen Preis schließen ließ, und die Absätze waren bestimmt zehn Zentimeter hoch. Aber sie hatten genau ihre Größe.
Sie stellte die Schuhe auf den Boden und schlüpfte hinein. Ging ein paar Schritte, setzte vorsichtig die Füße voreinander. Es war leichter als gedacht. Sie betrachtete sich im Spiegel. Musterte sich. Das lockige Haar, das sie zum Pferdeschwanz gebunden hatte, das Schlabbershirt und die hellen Jeans passten nicht zu den Schuhen. Sie zog ein schwarzes Etuikleid aus dem Schrank, das schlicht geschnitten und mit Pailletten bestickt war.
So etwas würde sie nie tragen. Zu welchem Anlass auch? Der Dorfkirmes vielleicht? Sie musste kichern bei der Vorstellung, wie sie an Alexanders Hand mit diesem Fummel aufkreuzen

würde. Sie wäre das Tages-, ach was, das Wochen- oder Monatsgespräch. Außerdem hatte sie sich in solchen Kleidern noch nie wohl gefühlt.

Am Ausschnitt baumelte noch das Etikett. Eva schluckte, als sie den Preis las. Knapp vierhundert Euro. Sie hatte schon ein schlechtes Gewissen gehabt, als sie achtzig Euro ausgegeben hatte, als sie mit Agnès shoppen gewesen war.

Wie fühlte es sich an, so etwas zu tragen? Vielleicht sollte sie das lassen …

Aber sie zog bereits ihr Shirt über den Kopf, stieg aus den Schuhen und zog die Jeans aus.

Wie die Schuhe passte es. Als hätte Agnès nicht nur Lebensmittel, sondern auch Kleider für sie eingekauft.

Eva betrachtete sich im Spiegel. Löste das Zopfgummi und ließ das Haar über die Schultern fallen.

Das war sie, die sie da aus dem Spiegel anschaute. Und sie war es nicht. Ein selbstsicheres Lächeln balancierte auf ihren Lippen. Ihre Haltung war aufrecht und groß. Und das lag nicht an den Schuhen. Die standen neben ihr. Sie schlüpfte erneut hinein.

Plötzlich schrillte die Klingel. Vor Schreck hätte sie fast das Gleichgewicht verloren. Wer konnte das sein?

Sollte sie einfach so tun, als hätte sie es nicht gehört? Oder als wäre niemand da?

Aber genau deswegen war sie doch hier: damit jemand da war.

Ihr Blick huschte zu Jeans und Shirt, die am Boden lagen. Es würde zu lange dauern, sich umzuziehen.

Es klingelte ein zweites Mal.

Sie riss das Preisschild ab, verließ das Schlafzimmer und ging zur Tür. Spähte durch den Spion. Ein großer, dunkelhaariger Mann im Anzug stand davor, ein Paket auf den Armen.

Sie öffnete. »Ja bitte?«

Der Mann scannte sie im Sekundenbruchteil, dann lächelte er. »Entschuldigen Sie, Frau Hassler. Ich wollte Sie nicht stören.« Er betonte das Wort stören, und so klang es, als hätte er genau das beabsichtigt. Außerdem hatte er sie Hassler genannt. Hatte er Agnès vorher noch nie gesehen?
»Wie kommen Sie auf die Idee, dass Sie mich stören?« Sie betonte ebenfalls das letzte Wort.
Damit und mit einer Gegenfrage hatte er offenbar nicht gerechnet. Er blinzelte.
»Ich hoffe, ich komme nicht ungelegen. Sie scheinen jemanden zu erwarten.«
Sie überlegte, ob sie ihn über seinen Irrtum aufklären sollte. Aber er hatte sie so unverfroren gemustert, dass sie es ließ.
»Wenn Sie mir jetzt noch sagen, was Sie von mir wollen ...« Mühelos war ihr das »mir« über die Lippen geglitten. »Ich tippe mal, dass das Paket für mich ist?«
Er räusperte sich, und für einen Moment geriet sein Lächeln in Schieflage.
»Ja. Ich habe es schon vor ein paar Tagen angenommen. Normalerweise mache ich das nicht, aber ich dachte, vielleicht sehe ich dann endlich mal, wer über mir wohnt.«
Er zeigte Zähne. Eigentlich sah er ganz gut aus.
»Und weiter?« Sie lehnte sich an den Türrahmen und verschränkte die Arme.
»Ich musste kurzfristig auf Dienstreise. Deswegen bringe ich es Ihnen so spät.«
Sie nahm ihm das Paket aus der Hand. Der Absender war aus Italien, adressiert an A. Hassler.
»Naja. Ist hoffentlich nichts Wichtiges.«
Er fuhr sich durchs Haar, und sie empfand eine alberne Genugtuung darüber, dass er offenbar ein schlechtes Gewissen hatte. Agnès hatte nicht erwähnt, dass sie ein Paket erwartete.

Vermutlich hatte sie es vergessen. Sie würde sie anrufen und ihr Bescheid geben. Möglicherweise lag noch eine Rechnung darin. Obwohl Agnès sicher nur mit Kreditkarte zahlte.
»Herzlichen Dank.«
Er trat einen Schritt auf sie zu. »Vielleicht trinken wir demnächst mal was zusammen?«
Damit hatte sie nicht gerechnet. »Hm, jetzt ist es gerade ungünstig.«
»Vielleicht ein andermal?« Er zwinkerte ihr zu.
Wie albern.
Sie zuckte die Achseln. »Ciao«, sagte sie und schloss die Tür. Lehnte sich dagegen und schüttelte den Kopf. Sie grinste in sich hinein. Was sollte sie machen, wenn er demnächst klingelte und sich verabreden wollte?
Dann hatte sie eben wieder keine Zeit.
Sie stellte das Paket im Flur ab und ging in die Wohnung zurück. Ihr Blick fiel auf die Bar. Vielleicht sollte sie doch etwas probieren. Warum eigentlich nicht?
Sie wählte irgendeine der Flaschen aus, nahm ein Glas aus dem Regal und goss sich zwei Fingerbreit ein.
»Auf dich«, prostete sie ihrem Spiegelbild zu und leerte das Glas in einem Zug.

Kapitel 20

Eva lag auf der Terrasse auf einer der Sonnenliegen, wippte mit den Zehen zu den Klängen von Iggy Pops Passenger und blinzelte in die Sonne. Das Wenige, das es zu tun gab, hatte sie längst erledigt: Oleander und Palmen hatten genügend Wasser, außerdem hatte sie ein paar Lebensmittel eingekauft und ein bisschen sauber gemacht – Krümel aufgekehrt, das Geschirr gespült.
Es war der dritte Tag, an dem sie die Wohnung hütete, und es fühlte sich an wie Urlaub. Vorgestern und gestern war sie durch die Stadt gestreift, hatte Ecken und Plätze entdeckt, an denen sie nie zuvor gewesen war. Sie hatte Fotos gemacht wie eine Touristin. Den Rest der Tage hatte sie in der Sonne gesessen, in die Stille gelauscht und von den Leckereien gegessen, die Agnès für sie in den Kühlschrank gestellt hatte. Sie war durch die Wohnung gestrichen, hatte die Schubladen und Schränke aufgezogen und sich vorgestellt, wie es wäre, wenn diese Wohnung ihr gehören würde. Ihr ganz allein. Und zum ersten Mal mischte sich eine Prise Neid unter ihre Bewunderung für Agnès und deren unabhängiges Leben.
Eva streckte sich auf der Liege aus. Sie wollte gerade ihr Buch zur Hand nehmen, da klingelte ihr Handy.
Agnès, dachte sie und zog es aus den Taschen ihrer Shorts.
Aber es war Alexander. Schon wieder. In den letzten beiden Tagen hatte er sie bestimmt zehnmal angerufen, wenn sie hier war. Glaubte er, sie litte unter Heimweh, wenn sie ein paar Stunden von zu Hause weg war?

Sie ließ es noch viermal klingeln, dann ging sie ran.
»Na, wie geht es dir bei deinem Knochenjob? Bist du schon ganz erschöpft vom Wohnungshüten?«
Fiel ihm nicht auf, dass er diesen müden Scherz bereits den dritten Tag in Folge anbrachte?
»Und wie. Mir tun schon die Arme weh vom Gießkannenhalten und die Hände vom Seitenumblättern.«
Jedes ihre Worte klang, als wäre es mit Stacheln gespickt.
Die Pause am anderen Ende verriet, dass sie ihn an der richtigen Stelle gepikst hatten.
»Eigentlich wollte ich nur mal deine Stimme hören.«
Er räusperte sich. »Es ist seltsam, aber irgendwie macht es einen Unterschied, ob du in Kiesbach bist oder in der Stadt, auch wenn ich selbst nicht zu Hause bin.«
»Klar, so außerhalb des Kontrollbereichs.«
Sein Atem rauschte in der Stille zwischen ihnen.
»Manchmal bis du komisch.« Er legte auf.
Verdammt. Eva schleuderte das Telefon von sich. Die Sonne schien grell vom makellosen Himmel, doch der Tag lag jetzt im Schatten. Was sie am meisten ärgerte. Dass sie sich schuldig fühlte, wenn sie ihm sagte, wie sie empfand. Und deswegen, anders als heute, für gewöhnlich schwieg.
Sie sprang auf und ging in die Küche. Zog eine der Champagnerflaschen aus dem Kühlschrank.
»Aber Eva, am helllichten Tag schon Sekt«, äffte sie Alexanders Kommentar nach, den er garantiert von sich geben würde, wäre er jetzt anwesend. »Aber Eva! Aber aber aber! Eva Eva Eva!«
Der Korken knallte an die Decke. Sie holte ein Glas aus dem Schrank und füllte es. Kippte die Hälfte in einem Zug. Spürte mit geschlossenen Augen dem Prickeln in der Kehle, im Magen, im ganzen Körper nach.
»Aber Eva«, sagte sie noch einmal. Goss sich nach. Sie würde

sich den Tag nicht verderben lassen. Sie trank das zweite Glas leer und stellte die Flasche in den Kühlschrank zurück.
Wenn Agnès nur da wäre! Warum meldete sie sich nicht? Eva hatte schon einige Male angerufen und ein paar Nachrichten geschrieben. Agnès hatte weder abgehoben noch geantwortet. Sie musste sehr beschäftigt sein.
Eva schlenderte durch die Wohnung. Ihre Schritte federten leicht über den kühlen Boden. Weiter ins Wohnzimmer, durch den Flur, ins Schlafzimmer. Sie legte sich aufs Bett, stand wieder auf. Betrat den begehbaren Kleiderschrank. Schob die Bügel hin und her. Sie strich mit den Fingern über das schwarze Kleid, das sie kürzlich anprobiert hatte. Eigentlich machte sie sich nicht viel aus Klamotten, am liebsten trug sie T-Shirts und Jeans.
Sie schob ein Sommerkleid vom Bügel, auf dessen cremefarbenem Grund eine Rosenblüte aufgedruckt war, von der linken Schulter diagonal bis zum Saum. Hielt es sich an den Körper. Würde sie sich nie kaufen. Sie konnte sich nicht vorstellen, dass sie sich darin wohlfühlte. Aber das hatte sie von dem Schwarzen auch geglaubt.
Sie zog T-Shirt und Shorts aus und schlüpfte in das Kleid. »Na, wie findest du das? Sollte ich besser lassen, was?«
Ihr Spiegelbild zog die Augenbrauen hoch. Öffnete den Mund und entließ ein Lachen.
Sie verließ das Schlafzimmer, klappte auf der Terrasse den Sonnenschirm wieder zusammen, verriegelte die Glastür und schlüpfte in ihre Sandalen.
Ihr Handy klingelte.
Alexander. Schon wieder.
Sie betrachtete das Telefon. Der Ärger kehrte zurück.
Trotzdem ging sie ran.
»Ja.«

»Wobei hab ich dich denn gerade gestört?« Er lachte.
»Beim Leben.«
Zwei Wörter wie Faustschläge. Stille in der Leitung. Sie würde sie nicht bedauern.
»Was soll das, Eva? Ich weiß, dass du es nicht so meinst. Aber manchmal frage ich mich, warum du so wütend bist.«
Dann frag dich noch ein bisschen länger, dachte sie. Und wenn du die Antwort weißt, kannst du sie mir verraten.
Er räusperte sich. »Ich bin jetzt zu Hause …« Das: »Wann kommst Du?« brauchte er nicht auszusprechen.
»Ich komme morgen.«
»Morgen? Aber …«
»Alexander, ich habe dir doch gesagt, dass ich auch mal hier übernachten muss.«
Wie fremd sie klang. Belehrend. Sie klang so wie er, wenn er sagte: »Charly führt jetzt ihr eigenes Leben, Eva.«
»Ja, dann musst du das wohl.«
Seine Stimme war um einige Grad abgekühlt. Normalerweise hielt sie das kaum aus.
»Bis dann.« Sie legte auf.
Evas Herz klopfte. So hatte sie noch nie mit ihm gesprochen.
Sie setzte sich auf die Terrasse. Das Sonnenlicht hatte seine Schärfe verloren. Die Schatten waren länger geworden. Es würde ein herrlicher Abend werden, viel zu schön, um ihn in der Wohnung zu verbringen.
Sie griff nach dem Stadtmagazin, das sie von einem ihrer Streifzüge der letzten Tage mitgenommen hatte und das noch auf dem Terrassentisch lag. Sie blätterte darin, bis sie auf das heutige Datum stieß. Sie überflog die Spalte mit den Veranstaltungen, und ihr Blick verhakte sich. Die besten Rockhits der Achtziger. Open Air im Stadtpark.
Ihr Magen kribbelte. Da musste sie hin. In einer Stunde war

Einlass. Schaffte sie locker.
Sie verriegelte die Terrassentür. Duschte, schlüpfte in Jeans und T-Shirt.
Sie verließ die Wohnung und nahm den Bus zum Stadtpark. Von da an war der Weg einfach: Sie musste nur einer Gruppe langhaariger Menschen in schwarzen Shirts mit Aufdrucken von Metal-Bands folgen. Die Bühne war in der Nähe des Reiterdenkmals aufgebaut. Der Bereich war großzügig abgesperrt. Die Zuschauer wurden an einem Kassenhäuschen vorbeigeschleust.
Eva ließ sich mit der Menge treiben. Es waren hauptsächlich Männer und Frauen in ihrem Alter, einige älter und wenige jünger. Ihre Arme streiften sie. Sie spürte die Hitze der Menschen. Sie roch ihre Aufregung, ihre Freude, die sie infizierte und durch ihre Adern brodelte.
Es war fast wie früher. Ganz ähnlich wie an dem Abend nach dem Klassentreffen, zusammen mit Agnès in der Bar.
Sie zahlte, kaufte sich ein Bier an einem der Stände und stellte sich an den Rand. Ein kräftiger Typ legte ihr plötzlich einen Leuchtring um den Hals.
»Hatte einen übrig.«
Sie lachte und bedankte sich.
Mittlerweile dämmerte es. Das Konzert begann. Die Band tauchte auf der Bühne auf, begleitet von Pfiffen und Jubelrufen. Neonlichter zuckten, gelb, pink, neongrün. Sie starteten mit Welcome to the Jungle von Guns N' Roses.
Es war irre laut. Eva fiel in den Gesang mit ein. Sie reckte die Arme, verschüttete Bier, es kümmerte keinen. Sie dachte an nichts und niemanden, fühlte nur die Musik und ein Glück wie schon lange nicht mehr.
Da tippte ihr jemand auf die Schulter. Sie drehte sich um.
Es war Kai.

Kapitel 21

Eva hätte die Kneipe niemals alleine entdeckt, obwohl sie ganz in der Nähe des Stadtparks lag. Durch den Torbogen eines weiß gestrichenen Fachwerkhauses gelangte man in einen Innenhof. Dort befand sich ein Blumengeschäft. Kai hatte ihr gesagt, sie müsse unbedingt auch einmal bei Tag herkommen, weil die Besitzerin dann den ganzen Hof mit Rosen, Lavendeln, Phloxen und anderen Pflanzen bestückte. Links neben dem Laden führte eine Treppe ins Souterrain. Hinter einer schweren Holztür befand sich die Kneipe.

Nach dem Konzert war sie mit Kai hierher aufgebrochen. Sie hatte keine Lust gehabt, schon ins Apartment zuückzukehren. An Schlaf war ohnehin nicht zu denken gewesen. Dazu war sie viel zu aufgekratzt.

Die Kneipe war voll bis auf den letzten Platz. Sie saßen an einem runden Tisch mit vier anderen Rockfans, drei Männern und einer Frau, Bekannte von Kai. Alle waren in ihrem Alter und hatten sie freundlich begrüßt, als Kai sie vorgestellt hatte. Seither behandelten sie Eva, als kannten sie sich schon seit Jahren.

»Das hat offenbar so sein sollen. Dass wir doch gemeinsam auf ein Konzert gehen.«

»Scheint so.« Eva erwiderte Kais Lächeln. »Es war großartig. Ich habe gar nicht gewusst, wie sehr mir das gefehlt hat.«

»Das geht mir manchmal auch so. Dass ich erst in dem Moment merke, in dem ich es mache, dass ich etwas mag oder wie gut es mir tut.« Er machte eine Pause. »Manchmal merkt man das aber leider erst, wenn es zu spät ist.«

»Wie meinst du das? Denkst du an Chancen, die du verpasst hast?«

»Ja. Oder das Glück. Dem ich die Tür vor der Nase zugeschlagen habe, als wäre es ein lästiger Hausierer.«

Wie mühelos man mit ihm von leichtem Small Talk zu den wichtigen Themen wechseln konnte.

»Vor allem mit Menschen ist mir das so ergangen«, sagte Kai. »Da ist es mir schon ein paar Mal passiert, dass ich sie erst dann zu schätzen wusste, als ich keinen Kontakt mehr zu ihnen hatte.«

Die Bedienung trat an den Tisch und fragte, ob sie noch etwas trinken wollten.

»Auch noch einen Wodka-Lemon?«

Eva nickte. Sie wollte noch einmal darauf eingehen, was Kai gesagt hatte. Wollte ihm sagen, dass man manchmal schon lange genau wisse, wer oder was einem fehlte. Und es immer wieder verdrängte, aus Stolz oder Scham. Oder Furcht. Den Alltag vorschob. Oder von Menschen gehindert wurde, mit denen man sich umgab.

Sie hätte gerne Kais Meinung dazu gewusst. Wollte wissen, ob er einen konkreten Menschen gemeint hatte, den er vermisste, der ihm mehr bedeutete, als er vermutet hatte.

Doch Paul, einer seiner Kumpels, begann ein Gespräch mit ihm. Sie lauschte auf die Musik, die im Hintergrund lief. Queensrÿche, das Album Operation: Mindcrime.

Das sie liebte. Weil sich die Songs zu einer tragischen, spannenden Geschichte zusammenfügten.

Sie hatte es zu Hause, aber lange nicht gehört. Wenn sie zurück in Kiesbach war, musste sie es unbedingt ins Apartment mitnehmen.

Kai wandte sich wieder ihr zu. »Gefällt es dir hier eigentlich? Das ist unser Stammlokal.«
»Sie ist genau so, wie eine coole Kneipe sein soll.«
Er lachte. »Meinst du das ironisch?«
»Nein. Überhaupt nicht.«
Das war die Wahrheit. Der raue Charme der schorfigen Tischplatte, in die Namen und Herzen eingeritzt waren, die Kerzen in den schwarzen Kronleuchtern, der verwinkelte, nischenhafte Raum, die hölzerne Theke – all das gefiel ihr. Das Verwohnte, aber nicht einfach altmodisch Biedere wie in der Alten Buche. Es war ein ehrlicher Raum. Der schon viel erlebt hatte und dem man das auch ansah. Ja, genau so empfand sie es.
»Ich habe mal in einer Kneipe gearbeitet.«
»Echt? Wo denn?«
»Kennst du Kiesbach?«
Er schüttelte den Kopf.
»Musst du auch nicht. Die Alte Buche auch nicht.«
»Kein uriges Dorfgasthaus?«
»Nein. Im Gegenteil.« Sie erzählte von der in die Tage gekommenen Einrichtung, der Neugier der Bewohner, der drückenden Eintönigkeit.
»Schon mal überlegt, dort wegzuziehen?«
Eva drehte ihr fast leeres Glas hin und her.
»Doch«, sagte sie leise. »Aber … meine Tochter Charly, sie liebt diesen Ort. Das sagt sie mir bei fast jedem Besuch. Und außerdem ist da ja noch Alexanders Geschäft …«
»Du bist verheiratet?«
Erst jetzt, als Kai fragte, wurde ihr bewusst, dass sie ihren Mann bisher ausgespart hatte. Kai schien überrascht. War er gar … enttäuscht?
In dem Moment tippte Paul Kai auf die Schulter. Er wandte sich um, und sie konnte seine Miene nicht mehr deuten.

Die anderen erhoben sich.
»War schön, dich kennen gelernt zu haben.« Paul nickte ihr zu, die anderen winkten, verabschiedeten sich von Kai.
Dann saßen sie zu zweit am Tisch. Saßen still da, für einen Moment, als lauschten sie dem Text von I Don't Believe In Love, der Song, der gerade begonnen hatte. Ein Song, den sie besonders mochte. Bevor Befangenheit aufkommen konnte, brach Kai ihr Schweigen.
»Wie kommst du denn nach Hause? Auto würde ich heute nicht mehr fahren.«
»Da besteht keine Gefahr. Ich hab nicht mal den Führerschein.«
Er lachte nicht darüber, machte keine dumme Bemerkung. Wie die meisten anderen, denen sie es erzählte. Sogar Agnès hatte grinsen müssen.
»Angesichts des Klimawandels vielleicht die richtige Entscheidung. Aber …«
»Ich übernachte im Apartment einer Freundin.«
Sie erzählte ihm kurz von Agnès und ihrem Homesitting.
»Cool.« Sein Handy dröhnte, so laut, dass es selbst die Musik übertönte.
Kai schaute darauf. »Shit. Ich fürchte, ich muss gehen.«
»Schlechte Nachrichten?«
»Nein.« Er grinste. »Ich stelle mir immer den Wecker, wenn ich unterwegs bin und am nächsten Morgen früh aufstehen muss. Sonst ginge ich nicht vor zwei ins Bett.«
»Schule?«
Er nickte.
»Schade.« Sie hätte gerne weiter mit ihm hier gesessen. Geredet und auch geschwiegen. Nur seine Frage, ob sie verheiratet sei, hatte sie ein wenig irritiert.
Sie zahlten, standen auf und verließen die Kneipe.
Draußen war es mild, dennoch fröstelte sie. Der Nachthimmel

spannte sich blauschwarz über die Stadt. Vereinzelt funkelten Sterne.
»Ich bringe dich noch.«
»Nein. Das ist nicht nötig.«
»Vielleicht.« Er lächelte. »Aber solange es Idioten gibt, die Frauen überfallen, gehe ich lieber mit dir.«
Sie gingen nebeneinander, redeten noch einmal über das Konzert. Kai erzählte Anekdoten über seine Schüler. Dass er seine Arbeit mochte, viel lieber jedoch in der Musikbranche tätig wäre. Eva hoffte, dass er sie nicht fragen würde, was sie beruflich gemacht hatte. Wieso sie »nur« jemandes Wohnung hütete. Aber er fragte nicht.
Vor dem Apartmenthaus blieben sie stehen.
»Nobel, nobel.« Kai stieß einen leisen Pfiff aus.
»Ja. Drinnen erst.«
»Das war ein schöner Abend.«
»Finde ich auch.«
»Wenn du magst ... also, wir können das gerne wiederholen.«
Sie zögerte. Doch dann sagte sie: »Ja. Gerne.«
»Also dann: bis bald.«
»Gute Nacht.«
Er hob die Hand und drehte sich um.
Eva schloss die Haustür auf. Sie blickte sich noch einmal um. Kai hatte an der Straßenecke gewartet. Erneut hob er die Hand, dann verschwand er in der Nacht.

Kapitel 22

Das Klingeln ihres Handys riss Eva aus dem Schlaf. Sie hob den Kopf. Ihre Schläfen pochten. Das Telefon klingelte weiter. Sie tastete neben sich, fühlte den Stoff ihrer Jeans. Fischte das Handy aus der Hosentasche.

»Hallo?«

Es war Charly. »Hi Mama. Alles klar?«

»Ja. Sicher.« Eva setzte sich auf und unterdrückte ein Stöhnen. Sie hatte es geahnt.

»Ist alles in Ordnung?«

»Jaja, alles bestens.« Ihr Lachen kostete sie Mühe.

»Du hörst dich komisch an.«

»Ach, ich hab mich nur noch mal hingelegt.« Sie versuchte zu schlucken. Räusperte sich. »Migräne. Die Hitze, weißt du.«

»Ah.« Charly machte eine Pause. »Ich wollte nur fragen, ob es euch was ausmacht, wenn …« Sie lachte kurz auf, wie immer, wenn sie unsicher war.

»Also, ob Philipp mitkommen kann.«

»Philipp?«

Jetzt war es Charly, die sich räusperte. »Mein Freund. Papa hat dir doch sicher von ihm erzählt.«

Eva unterdrückte ein Schnauben.

»Ja sicher. Ich bin einfach noch nicht richtig wach.«

Das war nicht mal gelogen. Falsch hörte sie sich dennoch an.

»Verstehe. Und … hast du jetzt was dagegen? Ich glaube nämlich, Papa ist nicht begeistert.«

»Natürlich habe ich nichts dagegen, ich freue mich, dass ich Philipp kennenlerne. Ich rede mit Papa. Der meint das nicht so. Er macht sich nur Sorgen um seine Mädchen.«
Erst als sie den Satz aussprach, merkte sie, wie sie Alexander nachäffte. Meine Mädchen – so nannte er Charly und sie manchmal.
Sie war nicht sein Mädchen!
»Danke Mama! Wir kommen dann nächsten Freitag, okay? Aber davor melde ich mich noch mal. Schlaf schön weiter, ja? Ciao.«
»Ja, tschüss.«
Sie legte auf. Warf das Telefon auf die Bettdecke, als wäre es Schuld an ihrem Ärger.
Was dachte sich Alexander überhaupt?
»Ich glaube, Charly hat was am Laufen«, war die einzige Aussage gewesen, die er gemacht hatte. Und dass eine Einundzwanzigjährige ihren Eltern doch nichts von ihrem Lover erzählen würde. Dabei hatte er gewusst, dass sie einen festen Freund hatte. Und den verständnisvollen Papi gemimt. Der die Mami beruhigen musste, die nicht aufhören konnte, die Glucke zu spielen. Darüber hinaus hatte er Charly in dem Glauben gelassen, dass er ihr von Charlys Freund erzählen würde.
Eifersucht befeuerte ihre Wut. Sie pochte in ihrem Magen, stieg ihr die Speiseröhre hoch. Eva sprang auf, die Hand auf den Mund gepresst. Sie schaffte es gerade noch bis zur Toilette und übergab sich.
Als es vorbei war, lehnte sie sich an die Wand, rutschte auf den Boden und kauerte sich zusammen.
Verdammt. Sie hatte gar nicht viel getrunken gestern. Erst ein Bier auf dem Konzert, und dann noch ein zwei Wodka-Lemons in der Kneipe. Mit Kai.
Was für ein schöner Abend das gewesen war. Wie wohl sie sich

gefühlt hatte. So wohl wie mit Agnès. Und doch ganz anders als mit Agnès. Diese Menschen gestern, vor allem Kai, schwammen auf der gleichen Wellenlänge. Teilten eine Leidenschaft. Sie hatte vergessen, wie wichtig das war. Wie gut es tat, sich mit Gleichgesinnten auszutauschen.

Nicht nur über Musik. Sie hatte mit Kai über ihre Jugend gesprochen, wie das Leben jetzt sich von den naiven Träumen von früher unterschied. Über Ziele und Träume, die man aufgeben musste und neue, die im Laufe des Älterwerdens dazukamen. Über das Scheitern überhaupt.

Er hatte angedeutet, dass er sie bald gerne wieder treffen wolle. Seine Überraschung, dass sie verheiratet war ... sie konnte das Gefühl nicht einordnen, das seine Frage in ihr ausgelöst hatte. Eine leise Unruhe.

Sie hatte in der Nacht noch lange wach gelegen – auch wegen dieser Unruhe. Es war fast zwei Uhr morgens gewesen, als sie das letzte Mal auf die Uhr geschaut hatte.

Eva blieb sitzen, bis sich ihr Magen beruhigt hatte. Dann rappelte sie sich auf. Stellte sich unter die Dusche und ließ kaltes Wasser auf sich herunterprasseln, bis sie zitterte.

Sie schlang eins der weißen Handtücher um sich, die neben der Dusche hingen, verließ das Bad und schob im Wohnzimmer die Terrassentür auf.

Sie setzte sich in einen der Liegestühle. Noch immer war ihr schwindlig. Ein paar Minuten saß sie mit geschlossenen Augen da, hielt das Gesicht in die Sonne.

Am liebsten würde sie auch diesen Tag hierbleiben. Und morgen. Und übermorgen.

Aber sie musste mit Alexander sprechen. Wegen Charly. Für Charly. Ein Wunder, dass er sie nicht schon mit Anrufen terrorisiert hatte.

Sie verließ die Terrasse, schloss die Glastüren und zog die Vor-

hänge zu.
Sie brachte das Handtuch ins Bad zurück und zog sich im Schlafzimmer an. Zuletzt nahm sie das Handy vom Bett. Es war fast 14 Uhr Uhr.
Sie kontrollierte die eingegangenen Nachrichten. Hatte sie es doch gewusst: Um zehn Uhr hatte Alexander geschrieben:
Soll ich dich in meiner Mittagspause abholen?
Ganz sicher nicht. Sie war schon groß.
An der Wohnungstür fiel ihr Blick auf das Paket, das Agnès' Nachbar vor ein paar Tagen gebracht hatte. Sie hatte Agnès deswegen geschrieben, aber keine Antwort erhalten.
Sie wählte Agnès' Nummer. Voicebox. Eva zögerte, dann hinterließ sie eine weitere Nachricht und legte auf.

Kapitel 23

Eigentlich hatte sie den Bus nehmen wollen, aber weil sie sich noch immer schwindlig fühlte, hatte sie sich ein Taxi gerufen. Sollte Alexander angesichts dieser Geldverschwendung doch schimpfen. Immerhin blieb er im Haus statt den Gehweg zu patrouillieren.

Drinnen war er nirgends zu sehen. Vielleicht war er noch im Laden. In der Spüle stand seine Teetasse. Ob er in diesem Leben noch lernen würde, sie gleich in die Maschine zu räumen? Wie satt sie das hatte. Und wie erbärmlich: dass sich ihre Gedanken um eine Tasse in der Spüle drehten. Sollte sie doch Schimmel ansetzen.

»Da bist du ja.«

Sie zuckte zusammen. »Warum schleichst du dich an?«

Sie drehte sich um. Alexanders Blick war schmal. Er stand da, breitbeinig, die Arme verschränkt.

»Wieso meldest du dich nicht?«

»Warum erzählst du mir nicht von Philipp?«

Sein Gesicht rötete sich unter der Sonnenbräune. Er löste die Arme, fuhr sich durchs Haar.

»Das hätte ich ja schon noch.«

»Warum erzählst du mir nicht von Philipp?«, wiederholte sie. »Hältst du die Tatsache, dass unsere Tochter einen festen Freund hat, nicht zumutbar für mich?«

Er hob die Hände und machte einen Schritt auf sie zu.

»Eva. Selbst als ich es nur angedeutet habe … Du hättest mal

dein Gesicht sehen sollen.«
»Mein Gesicht?«
»Ja, du bist richtig eingefroren.«
»Hm. Ich habe mit Charly telefoniert. Ich habe kein Problem damit, dass Philipp mitkommt und hier schläft.«
Alexander versenkte die Hände in den Hosentaschen. Räusperte sich erneut.
»Ich finde, das hättest du mit mir absprechen sollen.«
»Findest du das.« Ihr Magen pochte heftiger.
»Ja.«
»Also verstehe ich das richtig: Deine Entscheidungen sind Gesetz, meine darf ich ohne dein Einverständnis nicht treffen? Du darfst mir Dinge verschweigen, ich aber muss dir alles mitteilen?«
Er rollte mit den Augen. »Jetzt komm mir bitte nicht mit so was.«
»Womit denn?« Schweiß trat ihr auf die Stirn.
»Mit diesem bescheuerten Ich-bin-eine-unterdrückte-Frau-Gequatsche.« Seine Augen funkelten.
Nun gut, dann würden sie eben streiten. So richtig. Sie war in bester Stimmung dafür.
Er beugte sich vor. Verzog das Gesicht.
»Hast du gestern getrunken? Oder heute?«
Sie schluckte.
»Mal wieder.« Es war neu, dass er nachtrat.
»Ist das deine Vorstellung davon, sich um die Wohnung einer Freundin zu kümmern? Einen Job zu erledigen?«
Er zog sich demonstrativ zwei Schritte zurück.
Scham übergoss sie wie ein kalter Schauer.
»Was tust du dort eigentlich den ganzen Tag? Außer dich zu betrinken? Brauchst du deswegen Stunden für ein bisschen Blumengießen? Und musst du deswegen unbedingt dort über-

nachten – damit du ungestört weitersaufen kannst?«
Sie schnappte nach Luft und einem letzten Rest Selbstbeherrschung. »Wie oft hast du schon mittags Bier getrunken? Von den Schnäpsen abends ganz zu schweigen.«
Er schüttelte den Kopf.
»Und woher willst du wissen, dass ich mehr getrunken habe?«
»Mensch, Eva! Verkauf mich nicht für dumm!«
Seine Worte waren nicht das Schlimmste, auch nicht, dass er sich abwandte und sie stehen ließ. Das Schlimmste war, dass sie sich zu verteidigen versuchte wie ein Kind, das etwas angestellt hatte. Dass seine Meinung wie ein Felsbrocken vor ihr lag. Unverrückbar. Und sie darüber klettern musste, um sie zu überwinden. Sie würde sich immer dabei verletzen.
Sie grub die Hände in die Handflächen. »Machst du das nicht ununterbrochen mit mir?«
Er fuhr herum. »Was mache ich?«
»Ständig rufst du mich an.«
»Es soll Frauen geben, die sich freuen, wenn ihre Männer sich melden. Du gehörst wohl nicht dazu.«
Die Wut flammte erneut auf, und wenn sie sie nicht rausließ, würde sie verbrennen.
Sie schritt auf ihn zu und klatschte in die Hände.
»Bravo! Glückwunsch für diese Erkenntnis nach zwanzig Jahren Ehe!«
Alle Farbe wich aus seinem Gesicht, wie von Löschpapier aufgesogen. Er starrte sie an, mit offenem Mund.
Er verließ die Küche, aber sie folgte ihm nicht. Sie würde ihm nicht auch noch nachlaufen.
So weit war es zwischen ihnen noch nie gekommen.
Wurde vielleicht mal Zeit, hörte sie Agnès' Stimme in ihrem Kopf.
Eva holte sich eine Flasche Wasser aus dem Kühlschrank und

trank sie zur Hälfte leer. Aber ihre Wut kühlte sich nicht ab.
Raus hier.
Im Flur schlüpfte sie in ihre Turnschuhe und verließ das Haus durch die Vordertür. Nach ein paar Schritten begann sie zu rennen.
Hart schlugen ihre Füße auf den heißen Asphalt. Sie bekam Seitenstechen, doch sie rannte weiter, bog in den Feldweg ein. Der Wald am Horizont warf lange, kühle Schatten. Dort wollte sie untertauchen.
Sie beschleunigte, aber sie war nicht fit genug. Auf halber Strecke blieb sie stehen, keuchte und setzte sich auf den Boden. Wenigstens war die Wut in ihr heruntergebrannt, zu einem kümmerlichen Rest aus Gewissensbissen.
Sie wollte aufstehen und weiterlaufen, aber sie schaffte es nicht. Ihre Finger gruben durch die staubige Erde. Sie blickte über die Felder, die Häuser, den Wald. Darüber der unendliche blaue Sommerhimmel.
Egal wo sie hinlief, sie würde immer irgendwo in diesem verdammten Dorf rauskommen, würde durstig und schwer vor Ernüchterung die vertrauten Straßen nach Hause trotten, wie ein geprügelter Hund. Der dennoch zu seinem Herrn zurückkehrte.
Sie wischte sich über den trockenen Mund. Rappelte sich auf. Hoffentlich schaffte sie es noch bis in die Dusche, bevor ihr Alexander über den Weg lief.
Die Stille im Haus war wie ein Vorwurf. Eva schlich hinein und hastete die Treppe hinauf ins Bad. Sie duschte erneut so kalt es ging.
Danach legte sie sich ins Bett.
Nach einer Weile klickte die Tür. Schritte.
»Eva.«
Sie schluckte. »Ja.«

Alexander kam näher. Setzte sich aufs Bett. »Ich hab da vielleicht ein bisschen übertrieben.«
Er blieb sitzen. Sie schwiegen, als müssten sie erst frische Worte füreinander erfinden, freundliche, belanglose, damit die alten in Vergessenheit gerieten.
Er machte den Anfang. »Ich hab ein paar Brote geschmiert.«
»Ich komme gleich.«
Alexander erhob sich und ging, ließ die Tür offen, wie eine Einladung.
Schließlich stand sie auf. Sie fand ihn draußen. Er hatte Brote und Brezeln auf den Tisch gestellt, dazu eine Karaffe Wasser mit Zitronenscheiben und Minze, wie sie es mochte.
Sie setzte sich ihm gegenüber.
Er räusperte sich. »Natürlich kann Philipp mitkommen.«
»Danke fürs Abendessen.« Sie bekam sogar ein Lächeln hin.

Kapitel 24

Hannah umarmte sie zur Begrüßung. »Mensch, ich freu mich.«
»Ich mich auch.«
Dabei hätte Eva das Treffen beinahe vergessen, hätte Hannah am Morgen nicht noch einmal angerufen und nachgefragt, ob es bei 16 Uhr bliebe.
Sie löste sich von Hannah und hielt ihr die Petunie hin, die sie besorgt hatte, um nicht mit leeren Händen dazustehen.
»Oh, danke. Ich hoffe, ich finde ein Plätzchen auf dem Balkon.«
Hannah lachte. »Komm rein.«
Eva folgte ihr. Seit sie sie kannte, wohnte Hannah in dieser Wohnung: drei Zimmer, Küche, Bad, mitten im Dorf.
Warum blieb Hannah in Kiesbach?, fragte sie sich, als sie durch den engen Flur ging, die alte Küche betrat und sich ihr das vertraute Bild bot: Holztisch, Eckbank, hellblau gestrichener Vitrinenschrank, ein ebenfalls hellblaues selbst gezimmertes Regal über der Spüle. In die Ecke drängte sich ein vor Büchern überquellendes Holztischchen, das Eva noch nicht kannte und das Hannah vermutlich wie die meisten ihrer Möbel auf dem Flohmarkt gekauft hatte. Überall standen Teedosen und Tassen, Schüsseln und Schalen. Kräutertöpfe, Vasen mit Blumen, dazwischen Schildkröten aus verschiedenen Materialien, in jeder erdenklichen Größe und Farbe.
»Setz dich doch.« Hannah wies auf die Eckbank. »Eiskaffee? Ich kann bei dem Wetter nichts Heißes trinken.«
Sie wischte sich eine rote Haarsträhne aus der Stirn. Ihre Bei-

ne in den abgeschnittenen Jeans waren gebräunt, ein grünes Männer-T-Shirt verhüllte ihren Oberkörper. Seit eh und je fand Hannah sich zu dick.

»Erst mal nur ein Wasser, bitte.«

Eva ließ sich auf der Bank nieder, wo sich Illustrierte stapelten. Die leuchtend roten Buchstaben auf der obersten Zeitschrift versprachen drei Kilo weniger in nur einer Woche.

Was Hannah aufgetischt hatte, sah allerdings gar nicht nach Diät aus: eine Sahnetorte mit frischen Erdbeeren sowie eine Platte voll Brownies.

»Kommt sonst noch jemand?« Eva lachte, um die Befangenheit in ihrer Stimme zu kaschieren.

»Nein, alles für uns.«

Hannah stellte ein Glas Wasser vor sie hin, mit Minze, Zitronenscheiben und Eiswürfeln.

Wie Alexander am gestrigen Abend.

Dass sie sich das gemerkt hatte.

Hannah ließ sich auf einen Stuhl gegenüber nieder, schaufelte ein riesiges Stück Erdbeertorte auf einen Teller und schob ihn Eva zu.

Hoffentlich schaffte sie das.

Hannah ergriff das Wort, wofür Eva dankbar war. Sie erzählte von London, von dem Hotel, das so alt und heruntergekommen gewesen sei, dass sie keine Nacht ein Auge zugemacht habe, aus Angst, die Decke käme herunter. Von ihrer Tochter Linda, die Elektrotechnik studiere. Von der Kita, deren Leitung sie mittlerweile übernommen habe. Wie sich die Anforderungen an den Erzieherberuf geändert hätten. Was die modernen Mütter und Väter alles verlangten.

»Die kommen dann die fünfhundert Meter von ihrem schicken Wohnsilo angefahren und parken vor der Feuerwehreinfahrt, weil sie angeblich so wenig Zeit haben. Halten dann aber zehnminütige Vorträge darüber, dass es in unserer Leistungsgesellschaft unerlässlich sei, dass Zweijährige Englisch lernen.« Sie lachte. »Erzähl das mal meiner zweiundsechzigjährigen Kollegin.«

Während Hannah redete, stach Eva Stückchen für Stückchen von ihrer Torte ab. Sie kannte diese Geschichten, in kaum voneinander abweichenden Variationen.

»Ist dir das manchmal nicht alles lästig?«, fragte sie.

Hannah legte ihre Gabel hin, zog das rechte Knie an die Brust. Die Nägel ihrer nackten Füße waren grün lackiert.

»Doch. Aber nicht so sehr, dass ich mir einen anderen Job suchen würde. Ich bin gerne Erzieherin, auch wenn dafür immer mehr verlangt wird.«

Sie nahm sich einen Brownie. Ihre Fingernägel waren ebenfalls grün lackiert.

»Man braucht einen Ausgleich. Bei mir ist es die Natur.« Sie erzählte, dass sie in ihrer Umweltschutzgruppe jetzt die Jugendabteilung leite, mit Waldcamp in den Sommerferien und Fledermauswanderungen.

Eva schob zwei Erdbeerhälften zusammen. Sie hatte nicht mal gewusst, dass Hannah sich ökologisch engagierte.

Was wissen wir schon, dachte sie. Jeder war seine eigene Sonne und blind für andere in ihrem grellen Licht.

Oder war das nur bei ihr so?

»Aber jetzt erzähl mal von dir. Du bist so still.«

Eva spießte die Erdbeeren auf. »Alles wie immer.«

»Hm.« Hannah biss in den Brownie. »Dein Vater?«

»Frag nicht.«

»Charly? Hat sie nicht in ein paar Tagen Geburtstag?«

»Doch. Der geht's gut. Sie hat einen neuen Freund. Was Ernstes, glaub ich.«

»Das sagt Linda jedes Mal.« Hannah verdrehte die Augen.

»Heute ein Tim, in drei Wochen ein Jonas. Und bei mir …«
Sie winkte ab. »Aber die beste Freundin ist sowieso nicht zu toppen.« Sie lächelte. »Bevor ich es vergesse …«
Zum Glück stand Hannah auf und hantierte im Kühlschrank herum.
Beste Freundin … Wie oft hatte sie an Hannah gedacht in den letzten Monaten? Sie angerufen? Im Gegenteil, sie hatte jeden Gedanken an Hannah verdrängt seit ihrem Streit. Und sie wusste genau, warum das so war. Vielleicht hätte sie nicht herkommen, hätte sich mit Hannah irgendwo treffen sollen, zum Laufen, am besten außerhalb des Dorfes. Diese Wohnung mit ihrer Gemütlichkeit, dem Chaos – ein Blick vom Flur vorhin hatte bestätigt, dass sich in Hannahs Schlafzimmer noch immer eine Hügellandschaft aus verstreuten Kleidungsstücken auftürmte – wirkte so viel bewohnter als ihr Haus oben auf dem Hügel. Hannah besaß nicht viel Geld, hatte seit Jahren keinen festen Partner. Dennoch fühlte Eva sich ihr unterlegen. Hannah stand zu ihrem Leben. Sie wusste, was sie wollte, sie plante und entschied. Und wenn es schieflief, dann fing sie von vorne an.
»Ich finde, wir sollten auf den Nachmittag anstoßen.«
Hannah stellte eine Flasche Prosecco auf den Tisch. Er war aus einem Discounter, nicht zu vergleichen mit dem teuren Champagner, der in Agnès' Wohnung im Kühlschrank stand.
Alkohol war das Letzte, worauf Eva Lust hatte. Sie legte die Gabel hin, obwohl noch ein Drittel ihres Stückes übrig war. »Du, ich würde lieber mit Mineralwasser anstoßen.«
Hannah, die gerade in einer Schublade nach dem Öffner gekramt hatte, hielt inne.
»Alles in Ordnung?«
»Ja, ja. Mir war nur gestern ein bisschen übel.« Sie schluckte. »Kreislauf. Die Hitze.« Warum erzählte sie nicht von dem Kon-

zert, von dem Treffen mit Kai und seinen Freunden? Wie gut ihr die Musik getan hatte?

»Da wäre ein Schlückchen Sekt doch genau das Richtige.«

»Du, nein. Wirklich nicht. Danke.« Evas Wangen wurden heiß. Hannah schob die Schublade zu, stellte den Prosecco in den Kühlschrank zurück.

»Ist doch kein Problem.« Sie setzte sich. »Oder ist da doch eins?«

Das Problem war, dass Hannah sie kannte.

»Ich hab heute Morgen am Telefon schon gedacht, dass irgendwas nicht stimmt.« Hannah beugte sich vor. »Ist es wegen der Alten Buche? Weil du deinen Job los bist? Weiß ja jeder, dass sie zugemacht hat. Ich wollte eigentlich nicht fragen, aber ...« Hannah blickte sie an. »Oder ist es seinetwegen?«

Die Frage kam so beiläufig, dass sie Eva mit voller Wucht traf. Unwillkürlich hielt sie sich den Magen, als hätte ihr Hannah in den Bauch geboxt.

Hannah legte ihre Hand auf Evas. »Sorry. Ich wollte nicht damit anfangen.«

»Was hast du eigentlich gegen Alexander?«, fragte Eva, verblüfft, dass sie jetzt in Worte fasste, was sie seit Jahren zu verdrängen suchte.

Als Charly klein war, hatten sie sich oft bei Eva getroffen, bis in die Abendstunden erzählt. Manchmal, wenn Alexander nach Hause gekommen war, hatte er den Grill angemacht und sie hatten zusammengesessen, bis ihren Töchtern die Augen zufielen. Irgendwann hatte das schlagartig aufgehört. Hannah war es lieber gewesen, dass sie mit Charly zu ihr kam.

Wenn Eva sonntags mit Alexander und Charly unterwegs war und Hannah im Dorf sah, schien es die Freundin Mühe zu kosten, ein paar Sätze mit Alexander zu wechseln. Hannah vermied es, ihn anzusehen und war ungewöhnlich kurz ange-

bunden. Eva hatte dieses Verhalten auf Hannahs Probleme mit Männern geschoben. Hatte geglaubt, dass es sie schmerzte, Eva zusammen mit ihrem Mann zu sehen.
Hannah lehnte sich zurück. »Ich konnte ihn mal ganz gut leiden.«
»Aber jetzt nicht mehr?«
Hannah seufzte. »Eva. Es fällt mir schwer, darüber zu sprechen. Weil ich weiß, dass du nicht darüber reden willst.«
»Wir haben uns gestritten.«
Der Satz floss aus Eva heraus, als hätte Hannahs Offenheit ein Ventil geöffnet. »Ich habe gestern ein bisschen zu viel getrunken. Das hat ihn genervt. Und dass ich in der Wohnung übernachtet habe, hat ihm auch nicht gefallen.«
»Langsam, langsam. Ich komme nicht mehr mit.«
Also erzählte Eva von vorne, vom Klassentreffen, von Agnès und deren Angebot, auf ihre Wohnung aufzupassen. Von Alexanders Anrufen, die ihr auf die Nerven gingen.
»Außerdem glaube ich, dass er Agnès nicht mag. Er hat zwar behauptet, er finde sie sympathisch, aber ich denke, er kommt mit ihrer lockeren Art nicht klar. Er hatte mir sowieso abgeraten, zum dem Klassentreffen zu gehen. Damals, als ich mit Charly zur Mutter-Kind-Kur war, war er selbst mal auf einem Treffen gewesen und fand es schrecklich.«
Eva griff nach ihrem Glas und trank es aus. In ihr dehnte sich Leere aus, eine Leere, die sich mit Schuldgefühlen füllen würde. So war es immer gewesen.
Hannah war blass geworden. Sie stand auf und trat ans Fenster. Die Sekunden verstrichen.
»Was ist denn?«, fragte Eva.
Hannah fuhr mit den Fingern über die Fensterbank, als prüfe sie, ob Staub gewischt werden müsste. Sie zupfte an einer Zimmerpflanze herum. Strich über die Blätter, befühlte die Erde.

»Hannah, bitte!«
Langsam drehte sie sich um. Ihr Gesicht war gerötet.
»Ich kann mir gut vorstellen, dass er gegen das Klassentreffen war.«
»Wieso? Hat er dir mal davon erzählt?«
Hannah stieß ein raues Lachen aus. »Das ganz sicher nicht.«
Eva griff nach ihrem Glas, es fiel um, der Rest Wasser ergoss sich über den Tisch.
»Verdammt! Entschuldige.«
Hannah holte ein Küchentuch und wischte auf Tisch und Boden herum. Sehr lange und gründlich. Auch dann noch, als kein Tropfen mehr zu sehen war.
Eva legte die Hand auf Hannahs Schulter, hielt sie fest.
»Was willst du mir sagen?«
Hannah stand auf.
»Ich hatte damals ein Date.« Ihre Stimme war heiser. »Es war furchtbar. Ein Typ, der nur von seinem Job erzählt hat und wie er alle in die Pfanne haut. Ich hab mich schnell verabschiedet, konnte aber vor Frust in der folgenden Nacht nicht schlafen. Linda war bei meinen Eltern, und ich bin durch das Dorf gelaufen.«
Sie ließ sich auf ihren Stuhl fallen.
»Ich hab eine große Runde gedreht und kam auch in die Nähe von eurem Haus. Alexanders Wagen hielt gerade. Ich dachte, ach, geh ich doch mal hin und frag ihn, wie es ihm so geht.«
Sie hob den Kopf und sah doch an Eva vorbei.
»Er war nicht allein.« Sie holte tief Luft. »Sabrina Brenner war bei ihm. Sie haben sich geküsst. Und sind zusammen ins Haus.«
Evas Welt zerfiel zu Staub. Wie Nebel senkte er sich auf sie herab. Sie saß ganz still. Nur das Blut rauschte in ihren Ohren.
Sabrina Brenner. Die, die in Alexanders Klasse mit jedem et-

was gehabt hatte. »Außer mit mir«, hatte er immer behauptet.
Sie stand auf. Taumelte.
»Eva. Ich hab das all die Jahre mit mir rumgeschleppt. Ich konnte es dir nicht sagen.«
Die Verzweiflung in Hannahs Stimme berührte sie nicht.
»Versteh bitte, dass ich dir dafür nicht danke.«
»Eva. Mensch, bleib doch.«
Sie schüttelte Hannahs Arm ab. »Lass mich.«
Eva verließ die Wohnung und stolperte auf die Straße. Die Kirchturmuhr schlug fünfmal. Alexander war um die Zeit noch im Laden.
Und genau da würde sie jetzt hingehen.

Kapitel 25

Er hatte Kundschaft. Sie sah ihn durch die Scheiben seines Ladens, wie er lachte, mit den Händen gestikulierte, um seine Anekdoten zu unterstreichen. Einstudiert. Inszeniert.
Genauso wie seine Rolle als treuer Ehemann.
Sie stieß die Glastür auf. Es roch nach Lavendel, mit dem Alexander seine Auslage dekoriert hatte, passend zu dem Fächer aus violetten Grußkarten der Saison, dem Briefpapier, den Poesiealben. Ein Sortiment, zugeschnitten auf die Sehnsüchte einsamer Herzen.
Verwunderung zeichnete sich auf seinem Gesicht ab. Das Lächeln seiner Kundin erschlaffte. Sie war eine seiner Anbeterinnen, Veronika Lauer, Mitte fünfzig, das Leben eine Endlosschleife, im Zentrum die Bedürfnisse eines Ehemannes, der das Fernsehprogramm schon lange attraktiver fand als seine Gattin.
War ihres denn so viel anders? Hatte sie das wirklich geglaubt? Wie konnte man sich für so ein Leben entscheiden? Oder passierte es einfach? Ließ man es geschehen, schaute zu, wie es zum Trott wurde, langweilig, aber vorhersehbar?
Evas Herz schlug schnell. Sie schritt auf die Frau zu.
»Sie sind hier fertig? Prima. Ich muss nämlich etwas mit meinem Mann besprechen.«
Frau Lauers Mund ploppte auf wie ein Fischmaul.
Sie blickte zu Alexander, von dem keine Hilfe kam. Eine Welle der Enttäuschung spülte über ihr Gesicht.

»Ja dann, noch einen schönen Tag, Herr Heinrich.«
Sie stopfte zwei Karten mit Rosenmotiv in ihre Tasche, von denen sie vermutlich bereits ein Dutzend zu Hause hatte.
»Ja, Ihnen auch, Frau Lauer. Und bis bald.«
Er winkte ihr nach.
Eva schloss die Tür und drehte das Offen-Schild um.
»Sag mal, was soll das?«
Alexander trat hinter seiner Theke hervor. Groß, breit, bereit, sein Revier zu verteidigen, in das sie eingedrungen war.
Ihr Mann, das Alphamännchen. Im Kostüm des Frauenverstehers.
»Du und Sabrina Brenner.«
Seine selbstsichere Miene fiel in sich zusammen. Seine Schultern sanken wie unter einem großen Gewicht.
Sie lehnte sich gegen die Tür. »Hast du nichts dazu zu sagen?«
»Eva.« Er seufzte und kam auf sie zu. Streckte die Hand aus. Zog alle Register seines Beschwichtigungsrepertoires.
Früher hatte das funktioniert.
»Woher ...«
»Ist das deine größte Sorge? Woher ich es weiß?«
Er sah sie an.
»Hannah hat euch damals gesehen. Vor unserem Haus. Ihr habt geknutscht und seid reingegangen und ich hab genug Fantasie, um zu wissen, was ihr dort gemacht habt.«
»Eva, ich weiß nicht, wie das passieren konnte. Ich hab an dem Abend mit ihr geplänkelt. Dieses Klassentreffen war sterbenslangweilig, es waren sonst nur die ehemaligen Streber da. Ich hab vielleicht auch ein paar Cocktails zu viel getrunken ...«
Er verstummte.
»Getrunken, ja?« Ihr Lachen klang hasserfüllt.
»Eva, bitte, lass mich erklären ...«
»Wolltest du mich deswegen davon abhalten, aufs Klassentref-

fen zu gehen? Telefonierst du mir deshalb ständig hinterher? Hast du Angst, ich komme irgendwann auf die gleiche Idee wie du?«

Er hob den Kopf. Seine Lippen bewegten sich, aber sie brachten kein Wort zustande.

»Wen gab es noch?« Sie presste den Rücken gegen die Tür, als könnte sie ihr Halt geben, um dieses Gespräch mit dem letzten Rest Würde hinter sich zu bringen.

Alexander riss die Augen auf.

»Wie ... es gab niemanden mehr. Das war ein Ausrutscher, ein einziges Mal, glaub mir. Eine Nacht.«

»Glauben«, wiederholte sie. War »Glauben« ein Ausdruck von Vertrauen, oder wollte man der Tatsache nicht ins Auge sehen, dass man belogen wurde? Sich selbst belog? War »Glauben« die einzige Möglichkeit, das Leben zu ertragen?

Ihr Kopf schwirrte, ihr Körper war durchdrungen von einer Kälte, die sie nie zuvor gespürt hatte.

Sie drehte das Schild wieder um.

»Eva.«

Sie schloss die Tür auf.

»Wo willst du hin?«

Sie trat nach draußen. Er war dicht hinter hier, hielt sie am Arm fest.

Verzweiflung stand in seinem Gesicht.

»Lass mich.«

»Eva, bitte. Lass uns reden.«

Sie riss sich los.

»Bleib in deinem beschissenen Laden und lass dich von verblühten Dorfjungfern anhimmeln.«

Hoffentlich schnitt er sich an ihren Worten.

Er fasste erneut nach ihr. Sein Griff war stark. Sie fuhr herum.

»Willst du, dass ich schreie?«

Er ließ sie los. Seine Hände baumelten nutzlos zu beiden Seiten seines Körpers.
»Wag es nicht, mir nachzugehen. Wag es nicht, mich anzurufen.«
Sie drehte sich um und wusste, dass er ihr nicht folgte.
Wie in Trance gelangte sie nach Hause. Sie riss wahllos T-Shirts und Hosen aus dem Schrank, nahm den Kulturbeutel aus dem Bad, stopfte alles in einen Koffer.
Sie warf noch einen Blick auf das Bett. Hatte er dort mit Sabrina gevögelt? Oder unten auf dem Sofa? Dem Teppich? Unter der Dusche? Oder überall?
Er hatte das Haus und ihr Leben kontaminiert.
Unten holte sie ihre liebsten CDs und eine Handvoll Bücher aus dem Wohnzimmer. In der Küche fischte sie das Geldbündel, das Agnès ihr als Anzahlung gegeben hatte, aus der Keksdose, wo sie Haushaltsgeld aufbewahrten.
Sie rief ein Taxi. Wartete vor dem Haus, das Gesicht hinter ihrer Sonnenbrille versteckt. Sie ertrug die falschen Farben dieser pastellfarbenen Bonbonwelt nicht mehr, die Alexander für sie zurechtgezimmert hatte.
Sie hatte dieses Haus nie gewollt. Sie hatte es nie gebraucht.
Das Taxi hielt. Der Fahrer verstaute ihr Gepäck im Kofferraum.
Sie setzte sich nach hinten.
»Wohin?«, fragte er, nachdem er eingestiegen war.
Sie nannte ihm die Adresse von Agnès' Wohnung.
Sie warf keinen Blick zurück.
Als der Wagen das Dorf verlassen hatte und über die Landstraße Richtung Stadt zuckelte, meldete sich ihr Handy. Er würde es doch nicht wagen ... Sie zerrte das Telefon aus der Tasche.
Agnès. Endlich.
Sorry, schrieb sie. Hab unendlich viel zu tun, hätte nie gedacht, dass es so anstrengend sein kann, Luxushotels abzuklappern.

Aber alles okay. Bis bald.
Eva wählte ihre Nummer. Nach dem fünften Klingeln ertönte Agnès' Stimme, die sie aufforderte, eine Nachricht zu hinterlassen.
Eva unterdrückte ein Seufzen und legte auf.
Draußen zogen Felder vorbei. Musik, sie brauchte Musik. Hart und laut.
Sie tastete in ihrer Tasche nach dem MP3-Player.
Schaltete ihn an und schloss die Augen.

Kapitel 26

Die Wohnung empfing Eva mit der vertrauten Kühle. Sie brachte den Koffer ins Schlafzimmer und hängte ihre Sachen neben die von Agnès in den Schrank. Durch das Fenster fiel weiches Abendlicht. Sie setzte sich aufs Bett, blinzelte. Nein, heulen würde sie jetzt ganz bestimmt nicht. Oder darüber nachdenken, wie sie sich hatte täuschen können. Wie sie hatte glauben können, ihren Mann zu kennen wie ein Musikstück, das sie auswendig mitsingen konnte. Sie hatte nie richtig hingehört. Und nahm erst jetzt die falschen Töne wahr.

Oder?

Sie zog das Handy aus der Tasche, betrachtete einen Moment das Display und schaltete es aus. Sie hatte gehofft, Agnès würde sich noch einmal melden. Alexander hatte es nicht gewagt, sie anzurufen oder ihr zu schreiben. Auch Hannah hatte sich nicht getraut.

Sollten sie sie doch alle in Ruhe lassen.

Sie legte das Telefon in die Nachttischschublade.

Auf der Terrasse schritt sie mit bloßen Füßen über die Steine, die vollgesogen waren mit der Wärme eines langen Sommertages. Sie lehnte sich ans Geländer und blickte auf die Straße hinunter. Ein Paar verließ das Haus gegenüber. Die Frau lachte, ihre hochhackigen Absätze schlugen rhythmisch auf den Asphalt. Der Mann legte die Hand zwischen ihre Schulterblätter, genau auf das Stück Haut, das der Rückenausschnitt ihrer erdbeerroten Bluse enthüllte. Er führte sie zu einem hochbeinigen

schwarzen Wagen, gemacht für Menschen, die das Leben als Dschungel betrachteten, als unwegsames Gelände, angereichert mit Abenteuern.
Eva zog sich vom Geländer zurück. Wenn sie diesen Abend hierblieb, war sie nur die betrogene Frau, die sich verkroch. Sie würde ihr Leben rekapitulieren, wieder und wieder. Nach Anzeichen und Hinweisen suchen. Nach verräterischen Gesten. Und sie würde unzählige finden, wie das im Nachhinein immer war, egal, ob es sie wirklich gegeben hatte oder ihre gekränkte Seele sie erfand.
Würde Alexander nicht genau das erwarten? Dass sie jetzt in ihr Kissen weinte? Oder bei Hannah? Vielleicht machte er ihr gerade jetzt eine Szene.
Tja, dann war es eben so.
Eva verließ die Terrasse und betrat erneut das Schlafzimmer. Sie würde ausgehen, eine der vielen sein, die sich in den Dschungel stürzten, die den Abend auskosteten.
Sie zog das türkisfarbene Kleid aus der Tasche, das sie mit Agnès zusammen gekauft hatte. Das Alexander ihr nicht zutraute, es unpassend und sie zu alt dafür fand, es als Geschenk für Charly missverstanden hatte. Ja, dieses Kleid war heute genau das Richtige.
Sie zog sich um und schminkte sich. Ihr Gesicht gewann an Kontur, an Format, an Fremdheit. Ihr Spiegelbild schenkte ihr ein Raubtierlächeln.
Sie verließ die Wohnung. Sie hatte keine Ahnung, wohin. Sie würde in die Innenstadt spazieren, wo es von Menschen wimmelte in dieser lauen Nacht. Würde in ihren Strom eintauchen, sich treiben lassen, gespannt darauf, wo sie angespült wurde.
Im Treppenhaus passierte sie die Wohnung von Agnès' Nachbar, der ihr das Paket gebracht hatte. In dem Moment öffnete sich seine Tür und er trat heraus.

»Oh«, sagte er und schob sich das dunkle Haar aus der Stirn. Wie bei ihrem ersten Zusammentreffen scannte er sie in Sekundenschnelle.
»Ihnen auch einen schönen guten Abend.«
Sie hätte es dabei belassen und weitergehen können. Stattdessen sah sie ihm dabei zu, wie er errötete.
»Gehen Sie aus?«
»Ich denke schon.«
Wieder fuhr er sich durchs Haar. Er war jünger als sie, bestimmt erst Mitte dreißig. Seine Finger waren lang und schmal.
»Ich würde gerne mein Angebot wiederholen.« Er lächelte über seinen hölzernen Satz hinweg.
»Angebot?«
»Mit mir etwas zu trinken.«
Sie zögerte nur eine Sekunde. »Okay. Aber etwas essen müsste ich auch.«
Dass sie so schlagfertig sein konnte. Jemandem gegenüber, den sie nicht kannte.
Sein Mund zuckte. Ihre flapsige Art gefiel ihm offenbar.
»Wunderbar. Ich heiße übrigens Mark. Und Sie?«
Sie öffnete den Mund, den Anfang ihres Namens schon auf der Zunge. Sie schluckte ihn weg.
»Vivian.« Im nächsten Moment hätte sie sich ohrfeigen können. A. Hassler stand auf dem Klingelschild, am Briefkasten und auf dem Paket, das er ihr gebracht hatte.
Aber ihm schien diese Diskrepanz nicht aufzufallen.
»Toller Name. Passt zu Ihnen.«
Die Antwort kam prompt, zurechtgelegt wie der Anzug zum Ausgehen. Wahrscheinlich brachte er den Satz jedes Mal an, wenn eine Frau ihm ihren Namen verriet.
Vielleicht hatte er weder Adresse noch Namen am Briefkasten gelesen. Oder ihn sofort wieder vergessen. Und wenn es ihm

in den nächsten Tagen auffallen würde ... Ach, egal. Was kümmerte sie, was in den nächsten Tagen war.
Mal sehen, was er ihr noch alles glauben würde.
Er legte ihr die Hand auf den Rücken, so, wie es der Mann des Paares bei der Frau getan hatte, das sie vor einigen Minuten von der Dachterrasse aus beobachtet hatte. Schien die typische Besitzanspruchsgeste dieses Viertels zu sein.
Sie trat einen Schritt zur Seite, und seine Hand rutschte herunter. Er zog die Brauen hoch. Aber er hatte verstanden.
Er führte sie zu einem weißen Sportwagen, öffnete für sie die Beifahrertür. Sie stieg ein, mit unbewegter Miene, als sei sie es gewohnt, dass man ihr jede Tür aufhielt und dort hinbrachte, wo sie es wünschte.
Die Fahrt dauerte nur ein paar Minuten, die Suche nach einem Parkplatz doppelt so lange. Zu Fuß wären sie schneller gewesen. Aber die Frau, die sie heute Abend war, ging nicht zu Fuß. Sie wurde chauffiert, nicht weil man sie bevormundete. Sondern weil sie es verdiente.
Noch vom Auto aus hatte er einen Zweiertisch reserviert, den letzten. »Ich bin ein Glückskind«, hatte er gesagt und sie angelächelt.
Das Restaurant besaß einen Innenhof, jeder Tisch war besetzt. Auch drinnen war es voll, doch durch die beiden offenen Terrassenflügel wehte warme Abendluft hinein.
Ein Kellner führte sie zu ihrem Tisch und zog Eva den Stuhl heran. Sie wunderte sich über diese übertriebenen Gesten der Ehrerbietung und der Unterwürfigkeit. Als wäre sie jemand Besonderes.
Mark bestellte Gambas für sie beide, noch bevor der Kellner die Karte gebracht hatte. »Oder möchten Sie doch etwas anderes?«
»Ja. Keine Gambas. Bitte einen Salat, den Sie empfehlen können.« Sie lächelte, und er kam ihrer Bitte umgehend nach.

Dazu orderte er einen Wein und natürlich noch einen Aperitif. Sie nickte zu allem, mit einer an Gnade grenzenden Gleichgültigkeit.
»Zum Wohl«, sagte er, nachdem der Kellner den Aperitif serviert hatte. Sie nahm einen Schluck.
Mark sah sie erwartungsvoll an, als gierte er darauf, dass sie seinen Geschmack lobte. Sie lächelte und schwieg.
»Ich hoffe, er ist gut.«
Natürlich war er das, aber sie sagte: »Ein wenig zu süß.«
Um seine Mundwinkel zuckte ein Hauch Ärger. Er lachte ihn weg.
»Wie lange wohnen Sie schon in der Zeppelinstraße?«
»Seit ein paar Monaten.«
»Dass wir uns vorher noch nie gesehen haben.«
»Ich arbeite sehr viel.«
Wie leicht ihr die falschen Sätze über die Lippen schlüpften, als hätte sie sie vorher auswendig gelernt.
Er nickte wissend. »Geht mir genauso. Was machen Sie?«
Sie lehnte sich zurück. »Ich arbeite freiberuflich. Als Coach für Persönlichkeitsentwicklung.«
Er hob interessiert die Augenbrauen.
»Wie darf ich mir das vorstellen?«
Ganz wie du willst, dachte sie und trank einen Schluck, damit sie nicht kichern musste.
»Nun ja, ich berate Menschen, wie sie sich beruflich oder privat besser präsentieren. Und erfolgreicher werden.«
Sie klang wie Agnès. »Und Sie?«
»Ich bin im Vertrieb tätig.«
Er nannte den Namen eines bekannten pharmazeutischen Unternehmens. Bevor er über seine Arbeit monologisieren konnte, für die sie sich nicht interessierte, brachte der Kellner glücklicherweise das Essen: winzige Portionen auf riesigen Tellern.

Alexander würde darüber die Nase rümpfen. Sie schob den Gedanken an ihn weg. Er gehörte nicht hierher. Sie war Vivian, eine lebenslustige Single-Frau, die tat, wozu sie Lust hatte.
Sie aß langsam von dem Salat, trank Wein, ließ sich nachschenken, bevor ihr Glas leer war, und hörte Marks banalen Geschichten zu. Sie lachte an den Stellen, an denen er Anekdoten einstreute – wie ihm während eines Geschäftsessens ein Kunde Rotwein über den Anzug gegossen habe. Sie kommentierte: »Klingt traumhaft«, als er von seiner Reise in die Dominikanische Republik erzählte. Es war, als würde er eine Liste abarbeiten. Vielleicht hatte er tatsächlich eine Art Katalog zusammengestellt, mit dem Titel: Anleitung zur Selbstdarstellung – was ich erzählen muss, um eine Frau zu beeindrucken.
Sie legte die Gabel hin.
»Waren Sie schon einmal in Namibia?«
Er blinzelte. »Bisher nicht.«
»Da haben Sie etwas verpasst.«
Sie begann zu erzählen, von Windhoek, Swakopmund, Lüderitz. Sie klaubte die Details aus Agnès' Urlaubsbericht zusammen, an die sie sich erinnerte, und konstruierte daraus die Zusammenfassung einer unvergesslichen Urlaubsreise.
Er lauschte, den Mund leicht geöffnet. Sie zählte sie auf, die Orte, von denen Agnès geschwärmt hatte: die Lagune der Walfischbucht, die Namib-Wüste, den Etosha-Park. Sie verließ den Pfad der Fakten und begab sich ins Dickicht der Fantasie: Sie beschrieb die Zimmer der Lodges, das dunkle Holz der Möbel. Sie erfand eine junge Kellnerin, schön wie ein Fotomodell, die von einer mitreisenden Modeagentin entdeckt worden sei. Sie erzählte von einem Geschäftsmann, den sie kennen gelernt habe, das Ebenbild von Robert de Niro.
Die Lügen flossen aus ihrem Mund, umso schneller, je größer Marks Augen wurden. Es war, als hätten sie schon lange in ihr

gewohnt. Mark glaubte ihr jedes Wort.
Und es machte verdammt viel Spaß.
»Man kann sich nicht vorstellen, wie beeindruckend Elefanten in freier Wildbahn sind.« Dabei hatte sie nur einmal im Zoo welche gesehen, und das war annähernd zwei Jahrzehnte her.
»Diese klugen, treuen Augen. Diese Anmut.«
Sie sagte tatsächlich Anmut.
»Mark.« Sie lehnte sich vor, zögerte für eine Sekunde, dann berührte sie seine Hand. Seine Finger zuckten. »Ich kann Ihnen versichern: Die Natur Afrikas lehrt einen, was Demut ist.«
Amen, dachte sie und nippte an ihrem Glas.
Er betrachtete sie. Sie rechnete damit, dass er aufstand und ging. Oder fragte, ob sie etwas eingenommen habe, sich über ihn lustig machen wolle.
»Beeindruckend«, sagte er schließlich, und sie unterdrückte ein Kichern.
Der Kellner räumte ab und Eva versicherte, dass alles zur größten Zufriedenheit gewesen sei. Sie hatte ihr zweites Glas Wein nicht ausgetrunken. Ein Dessert lehnte sie ab.
Mark verlangte die Rechnung, und es war klar, dass er für sie bezahlte. Sie hatte nicht den Hauch eines schlechten Gewissens.
»Ich kenne da eine Bar …«
»Sie auch?«
Er lachte.
»Führen Sie mich hin. Vielleicht ist es ja sogar meine Lieblingsbar.«
Sie verließen das Restaurant. Noch immer tränkte die Wärme die letzten Stunden des Tages.
Er fuhr schnell, obwohl er einiges getrunken hatte.
Das war dumm, gefährlich. Ihr gefiel es, dumm zu sein und gefährliche Dinge zu tun.

Er hielt nach wenigen Minuten. Wieder hätten sie die Strecke zu Fuß gehen können. Aber diesmal fand er direkt einen Parkplatz.
»Ich bin ein Glückskind.«
Sie wies ihn nicht darauf hin, dass er sich wiederholte. Er bedeutete ihr nichts. Sie verbrachten nur ein paar Stunden miteinander. Vielleicht war das der Weg zum friedlichen Zusammenleben: dass sich die Menschen in freundlicher Gleichgültigkeit begegneten. Niemand würde sich an den Macken des anderen stoßen, ein paar Tage, Wochen, Monate später hatte man ihn ohnehin vergessen.
Sie stiegen aus, bogen in eine Querstraße und standen vor der Bar, in die Agnès sie nach dem Klassentreffen geführt hatte.
Was, wenn Mark Agnès hier sogar schon einmal begegnet war oder sie zumindest gesehen hatte? Und sie für irgendeine Frau gehalten hatte, unwissend, dass sie ein Stockwerk über ihm wohnte?
Drinnen pulsierten elektronische Beats durch den Raum. Sie drängte sich an den Leibern der Menschen vorbei. Mark folgte ihr oder er folgte ihr nicht, es war ihr egal. Der Barkeeper erkannte sie und lächelte sie an. Sie beugte sich zu ihm vor.
»Ich weiß schon«, brüllte er durch den Lärm aus Musik und Stimmen.
Er mixte ihr eine Margarita, die er ihr mit einem Augenzwinkern reichte.
Mark tauchte neben ihr auf. Er beugte sich dicht vor, sodass sein Mund ihr Ohr berührte. »Du kennst sie.«
Seine Stimme troff vor Enttäuschung. Ob er deswegen ins Du gewechselt war?
»Es ist herrlich hier.«
Als wäre das die Antwort, die er erwartet hatte. Er stand neben ihr, hielt sich an seinem Cocktailglas fest und mühte sich an

einem lockeren Lächeln ab.
Armer Kleiner. Sie lachte.
»Was ist so witzig?« Sein Atem kitzelte ihre Haut.
»Ich bin gut drauf.«
Er versuchte ein Gespräch, aber die Musik war zu laut. Wie beim letzten Mal fingen ein paar Leute zu tanzen an. Eva mischte sich darunter, bewegte sich zur Musik, obwohl sie nicht ihr Geschmack war. Aber sie spürte den Puls, die Energie. Sie schloss die Augen. Es war gleich, wer sie betrachtete. Sie sah sich zu, mit geschlossenen Augen, als hätte sie ihren Körper verlassen und schwebte durch den Raum, während jemand anders das Kommando übernommen hatte. Ein anderes Ich. Vivian.
Irgendwann berührte sie jemand am Rücken. Es war Mark.
»Gehen wir?«
Sie zuckte die Schultern.
Er fuhr rasant durch die Nacht. Sie ließ das Fenster hinunter und stieß die Faust in den kühlen Fahrtwind.
Er lachte, als verstünde er sie.
»Ich bring dich hoch«, sagte er, als sie die Tür zum Treppenhaus öffneten.
»Ich wusste gar nicht, dass wir beim du sind.«
»Sollten wir nicht?«
Das glatte Gewebe seiner Stimme hatte sich aufgeraut. Er legte ihr die Hand auf die Hüfte.
Sie blickte ihm in die dunklen Augen, musterte das kantige Gesicht. Er war hübsch. Er bedeutete ihr nichts.
Ich bin Vivian, dachte sie.
Marks Gesicht war nur wenige Zentimeter von ihrem entfernt.
»Gehen wir zu mir?« Er keuchte.
Sie konnte tun, was sie wollte. Sie konnte ihn küssen, mit ihm nach Hause gehen, mit ihm schlafen.

Sie konnte es lassen.
Sie wollte nicht.
Was bildete er sich ein. Sie einfach anzufassen, als hätte er ein Recht dazu.
Sie schob ihn energisch von sich. »Lieber nicht. Danke für das Essen.«
Er ließ sie sofort los, stolperte drei Schritte zurück. Röte überzog sein Gesicht.
»Ich finde schon hoch. Gute Nacht.«
Vielleicht blickte er ihr nach. Bevor sie oben aufgeschlossen hatte, fiel seine Tür ins Schloss.
Sie putzte sich die Zähne und legte sich ins Bett. Sie fühlte sich aufgeputscht und leer zugleich. Vielleicht glaubte man, das Glück zu besitzen. Vielleicht war es nur eine Hülle, eine Haut, die nichts zusammenhielt als Illusionen.
Das war der letzte Gedanke, bevor sie einschlief.

Kapitel 27

Die Sonne schien ihr grell ins Gesicht. Sie hatte vergessen, die Vorhänge zuzuziehen. Sie blinzelte an gegen das gnadenlose Licht, das mit jeder Sekunde des Wachwerdens mehr Bruchstücke des vergangenen Tages aus der Dämmerung ihrer Erinnerung zerrte.
Der Besuch bei Hannah. Die Auseinandersetzung mit Alexander. Der Abend mit Mark. Dass sie sich Vivian genannt hatte. Das alles erschien ihr real und unwirklich zugleich.
Vivian. Sie war verrückt. Wie sollte sie sich verhalten, wenn ihr Mark über den Weg lief? So tun, als wäre nichts gewesen?
Sie versuchte, sich sein Gesicht vorzustellen. Sie war sich nicht mal sicher, was er für eine Augenfarbe hatte. Braun?
Sie hatte ein Spiel gespielt, nichts weiter. Eine Art Rache genommen für Alexanders Demütigung. Eigentlich nichts im Vergleich zu seinem Ehebruch, nichts von Bedeutung.
Die Gedanken wickelten sich um das schlechte Gewissen wie ein Faden um eine Spule, bis es fast nicht mehr zu erkennen war.
Spaß hatte es gemacht – so zu tun als ob. Und Mark würde morgen oder übermorgen eine andere zu Gambas einladen und vielleicht irgendwann seine Gegenleistung erhalten, auf die er so scharf war. Ihm gegenüber brauchte sie keine Gewissensbisse zu haben. Wirklich nicht.
Der Gedankenfaden riss.
Sie blieb trotzdem die betrogene Ehefrau. Was sie auch getan

hatte oder hätte – daran würde sich nichts ändern. Die Einsicht schmeckte bitter.
Sie stand auf und ging duschen. Lange ließ sie das Wasser auf sich herabprasseln.
Später kochte sie Kaffee, trank ihn gegen ihre Gewohnheit schwarz und auf Essen verzichtete sie ganz. Sie hatte ohnehin nichts Brauchbares da. Es sei denn, sie wollte Oliven aus dem Glas und Schafskäse frühstücken.
Sie trat auf die Terrasse. Gegenüber waren die Vorhänge zurückgezogen. Eine Frau in Sportkleidung tauchte im Fenster auf. Den Kopf gesenkt, wischte sie sich übers Gesicht, mit einer Langsamkeit, die Müdigkeit und Resignation ausstrahlte. Sie hob den Kopf und schaute zu Eva herüber. Einen Moment blickten sie sich an. Dann zerrte die Frau mit unerwarteter Heftigkeit die Gardinen zu.
Eva wollte sich gerade vom Geländer zurückziehen, da trat ein Mann auf die Straße. Er trug eine schwarze Hose, ein cremefarbenes Hemd, das Jackett über der Schulter. Der Wind zauste sein dunkles Haar. Es war Mark.
Ihr erster Impuls war, sich zu ducken, falls er nach oben schaute. Sie blieb stehen. Ihr Körper spannte sich an.
»Er dreht sich nicht um«, sagte sie leise zu sich selbst.
Sie behielt recht. Das Handy am Ohr, eilte Mark zu seinem Wagen. Er stieg ein, brauste davon und rammte dabei fast ein anderes Auto, dessen Hupe aufheulte.
Sie lächelte, als hätte sie eine Wette gewonnen.
Der Tag lag vor ihr wie ein weißes Blatt Papier, das sie beschreiben und bemalen durfte, wie sie wollte. Sie ärgerte sich, dass der Gedanke sich wie ein Trost anfühlte.
Weg damit.
Sie zog sich an, hatte schon die Hand am Knauf der Nachttischschublade. Zögerte.

Und ließ ihr Handy in seiner Verbannung. Niemand sollte sie heute erreichen. Schon gar nicht Alexander.
Sie fühlte sich, als wäre sie eine große Last losgeworden.
Die Straße war leer, bis auf einen Mann in dunkler Kleidung, der sich mit raschen Schritten entfernte und um die Ecke bog.
Frischer Wind wehte ihr ins Gesicht. Wie an der Küste. Nur ein einziges Mal war sie mit Alexander und Charly am Meer gewesen, an der Nordsee, in jenem Sommer, bevor ihre Tochter in die Schule gekommen war.
Das Kind muss doch mal das Meer sehen.
Ja, was das Kind brauchte, das hatte Alexander immer gewusst. Das war ihm stets wichtig gewesen.
Wie schwer es war, nicht an ihn zu denken. Obwohl er sie gedemütigt hatte.
Weil er sie gedemütigt hatte.
Sie setzte die Sonnenbrille auf und ging die Straße hinunter Richtung Zentrum. An jeder Kreuzung entschied sie sich spontan, ob links oder rechts.
Bald hatte sie die teure Wohngegend verlassen und einen älteren Teil der Stadt betreten. Hier drängten sich die Häuser eng aneinander, ähnlich wie im alten Ortskern Kiesbachs. Vor einigen Fenstern ergossen sich Geranien aus Blumenkästen. In einer Seitenstraße spielten zwei kleine dunkelhaarige Jungen Fußball. Sie riefen sich etwas zu in einer Sprache, die Eva nicht verstand. Der Größere der beiden schoss zu fest, der Kleinere verpasste ihn, und der Ball rollte ihr vor die Füße. Sie kickte ihn zielsicher zurück. Sie hatte oft mit Charly und ihren Freunden Fußball gespielt. Die beiden Jungen lächelten ihr zu und vertieften sich wieder in ihr Spiel.
Sie passierte eine Bäckerei, kaufte sich ein Schokocroissant und einen Coffee-to-go. Nach ein paar Schritten kam sie an eine Kreuzung. Auf der gegenüberliegenden Seite spiegelte

sich die Sonne in der gläsernen Fassade der Stadtgalerie. Davor war ein kleiner Park angelegt. Sie setzte sich auf eine der Bänke, aß ihr Croissant, trank den Kaffee und beobachtete die Menschen. Ein junges Paar schob gemeinsam einen Kinderwagen. Beide pressten die Lippen zusammen. Es schien, als konkurrierten sie miteinander, und keiner von beiden wollte den Wagen dem anderen überlassen.
Eva warf den Becher in den Mülleimer. Stieg die Stufen zur Galerie hinauf. Sie war noch nie hier gewesen. Alexander interessierte sich nicht für Kunst.
Sie betrat einen hohen, lichtdurchfluteten Raum. Außer einem älteren Paar und zwei jungen Frauen war niemand drinnen.
»Dauer- oder Sonderausstellung?« Die grauhaarige Dame an der Kasse lächelte sie an.
»Beides.«
Fast zwei Stunden verbrachte Eva in der Galerie. Betrachtete neben Gemälden und Karten zur Stadtgeschichte die Schwarzweiß-Porträts scheinbar gewöhnlicher Menschen einer jungen Künstlerin. Eva war fasziniert, welchen Ausdruck sie eingefangen hatte. Man konnte in den Gesichtern lesen, was sie fühlten. Was sie erlebt hatten. Was sie sich von der Zukunft erhofften.
Danach aß sie in einer Dönerbude zu Mittag. Auch das war etwas, was sie sich sonst verkniff, weil sie sich Alexanders Kommentare ersparen wollte, der jegliches Fast Food hasste. Außer natürlich Tiefkühl-Pizza.
Unglaublich, wie bereit sie gewesen war, sich in den banalsten Dingen einzuschränken. Wie selbstverständlich sie nach und nach seine Angewohnheiten angenommen hatte, ohne von ihnen überzeugt zu sein. Wie sie den Verzicht der Auseinandersetzung und Rechtfertigung vorgezogen hatte.
Es erinnerte sie daran, wie ihre Mutter ihr früher biedere Blusen aufgezwungen hatte, die sie nicht mochte, sie aber trotz-

dem trug, um sich Ärger zu ersparen.
Die Wünsche und Erwartungen anderer waren wie diese Kleidungsstücke. Man streifte sie über und versank darin. Oder sie schnürten einen ein, weil sie zu eng waren. Und man erstickte. Ganz langsam.
Eva schlenderte weiter. Sie genoss es, kein Ziel zu haben. Sie passierte einen türkischen Supermarkt, wo sie Obst kaufte, eine Reinigung, einen Friseurladen. Vor einem Fachwerkhaus, das einen Buchladen beherbergte, blieb sie stehen. Eine Stunde stöberte sie darin und kaufte einen Roman einer Autorin, von der sie noch nie gehört hatte, die ihr der Buchhändler jedoch empfahl und nicht vergaß, darauf hinzuweisen, dass diese Autorin in den nächsten Tagen eine Lesung abhielt. Er drückte ihr einen Flyer in die Hand, und sie versprach zu kommen. Außerdem erstand sie einen Nordamerika-Bildband. Sie wusste, dass es Charlys Ziel war, irgendwann einmal quer durch die USA zu reisen.
So wie sie es sich selbst früher einmal gewünscht hatte. Als hätte sie ihrer Tochter ihre Träume vererbt. Hoffentlich würde wenigstens sie ein paar davon verwirklichen können.
Neben dem Buchladen befand sich ein Antiquitätengeschäft. Im Schaufenster stand ein Holztisch mit einer kleinen, reich verzierten Standuhr aus Messing. Ihre Eltern hatten mal so eine besessen und Charly war als kleines Kind von der Uhr fasziniert gewesen. Irgendwann war sie verschwunden, und Eva hatte sich gefragt, wo sie hingekommen war. Sie ging in den Laden und kaufte die Uhr, obwohl der Preis sie schlucken ließ.
Es war bereits später Nachmittag. Sie kehrte zur Wohnung zurück. Ihre Füße schmerzten.
Drinnen legte sie Musik auf. Sie kochte gefüllte Auberginen.
Sie aß in der Küche. Hinter der warmen Schicht aus Musik und dem Sirren des Windes glänzte kalt die Stille der Wohnung.

Die Leichtigkeit des Tages war verflogen. Die zurückbleibende Leere sog sich voll mit Schwermut.

Vielleicht sollte sie wieder ausgehen. Vivian würde den Abend genießen. Sie würde sich von einem anderen Mark einladen lassen – oder auch nicht. Sie war eine selbstbewusste, unabhängige Frau. Mit einem guten Beruf. Sie brauchte niemanden, der für sie bezahlte. Sie würde ihre Kontakte auf dem Smartphone durchgehen, eine Freundin anrufen, sich mit ihr verabreden.

Mit einer Freundin wie Agnès.

Eva vermisste ihre ungezwungene Art, ihre Anekdoten, von denen sie immer welche parat zu haben schien.

Sie dachte an das Handy, das in der Nachttischschublade lag. Sie konnte es nicht ewig ignorieren. Vielleicht hatte Agnès sich gemeldet, während sie in der Stadt war. Vielleicht hatte Charly versucht, sie zu erreichen. Und früher oder später musste sie sich Alexanders Anruf oder Nachricht stellen. Obwohl sie dazu absolut keine Lust hatte.

Sie holte das Telefon und schaltete es ein. Keine Nachricht. Kein verpasster Anruf. Gut so.

Das flaue Gefühl in ihrem Magen strafte sie Lügen.

Agnès musste wirklich sehr beschäftigt sein. Warum rief sie nicht zurück? War das ein Zeichen des Vertrauens – oder des Desinteresses? Dafür gab es keinen Grund.

Aber der Zweifel hatte sich in ihren Gedanken eingenistet. Dass Agnès sich nicht wenigstens zu dem Paket äußerte. Was, wenn doch eine unbezahlte Rechnung darin lag?

Eva ging ins Schlafzimmer und holte den Karton aus dem Schrank. Sie betrachtete das Paket genauer. Es war in Italien abgeschickt worden. Und an A. Hassler adressiert.

Italien. Agnès hatte nie Italien erwähnt.

Eva holte ein Messer aus der Küche und schnitt vorsichtig den

Karton auf. Darin stapelten sich mehrere Schichten Seidenpapier. Darunter: drei Paar Männerschuhe und vier Hemden. Sie waren von bester Qualität. Allein die Schuhe mussten ein Vermögen gekostet haben.
Hatte Agnès die Sachen für jemanden bestellt? Für einen Liebhaber, von dem sie nichts erzählt hatte?
Der Gedanke schmeckte schal.
Es lag keine Rechnung bei. Seltsam. Hielt Agnès es deswegen nicht für nötig, sich zu melden?
Ein Zettel rutschte zwischen zwei Lagen Papier hervor. In ausschweifender Schrift, mit roter Tinte, stand darauf:
Hier schon mal vorab ein paar Sachen. Du weißt, ich reise gerne mit leichtem Gepäck. Freue mich, dich zu sehen. Bis bald, A.
Eva legte den Zettel zurück. Sie verstand überhaupt nichts mehr. Musste sie ja auch nicht. Sie war die Homesitterin und nicht Agnès' engste Vertraute. Das hatte sie doch nicht wirklich geglaubt.
Doch. Genau das hatte sie.
Eva klappte den Deckel des Kartons zu.
Vielleicht sollte sie jetzt doch einen Sekt trinken. Damit sich diese Schwere auflöste, die von ihrer Körpermitte in die Arme stieg und in die Beine sickerte.
An der Tür klopfte es. Sie stand ganz still. Die Sekunden waren wie Tropfen, die auf ihrer Haut zerplatzten.
Es klopfte erneut.
»Vivian.« Das war Mark. »Bist du da?«
Verdammt. Sie hatte nicht damit gerechnet, dass er so hartnäckig sein konnte.
»Vivian!« Es klang fordernd.
Sie atmete flach, als könnte er sie sonst hören. Sie zählte bis hundert. Dann ging sie zur Tür, lugte durch den Spion. Er war weg.

»Da bist du ja gerade noch mal davongekommen, Vivian.« Eva stieß ein Lachen aus.

Agnès

War ja klar, dass der Anschlusszug auf dem letzten Gleis abfuhr. Sie schob sich an lachenden Menschen vorbei und zerrte ihren Koffer hinter sich her, der wie ein Esel bockte. Die Rollen blockierten und er kippte.

Verdammtes Ding. Warum gab immer alles genau dann den Geist auf, wenn man es brauchte?

Sie wuchtete den Koffer hoch, hastete die Treppen runter.

»Darf ich mal vorbei?« Anstatt zur Seite zu gehen, drehte sich das Grüppchen Teenies um und glotzte sie an. Menschen strömten ihr entgegen. Ein Mann im Anzug rempelte sie an. Gegen ihre Gewohnheit verkniff sie sich einen Kommentar.

Sie hetzte ans Ende des Bahnhofs. Um ihren Körper lag ein Mantel aus Schweiß. Sie keuchte. Ihr Arm schmerzte. Jetzt wieder die Treppe hoch. Als sie endlich oben ankam, sah sie gerade noch, wie ihr Zug davonfuhr.

Verdammt!

Sie ließ sich auf eine Bank aus Drahtgeflecht fallen. Auf dem Sitz neben ihr klebten zwei Kaugummis, in der Ritze zwischen beiden ein verschmiertes Papiertaschentuch.

Die Erschöpfung überwog den Ekel und sie blieb sitzen.

Einen Moment ausruhen.

Seit Tagen war sie unterwegs. Hatte erst bei einem alten Bekannten gewohnt. Dann zwei Tage in Frankfurt. Und jetzt weiter. An einen Ort, wo der Psycho sie nicht vermuten würde. Er war verrückt genug, nach ihr zu suchen, die Orte abzuklappern, von denen sie ihm dummerweise erzählt hatte. Orte im Süden.

Deswegen fuhr sie in den Norden.
Zum Glück hatte er keine Telefonnummer von ihr. Es hatte sie gewundert, dass er sie nie danach gefragt hatte. Aber nur einen Tag lang. Weil er am nächsten Abend wieder vor der Tür gestanden hatte.
Schmutziger Wind wehte über den Bahnsteig, wirbelte Silberpapier auf. Trotz der Hitze fröstelte sie.
Nachdem er ihr eine gescheuert und sie ihn rausgeworfen hatte, war sie überzeugt gewesen, ihn los zu sein. Aber nach wenigen Tagen hatte er ihr einen Blumenstrauß von der Größe eines Wagenrads geschickt. Sie hatte nicht reagiert. Da war er in ihrer Lieblingsbar aufgetaucht. Die sie ihm ja unbedingt hatte zeigen müssen. Er hatte sie von hinten umschlungen. Hatte sie angefasst und geküsst. Als wären sie ein Liebespaar. Sie war ihn nur losgeworden, weil der Barkeeper dazwischengegangen und dem Psycho Hausverbot erteilt hatte. Da hatte er ihr gedroht.
Sie stand auf. Sah sich verstohlen um, strich sich die rostroten Strähnen aus dem Gesicht. Außer einem Rentnerpaar und einer Mutter mit zwei Kleinkindern war der Bahnsteig leer. Ihr Kopf pochte vor Hitze. Schweiß rann ihr über die Stirn. Aber die Perücke musste sein. Zur Sicherheit. Er würde nicht nach einer Rothaarigen Ausschau halten. Schon gar nicht in khakifarbener Hemdbluse, Bermudas und braunen Ökosandalen.
Sie stand auf und ging zu dem Glaskasten mit den Fahrplänen. Der nächste Zug kam in einer halben Stunde.
Eins ihrer Handys klingelte. Es war nicht das, das sie für ihre Mutter reserviert hatte. Auch nicht das mit den wichtigsten beruflichen Kontakten. Sondern ihr Drittes mit den Nummern aller übrigen Bekannten.
Er konnte es nicht sein. Dennoch zitterte ihre Hand, als sie das Telefon aus der Tasche zog.

Sie blickte auf das Display. Im ersten Moment überflutete sie Erleichterung, als sie den Namen las. Danach folgte ein schlechtes Gewissen.
Sie steckte das Handy tief in ihre Tasche, sodass das Klingeln gedämpft wurde. Nach ein paar Sekunden verstummte es.

Kapitel 28

Einen Tag vor Charlys Besuch kehrte Eva nach Kiesbach zurück. Mark war nicht noch einmal wiedergekommen. Sie hatte überlegt, ob sie vorwiegend in der Wohnung bleiben sollte, um eine Begegnung mit ihm zu vermeiden. Mit einem Anflug von Trotz hatte sie sich dagegen entschieden.

An dem Abend, an dem er bei ihr geklopft hatte, hatte sie vergessen, das Handy auszuschalten. Sie hatte es auf den Nachttisch gelegt und war eingeschlafen. Gegen Mitternacht wurde sie von ihm geweckt.

Alexander. Ich kann ohne dich nicht schlafen. In ihrer Magengrube nagte ein Gefühl, das sie sich weigerte, als Sehnsucht zu bezeichnen: nach seiner Berührung vor dem Schlafengehen, seiner Wärme. Trotz ihrer Wut.

Sie hatte lange wach gelegen, halb gehofft, halb gefürchtet, dass er ihr eine weitere Nachricht schicken würde.

Die kam aber erst am nächsten Morgen, als sie sich gerade einen Kaffee machte.

Wie geht es dir?

Eine weitere, als sie eine Stunde später die Pflanzen goss.

Du fehlst mir.

Als sie in der Stadt unterwegs war.

Wann kommst du nach Hause?

Sie war stehen geblieben und hatte das Display angestarrt.

Schließlich hatte sie getippt: Es geht mir gut. Ich komme nächste Woche.

Sofort hatte er zurückgeschrieben: Schön!!!
Auch Hannah hatte sich gemeldet. Eva hatte nicht den Mut gehabt, ihren Anruf anzunehmen.
Ich hoffe, es ist alles okay bei dir, hatte Hannah auf die Voicebox gesprochen. Es tut mir so leid. Bitte lass was von dir hören.
Das würde sie. Irgendwann.
In den letzten Tagen hatte Alexander weitere Nachrichten geschickt, banale Dinge, die sie dennoch rührten, wie: Deine Lieblingsrose blüht wieder. Oder: Wenigstens habe ich gelernt, etwas anderes zu kochen als Nudeln mit Käsesoße.
Paradoxerweise fühlte sie sich ihm durch die Distanz, die die Kurznachrichten schufen, näher als vorher.
Jetzt, als sie aus dem Bus stieg, hatte sie das Gefühl, von einer Reise heimzukehren.
Es war früher Nachmittag. Sie hatte diesen Zeitpunkt absichtlich gewählt, weil Alexander dann noch im Laden sein würde und sie sich im Haus sammeln konnte. Sie wusste nicht, was sie reden sollten. Wie einander begegnen. Morgen kam ihre Tochter, um mit ihnen ihren zweiundzwanzigsten Geburtstag zu feiern. Alexander und sie mussten sich zusammenreißen.
Am Haus waren alle Läden heruntergelassen gegen die Hitze. Es sah aus, als weigerte es sich, Eva anzusehen.
Sie schloss die Tür auf und hatte das Gefühl, etwas Verbotenes zu tun. Etwas, das ihr nicht mehr zustand.
Die Küche war aufgeräumt. Ein Teller und eine Tasse standen auf dem Abtropfbrett. Sie spiegelten eine Einsamkeit, die Eva mit Wucht traf, die sie nicht vorhergesehen hatte: dass sich Alexander verloren vorkommen könnte ohne sie.
Sie trocknete das Geschirr ab und räumte es weg.
Ihren Koffer ließ sie im Flur stehen.
Sie zog die Läden hoch und las bei einem Kaffee die Einkaufsliste durch, die sie am Vormittag geschrieben hatte. Dann kon-

trollierte sie die Vorräte in Kühl- und Küchenschrank, strich Mehl und Zucker von ihrer Liste. Die restlichen Zutaten für Charlys Lieblingskuchen, Kirsch-Schoko-Torte, musste sie besorgen. Am besten gleich.

Sie machte sich auf den Weg.

Die anhaltende Hitze hatte die Kiesbacher auch heute in ihre Häuser getrieben. Aus einigen Fenstern, an denen sie vorbeikam, drangen gedämpfte Fernsehstimmen. Auch ihre Mutter hatte an heißen Sommernachmittagen im abgedunkelten Wohnzimmer gesessen und sich Kochsendungen oder amerikanische Serien angeschaut, während Eva zur Bushaltestelle ging, um zum Freibad zu fahren. Ihre Mutter hatte sie nie begleitet, genauso wenig wie ihr Vater, der an den Wochenenden bestimmte, was die Familie unternahm. Also meistens nichts. Schwimmen hatte Eva erst in der Schule gelernt.

Vor dem Supermarkt begegnete ihr Uwe. Ein Stoffbeutel schlenkerte an seinem dürren Arm. Offenbar hatte er seinen Schnapsvorrat aufgefrischt. Er blieb stehen und blinzelte ihr entgegen, obwohl er im Schatten stand. Als traue er seinen Augen nicht.

Sie unterdrückte ein Seufzen. Nicht mal ungestört einkaufen konnte man hier.

»Wie geht's denn so?« Er zeigte seine gelben Zähne.

»Gut.« Sie blieb stehen. »Und dir?«

»Ach, muss ja.« Er scharrte mit dem Fuß über den Asphalt. Seine abgewetzten Schuhe waren mit verschiedenfarbigen Schnürsenkeln gebunden, einer rot, einer grün.

»Die Gerda ist weg«, sagte er. »Aber das weißte ja bestimmt schon.«

Sie zwang sich zu einem nachsichtigen Lächeln. »Die Alte Buche ist doch schon ein paar Wochen zu, Uwe.«

»Ja, nee, ich mein, sie wohnt nicht mehr hier. Der Sohn hat sie zu sich geholt oder so.«

»Oh, das ist ja schade.«
Ihre Stimme klang gekünstelt und war zu laut, als könnte sie so ihr schlechtes Gewissen übertönen. Sie hatte Jahre für Gerda gearbeitet, sich jedoch seit ihrem Besuch im Krankenhaus nicht mehr gemeldet. Sie hatte nicht mal mehr an sie gedacht. Kaum war sie zurück, meldeten sich Scham und Schuld, wie zwei nachtragende, nörgelnde alte Greise.
»Ja. Man trifft keinen mehr.«
Seine Stimme war dunkel, getränkt mit Traurigkeit. Er kaute an seiner rissigen Unterlippe.
Wie er so dastand, mit hängenden Schultern, den Tränensäcken unter den dunklen Augen, in die sein zu langes, fettiges Haar fiel, tat er ihr leid. Wo sollte er hin? Er hatte niemanden mehr.
Sie wusste nichts Tröstendes zu sagen. »Ich muss dann mal.«
Sein Lächeln stürzte ein, hing schief in den Angeln wie eine alte Tür.
»Klar. Man sieht sich.«
»Bis dann, Uwe.«
Sie machte, dass sie in den Supermarkt kam.
In zehn Minuten hatte sie ihre Liste abgearbeitet, bezahlt und sich auf den Heimweg gemacht. Sie dankte dem Schicksal, dass ihr niemand begegnete.
Nachdem sie ihre Einkäufe in der Küche verstaut hatte, betrat sie den Garten. Die Steine der Terrasse waren so heiß, dass sie sich fast die Fußsohlen verbrannte. Sie stieg die beiden Stufen auf den strohigen Rasen hinunter und sah schon von Weitem ihre Lieblingsrose.
Sie berührte die rosafarbenen Blütenblätter, sog tief ihren Duft ein.
Es war schon spät. Ihr Magen knurrte, sie hatte das Mittagessen ausfallen lassen. Alexander würde bald da sein.
Sie machte Bruschetta und grünen Salat.

Aber vielleicht kam er gar nicht. Vielleicht hielt er es nicht aus, allein in diesem Haus. Vielleicht aß er eine Kleinigkeit im Laden.

Die Haustür klickte. Der Schlüssel klirrte. Dann Schritte, die abrupt verharrten. Beschleunigten. Alexander betrat die Küche. Sie fühlte seine Anwesenheit wie eine Berührung, obwohl er zwei Meter entfernt stand.

»Da bist du ja.« Staunen und Freude schwangen in seiner Stimme.

Sie drehte sich zu ihm um. »Ich habe was zu essen gemacht.«

Sie erwähnten den Streit mit keinem Wort, als hätten sie ein Waffenstillstandsabkommen geschlossen. Sie fragten weder, ob sie zurechtgekommen waren, noch, wie sie die Zeit verbracht hatten. Stattdessen redeten sie über die Hitze dieses ungewöhnlichen Sommers. Einundvierzig Grad habe man vorgestern in einem Nachbarort gemessen, erzählte Alexander. Das Essen sei übrigens wunderbar.

»Ach, ist doch nichts Besonderes.«

»Trotzdem lecker.«

»Danke.«

Sie besprachen Charlys Geburtstag und beschlossen zu grillen. Nach dem Essen schauten sie fern, dankbar, dass jemand anders das Reden übernahm. Danach trug Alexander Evas Koffer wie selbstverständlich nach oben, und sie schlief in ihrem Bett. Eva lauschte seinem Atem. Sie wusste, dass er genau so wach war wie sie und es nicht wagte, die Hand auszustrecken und sie zu berühren.

Am nächsten Tag blieb sie liegen, als er aufstand. Sie verließ das Bett erst, nachdem sie die Haustür zuschlagen und das Brummen seines Wagens hörte. Warum nahm er immer das Auto, anstatt die paar Minuten zu Fuß zu gehen? Er würde

schon am Nachmittag nach Hause kommen, hatte er gesagt, und am morgigen Samstag würde er den Laden sogar ganz geschlossen lassen. Natürlich wollte er da sein, wenn seine Tochter kam.
An Evas Geburtstagen hatte er immer gearbeitet, wenn sie nicht auf einen Sonntag gefallen waren. Sie verdrängte den aufsteigenden Groll. Sie hatten die weiße Fahne gehisst an diesem Wochenende.
Sie ging nach unten in die Küche und blieb abrupt stehen. Er hatte für sie mit ihrem Lieblingsgeschirr gedeckt, hatte Kaffee gekocht, Brötchen und Obst angerichtet. Eine Rose stand in einem Wasserglas.
Es waren Kleinigkeiten, aber mit jeder von ihnen bat er sie um Entschuldigung.
Die Möglichkeit, ihm zu verzeihen, glimmte in ihr auf wie die Glut eines erloschen geglaubten Feuers.
Sie setzte sich an den alten, vernarbten Holztisch, den das einfallende Sonnenlicht in zwei Dreiecke teilte. Vielleicht schafften sie es wirklich, die Tage zu überbrücken, die Charly hier sein würde. Würde Alexanders One-Night-Stand irgendwann verblassen zu einer Dummheit, an die man sich flüchtig erinnerte, die aber für Gegenwart und Zukunft keine Bedeutung mehr hatte? Ein Teil von ihr wünschte sich das. Der andere sträubte sich.
Sie dachte an die Wohnung in der Stadt. Es war kaum zu glauben, dass sie noch gestern in der minimalistischen Kühle der Küche gesessen hatte, an einer Art Theke, auf einem Barhocker. Sie hatte Kaffee getrunken, wie sie es jetzt tat, aber es hatte sich angefühlt, als wäre es in einem anderen Leben. Als wäre sie eine Andere.
Vivian.
Formte einen die Umgebung, in der man lebte, oder fügte man

sich in sie ein? Beschloss man, sich irgendwo wohl zu fühlen, sich den Gepflogenheiten und ungeschriebenen Gesetzen anzupassen, oder ergab man sich?
Wozu diese Gedanken? Sie trank ihren Kaffee aus. Heute Abend kam Charly, und sie sollte einen wunderbaren Geburtstag haben.
Den Rest des Tages putzte Eva die Wohnung, bezog Bettdecken und Kissen. Alexander hatte schon am Abend ein Klappbett für Philipp in Charlys Zimmer gestellt. Dann verpackte sie Buch und Uhr, backte den Kuchen und bereitete den Kartoffelsalat fürs Abendessen vor.
Alexander kam um sechzehn Uhr. Er inspizierte den Kühlschrank.
»Sieht lecker aus.«
»Das ist nur ein bisschen Salat.«
»Ich geh duschen«. An der Küchentür blieb er stehen.
»Ich hab dich vermisst, Eva. Noch mehr, als ich erwartet habe.«
Sie schluckte. Hatte sie ihn vermisst, unter der dicken Schicht ihrer Wut?
»Wenigstens hast du kochen gelernt.«
Er lachte. »Ein bisschen. Soll ich es dir demnächst beweisen?«
»Warum nicht?«
Sie deckten draußen. Es war nach achtzehn Uhr. Charly und ihr Freund verspäteten sich. Evas Hände waren feucht. Monate war es her, seit sie ihr Kind das letzte Mal gesehen hatte. Mehr als einmal war sie drauf und dran gewesen, Charly zu besuchen, aber sie hatte sich nicht aufdrängen wollen. Es bedeutete ein Stück Freiheit, als junger Mensch von den Eltern wegzuziehen, zumindest für eine bestimmte Zeit an einem anderen Ort zu leben. Eigene Entscheidungen zu treffen, sich auszuprobieren, bevor man sich band. Eine Freiheit, die sie nur kurz besessen hatte.

Viel zu kurz.
Wieder dachte sie an Agnès' Wohnung. War es das Gefühl von Unabhängigkeit, das sie anzog? Die Chance, für ein paar Wochen ein Leben auszuprobieren, das so anders war als ihres in Kiesbach?
Das Schrillen des Telefons kappte den Strom ihrer unausgesprochenen Fragen.
»Ich geh schon«, rief Alexander von drinnen.
Sie hörte ihn Charlys Namen rufen und hastete hinein.
»Tja, da kann man nichts machen.« Enttäuschung zeichnete sich auf seinem Gesicht ab.
Eva machte ihm ein Zeichen, dass er ihr das Telefon geben solle.
»Bis morgen dann.« Er legte auf.
»Was ist denn los? Warum hast du sie mir nicht gegeben?«
Er seufzte. »Wozu? Du hättest dich nur aufgeregt.«
»Was. Ist. Los?«
»Philipps Rostlaube ist liegen geblieben. Sie lassen die Karre reparieren und kommen morgen um die Mittagszeit.«
»Hm. Da kann man nichts machen.«
Sie drehte sich um und stapfte in den Garten zurück, hoffte, dass er ihr nicht folgte und sie allein ließ mit ihrer dummen, erbarmungswürdigen Enttäuschung.
Aber auf Alexander war Verlass: Die Zwanzig-Uhr-Nachrichten fingen gleich an, und es hatte zeitlebens keinen Abend gegeben, an dem er sie verpasst hatte.
Irgendwie brachten sie den Rest des Tages herum, obwohl es sie jetzt mehr Mühe kostete, so zu tun, als wäre nichts zwischen ihnen vorgefallen. Als hätte die Aussicht, dass am Abend ihre Tochter da sein würde, sie angespornt wie einen Marathonläufer, auf den letzten Metern vorm Ziel noch mal alles zu geben.
Die unverfänglichen Sätze waren ihnen ausgegangen. Alexander nahm sich die dritte Portion Kartoffelsalat, vielleicht nach

dem Motto: Wer isst, muss nicht sprechen. Aber Eva bekam keinen Bissen mehr hinunter.
»Was schenkst du ihr eigentlich?« Sie war erleichtert, dass ihr diese Frage eingefallen war.
»Das, was sich alle jungen Mädchen wünschen – Geld.«
Wie einfallslos, sagte sie nicht.
»Ja. Das kann sie dann ausgeben, wie sie will.«
»Das habe ich mir auch gedacht.«
Gäbe es einen Wettbewerb für die banalste Eheunterhaltung, sie hätten mit Sicherheit Aussicht auf einen Podestplatz.
Schließlich hatte die Nacht ein Erbarmen und senkte sich über den Garten. Sie räumten auf und gingen schlafen.
»Träum was Schönes«, war der letzte Satz, der an diesem Abend zwischen ihnen fiel.

Sie schliefen lange und nahmen ein spätes Frühstück. Jeder von ihnen vertiefte sich in seinen Teil der Zeitung, sie in Kultur und Wissenschaft, er in Wirtschaft und Verkehr. Vielleicht waren Zeitungen deswegen erfunden worden, um sich in Eintracht aus dem Weg gehen zu können, ohne sich vom Fleck zu bewegen.
So schlich der Vormittag dahin, bis es endlich klingelte.
Alexander erhob sich von seinem Stuhl, aber sie schob sich an ihm vorbei, hastete durch den Flur, verlangsamte. Wie sah das denn aus, wenn die Mutter angerannt kam.
Sie öffnete, und da stand diese schöne junge Frau, das lange blonde Haar zu einem lockeren Knoten aufgesteckt, die blauen Augen wie Sterne im gebräunten Gesicht. Dieses Gesicht, in dessen Zügen sie das Kind erkannte, das ihre Tochter einmal gewesen war. Den Mann daneben nahm sie kaum wahr. Sie registrierte nur: groß und dunkelhaarig, denn ihr Kind trat auf sie zu, ließ sich umarmen und sagte: »Hallo Mama.«

Kapitel 29

Charly drängte alles in den Hintergrund. Eva konnte sich nicht sattsehen an ihrer Tochter: an der Art, wie sie erzählte, mit den Händen gestikulierte, Stimmen und Mimik derjenigen imitierte, von denen sie berichtete.
Sie hatten ihr die Geschenke überreicht, und zu Evas Freude war Charlys Begeisterung insbesondere über die Uhr riesig. Aus dem Augenwinkel hatte sie Alexanders Verwunderung registriert, der sich wohl fragte, warum das Kleid nicht dabei war. Zum Glück sprach er sie nicht darauf an, als sie gemeinsam den Tisch deckten, während Charly Philipp durch den Garten führte. Sie schlenderten eng umschlungen, und Melancholie streifte Eva wie ein sanfter, aber kühler Windhauch. Sie wünschte, ihrer Tochter würde es erspart bleiben, dass sich Philipps Faszination für sie im Laufe der Zeit abschliff, wenn die erste Phase der Verliebtheit vorbei war. Dass sie Seiten an ihm kennen lernen würde, die sie nie für möglich gehalten hatte. Dass er sie nicht allzu sehr enttäuschte.
Jetzt saßen sie auf der Terrasse, bei selbst gemachter Zitronenlimonade, wie Charly sie liebte. Alexander machte sich am Grill zu schaffen. Erst als das Feuer brannte, ließ er sich auf dem letzten freien Gartenstuhl nieder.
»Was ist mit Ihrem Wagen?«, unterbrach er ihr Gespräch. Charly und Philipp waren mit dem Kombi eines Kumpels gekommen, denn Philipps Auto war noch in der Werkstatt.
»Wahrscheinlich ist er hinüber.« Philipp zuckte die Achseln.

»Hatte auch schon einige Jahre auf dem Buckel.«
»Eigentlich fährt Philipp sowieso nur Fahrrad«.
Charlys Stimme klang, als wäre sie stolz darauf.
»Naja«, sagte Alexander. »Aber Gebrauchtwagen gibt es doch schon ganz günstig. Ein Blick ins Internet, und Sie haben am nächsten Tag einen Neuen.«
Eva unterdrückte ein Stöhnen. Glaubte er wirklich, er müsse den jungen Mann darauf hinweisen?
»Ja.« Philipp lehnte sich zurück. »Aber ich werde mir kein neues Auto mehr zulegen.«
»Ach so? Für uns war ein Auto das Größte.«
Das waren ja ganz ungewohnte Töne. Für Eva war das Größte immer die Musik gewesen, die Konzerte, die sie besucht hatten.
»Ich habe nicht mal den Führerschein.«
Philipp drehte sich zu ihr um. »Das finde ich klasse.«
»Wieso das denn?« Alexander zog die Brauen hoch.
Wieso tat er jetzt so entrüstet? Er hatte doch immer gejammert, wie teuer Fahrstunden seien, dass sie sich das Geld sparen könnten. Als Charly achtzehn wurde, war davon keine Rede gewesen.
»Naja«, sagte Philipp. »Kein Führerschein ist doch das beste Signal, dem Klimawandel entgegenzutreten. Eine sanfte Verweigerung sozusagen. Man kommt überhaupt nicht in Versuchung zu fahren und überlistet die eigene Bequemlichkeit.«
Eva unterdrückte ein Grinsen. Er hatte schon recht.
Aber er lebte in einer Stadt mit Bussen und S-Bahnen und Fahrradwegen.
Alexander räusperte sich. »Aber vor vier Jahren waren Sie noch nicht renitent genug, als sie den Führerschein gemacht haben?«
Renitent. Eva hatte dieses Wort noch nie aus seinem Mund ge-

hört. Glaubte er, den Freund seiner Tochter beeindrucken zu müssen?
Philipp grinste. »Richtig. Aber es war vor sechs Jahren.«
Eine Falte schnitt durch Alexanders Stirn. Er betrachtete seine leere Flasche. »Noch jemand ein Bier?«
»Nicht vor dem Essen, danke.« Philipp lächelte, und Charly schüttelte den Kopf.
»Bringst du mir eins mit?«, fragte Eva. »Ein Alkoholfreies.«
Er bedachte sie mit einem schmalen Blick, und sie begriff, dass er den Nachsatz als Spitze auffasste.
»Alkoholfrei. Sicher.«
»Sie haben es sehr schön hier«. Philipp blinzelte hinter seinen langen Haarsträhnen hervor. »Charly hat mir schon seit Wochen vorgeschwärmt, wie herrlich der Garten ist.«
»Ach.« Eva blickte über den Rasen, die Rosenbüsche, die Sträucher und Apfelbäume, die das Grundstück begrenzten. »Man selbst sieht es irgendwann gar nicht mehr.«
»Sie können mich ruhig duzen.« Philipp streckte ihr die Hand hin.
»Okay.« Er hatte einen festen Händedruck. »Dann du mich aber auch. Ich bin Eva.«
Sie hob ihr Glas und stieß mit ihm an.
In dem Moment kam Alexander zurück. Er stellte ihre Bierflasche heftiger als nötig vor ihr ab, sodass sie zu kippen drohte.
Philipps Hand schnellte vor, schnappte den Hals der Flasche und hielt ihn fest. »Hoppla.«
Charly betrachtete ihn, als hätte er eine Heldentat vollbracht.
Eva nahm ihre Flasche. Ihre Hand war feucht.
»Prost.«
Alexander zögerte, dann lächelte er und stieß mit ihr an.
»Auf dich, Charly«, sagte er. »Noch mal alles Liebe zum Geburtstag.«

Vielleicht war es Zufall, dass er Philipp nicht zuprostete. Aber eigentlich glaubte sie das nicht.
»So. Jetzt hol ich mal das Grillzeug.« Alexander verschwand im Haus und kehrte kurz darauf mit einer Platte zurück.
»Deine Lieblingssteaks, mein Schatz.« Er strahlte Charly an.
»Mensch, Papa!« Charly warf ihre Serviette auf den Teller. »Ich hab dir doch extra Bescheid gesagt!«
Philipp legte ihr die Hand auf den Arm. »Ist doch nicht schlimm, Lotte.«
Lotte. Eva konnte sich nicht erinnern, dass irgendjemand ihre Tochter anders als Charly genannt hatte. Bis auf ihre Eltern natürlich.
Alexander starrte Philipp an, als hätte er seine Tochter als Schlampe bezeichnet.
»Ich hab's vergessen. Entschuldige. Charly«, setzte er nach, aber sein feindseliger Blick prallte an Philipps unermüdlichem Lächeln ab.
»Machen Sie sich doch keine Sorgen.« Philipp schlug die Beine übereinander.
»Kann mich jemand aufklären?«, fragte Eva. »Außerdem waren wir doch schon beim Du.«
Alexander wandte sich ab und stapfte zum Grill. Was sollte das denn jetzt? Wo war seine Gelassenheit hin? Hatte ihr Streit ihn derart dünnhäutig werden lassen? Sie blickte zu ihrem Mann hinüber, der die Grillzange in die Steaks stach.
»Ich hab Papa extra gesagt, dass er daran denken soll, dass Philipp Veganer ist.« Charly schüttelte den Kopf.
»Er hat ein bisschen viel Stress gehabt die letzten Tage. Sei ihm nicht böse.«
»Ich hätte dir Bescheid sagen sollen, Mama.«
»Ach Lotte, ist doch schon gut.« Philipp lächelte Eva an. »Du hältst hier also die Zügel in der Hand?«

Sie schluckte und betrachtete sein Gesicht, das Lächeln, das nett sein wollte. Den fein geschwungenen Mund, der ihr ein Kompliment hatte aussprechen wollen.
Du hast keine Ahnung, junger Mann, dachte sie. Auf ihrer Stirn perlte Schweiß.
»Ich hab noch Maiskolben und Avocados.« Sie stand auf und flüchtete sich in die Kühle des Hauses. Als sie den Kühlschrank öffnete, ertönten klimpernde Schritte.
»Soll ich helfen?«
Charly stand hinter ihr, auf bloßen Füßen. An der rechten Fessel glänzte ein silbernes Kettchen.
»Nein, nein, es geht schon.«
Ihre Tochter trat neben sie. Sie war größer als Eva. Warum wurde ihr das jetzt erst bewusst?
»Warum ist Papa eigentlich so sauer?«
»Der beruhigt sich wieder.« Eva holte den Salat aus dem Kühlschrank. Mit fahrigen Fingern zog sie die Alufolie von der Schüssel.
Charly neigte den Kopf. »Irgendwie hab ich das Gefühl, hier stimmt etwas nicht.«
Eva schluckte. Hitze schwappte durch ihren Körper, so wie früher, wenn Charly sie gefragt hatte, ob Papa und sie Streit gehabt hätten, und sie ihr versichert hatte, es sei alles in Ordnung. Und dabei dem wachen Blick ihres Kindes ausgewichen war. Weil ihre Tochter sehr wohl registrierte, dass sie ihre Frage nicht beantwortet hatte.
Und auch jetzt machte sie es kaum anders. »Ach was. Komm, gehen wir wieder nach draußen.«
Charly nahm die Schüssel und ging vor ihr her. Eva betrachtete ihren Nacken, wo sich der weiße Streifen eines Bikinis abzeichnete.
Draußen lehnte Philipp mit geschlossenen Augen in seinem

Stuhl, vielleicht weil Alexander ihm den Rücken zuwandte. Warum riss er sich nicht zusammen?
Sie ging zu ihm zum Grill. Charly murmelte irgendetwas, das sie nicht verstand. Philipp lachte leise.
Alexander roch nach Schweiß und Rauch. Er schob die Steaks zusammen, um den Maiskolben und Avocados Platz zu machen.
»Bitte«, sagte sie. »Was auch immer dich stört. Es ist ihr Geburtstag. Und er ihr Freund, nicht deiner.« Wider Willen musste sie grinsen.
Sie setzte sich, und Alexander folgte ihr. Charly warf ihrem Vater einen kühlen Blick zu. Philipp verzog keine Miene.
»Wie läuft eigentlich das Studium?« Alexander rang sich ein Lächeln ab. Mit einer Serviette wischte er sich über die Stirn.
»Alles bestens.« Charly lächelte sichtlich erleichtert. Alexander war selten böse auf sie, doch wenn, dann richtig. Wie hatte sie mit ihrer Tochter gelitten, wenn er Charly mit Schweigen gestraft hatte!
»Und bei Ihnen?«
Philipp schwieg, und zum ersten Mal an diesem Abend geriet sein Lächeln in Schieflage. Für einen Moment war nichts zu hören außer dem Knistern der Glut.
Charly griff nach dem Brotkorb, nahm sich ein Stück Baguette und fing an, es auf ihrem Teller zu zerkrümeln.
Philipp hob den Kopf und sah Alexander direkt in die Augen.
»Ich hab abgebrochen. Schon vor einem halben Jahr.«
»So?« Alexander lehnte sich zurück. »Zu schwer?«
»Philipp arbeitet in einem Fahrradladen. Das hat er früher schon gemacht, und es macht ihm großen Spaß. Wenn er seine Ausbildung zum Fahrradmechaniker beendet hat, wird er Teilhaber.«
Charly klang wie eine Verteidigerin, die ihren Mandanten für

unschuldig erklärte.
»Fahrradmechaniker. Ist doch prima«, sagte Alexander.
Aber in seiner Stimme schwammen Gönnerhaftigkeit und Triumph.
Was sollte das jetzt? Er hatte doch selbst einen Laden. Und war verdammt stolz darauf.
Eva schloss die Finger fester um die Flasche, als wollte sie ihr den Hals zudrücken. »Ich glaube, deine Steaks verbrennen.«
Alexander erhob sich. »Die sind jetzt genau richtig.«
Er holte Fleisch und Gemüse vom Grill und trug die Platte mit geradezu feierlicher Miene vor sich her. Neben Charly blieb er stehen.
»Das Schönste für unser Geburtstagskind«. Seine Stimme troff vor Zärtlichkeit. Charly blickte zu ihm hoch. Ärger verdunkelte ihren hellen Blick wie ein Wolkenband einen strahlenden Sommerhimmel.
»Nein danke, Papa. Ich … esse mittlerweile auch vegan.«
Die eintretende Stille kühlte die Luft herunter, verwandelte den Sommer in Herbst.
Alexander schaute seine Tochter einen Augenblick an, dann ließ er das Steak auf den eigenen Teller fallen.
Wortlos servierte er Charly Avocados und Maiskolben. Sie nahm ihm die Platte aus der Hand und reichte sie sofort an Philipp weiter, als hätte sie Angst, ihr Vater könnte ihrem Freund das Essen verweigern.
Evas Magen pochte.
»Darf ich?« Philipp griff nach dem Salat und gab Eva eine Portion auf den Teller.
»Dankeschön.«
Sie nahm eine Gabel voll, schob sie in den Mund und würgte sie hinunter.

Kapitel 30

Mit Mühe brachte Eva das Essen hinter sich. Ausgerechnet Philipp rettete sie, indem er von seiner Arbeit erzählte, Alltagsgeschichten, manche mehr, manche weniger lustig. Dankbar lachte Eva über jede.

Alexander hatte kaum noch ein Wort gesprochen. Stoisch hatte er drei Steaks verdrückt. Philipp und Charly hatten kräftig bei den Maiskolben und dem Salat zugelangt.

Sie selbst hatte nur auf ihrem Teller herumgepickt.

Charly wollte ihr beim Abräumen helfen, aber sie wehrte ab. »Das machen dein Vater und ich.«

Sie stellte die Teller zusammen und trug sie in die Küche. Alexander folgte ihr nicht, und als sie nach draußen kam, war er nirgends zu sehen.

Vielleicht war er geflohen, weil Charly und Philipp sich küssten. Beide hatten die Augen geschlossen. Er hatte seine Hand an ihre Wange gelegt. Eva betrachtete sie einen Moment. Sie wollte sich gerade umdrehen und ins Haus zurückgehen, da lösten sich die beiden voneinander. Sie lächelten ohne den geringsten Anflug von Scham.

So wie Alexander und sie früher.

»Ich würde Philipp gerne Kiesbach zeigen. Er ist nämlich ein richtiges Stadtkind.«

»Ja natürlich.« Eva mühte sich ein Lächeln auf die Lippen.

Die beiden erhoben sich.

»Bis später, Eva.«

»Ja, viel Spaß.« Hoffentlich war er nicht enttäuscht.
Sicher nicht. So vernarrt, wie er in Charly war, würde er selbst eine Mülldeponie faszinierend finden.
Sie zwang sich, ihnen nicht nachzustarren.
»Wo gehen sie denn hin, unsere beiden Klimaaktivisten?«
Sie fuhr zusammen. Alexander stand hinter ihr.
»Wo warst du?«
Er zog die Brauen hoch, als wäre ihre Frage die dümmste, die er je gehört hatte.
»Ich hab die leeren Flaschen in den Keller gebracht.«
Sie stemmte die Hände in die Hüften. »Wow. Scheint ja ziemlich anstrengend gewesen zu sein, so lange, wie du gebraucht hast.«
Er presste ein Lachen hervor, als fände er es lustig.
»Kaffee?«
Er war die Freundlichkeit in Person, und vielleicht war es genau das, was ihre Wut aufflammen ließ. Dass er so tat, als wäre alles in Ordnung. Als wäre die Luft zwischen ihm und Philipp nicht so gespannt gewesen wie das Gummi der Steinschleuder, die er Charly früher verboten hatte zu benutzen.
Sie las sie in seinen Augen, die Frage, die er gerne stellen wollte. Aber noch lieber wäre es ihm, wenn sie sie stellte. Sie würde ihm den Gefallen nicht tun. Wenn er ihre Meinung über Philipp hören wollte, musste er schon selbst fragen.
»Nein, danke«, sagte sie, nahm die restlichen Schüsseln und trug sie ins Haus.
Er folgte ihr.
»Also ich brauch einen.«
Sie fing an, das Geschirr in die Spülmaschine zu räumen.
»Komm, das machen wir später.«
Sie achtete nicht auf ihn.
»Ich weiß doch, dass du einen Kaffee willst. Ich mach dir einen mit.«

Sie hielt inne und holte tief Luft. »Ich. Möchte. Keinen.«
»Okay, okay.«
Seine Stimme streifte ihre joviale Hülle ab. Darunter blitzte Gereiztheit auf.
Sie klappte die Spülmaschine zu. Wollte die Küche verlassen, in den Garten verschwinden oder eine Dusche nehmen, um sich abzukühlen. Da sagte er: »Du findest ihn natürlich toll.«
Sie blieb stehen. »Du hast versprochen, dich zusammenzureißen. Für unser Kind.«
Er stieß ein Schnauben aus. »Was findet sie nur an diesem ungekämmten Kerl? Dieses Dauergrinsen, das Schlabber-T-Shirt, die abgeschnittenen Jeans …«
»Seit wann kümmern dich Äußerlichkeiten?«
Aber er hörte nicht zu. »Und dieses Öko-Geschwafel. Er ist Veganer! Und sie macht es ihm nach. Wahrscheinlich schleppt er sie auch zu irgendwelchen Demos, auf denen sie Regenbogenfahnen schwenken.«
»Ja und? Unsere Tochter hat wenigstens Ideale.«
»Und die hab ich nicht, oder was?«
»Geht es dir jetzt um Charly, um Philipp oder um dich?«
Er funkelte sie an. »Dich hat der Typ natürlich beeindruckt. Wie er sich bei dir eingeschleimt hat.«
Sie grub die Fingernägel in die Handflächen.
»Hast du mir nicht vor ein paar Wochen klargemacht, dass unsere Tochter erwachsen ist? Und kannst es jetzt nicht ertragen, dass du nicht mehr der wichtigste Mann in ihrem Leben bist?«
Er starrte auf seine Zehen. Er war barfuß, wie Charly.
»Mir ist das zu blöd. Noch einmal meine Bitte: Reiß dich zusammen, solange sie da sind. Danach können wir gerne reden.«
Raus hier, bevor sie platzte. Sie war schon fast aus der Tür.
»Klar, du kannst das natürlich. Gefühle an- und ausknipsen.«

Sie fuhr herum. »Was?«
Noch immer betrachtete er seine Füße. »Mir jedenfalls geht unser Streit nach.«
»Denkst du, mir nicht?«
Er hob den Kopf. »Du hast dich total im Griff.«
Mit zwei schnellen Schritten war sie zurück in der Küche. Sie roch seinen Schweiß. »Was wirfst du mir eigentlich vor?«
»Ich werfe dir gar nichts ...«
»Hör doch bitte auf, Philipp als Vorwand zu benutzen. Und denk daran, dass du es warst, der ...«
»Ja, ja, ja.« Er zog die Besteckschublade auf und knallte sie wieder zu. »Die hältst du mir wahrscheinlich noch in zwanzig Jahren vor, diese kleine Affäre.«
Nie erschien er ihr fremder als in diesem Moment. Und sie hatte geglaubt, Charlys Besuch würde sie beide ... ja, was eigentlich?
Kleine Affäre.
Langsam sickerten die beiden Worte durch ihre Wut, wie Wasser in Lehmboden.
»Affäre.«
Das Blut schoss ihm in den Kopf. Er wischte sich über die Stirn. Drehte sich um.
Und endlich begriff sie. Sie stand ganz still.
»Es war nicht nur eine Nacht, stimmt's?«
Er stützte die Hände auf die Arbeitsplatte.
»Gib mir eine Antwort.«
»Eva ...«
»Antworte mir, verdammt!«
Er seufzte. »Es ging drei oder vier Monate. Nicht länger als ein halbes Jahr ... «
Sie stürzte aus dem Zimmer. Er rief nach ihr, aber sie stürmte die Treppe hinauf ins Schlafzimmer und schloss sich ein. Sie

holte ihr Handy vom Nachttisch und rief Hannah an.
Die meldete sich nach dem zweiten Klingeln.
»Eva, schön, dass du ...«
»Er sagt, es waren Monate. Drei oder vier. Wusstest du das?«
Hannahs Atem rauschte in der Leitung.
»Wusstest du das?!«
»Ich hab so was gehört ... Dass sie öfter bei ihm war.«
Jedes Wort versetzte Eva einen Hieb.
»Warum hast du mir das verschwiegen?«
»Eva. Ich hatte gar keine Zeit mehr, es dir zu sagen. Du bist aufgesprungen und davongerannt.«
Ihre Hände begannen zu zittern.
»Wer wusste noch davon?«
Hannah zögerte.
»Hannah!«
»Es gab Gerede. Eva – ich glaube, das ganze Dorf wusste Bescheid.«

Kapitel 31

Eva starrte an die Decke. Wieder und wieder spulte sie den gleichen Song ab. Midlife Crisis von Faith No More. Passte bestens. Sie fühlte sich leer, als wäre die Wut das Einzige gewesen, das sie noch ausgefüllt hatte. Jetzt, wo sie verpufft war, blieb nichts zurück außer der schlaffen Hülle ihres Körpers.

Sie lag auf dem Bett in Agnès' Schlafzimmer. Die Vorhänge waren zugezogen, das Handy ausgeschaltet. Sie wollte nichts und niemanden sehen und hören. Außer Agnès. Aber die ging wieder nicht an ihr Telefon.

Nach dem Gespräch mit Hannah war sie die Treppe hinunter gehastet, in die Küche, wo Alexander noch immer an der Arbeitsplatte gelehnt hatte. Aber er war nicht alleine gewesen. Charly war bei ihm. Sie stand am Fenster, die Arme verschränkt. »Man hat euch bis auf die Straße gehört!«

Im nächsten Moment hatte sie Eva entdeckt.

»Mama!« Sie war auf sie zugekommen, blass unter ihrer Sommerbräune, hatte sie an den Schultern gefasst.

»Was ist denn passiert, dass ihr euch so anbrüllt? Papa druckst nur rum.«

Eva hatte kein Wort herausgebracht.

Charly und Philipp waren kurz darauf abgefahren.

»Klärt ihr das erst mal zwischen euch«, hatten sie zum Abschied gesagt.

Wochen, Monate hatte Eva sich nach ihrer Tochter gesehnt. Und jetzt hatten Alexander und sie ihr den Geburtstag ruiniert und dafür gesorgt, dass sie nach wenigen Stunden wieder weg war, in ihrem neuen Leben. Philipp hatte Eva die Hand geschüttelt und ihr einen Das-wird-schon-Blick zugeworfen. Alexander hatte er ignoriert. Wer wusste schon, wie viel die beiden von ihrem Gezeter mitbekommen hatten. Alexander und sie hatten ihnen nachgewunken, jeder für sich, und dann war Eva ins Schlafzimmer gerannt. Alexander war ihr gefolgt.

»Das kannst du doch nicht machen«, hatte er gestammelt, als sie anfing, Kleidungsstücke in ihre Tasche zu stopfen, die sie – wie kurz war das her? – gerade erst ausgepackt hatte.

»Das hättest du dir früher überlegen sollen.«

»Eva, bitte!« Er hatte sie am Arm gefasst.

Sie hatte sich losgerissen. »Lass mich!«

Er hatte die Hand nach ihr ausgestreckt, es aber nicht gewagt, sie erneut zu berühren. »Es stimmt, ich bin irgendwo eifersüchtig auf Philipp und ich hätte nicht ... Es ist alles meine Schuld.«

»Sei bitte einfach still.«

Er hatte ihr sogar angeboten, sie zu fahren. Das war das Letzte, das sie gewollt hatte. Sie hatte keine Zeit verschwendet, um ein Taxi zu rufen. Keine Minute länger hatte sie in diesem Haus bleiben wollen. Sie war zur Haltestelle gehetzt und zum Glück war der Nachmittagsbus gerade um die Ecke gebogen. Drinnen hatte sie sofort Agnès' Nummer gewählt. Ohne Erfolg. Eva hatte das Handy angestarrt und dann ausgeschaltet.

Warum bist du nicht da, hatte sie gedacht.

Jetzt drehte sie sich auf die Seite und schloss die Augen.

Monatelang hatte Alexander mit einer anderen rumgemacht. In ihrem Haus. Das war kein Ausrutscher, den sie vielleicht hätte verzeihen können.

Es war seine bewusste Entscheidung gewesen.

Er hatte sie verraten, ihr gemeinsames Leben verhöhnt, zur

Farce degradiert – und sie blöde Kuh war trotzdem nach ein paar Tagen wieder weich und versöhnlich geworden. Wegen eines dämlichen gedeckten Frühstückstischs und ein paar warmer Worte. War sie denn vollkommen bescheuert? Besaß sie noch einen letzten Funken Würde? Wieso war sie immer bereit, einzulenken?

Die immer gleichen Fragen kreisten in ihrem Kopf: Hatte er sie schon vor seiner Affäre mit Sabrina betrogen? Oder danach? Wie gut kannte sie Alexander überhaupt?

Und vor allem: Wie sollte sie jetzt weitermachen?

Sie stand auf, durchquerte die Wohnung, schob die Glastüren auf. Die Terrasse badete im Abendlicht. Ihr fiel der Nachmittag ein, als Agnès ihr die Wohnung gezeigt und die Schlüssel gegeben hatte. Er schien so weit entfernt, so unwirklich, als hätte es ihn nie gegeben.

Ihr ganzes Leben war ein Trugbild.

»Jetzt machen wir erst mal einen drauf.«

So würde Agnès reagieren, wenn sie ihr von all dem erzählte, und gemeinsam würden sie sich in die Nacht stürzen.

Nie war ihre Sehnsucht nach Agnès' Gesellschaft und Leichtigkeit größer als in diesem Moment. Wie schaffte es Agnès, den Widrigkeiten des Lebens den Wind aus den Segeln zu nehmen und das Steuer stets fest in der Hand zu behalten, anstatt sich von anderen lenken zu lassen?

Vielleicht war es ganz einfach. Wenn man mutig genug war.

Eine leichte Brise regte sich. Eva lehnte sich ans Geländer. Unten betrat Mark die Straße. Schaute zu ihr hoch, als hätte er ihren Blick gespürt. Hastig trat sie zurück.

»Vivian?«

Vivian. Fast hatte sie vergessen, dass sie sich so genannt hatte. Nach ein paar Sekunden knallte die Tür eines Autos zu. Mit durchdrehenden Reifen heulte es davon.

Erleichtert atmete sie auf.
Sie ging hinein, ließ die Türen offen, damit die warme Abendluft hereinströmen konnte. Was jetzt?
Ihr Blick fiel auf die Bar, auf die Flaschen, und sie bekam Lust auf einen Drink. Sie goss sich einen Wodka ein. Nicht zu viel, denn sie hatte kaum etwas gegessen, und sie wollte einen klaren Kopf behalten. Der Alkohol brannte in ihrer Kehle, ätzte den bitteren Geschmack der Enttäuschung weg.
Sie schenkte sich einen zweiten ein. Draußen setzte die Dämmerung ein, aber es war noch immer warm.
Was für ein Sommer. Und dazu Samstagabend. Sie betrachtete sich im Spiegel der Bar.
Vivian würde nicht still vor sich hin leiden. Wie Agnès würde sie dem Schmerz trotzen, würde ausgehen, auch allein. Brauchte sie Alexander, um Spaß zu haben? Brauchte sie irgendjemanden?
Ihr Spiegelbild lächelte. Etwas Herausforderndes lag in seiner Miene.
»Na, traust du dich? Oder willst du lieber heulen, weil das Leben so ungerecht ist?«
Ganz sicher nicht.
Aber zuerst etwas essen.
Sie brachte ihr Glas in die Küche und inspizierte den Kühlschrank. Ein Glas Oliven und ein Stück Schafskäse waren noch darin. Auf der Ablage neben dem Kühlschrank lag eine Packung Knäckebrot. Sie aß ein Dutzend Oliven und zwei Scheiben Brot.
Danach ging sie ins Schlafzimmer. Holte das türkisfarbene Kleid aus ihrer Tasche, das sie wie zum Trotz eingesteckt hatte. Es war genau das Richtige heute. Sie zog ihre Klamotten aus, warf sie aufs Bett und streifte es über.
Im Bad putzte sie sich die Zähne und wusch sich das Gesicht

mit kaltem Wasser. Sie inspizierte die Schatten unter den Augen, die kleinen Fältchen in ihren Winkeln, die blassen Lippen. Tja, sie war jetzt in einem Alter, in dem man jede schlaflose Nacht, jeden Streit oder sonstigen Kummer am Gesicht ablesen konnte.

Sie hatte sich schon lange nicht mehr richtig geschminkt. Eigentlich mochte sie es nicht besonders. Dennoch hatten sich in ihrem Kulturbeutel ein paar Döschen, Eyeliner und Lippenstifte angesammelt.

Das Ergebnis gefiel ihr, obwohl oder gerade weil sie sich fremd vorkam. Als wäre sie ihre eigene Schwester.

Sie grinste ihr Spiegelbild an.

»Na, Vivian, wie wäre es mit einem neuen Duft?«

Sie öffnete das Schränkchen, betrachtete die Flakons und wählte das schwere, orientalisch anmutende Parfum, das sie schon einmal probiert hatte. Das so gar nicht zu Eva passte.

Zu Vivian schon.

Ihr Blick fiel auf das kleine Fläschchen mit den Rescuetropfen. Hatte Hannah nicht immer so etwas bei sich gehabt, als ihre Tochter klein gewesen war? Nur waren das Gummidrops gewesen. Insgeheim hatte sie darüber gelächelt, wenn Hannah ihrer Kleinen nach einem Sturz oder einer schmerzhaften Berührung mit einer Brennnessel diese Drops verabreicht hatte. Nichts als Placebo, hatte sie gedacht. Aber wenn Agnès sogar darauf schwor?

Sie zögerte. Dann füllte sie etwas Wasser in ihr Zahnputzglas, schraubte das Fläschchen auf und träufelte ein paar Tropfen hinein. Es schmeckte salzig. Und ein bisschen nach Seife. Naja, schaden konnte es nicht. Sie stellte es zurück.

Bereit zum Gehen.

Mittlerweile war es fast dunkel, und sie zog die Vorhänge der Terrasse zu, bevor sie in die Schuhe schlüpfte.

Moment. Wieso laufen? Vivian rief sich ein Taxi.
Sie holte ihr Handy, schaltete es an. Niemand hatte es gewagt, ihr zu schreiben oder sie anzurufen. Gut so. Sie orderte einen Wagen und schaltete das Telefon wieder aus.
»Du wartest schön hier.«
Sie legte das Handy in die Schublade zurück und verließ die Wohnung. Als sie auf die Straße trat, hielt bereits das Taxi. Sie stieg hinten ein.
»Fahren Sie mich zum angesagtesten Club der Stadt.«
Der Fahrer nickte, als hörte er das jeden Tag.

Die Fahrt dauerte nur wenige Minuten. Der Club schien eine ehemalige Lagerhalle gewesen zu sein. Es war noch ziemlich leer, sie war früh dran. Egal.
Ein Stockwerk höher befand sich eine Art Galerie, von der man auf die Tanzenden herabblicken konnte.
Sie setzte sich an die Bar und bestellte eine Margarita.
Die Bässe der Musik stampften. Ein paar Leute bewegten sich im Rhythmus oder versuchten es zumindest. Sie wippte mit dem Fuß im Takt. Das Publikum war gemischt. Das gefiel ihr. Einige jüngere Leute, die meisten waren jedoch in ihrem Alter. Männerüberschuss. Natürlich. Unvermittelt musste sie kichern.
»Ist hier noch frei?«
»Sicher«, sagte sie, bevor sie den Fragesteller angeschaut hatte. Jetzt tat sie es.
Er sah gut aus. Dunkles, längeres Haar, grüne Augen, gebräunte Haut. Weißes Hemd, schwarze Hose. Schlichtes, elegantes Understatement, das immer nach Reichtum roch.
Woher wollte sie das wissen?
Frauen wie Vivian verfügten eben über Instinkt.
Was er wohl über sie dachte? Einsames Weibchen, leichte Beute?

Sie trank von ihrem Cocktail, um nicht zu kichern.
Er setzte sich.
»Ich habe Sie hier noch nie gesehen«, sagte sie.
Wie auch, wenn sie das erste Mal in diesem Club war. Mal sehen, wie er auf ihren dämlichen Satz reagierte. Sie lachte in sich hinein.
Er zeigte gepflegte Zähne, aber nicht von diesem unnatürlichen Zahnpastaweiß. Über der Oberlippe hatte er eine kleine Narbe. Sexy. Das dachte sie tatsächlich.
»Ist das Ihr Standardsatz, um Männer anzusprechen?«
Sie schlug die Beine übereinander.
»Ich habe mehrere. Einer funktioniert immer.«
Er lachte. »Ich wusste bisher noch nicht einmal, dass es ratsam sein könnte, sich Sprüche zurechtzulegen.«
Was für ein Lügner.
Sie beugte sich vor, als wolle sie ihm ein Geheimnis anvertrauen. »Probieren Sie es doch mal aus.«
Er roch gut. Er schien orientalisch anmutende Düfte zu mögen. Ihr wurde schwindlig.
Alexander würde den Mund verziehen vor Ekel. Aber Alexander war weit weg. Und das war gut so. Dieser Mann hatte überhaupt nichts von Alexander. Das war noch besser.
Natürlich würde sie aufpassen. Aber ein bisschen Ablenkung stand ihr doch zu? Unbedingt, würde Agnès sagen.
Alexander hatte sich wochenlang mit einer Frau vergnügt. Da durfte sie ruhig ein bisschen flirten.
Sie unterdrückte ein Grinsen. Irgendwie musste sie dauernd kichern.
»Ich heiße Robert. Und Sie?«
Sein Arm lag dicht neben ihrem. Noch eine winzige Bewegung, und er berührte sie.
»Vivian«, antwortete sie selbstverständlich.

»Sie haben da was.« Ihr Finger strich über seine Oberlippe.
Vivian ließ sich von ihm küssen. Es war, als wäre das die logische Konsequenz dieses Tages. Als hätte sie keine andere Wahl.
Als seine Zunge ihre Lippen öffnete, blitze Alexanders Gesicht hinter ihren geschlossenen Lidern auf. Sein Mund, mit dem er eine Andere geküsst hatte.
Sie konnte tun, was sie wollte.
Vivian tat, was sie wollte.
Jetzt.

Kapitel 32

Eva spürte, dass sie wach wurde. Dass ihr Körper aus einer Schwärze auftauchen wollte. Aber sie bekam die Augen nicht richtig auf. Mühsam blinzelte sie. Schlitzförmiges Dämmerlicht. War es Morgen? Sie rieb sich die Lider. Ein Fenster mit dunkelgrünen Vorhängen, die sich bauschten. Ein Fernseher, ein Schrank. Teppichboden im gleichen dunklen Grün.
Wieso Teppich? Wieso grün?
Wo war sie?
Langsam drehte sie den Kopf. Sie lag in einem Doppelbett. Die Seite neben ihr war leer. Zerwühlt. Sie richtete sich auf und stöhnte. Jeder Knochen schmerzte.
Der Bezug war ebenfalls grün. Agnès hatte keine grüne Bettwäsche in ihrem Schlafzimmer. Im ganzen Apartment gab es außer den Pflanzen überhaupt nichts Grünes. Und im Haus in Kiesbach ebenso wenig.
Die Bettdecke verrutschte. Sie sah an sich herab. Sie war nackt. Ihr Herz begann zu flattern, bevor ihr Hirn das Mosaik aus Tatsachen zusammenzusetzen versuchte. Trotz der Lücken begriff sie.
Übelkeit flutete ihren Magen. Sie musste ins Bad, ein Bad müsste es doch geben in dieser Wohnung. Oder war es gar keine Wohnung? Vielleicht hatte man sie eingesperrt …
Sie warf die Decke zurück. Wollte aus dem Bett steigen. Ihre Beine knickten ein. Sie fiel auf den Teppichboden. Grasgrün, mit dunklem Muster, wie Augentierchen. Parasiten.

Magensäure ätzte ihre Speiseröhre hoch. Sie hatte doch gar nicht ... Nur das bisschen Wodka und dann ... Und dann?
Sie erbrach sich. Ein rosafarbener Fleck breitete sich auf dem Teppich aus.
Sie kippte zur Seite. Keuchte. Der Raum drehte sich. Was war mit ihr los? Ihre Mundhöhle fühlte sich an, als hätte sie Schimmel angesetzt. Und sie hatte solchen Durst.
Sie zog die Beine an. Aus dem offenen Fenster wehte feuchtheiße Luft herein. Sie zitterte, obwohl ihre Haut von einem Schweißfilm bedeckt war. Und diese Schmerzen. Sie tastete ihren Körper hinab, Brust, Bauch, Hüften, alles fühlte sich normal an. Oberschenkel ... Die Innenseiten waren klebrig. Von? Was hatte sie getan? Oder wer mit ihr?
Sie rappelte sich auf. Der Raum drehte sich. Sie hielt sich an der Wand fest, bis sie wieder einigermaßen klar sehen konnte. Da lagen ihre Sachen. Slip, BH, Kleid. Auf einem beigefarbenen Sessel vor dem Fernseher stand ihre Tasche. Sie stolperte die paar Schritte, riss die Tasche hoch. Zerrte das Portemonnaie heraus. Geld, Ausweis, Kreditkarte, alles war an seinem Platz.
Neben dem Fernseher lag ein Schreibblock mit dem Logo eines Hotels. Sie war in einem Hotelzimmer! Auf dem Block stand etwas. War schön mit dir, R.. Darunter stand eine Handynummer.
R. Wer war R.?
Die Frage kreiste in ihrem Kopf wie eine Stubenfliege, nach der man schlug und sie doch nie erwischte.
Sie strich sich übers Gesicht. Wie sie stank. Nach Schweiß. Und Kotze.
Und Sex.
Da war eine Tür. Die Zimmertür. Und daneben ... das musste das Bad sein.

Sie stürzte hinein, in die Dusche. Stellte auf heiß. Ihre Finger schraubten das Fläschchen Duschgel auf. Sie schüttete alles auf ihre Handfläche, quetschte noch den letzten Rest heraus, schäumte sich ein. Das Wasser verbrühte ihr fast die Haut. Sie stellte auf kalt. Zitterte. Sie stank. Sie würde immer stinken, nach dieser Nacht, an die sie sich nicht erinnern konnte. Hatte sie das gewollt? Hatte sie sich an Alexander rächen wollen? Mit wem hatte sie sich eingelassen?
»Ich weiß es nicht!« Sie brüllte in den Strahl kalten Wassers hinein. Sie öffnete den Mund, ließ es in sich hineinprasseln. Schluckte, als müsste sie sich von innen reinigen.
Eva sank in sich zusammen. Sie kauerte auf dem Boden der Dusche, bis sie es schaffte, sich aufzurappeln, das Wasser abzustellen und sich in ein Handtuch zu wickeln. Schon wieder wurde ihr schwindlig. Sie klammerte sich am Waschbecken fest. Das Glas war beschlagen, sodass sie sich nicht richtig erkennen konnte. War auch gut so.
Sie stolperte aus dem Bad. Suchte ihre Sachen zusammen.
Aber da war ja noch der Kotzfleck. Sie taumelte zurück ins Bad, hielt ein Handtuch unter den Wasserhahn.
Es gelang ihr nicht, den Fleck komplett zu entfernen. Egal. Sie musste raus hier.
Sie hatte Mühe, sich anzuziehen. Das leuchtend türkisfarbene Kleid kam ihr vor wie eine Hülle aus Scham, die sie überziehen musste. Eine Jacke hatte sie nicht dabei.
Sie packte ihre Tasche und stopfte nach kurzem Zögern den Zettel mit der Nachricht von R. hinein.
Vorsichtig drückte sie die Klinke hinunter und spähte aus der Zimmertür. Außen hatte jemand das Do-not-disturb-Schild hingehängt. Niemand war zu sehen bis auf ein Zimmermädchen am Ende des Ganges, das seinen Putzwagen abstellte und in einem Raum verschwand.

Eva schlüpfte auf den Flur, ausgelegt mit dem gleichen grünen Teppichboden. Wohin nun? Da war ein Schild, das einen Aufzug symbolisierte. Sie folgte dem Pfeil und fand den Lift. Sie presste den Zeigefinger auf den Knopf. Der Fahrstuhl kam fast sofort, und sie dankte wem auch immer, dass die Kabine leer war. Sie lehnte sich an die kühle Rückwand, obwohl sie fror. In ihren Ohren rauschte es.

Der Fahrstuhl hielt, die Türen öffneten sich. Ein Paar stand davor. Die Frau hatte sich bei dem Mann eingehakt.

Nicht hinschauen, den irritierten Blicken ausweichen, die sie abtasteten, ihr Bild ans Gehirn weiterleiteten, das zu dem Schluss kommen würde, dass sie hier die Nacht mit irgendwem verbracht hatte, dass sie …

Sie hielten sie für ein Flittchen.

Der Gedanke schlug sie wie eine Faust. Sie versuchte, gerade zu laufen, als sie den Fahrstuhl verließ.

»Kann ich Ihnen helfen?«, fragte die Frau.

»Nein, alles in Ordnung.« Das war sie, die das sagte. Irgendwie schafften es ihre Füße, einen Schritt vor den anderen zu setzen. Die Lobby zu durchqueren. Überall waren Spiegel, Sessel, Schilder. Sie erinnerte sich nicht. Weiter an der Rezeption vorbei, wo eine Schlange Japaner stand. Keiner beachtete sie, fast keiner. Sie hielt den Blick stur geradeaus.

Ich sehe und höre nichts, nur raus hier. Raus.

Draußen roch es nach der Stadt mit ihren Abgasen und Hundekot und Müll und Hitze und verschüttetem Kaffee und Essensresten auf dem Asphalt. In ihrem Magen klumpte sich Übelkeit zusammen. Das Mittagslicht stach in ihre Augen. Wo hatte sie ihre Sonnenbrille? Da war sie doch, in der Tasche. Wie dumm konnte man sein. Sie hätte sie doch schon viel früher …

Da war ein Taxi. Ein Taxi!

Sie schaffte es, den Arm zu heben, zu winken. Das Taxi, es hielt, es hielt wirklich, direkt vor dem Hotel. Ihr gelang es, die Tür zu öffnen. Die Adresse der Wohnung zu nennen. Sich kein zweites Mal zu übergeben, obwohl es im Wagen nach Staub und Vanille roch und ihr Magen protestierte. Sie zwang sich, die Augen offen zu halten. Versuchte, die Umgebung draußen wiederzuerkennen. Eine Erinnerung zu wecken, die ihr erklären konnte, was mit ihr passiert war. Wie sie in das Hotel gekommen war. Mit R.

Da waren die Kunstgalerie, die Post, der Bahnhof. Der Wagen hielt. Sie drückte dem Fahrer irgendeinen Schein in die Hand. Schaffte es, auszusteigen, ins Haus, die Treppe hoch, in die Wohnung. Sie stürzte ins Schlafzimmer. Riss ihr Telefon aus der Schublade, schaltete es ein.

»Agnès!«, brüllte sie die Voicebox an, denn natürlich war Agnès nicht da.

Wo steckte sie nur? Wo? Warum war sie nie da, vor allem jetzt nicht, wo sie eine Freundin brauchte? Sie musste mit ihr reden. Agnès war der einzige Mensch, mit dem sie reden konnte. Dem sie eingestehen konnte, dass … sie keine Erinnerung hatte an letzte Nacht.

»Agnès, bitte, es ist was passiert, ich brauch dich, ruf mich doch bitte, bitte mal an, wenn du das hörst, bitte!«

Das Handy glitt ihr aus der Hand.

Sie rollte sich zusammen. Die Augen fielen ihr zu.

Agnès

Das nannten sie viel Betrieb. Die wenigen Familien, die sich hinter ihren Windfängen verkrochen oder sich auf bunten Tüchern niedergelassen hatten, Muscheln sammelten oder durch das kalte Wasser wateten. Einige badeten sogar. Dabei war die Nordsee noch immer kalt.

Überall waren Hunde. Obwohl sie angeleint sein sollten, tobten

die meisten über den Strand, und niemand beschwerte sich.
Agnès lächelte und lehnte sich zurück. Sie saß auf der Terrasse eines dieser wunderbaren Strandpavillons, die in großen Abständen zueinander hinter der Düne hockten. Sie hielt das Gesicht in die Sonne. Es war warm. Dreiundzwanzig Grad, aber gefühlte dreißig. Eine der Seltsamkeiten, die sie hier entdeckt hatte. Eine andere war, dass sich die Konturen der Zeit auflösten. Das Gefühl schwand von Minute zu Stunde, von einem Tag zum nächsten. War heute Samstag oder schon Sonntag? Und dann diese Trägheit, die sie ergriffen hatte. Diese Ruhe, die sie fast schon beunruhigte. Vielleicht lag es an der schlichten Schönheit der Landschaft, der Eintönigkeit der Natur: Himmel und Meer und Sand und ein Hinterland mit Feldern. Die Straßen waren von Bäumen gesäumt. Die Ortschaften säumten niedliche Backsteinhäuschen mit blauen Fensterrahmen und Türen und rechteckigen Vorgärten mit Blumenbeeten.
Die nächst größere Stadt war ein Städtchen, wo man Fair-Trade-Kaffee trinken konnte und die besten Pommes frites bekam, die sie je gegessen hatte. Es gab auch teure Restaurants, aber bisher war sie noch nicht dort gewesen. Gegen ihre Gewohnheit hatte sie auch nichts in den edlen Boutiquen gekauft.
Sie sprach mit kaum jemandem. Sie telefonierte nicht. Sie fühlte sich, als nähme sie eine Auszeit von sich selbst. Oder als hätte für diese Tage des Nichtstuns ein Ersatz-Ich das Kommando übernommen, bevor sie in ihr Leben zurückkehrte.
Sie trank ihren Kaffee aus und verließ die Terrasse. Am Strand streifte sie die Schuhe ab, tauchte die Füße in den warmen, feinen Sand. Am Zaun lehnten Fahrräder, wie überall, als Tandem oder sogar für drei oder vier Personen. Manche fuhren ihre Hunde in großen Anhängern spazieren.
Wie fremd ihr das alles war. Aber genau der richtige Ort zum Untertauchen. Seit Tagen trug sie nur Jeans und T-Shirts, ver-

barg das Gesicht hinter einer großen Sonnenbrille. Das Haar band sie sich zu einem kleinen Zopf. Sie benutzte kein Make-up.

Immer wieder erstaunlich, wie schnell man jemand anders sein konnte.

Sie schlenderte den Strand hinunter, abseits der Familien. Sie mochte keine Kinder in ihrer Nähe haben. Daran hatte sich seit damals nichts geändert. Sie hob ein paar Muscheln auf, als wollte sie sie sammeln. Sie könnte eine Dose in dem Porzellanladen der kleinen Stadt kaufen und sie dort hineintun, aber wozu? Sie klebte nicht an Vergangenem, brauchte keine Erinnerungsstücke.

Fast keine.

Der Wind strich ihr sanft durchs Haar, streichelte ihre sonnenwarme Haut. Am Tag zuvor hatte er so heftig geweht, dass sich auf ihren Armen Gänsehaut gebildet hatte. Die Wellen leckten über ihre Füße. Sie unterdrückte den Impuls, zurückzutreten. Sie dachte an Andalusien, die Costa de la Luz, an Kreta, wo das Meer so warm war, dass man sich darin kaum abkühlte. Am Horizont schnitt ein Containerschiff durch das Wasser wie ein Messer durch eine Sahnetorte. Ein paar der Strandbesucher machten Fotos, als wäre dies eine Sensation.

An den Psycho hatte sie kaum noch gedacht. Es war unwahrscheinlich, dass er hier auftauchte, und so war die Erinnerung an ihn verblasst. Hatte sich eingefügt in die Reihe der Gespenster, an die man bei Helligkeit nicht glaubte. Die nur herauskamen, wenn man Fehler machte und sich unvorsichtig verhielt. Sie durfte keinen Fehler mehr machen.

Sie verließ Meer und Strand. Es roch nach Salz und Reinheit. Ein Geruch, den man versucht war, als den Geruch von Freiheit zu bezeichnen. Aber sie wusste es besser.

Persönliche Freiheit konnte nach allem riechen. Aber die wenigsten Menschen würden sie jemals finden. Kaum jemand war bereit, den Preis zu zahlen. Und sie hatten Angst. Eine solche Angst, dass sich das kleinste Stückchen Veränderung, eine winzige Stufe auf der Treppe ihres Lebens, für sie wie eine unüberwindbare Mauer anfühlen musste. Außerdem waren Angst und Faulheit seit jeher gute Kumpel. Und so blieben die Menschen bei ihren Partnern, auch wenn sie sich nichts mehr zu sagen hatten. Harrten in ihrem Job aus, obwohl er sie auffraß. Wählten immer die gleiche Partei. Kauften Kleider seit Jahren in Farben, die sie alt oder affig aussehen ließen. Aus lauter Furcht vor etwas Neuem.

Sie musste an ihre Mutter denken, die seit dreißig Jahren den gleichen Haarschnitt trug, der ihr nicht stand. Doch die Gewohnheit wog mehr, als der Dorffriseurin zu sagen: Mach mal was anderes.

Auf dem asphaltierten Weg am Pavillon schlüpfte sie wieder in ihre Sandalen, flache, praktische, scheußliche Dinger, die sie im Supermarkt gekauft hatte und wegwerfen würde, wenn sie Zeeland verließ, in einer oder zwei Wochen.

Auf dem Dünenweg spazierte sie in den kleinen Ort, wo ihr Hotel sich zwischen ein Pannekoeken-Restaurant und ein Steakhaus quetschte. Es befand sich im Zentrum, womit ein kleiner Platz mit etwas Rasen, Blumenrabatten und ein paar Bänken gemeint war. Sie hatte das letzte Zimmer bekommen.

Sie würde sich jetzt eine Stunde hinlegen. Sie lachte in sich hinein. Mittagsschlaf, das hatten nicht mal ihre Eltern gemacht, und die befolgten sonst alle Spießerregeln.

Ihr Zimmer enthielt ein Metallbett mit weißem Spitzenbezug, einen Nachttisch und einen Schrank, beides aus hellem Holz, sowie einen winzigen Fernseher. Auf dem Nachttisch lagen ihre Handys.

Auch etwas völlig Ungewohntes für sie, ohne ihre Telefone aus-

zugehen, gehörten sie doch zu ihr wie lebenswichtige Organe. Hatte sie gedacht.
Sie nahm ihr Geschäftshandy. Zwei neue Nachrichten, die ihr hoffentlich lukrative Angebote in Aussicht stellten für die Zeit nach ... hier.
Mal sehen. Musste sie ja nicht sofort entscheiden.
Das zweite Handy ignorierte sie, das checkte sie nur ein-, höchstens zweimal die Woche. Öfter konnte sie Riki und ihre immer gleichen Vorwürfe nicht ertragen.
Auf dem dritten war eine Sprachmitteilung. Sie zögerte. Zum wiederholten Mal schrieb Eva oder hinterließ Nachrichten: Wie geht es dir, alles in Ordnung, melde dich doch mal.
Es waren genau die Sätze, die sie am meisten verabscheute. Dennoch hielt sie etwas zurück, die Nachrichten zu löschen. Ein Gefühl, das leise an ihr nagte, wenn sie an die Frau dachte, die ihr so hartnäckig schrieb. Die nicht verstand. Die sie als Freundin betrachtete. Und für kurze Zeit vielleicht sogar gewesen war. Hatte sie Eva doch Dinge anvertraut, die sie noch keinem Menschen zuvor erzählt hatte. Und da war sie nicht mal betrunken gewesen. Oder bekifft. Sie hatte es ganz bewusst getan, aus dem unerklärlichen Wunsch, sich jemandem mitzuteilen. Sich Eva mitzuteilen.
Sie unterdrückte ein Seufzen und hörte die Nachricht ab.
Evas Stimme war pure Verzweiflung.
Agnès presste die Lippen aufeinander. Eigentlich wollte sie damit nichts zu tun haben. Sie hatte einen Schnitt gemacht. Und Gejammere war ihr zuwider. Sie hatte nie gejammert. Höchstens so getan als ob, wenn es nötig war.
Andererseits ... Eva war seit Langem eine Frau, die sie tatsächlich mochte. So sehr es sie auch selbst überrascht hatte. Die sie irgendwie rührte. Ihre Anhänglichkeit. Ihre Zuneigung. Mit der sie die Zeit genossen hatte.

Da war eine Schwingung zwischen ihnen beiden gewesen, die sie nicht benennen konnte. Aber manchmal brauchte es kein Wort. Ein Gefühl reichte.
Sie und Gefühle, ausgerechnet …
Verdammt, das hatte sie davon.
Erst der Psycho, dann Eva. Zwei Riesenfehler in kurzer Zeit. Das durfte ihr nicht mehr passieren. Nie mehr.
Okay, sie würde jetzt anrufen.
Sie seufzte, dann wählte sie Evas Nummer. Nach dem vierten Klingeln meldete sie sich, mit einer Stimme, als hätte sie gerade tief geschlafen.
Agnès lächelte, bevor sie zu sprechen begann.
»Hey Eva. Ich bin's, Agnès.«

Kapitel 33

Das Klingeln des Handys riss sie aus einem Albtraum. Sie hatte mit dem Gesicht in einer Pfütze gelegen und fauliges Wasser war in ihren Mund geströmt. Sie hatte gewusst, dass sie nur den Kopf zu heben brauchte, um nicht zu ertrinken. Aber sie schaffte es nicht.

Eva rang nach Luft. Das Albtraumbild löste sich auf und ein Neues setzte sich zusammen. Sie war in Agnès' Wohnung.

Sie wischte sich das feuchte Haar aus der Stirn. Nicht nur ihr Gesicht, ihr ganzer Körper war schweißnass. Das Handy dudelte weiter seine Melodie. Sie schaute auf das Display. Freude durchzuckte sie.

»Hallo.« Mehr bekam sie nicht heraus. Ihre Kehle war wie wundgescheuert.

»Hey Eva. Ich bin's, Agnès.«

»Agnès! Ich bin so froh ... Wie geht's dir? Gut, dass du anrufst.« Sie musste husten.

»Ja. Deine Nachricht klang besorgniserregend. Bist du krank? Oder hast du was angestellt?« Sie lachte perlend.

Evas Herz pochte. »Ich weiß es nicht.«

»Okay«, sagte Agnès gedehnt. »Dann erzähl doch einfach mal.«

»Hast du überhaupt Zeit?«

»Naja – ich hab tatsächlich viel zu tun. Hätte gar nicht gedacht, dass das Begutachten von Hotels jeden Tag so viele Stunden in Anspruch nimmt. Aber mein Kunde will mich überall dabei haben. Und abends beim Essen alles besprechen. Er ist sehr

unsicher. Aber genug von mir – sag, was los ist.«
Eva begann zu erzählen: von ihrem Besuch bei Hannah, die ihr von Alexanders Untreue berichtet hatte. Charlys verkorkstem Geburtstag. Ihrem erneuten Streit mit Alexander. Sie stockte.
»Eva?«
»Ja.«
»Das ist scheußlich alles. Aber mein Instinkt sagt mir, dass du noch nicht fertig bist …«
Also redete Eva weiter. Von dem Gefühl, es in der Wohnung nicht mehr auszuhalten. Dass sie die Rescuetropfen genommen und sich danach tatsächlich leichter gefühlt hatte. Dass sie in den Club gefahren war – und dann der Blackout.
»Ich bin aufgewacht und wusste nicht, wo ich war.«
Ihre Stimme war schwer, vollgesogen mit Scham. Obwohl sie die Bettdecke um sich geschlungen hatte, begann sie zu zittern.
»Mir war so schlecht, dass ich mich übergeben musste. Alles tat weh, und … ich hatte Sex mit jemandem, aber ich weiß nicht, mit wem. Ich weiß überhaupt nicht, wie ich in das Hotel gekommen bin. Was ich gemacht habe, nachdem ich mich in diesem Club an die Bar gesetzt habe.«
Sie wickelte die Decke fester um sich.
»Agnès?«
Agnès räusperte sich. »Das ist ziemlich viel auf einmal.« Ihr Lachen klang nervös wie ein flatternder Vogel.
»Was soll ich nur tun? Agnès. Ich wünschte, du wärst hier.«
»Wieso hast du die Tropfen genommen?«
»Die Tropfen? Keine Ahnung, ich dachte … Rescuetropfen. Das war mehr … symbolisch. Rescue eben.« Ihr Kopf begann zu hämmern.
»Wirf die weg. Am besten gleich.« Es klang wie ein Befehl.
Sie hatte Agnès nie zuvor in diesem Ton sprechen hören.
»Wieso?«

»Die wirken sowieso nicht. Außerdem sind sie schon ewig abgelaufen. Vielleicht wurde dir deswegen schlecht. Ich hab dummerweise versäumt, sie auszusortieren.«
Irgendetwas war seltsam an Agnès' Satz. In Evas Kopf drehte sich ein Karussell, an dem ihre Gedanken hingen und rotierten, und als sie glaubte, den richtigen erkannt zu haben und ihn packen wollte, drehte das Karussell weiter und riss ihn mit.
»Geh auf keinen Fall zum Arzt. Hörst du, was ich sage? Oder zur Polizei. Die helfen dir nicht. Und stellen nur demütigende Fragen.«
Arzt. Polizei. Daran hatte sie überhaupt nicht gedacht. Warum sollte sie? Oh nein.
»Glaubst du, jemand hat mich ...«
Agnès zog scharf die Luft ein. »Keine Ahnung. Vielleicht hast du einfach ein bisschen viel oder das Falsche getrunken und deswegen einen Filmriss. Kommt vor.«
Sie lachte, als spräche sie aus Erfahrung.
Die Nachricht fiel Eva ein. R. Und die Handynummer. Das sprach doch gegen eine ... Vergewaltigung.
»Er hat mir einen Zettel geschrieben. Mit einer Handynummer.«
»Naja, dann hast du es wohl freiwillig gemacht.«
Wie kalt Agnès klang. Eva schluckte schwer an dieser Antwort.
Agnès seufzte. »Hör zu, Süße, sorry, aber ich kann unmöglich hier weg.«
Sie sprach schnell, als drängte sie jemand, das Gespräch zu beenden. Dabei war überhaupt niemand zu hören. Weder Stimmen noch sonst ein Geräusch.
»Du musst das abhaken. Klar, so ein Blackout verunsichert, aber ... es gibt Schlimmeres.«
Eva schluckte.
»Igel dich ein bisschen ein. Schau Fernsehen. Bestell dir was

Gutes zu essen oder geh in ein tolles Restaurant, wenn's dir besser geht.« Wieder schien Agnès abgelenkt. Mit etwas anderem beschäftigt.
»Und wenn es dir ganz mies geht, melde dich.«
»Okay.«
»Eva?«
»Ja.«
»Pass auf dich auf.«
»Ja«, sagte Eva, »soll ich nicht doch ...«
Aber Agnès hatte bereits aufgelegt.

Agnès

Verdammt, verdammt, verdammt!
Mit Wucht warf sie das Handy aufs Bett. Wie hatte sie nur so dumm sein können, so nachlässig, so kopflos? Was war nur los mit ihr? Jahrelang hatte sie niemanden an sich gebunden, war keine Verpflichtungen eingegangen, unabhängig geblieben. Und jetzt häuften sich die Fehler, die Schwächen, von denen sie geglaubt hatte, sie längst überwunden zu haben. Hatte sie sich doch nach Jannis geschworen, nie wieder jemandem auch nur annähernd so nahe zu kommen.
Sie presste die Fäuste gegen die Schläfen, bis es schmerzte. Erhöhte den Druck. Ihr wurde schwindlig. Natürlich hatte sie nichts zu trinken da, nichts Richtiges, nur Wasser. Und das war nicht mal kalt.
Sie ließ sich aufs Bett fallen und trommelte mit den Fäusten auf das Kopfkissen.
Diese verdammten Tropfen. Sie zerrte ihre Handtasche vom Boden, riss das kleine Seitenfach auf, das ins Futter eingenäht war, wo sie das Fläschchen immer verstaute. Da waren die wichtigsten Pillen, ihre Notfallapotheke sozusagen, und eben die Tropfen. Normalerweise.

Die Pillen waren da. Das Fläschchen nicht.
Sie schleuderte die Tasche auf den Boden. Wie hatte sie die Tropfen im Bad nur übersehen können? War sie so kopflos gewesen, als sie die Wohnung verlassen hatte? Wegen eines Kerls, und wenn er auch noch so unangenehm war?
Und dann schluckte diese blöde Kuh das Zeug auch noch. Hoffentlich warf sie es wirklich in den Müll und glaubte, sie hätte einen stinknormalen Kater. Und kam nicht auf die Idee, sich eingehender damit zu beschäftigen.
So wenig, wie sie vertrug, war ein Rausch plausibel. Und jetzt, wo sich ihr fürsorglicher Dorfbursche als Stelzbock entpuppt hatte und sie das dumme Frauchen war, dem endlich dämmerte, dass es jahrelang immer ganz umsonst brav gewesen war, hatte sie vermutlich erst recht getrunken. Kurzfristig dimmte das ja den Schmerz herunter. Wer wusste das besser als sie?
Hoffentlich stresste Eva jetzt nicht mit täglichen Anrufen oder Nachrichten. Wie mit diesem Paket. Erst hatte sie es ja ganz putzig gefunden, diese Fürsorge. Diese Anhänglichkeit. Aber dann ... Wie war Eva ihr damit auf die Nerven gegangen – und dann hatte sie tatsächlich noch vorgeschlagen, eine eventuell offenstehende Rechnung zu bezahlen. So viel Anstand. Das machte einen ja geradezu aggressiv.
Natürlich war das Paket eine unglückliche Fügung gewesen, ein dummer Zufall. Warum hatte Adrian unbedingt vorab ein Paket schicken müssen, oder warum hatte es nicht ein paar Tage früher kommen können? Aber solche Dinge passierten. Damit konnte sie umgehen. Adrian würde ihr sowieso keine Schwierigkeiten machen. Dafür stand viel zu viel auf dem Spiel für ihn.
Und jetzt komm wieder runter, mahnte eine Stimme in ihr. Sie drehte sich auf den Rücken und starrte an die Decke, an dieses unschuldige Weiß. Konzentrierte sich darauf, nur weiß zu denken. Nach einer Weile beruhigte sie sich. Mit jedem Atem-

zug wichen Spannung und Wut aus ihrem Körper.
Zurück blieb eine Emotion, die sie staunen ließ: Mitgefühl.
Wie ihre Kunden war Eva so bedürftig nach Aufmerksamkeit und Anerkennung, sich selbst so unsicher und unbewusst. Sie hatte sich offenbar nie gefragt, welches Potenzial in ihr steckte. Hatte sich in eine Rolle drängen lassen und sich in sie eingefügt, die sie eigentlich nie spielen mochte. Das Leben war eine Bühne, und nur wer seinen Part fand und am besten spielte, kam voran. Misserfolge musste man abhaken und es eben das nächste Mal besser machen.
Stopp. Sie musste damit aufhören. Eva musste selbst herausfinden, was sie wollte und wo ihre Reise hinging. Hatte keiner behauptet, dass das leicht war.
Agnès setzte sich auf und griff nach der Wasserflasche auf dem Nachttisch. In großen Schlucken trank sie die Hälfte leer.
Du hast die Tage mit Eva doch genossen, flüsterte eine Stimme in ihr.
Sie konnte nicht widersprechen. Das Zusammensein mit ihr war sozusagen eine Auszeit gewesen. Obwohl sie Eva in ihrem Leben so platziert hatte, wie es ihr nützlich gewesen war, wie sie es mit allen Menschen tat, hatte sie eine Ahnung davon bekommen, wie es hätte sein können: eine Freundin zu haben. Sich bei jemandem fallen zu lassen. Die Hüllen abzustreifen. Die Fassung zu verlieren, ohne dass es üble Folgen hatte. Das Drehbuch ignorieren, das sie sich selbst geschrieben hatte und das sie sich penibel zwang, zu befolgen. Sie hatte sich auch so verhalten, als wären sie Freundinnen: Treffen öfter als nötig, gemeinsam essen, trinken, shoppen. Und private Dinge erzählen.
Um ein Haar hätte sie sogar von Jannis angefangen.
Wäre sie nur nicht auf dieses dämliche Klassentreffen gegangen.

Sie hatte es allen zeigen wollen. Was aus der unscheinbaren Agnes geworden war.
Das hatte sie jetzt davon.
Und Eva ist dein Kollateralschaden. Wie immer geht es dir nur um dich. Und die anderen lässt du hängen.
Die Stimme in ihrem Kopf klang nach Riki. Auch wenn die ein Wort wie Kollateralschaden nicht im Wortschatz hatte.
»Ach, halt die Klappe«, sagte sie leise.
Sie trank den Rest des Wassers aus. Betrachtete die leere Flasche. Als enthielte sie eine versteckte Botschaft, wurde ihr klar, dass sie diesen kleinen niederländischen Ort wieder verlassen wollte. So schnell wie möglich. Sie musste in ihr Leben zurück. Sie musste allen und vor allem sich selbst beweisen, dass sie jeden im Griff hatte, der ihr über den Weg lief. Aber vor allem sich selbst.
Wie gut, dass sie das Angebot von Guido noch nicht ausgeschlagen hatte. Eigentlich war sie sicher gewesen, abzulehnen. Die Grenzen zwischen geschäftlichem und privatem Interesse waren bei Guido fließend. Schwammige Verhältnisse waren das Letzte, das sie jetzt noch brauchte.
Aber auch eine Herausforderung, eine Probe, auf die sie sich selbst stellen konnte, um sich zu bestätigen, dass sie die Zügel ihres Lebens wieder fest in der Hand hatte.
Sie tastete nach ihrem Handy und wählte Guidos Nummer. Er meldete sich prompt.
»Ich bin's«, sagte sie. »Und die Antwort auf dein Angebot lautet: Ja.«

Kapitel 34

Die Musik dröhnte an der Schwelle zum Schmerz. Selbstverhöhnung inklusive. Open Your Eyes von Guano Apes. Half nicht. Sie schaltete den Player aus, zog die Stöpsel aus den Ohren.
Nach Agnès' Anruf hatte sie den ganzen Nachmittag im Bett verbracht, war nur aufgestanden, um etwas zu trinken. Sie hatte die Stunden vorbeiziehen lassen. War eingedöst, aufgewacht. Der Tag war nahtlos in die Nacht übergegangen.
Jetzt musste es Morgen sein dem Licht nach zu urteilen, das durch die Schlitze der Vorhänge schlüpfte. Das Handy zeigte 6:23 Uhr an.
Sie legte es auf den Nachttisch, ließ es jedoch angeschaltet. Vielleicht meldete sich Agnès noch mal. Obwohl Eva, wenn sie ehrlich war, nicht daran glaubte. Bereits als sie miteinander telefoniert hatten, war dieses Gefühl aufgetaucht, dass sich zwischen ihr und Agnès etwas geändert hatte.
»Melde dich, wenn es dir ganz mies geht«, hatte Agnès gesagt. Bedeutete das: bloß nicht vorher? Lass mich möglichst lang in Ruhe? Und ihr »Pass auf dich auf«, sollte das heißen: »Du bist auf dich allein gestellt«?
Andererseits hatte sie Eva versichert, dass sie sofort käme, wäre sie nicht derart eingespannt.
Das waren Agnès' Worte gewesen. Aber die nüchterne, fast kühle Stimme hatte nicht dazu gepasst.
Diese Gedanken brachten sie nicht weiter.
Sie war durcheinander. Das durfte sie Agnès nicht in die Schu-

he schieben. Immerhin hatte die einen Job, der anstrengender zu sein schien, als sie ihn beschrieben hatte. Und sie war selbstständig. Sie konnte nicht einfach einen Auftrag platzen lassen.

Eva setzte sich auf. Es war höchste Zeit, dass sie etwas aß. Und dann ... dann sollte sie vielleicht mal Charly anrufen. Die machte sich bestimmt Sorgen. Aber was sollte sie ihr erzählen? Die Wahrheit?

Ihre Beine zitterten, als sie aufstand. Erst jetzt wurde ihr bewusst, dass sie immer noch das türkisfarbene Kleid trug. Sie riss es sich herunter und schleuderte es in die Ecke. Als wäre es schuld an allem.

Sie zog Sweatshirt und Leggings aus dem Schrank, musste sich setzen. Sie hatte das Gefühl, dreißig Jahre gealtert zu sein. Wie konnte das sein? So viel konnte sie gar nicht getrunken haben. Sie hatte sich vorgenommen, vorsichtig zu sein ...

Und wenn doch? Schließlich klaffte da eine Schlucht in ihrem Gedächtnis, die sie nicht überbrücken konnte.

Vielleicht war das besser so. Vielleicht war sie diejenige, der sie momentan am wenigsten trauen konnte.

Was sie so aufwühlte, war nicht mal, dass sie sich mit einem wildfremden Mann eingelassen hatte – auch wenn das nicht zu ihr passte. Ein bisschen flirten wie mit Mark, okay, da war sie Vivian. Ein Spiel. Dummes kleines Spiel, ja, gab sie es doch zu, ihre Selbstachtung hing ihr ohnehin in Fetzen vom Körper. Aber wie hatte sie vorgestern Abend derart die Kontrolle verlieren können?

War ihre Wut auf Alexander so groß gewesen, dass sie sich extra betrunken hatte und dieser R. alles hatte mit ihr anstellen können, was er wollte? Hatte sie das gewollt? Hatte sie ihn im Club kennen gelernt, oder war sie womöglich noch in einer anderen Bar gewesen und hatte R. dort getroffen? Hatte sie sich

aufreißen und abschleppen lassen?
Sie presste die Fäuste an die Schläfen, als könnte sie so den Gedankenstrom stoppen und gleichzeitig die Erinnerung an den Abend herauspressen.
Das führte zu nichts. Um herauszufinden, was wirklich passiert war, müsste sie R. anrufen. Der Gedanke boxte ihr schmerzhaft in die Magengrube. Das war das Letzte, was sie tun würde.
Sie versuchte, den pelzigen Geschmack in ihrem Mund runterzuschlucken. Vergeblich. Sie musste etwas trinken. Wasser. Und für den Kreislauf einen Kaffee, extra stark.
Sie stand auf. Tastete ins Leere, als der Schwindel ihren Kopf packte und schüttelte. Sie fing sich, taumelte in die Küche. Ihre Hände zitterten, als sie den Wasserkocher anschaltete. Sie verschüttete die Hälfte des Instantpulvers.
Sie trank den Kaffee gegen ihre Gewohnheit schwarz, vielleicht wurde sie dann wach, wurde klar im Kopf. Zu essen hatte sie nur noch Oliven und etwas Knäckebrot.
Sie erinnerte sich, dass sie davon gegessen hatte, bevor sie ausgegangen war.
Sie biss in eine Scheibe Brot und spülte es mit schwarzem Kaffee hinunter. Es tat gut, etwas im Magen zu haben, aber es würde nicht lange vorhalten. Sie musste wohl oder übel später einkaufen gehen.
Im Wohnzimmer spähte sie durch die Vorhänge auf die Terrasse. Schon wieder ein stahlblauer Himmel, der einen heißen Tag versprach. Ihr Blick fiel auf die Kübelpflanzen. Zwei der Oleanderbüsche sahen ziemlich vertrocknet aus. Sie schob die Terrassentüren auf, füllte die Gießkanne mit Wasser und ließ es in die Kübel laufen. Sie konnte kaum die Kanne halten.
Sie wollte wieder hineingehen, da entdeckte sie die Frau von gegenüber. Sie stand auf ihrem Balkon und starrte zu Eva herüber. Ihre schlanken Finger hoben sich selbst auf die Entfer-

nung von der schwarzen Tasse ab, die sie umklammert hielt. Eva überlegte, ob sie die Hand zum Gruß heben sollte. Da wandte sich die Frau abrupt ab und ging in ihre Wohnung.
Von drinnen hörte Eva ihr Handy klingeln. Sie schloss die Augen und seufzte, hastete dann doch ins Schlafzimmer. Es konnte Agnès sein. Oder Charly.
Oder Alexander.
Oder … R.? Vielleicht hatte sie ihm auch ihre Handynummer gegeben.
Ihr Herz trommelte ganz umsonst wie wild, denn es war keiner von ihnen. Sie starrte auf das Display. Die Festnetznummer kam ihr vage bekannt vor, aber sie erinnerte sich nicht.
»Hallo?«
»Frau Heinrich?«
»Ja.«
»Hier ist Schmied. Entschuldigen Sie die frühe Störung.«
Oh nein.
»Ist etwas mit meinem Vater?«
»Nein, alles gut. Es ist nur … Sie waren schon länger nicht mehr da.«
Auch wenn Frau Schmied sich bemühte, ihre Stimme neutral klingen zu lassen, schwang der unausgesprochene Vorwurf mit.
Welcher Tag war überhaupt? Ach ja, Montag. Doch Eva konnte sich nicht erinnern, wann sie das letzte Mal im Altenheim gewesen war. Wo jeder Schritt zu laut schien, wo sie flach geatmet hatte, wegen des Geruchs nach Verfall und Hagebuttentee. Ja, sie war eine böse Tochter. Die sich von ihrem Mann betrügen ließ.
Selber Schuld, hörte sie die höhnische Stimme ihrer Mutter. Sie hatten beim Abendessen gesessen, Eva war vielleicht dreizehn gewesen. Es gab Rettichsalat, das wusste sie genau.

Wieso merkte man sich diese unwichtigen Details? Ihre Mutter hatte ihrem Vater von der Trennung irgendeines Paares erzählt. Es war einer jener Abende gewesen, an denen ihre Eltern vergessen zu haben schienen, dass sie eine Tochter hatten, die zuhörte. »Sie hat ihn halt nicht halten können, die Ilse«, sagte ihre Mutter. Jedes Wort triefte vor Genugtuung und Verachtung und wurde von ihrem Vater mit einem zustimmenden Schnauben quittiert. Eva hatte ihren Rettichsalat stehen lassen und war aufgestanden. Hatte den Tadel ignoriert und behauptet, ihr sei schlecht.

Ja, die böse Tochter hatte ihren Mann auch nicht richtig halten können, sodass er sich in seiner Not mit einer anderen eingelassen hatte. Und die böse Tochter hatte sich, anstatt Reue zu zeigen, lieber mit einem R. herumgetrieben und dabei so vollgesoffen, dass sie sich nicht mehr an ihn erinnern konnte …

»Frau Heinrich, sind Sie noch dran? Ist alles in Ordnung?«

Spar dir dein falsches Interesse, dachte sie. »Ja, alles okay.«

»Oh, schön, ja.« Frau Schmied machte eine bedeutungsschwere Pause. »Ihr Vater hat nämlich nach Ihnen gefragt.«

»Was?«

»Wann kommt meine Tochter wieder. Das hat er gesagt. Seit ein paar Tagen ist er sehr gesprächig.«

Eva umklammerte das Telefon. »Wann hat er das gesagt?« Ihre Stimme war dünn, flach gepresst von dem Kloß, der ihr im Hals saß.

»Gestern Abend. Und heute Morgen hat er es wiederholt.« Frau Schmied räusperte sich. »Also, wenn Sie es einrichten könnten, heute Nachmittag …«

»Ja.« Eva schluckte. »Das kann ich.«

Sie legte auf und setzte sich aufs Bett.

Ihr Vater wollte sie sehen.

Hatte nach ihr gefragt.

Sie konnte sich nicht erinnern, dass er das jemals getan hatte, weder früher, noch seit seine Verwirrung angefangen hatte, ihm den Verstand zu rauben.
Was für eine seltsame Zeit. Es passierten Dinge, die sie niemals für möglich gehalten hatte.
Das Beste war, etwas zu tun. Etwas Normales. Wie Agnès ihr geraten hatte.
Zuerst musste sie den widerlichen Geschmack im Mund loswerden.
Ihre Schritte verdienten schon fast ihren Namen. Vorm Bad zögerte sie. Sie würde sich gleich im Spiegel sehen.
Sie zog die Tür auf und trat hinein.
Ihr Spiegelbild blickte sie aus dunkel geränderten Augen an, zudem waren ein paar Äderchen geplatzt. Die Haut war wie mit weißem Wachs überzogen.
»Du siehst fürchterlich aus, Vivian.«
Vivian. Wenn es so einfach wäre. Alles einer anderen in die Schuhe schieben zu können. Hatte sie das geglaubt?
Mit kaltem Wasser wusch sie sich das Gesicht, rubbelte es, bis ein Rotschimmer auf den Wangen erschien. Sie öffnete das Schränkchen, um die Zahnpasta zu holen. Neben der Tube stand das braune Fläschchen.
Rescuetropfen. Was für ein Blödsinn.
»Wirf es weg«, hatte Agnès gesagt. »Am besten gleich. Bestimmt ist es schon abgelaufen.«
Eva nahm es in die Hand und inspizierte es. Es war tatsächlich abgelaufen.
Hatte Agnès' Stimme wirklich so scharf geklungen, wie sie sie erinnerte, oder spielte ihr Hirn ihr nur einen Streich?
Egal. Was sollte sie damit? Sie trat auf den Hebel des Mülleimers und ließ das Fläschchen in sein offenes Maul fallen.

Kapitel 35

Frau Schmied schien sich wirklich zu freuen, dass Eva gekommen war. Zumindest machte es von Weitem den Eindruck. Als sie sich gegenüberstanden und die Hände schüttelten, weitete sich ihr Blick. Sie presste die Lippen aufeinander, als müsste sie ihren Mund daran hindern, die Frage zu stellen, die ihr auf der Zunge lag: Was um Himmels willen ist mit Ihnen passiert?
Eva blickte an ihr vorbei. Sie wusste selbst, wie sie aussah. Übermüdet. Verkatert. Verlebt.
Sie hatte versucht, die dunklen Ringe unter ihren Augen wegzuschminken, mit Lippenstift die Aufmerksamkeit auf ihren Mund zu ziehen. Aber die Schminke hatte alles nur verschlimmert. Sie hatte ausgesehen wie eine abgehalfterte Schauspielerin nach einem Drogentrip.
Tja, da musste sie jetzt durch.
Draußen und sogar im Supermarkt, den sie wohl oder übel hatte aufsuchen müssen, hatte sie eine Sonnenbrille getragen und eine Baseballmütze aufgesetzt. Auch im Taxi, das sie sich gerufen hatte, weil sie nach dem Einkauf so erschöpft gewesen war und sich nicht hatte vorstellen können, den Weg quer durch die Stadt zum Altenheim zu schaffen.
Jetzt nahm sie beides wohl oder übel ab, um ihren Vater nicht zu irritieren.
»Wie geht es ihm?« Sie richtete ihre Aufmerksamkeit auf Frau Schmieds linkes Ohrläppchen, auf dem ein Muttermal prangte.
»Ganz gut.« Frau Schmieds anfängliche Freundlichkeit hatte

sich um ein paar Grade abgekühlt.
Eva fragte sich, welcher Film gerade vorm inneren Auge der Altenpflegerin ablief, ein Film, in dem sie die Hauptrolle spielte und der den Titel tragen könnte: Eva Maria Heinrich – Abstieg einer Frau in den Exzess.
Sie unterdrückte ein bitteres Lachen.
Sie folgte Frau Schmied ins Zimmer ihres Vaters. Dieser saß am Tisch wie ein braver Schuljunge, der er früher mit Sicherheit gewesen war. Sein Haar war gescheitelt und er trug ein gestreiftes Hemd mit einer Fliege, die sie nie zuvor an ihm gesehen hatte. Er faltete die Hände, als betete er.
Frau Schmied beugte sich zu ihm. »Sehen Sie mal, wen wir da haben, Herr Römer!«
Eva verkniff sich die Bemerkung, dass das Gehör ihres Vaters noch sehr gut funktioniere.
Aber wie konnte sie das wissen? Sie besuchte ihn kaum. Noch eine Verfehlung auf ihrem immer länger werdenden Sündenkonto.
Ihr Vater hob den Kopf. Er schaute sie an, legte den Kopf schief und runzelte die Stirn.
Ihr Herz klopfte.
»Hallo Papa. Ich höre, dass es dir gut geht. Das freut mich.«
Aus den Falten seines Gesichts kroch ein Lächeln hervor.
»Guten Tag. Möchten Sie mit mir eine Tasse Tee trinken?«
Nun ja, er hatte sie gesiezt. Aber immerhin redete er. Er sprach mit ihr!
»Sehr gerne.« Dabei wurde ihr bereits beim Gedanken an Hagebuttentee übel.
»Ich hole welchen.« Frau Schmied huschte davon wie ein eilfertiges Dienstmädchen.
Eva setzte sich.
»Du siehst gut aus. Hast dich richtig schick gemacht.«

Sie streckte die Hand aus und berührte die dunkelrote Fliege. Er ließ es geschehen. Zuckte nicht zurück. Weder schlug er nach ihr noch begann er zu schreien.
Er ließ seinen Blick über ihr Gesicht wandern. Langsam zog sich sein Lächeln in die Kerben um seinen Mund zurück.
»Geht es Ihnen nicht gut, meine Liebe?«
Sie schluckte. Trotzdem stiegen ihr Tränen hoch. Sie blinzelte sie weg. Jetzt bloß nicht losflennen.
»Nein, Papa«, sagte sie leise. »Es geht mir nicht gut.«
Sein Blick verwässerte. »Das tut mir leid.«
»Danke.« Sie fasste nach seinen knochigen Händen. Sie waren kühl und trocken.
»Wie kann ich Ihnen helfen?«
Sie betrachtete sein Gesicht, die harten Züge weich gezeichnet von Besorgnis und einer Güte, die er ihr gegenüber nie gezeigt hatte. Als wohnten in seinem Körper zwei Persönlichkeiten. Vielleicht hatte seine Demenz ihn nicht nur verändert, sondern ein zweites Ich erschaffen. Oder hatte es immer schon existiert, in einer versteckten Kammer, und jetzt, wo sein Altes zerfiel, traute sich das Andere heraus? Durfte endlich einspringen?
»Das ist lieb von dir, Papa. Aber ich fürchte, du kannst mir nicht helfen.«
»Ich bin ein alter Mann.«
Er seufzte und nickte eine Weile vor sich hin, wie um diese Tatsache ausgiebig zu bedauern. Dann hob er den Kopf.
»Haben Sie denn niemanden, dem Sie sich anvertrauen wollen? Der etwas für Sie tun kann?«
Wie kam er auf diese Fragen? Sie wusste sie nicht zu beantworten. Sie dachte an Hannah, vor der sie sich schämte. Der sie vielleicht nie mehr unbefangen gegenübertreten konnte. An Charly, die sowieso ausschied, weil man sein Kind nicht mit

den eigenen Problemen belastete. Und schließlich an Agnès, der sie alles erzählt hatte.

»Ich habe eine Freundin.«

»Das ist gut. Freunde sind wichtig.« Er nickte heftig.

Sie wusste nichts zu sagen, und es war auch nicht nötig. Es überraschte sie, wie gut es tat, mit ihrem Vater hier zu sitzen, seine Hände zu halten, von ihm den Trost zu bekommen, den er ihr jahrelang bewusst oder unbewusst verweigert hatte.

Er räusperte sich. »Aber eins muss ich noch wissen, meine Liebe: Wer sind Sie überhaupt?«

Die Frage traf sie wie ein Schuss aus dem Hinterhalt. Sie sah ihn an, sah die Verwirrung über sein Gesicht huschen. Aber seine Augen blickten sie weiter freundlich an.

Er erkannte sie wirklich nicht. Er hatte sich erinnert, dass er eine Tochter hatte. Er hatte sie sehen wollen. Aber Eva war eine Fremde für ihn.

Wie stellte er sich seine Tochter vor? Wie hatte er sie wahrgenommen, all die Jahre? Was fühlte er für sie? Wen erwartete er zu sehen? Das kleine Mädchen mit den Zöpfen, von ihrer Mutter viel zu straff geflochten, damit sich keine widerspenstige Locke daraus löste? Das Mädchen, das manchmal gerne auf seinen Schoß geklettert wäre, wenn er in seine Zeitung vertieft gewesen war? Das er abgewiesen hatte mit den Worten: Du siehst doch, dass ich lese?

Oder sah er den Teenager, von dem er gute Noten erwartete, diese jedoch mit kaum mehr als einem Nicken quittierte? Die fast Zwanzigjährige, die ihm und ihrer Mutter unter Tränen gestanden hatte, dass sie ein Kind erwartete? Die er nicht in den Arm genommen und nicht gesagt hatte: Das kriegen wir schon hin. Sondern mit versteinerter Miene aufgestanden war, das Haus verlassen und sie den bohrenden Fragen und Vorwürfen ihrer Mutter ausgeliefert hatte.

Oder erwartete er die junge Mutter, mit Charly auf dem Arm, die vom ersten Tag an sein Herz gestohlen hatte? Die er vergötterte, wie er seine Tochter nie vergöttert hatte?
Oder hatte er es nur nie gezeigt?
All das hätte sie ihn gerne gefragt. Aber sie wusste, sie würde keine Antworten erhalten.
»Wer sind Sie, meine Liebe?«, wiederholte er.
Eva, wollte sie antworten.
»Vivian«, sagte sie. »Ich bin Vivian.«
Er lächelte. »Das ist ein schöner Name. So modern. Wenn ich jung und meine Tochter gerade auf die Welt gekommen wäre, vielleicht würde ich sie so nennen.«
Kälte stieg in ihr auf, floss durch ihre Adern, in ihre Hände. Sie ließ seine los.
»Es hat ein bisschen länger gedauert.« Frau Schmied betrat das Zimmer, in jeder Hand eine Tasse mit grässlichem rotem Tee.
»Das macht doch nichts.« Ihr Vater strahlte die Altenpflegerin an. »Ich hoffe nur, er ist noch warm? Es scheint mir, dass Vivian friert.«
Nur Frau Schmieds zuckendes linkes Lid verriet ihre Irritation über den falschen Namen.
»Aber natürlich«, versicherte sie, stellte die Tassen ab und verschwand wieder.
Eva trank den Tee, obwohl ihr Magen rebellierte. Ihr Vater genoss ihn mit kleinen Schlucken, den Finger abgespreizt, als wäre er ein englischer Lord, lächerlich und rührend zugleich.
Er setzte seine Tasse ab und legte die Hände daneben.
»Sie müssen mich jetzt entschuldigen. Ich habe noch zu tun, und nachher will mich meine Tochter besuchen.«
Nein, sie würde jetzt nicht weinen, würde den kostbaren Moment zwischen ihnen nicht zerstören.
»Dann halte ich dich nicht länger auf.«

Sie erhob sich, und er tat es ihr mühsam gleich.
»Grüße sie von mir«, sagte Eva leise.
»Das werde ich. Sie ist ein gutes Mädchen. So klug.«
Eva hielt sich an der Stuhllehne fest.
Ihr Vater bemerkte es nicht. Mit dem Kopf deutete er eine kleine Verbeugung an. »Es hat mich sehr gefreut, Vivian.«
Er streckte ihr die Hand hin, und sie schüttelte sie.
»Mich auch, Papa.«
Sie war bereits an der Tür, da durchzuckte sie ein Gedanke.
Sie drehte sich um.
»Wie war noch dein Name?«
»Friedrich«, sagte er feierlich. »Aber Sie dürfen mich gerne Fritz nennen. Wie alle meine Freunde.«
Sie lächelte. »Mach's gut, Fritz. Vielleicht besuche ich dich demnächst mal wieder.«
»Das wäre schön.«
Sie zog die Tür hinter sich zu und lehnte sich im Flur an die Wand.
Friedrich. Fritz. Passte gar nicht zu ihrem Vater, der Hartmut hieß. Zu diesem liebenswürdigen alten Herrn hingegen schon.
»Ist alles in Ordnung?«
Frau Schmied stand neben ihr. Sie rieb mit den Händen über ihren Kittel, als müsste sie Staubflusen entfernen.
»Ja. Ich bin nur ... ich war krank.«
»Ach so.« Frau Schmied zeigte Zähne.
»Sagen Sie ... nennt mein Vater sich schon lange Friedrich?«
In Frau Schmieds Wangen bildeten sich Grübchen. »Er hat in einem Buch über Friedrich Barbarossa gelesen. Ich habe es ihm geliehen, dachte, das könnte ihm gefallen.«
Ja, doch, für Geschichte hatte er sich immer interessiert, daran erinnerte Eva sich nur zu gut: Wann regierte Karl der Große, Eva Maria?

In ihrem Hals wuchs wieder ein Kloß.
Sie räusperte sich. »Das war sehr nett von Ihnen.«
Frau Schmied kaute auf ihrer Unterlippe, offenbar überfordert mit Evas ungewohnter Freundlichkeit.
»Schade, dass er Sie nicht erkannt hat.«
»Ich bin daran gewöhnt«, presste Eva hervor.
»Nehmen Sie es sich nicht so zu Herzen, Frau Heinrich. Er hat vermutlich mit einer jüngeren Frau gerechnet.«
»Sie meinen, für ihn müsste ich jetzt Mitte zwanzig sein oder so?«
»Ich denke ja. Deswegen hat er ja Ihre Tochter für Sie gehalten.«
Eva sah auf. »Meine Tochter?«
Frau Schmied trat einen Schritt zurück. Das Blut war ihr in die Wangen geschossen.
»Ja. Sie war doch da. Am Samstag. Mit einem jungen Mann.«
»Am Samstag«, wiederholte Eva.
»Ja. Am Nachmittag. Und …«
Frau Schmied trat einen weiteren Schritt zurück, als fürchtete sie, Eva würde sich auf sie stürzen, wenn sie den Satz beendet hatte.
»Er hat gedacht, Ihre Tochter wäre Sie. Er hat sie sogar Eva Maria genannt.«
Sterne tanzten um ihren Kopf. Sie presste den Rücken gegen die Wand.
»Ist alles in Ordnung? Soll ich Ihnen ein Glas Wasser bringen?«
»Nein, es geht schon, alles okay.«
Sie holte tief Luft. »Danke, Frau Schmied«. Sie meinte es sogar so. »Auf Wiedersehen.«
Eva schlurfte den Gang hinunter, mit gekrümmtem Rücken, als laste eine große Schuld auf ihren Schultern.

Kapitel 36

Eva verließ sich auf ihre Füße. Ihr Geist war derzeit zu nichts zu gebrauchen. War zu sehr damit beschäftigt, die Ereignisse der vergangenen zwei Tage zu sortieren. Gedanken zuckten durch ihren Kopf wie Lichtblitze in einer Lasershow, verschmolzen zu einem neonbunten Geflimmer. Ihre Schläfen pochten. Die Sonne war Licht gewordenes hysterisches Gelächter.

Sie setzte die Mütze auf und verbarg ihr Gesicht hinter der Sonnenbrille. Ihre Kehle war trocken. Sie hatte Lust auf eine eiskalte Cola, fürchtete jedoch deren Zusammentreffen mit dem grässlichen Hagebuttentee.

Ihre Füße trugen sie weg von der Hauptstraße mit ihrem Gestank, dem Gehupe und Geröhre zu vieler Autos. Die Luft war gesättigt mit Abgasen und der Aggression der in jeder Hinsicht überhitzten Autolenker.

»Das Schlimmste sind die Schönwetterfahrer«, hatte ihr Vater immer gesagt, wenn sie bei einem ihrer seltenen Sonntagsausflüge im Stau gestanden hatten oder von einem Motorrad in der Kurve überholt worden waren.

»Meine Tochter ist ein gutes Mädchen. So klug.«

Nie hatte er mit solchem Stolz über sie oder mit ihr gesprochen. Wieso nicht?

Sie war in einer Seitenstraße angelangt. Der Verkehrslärm der Hauptstraße war zu einem Rauschen geschrumpft. Aus einem Garten hinter hohen Mauern sang ein Vogel.

Sie dachte an Kiesbach, an den Tau auf den Gräsern am frü-

hen Morgen, das Zwitschern der Vögel in den Bäumen. Amseln, Meisen, Rotkehlchen. Raben. Spatzen, Eichelhäher, Elstern. Charly hatte sie notiert, als Achtjährige, als sie ein Wochenende lang überzeugt gewesen war, Ornithologin zu werden.
Was wollte sie eigentlich in dieser Stadt? Was tat sie, außer in Agnès' Wohnung zu sitzen und zu warten, bis ihr Job dort erledigt war? Welches Leben wollte sie eigentlich?
Ihr Kopf dröhnte. Sie musste zurück, etwas trinken, sich hinlegen. Charly anrufen, etwas essen. Und nicht nachdenken.
Sie ging die Gasse hinunter. Erst jetzt wurde ihr bewusst, wo sie sich befand. In der Mitte der Straße, auf der gegenüberliegenden Seite, dicht an seine Nachbarn gedrängt, kauerte das Haus mit Kais Laden.
Kai. An den hatte sie schon ewig nicht mehr gedacht. Das Konzert, der ganze Abend mit ihm und seinen Freunden, hatte sich verglichen mit den ganzen folgenden Ereignissen als echt angefühlt. In diesen Stunden hatte sie sich wohlgefühlt. Wie sie selbst.
Sie stand vor dem kleinen Schaufenster. Der Totenkopf grinste sie freundlich an.
»Lange nicht gesehen, was?«
Er sparte sich die Antwort.
Kai war nirgends zu sehen, und da fiel es ihr ein.
Heute war Montag. Der Laden war erst dienstags geöffnet.
»Dann eben ein andermal.«
Jetzt redete sie auch schon mit sich selbst.
Sie nahm eine Regung hinter der Scheibe wahr. Sie blieb stehen. Kai war hinter der Theke aufgetaucht. Mit hochgezogenen Brauen schaute er sie an. Lächelte.
Er ging zur Tür und schloss auf.
»Eva?«
»Ja. Glaube ich zumindest.«

Er lachte. »So schlimm?«
»Schlimmer.«
»Dann komm mal rein.«
Er wartete ihre Zustimmung nicht ab, sondern ging wieder hinein. Zögernd folgte sie ihm.
»Aber ... hast du nicht eigentlich geschlossen heute?«
Sie wollte bleiben, sich auf das alte Sofa fläzen, die Augen schließen. An einem Ort verweilen, an dem sie sich ausklinken konnte aus ihrem Leben, das von Tag zu Tag komplizierter zu werden schien.
Gleichzeitig fürchtete sie sich vor Kais Fragen, die er ihr vielleicht stellen würde. Vor allem, wenn sie die Brille abnehmen und er sehen würde, wie fertig sie aussah.
Er stemmte eine Kiste vom Boden auf die Theke.
»Ist doch egal, welcher Tag heute ist. Ich bin hier und freue mich immer über gute Gesellschaft.«
»Okay.« Sie schloss die Tür. »Warten heute keine Klassenarbeiten auf dich?«
Er faltete die Hände und reckte sie zur Decke. »Ferien! Dem Herrn oder wem auch immer sei Dank.«
Sie musste grinsen.
»Setz dich. Willst du was trinken?«
»Vielleicht ein Wasser.«
Sie ließ sich aufs Sofa sinken. Es roch muffig, nach vielen Partys, die lange zurücklagen. Ob das Sofa mal in Kais Jugendzimmer gestanden hatte?
Er brachte ihr das Wasser. Sie trank einen großen Schluck.
»Geht mich ja nichts an, aber: Hast du plötzlich eine Lichtallergie oder so was?«
Sie schloss kurz die Augen, was er zum Glück nicht sehen konnte.
»Oder eine heftige Nacht gehabt?«

»Ja. Aber im Plural.«
»Okay.«
Er zog einen Hocker, der mit Aufklebern übersät war, zu sich heran und setzte sich ihr gegenüber.
»Ich halte dich von der Arbeit ab«, sagte sie leise.
»Quatsch. Hör mal …« Er beugte sich vor. »Wenn du in der Klemme steckst – lass es mich wissen. Ich bin zwar nicht Jesus, auch wenn mich einige Zeitgenossen in ihrer Assoziationsarmut wegen meiner Haare schon als solchen bezeichnet haben …«
Wider Willen musste sie kichern.
»… aber ich hab immer ein offenes Ohr für Menschen, die sich mir anvertrauen wollen. Genauso okay ist es für mich, wenn du einfach ein bisschen hier sitzen willst, in Platten stöberst, dir Musik aussuchst, die ich dann auch sofort auflege.«
»Die Stille tut ganz gut.«
Kai zog die Brauen hoch. »Brummschädel?«
»Ein bisschen.«
»Brauchst du eine Tablette?«
Sie schüttelte den Kopf. »Nur Wasser. Danke.«
Er erhob sich. »Wenn du quatschen willst: okay. Wenn nicht: auch okay.«
Er lächelte. Dann beschäftigte er sich wieder mit der Kiste auf der Theke.
Eva war ihm dankbar, dass er weder bohrte noch sie mit Bemerkungen über ihr angegriffenes Aussehen in die Enge trieb, wie ihre Eltern es früher getan hatten: »Du bist ja ganz blass heute. Du isst viel zu wenig.«
Oder Alexander: »Der Abend in der Alten Buche hat dir aber zugesetzt. Du hast heute furchtbare Ringe unter den Augen.«
Sätze, die Rechtfertigungen einforderten. Besorgnis, in deren Schatten der Vorwurf lauerte.

Kai forderte nichts.
»Kai.« Langsam nahm sie die Brille ab.
Er drehte sich um. Keinerlei Irritation oder Schrecken oder Abscheu verdunkelte seinen offenen Blick.
»Hattest du schon mal einen Filmriss?«
Er grinste. »Aber sicher doch.«

Kapitel 37

Sie hatte Kai in Kurzform eine Zusammenfassung der letzten Wochen gegeben und dennoch fast eine halbe Stunde lang geredet, angefangen bei dem Klassentreffen über die Verabredungen mit Agnès. Hatte von der Leichtigkeit und Unbeschwertheit erzählt, die sie empfunden hatte. Vom Verlust der Arbeit in der Alten Buche. Von Agnès' Angebot, gegen Geld ihre Wohnung zu hüten. Schließlich von Alexanders Affäre. Von dem Abend mit Mark bis zu jener unglückseligen Nacht, an die sie sich kaum erinnerte. Und sogar davon, dass sie sich Vivian genannt hatte.

Kai hatte ihr zugehört, ohne Zwischenfragen zu stellen.

Jetzt, wo sie geendet hatte, fühlte sie sich erleichtert und erschöpft zugleich.

»Noch was zu trinken?« Er deutete auf ihr leeres Glas.

Sie nickte.

Er verschwand hinter dem Vorhang und tauchte kurz darauf mit einem zweiten Wasser und einem Teller mit Melonenstücken auf.

»Ich habe das Gefühl, dass du was Essbares vertragen kannst.«

»Danke.« Sie nahm sich ein Stück.

Kai setzte sich ihr wieder gegenüber.

»Weißt du«, hörte sie sich sagen. »Das Schlimmste ist, dass ich … Ich schäme mich so. Vor allem vor mir selbst.«

»Mach dich nicht so runter, Eva. Dein Mann hat dich betrogen. Du warst wütend. Da macht man dumme Sachen. Wer könnte

das nicht verstehen?«
Sie schüttelte den Kopf. »Aber ich hätte doch schon bei Mark merken müssen, dass es genug ist. Ich meine, weiter wollte ich doch gar nicht gehen. Dachte ich zumindest.«
»Vielleicht war genau das der Sinn der Sache. Zu schauen, wie weit du wirklich gehen würdest. Und mit Vivian hast du ja sozusagen einen Sündenbock erschaffen. Oder es zumindest versucht.«
»Das war mehr ein Spiel, eine Rolle.«
»Hey.« Er berührte sie am Arm. »Jeder probiert sich doch mal aus.«
»Ich kenne mich so gar nicht.«
»Dann musstest du diesen Teil von dir vielleicht endlich kennen lernen.«
Sie war skeptisch, aber froh, dass er sie ernst nahm.
»Akzeptiere einfach, wie es war. Und zieh die Konsequenzen daraus.«
»Sprichst du aus Erfahrung?«
»Tja.« Er atmete lange aus. Um seinen Mund spielte ein Hauch Wehmut.
»Ich hab auch mal geglaubt, dass ich mich ziemlich gut kenne: Kai, Mitte vierzig, gelassen, Männer- und Frauenversteher. Vernünftig. GRUNDSCHULLEHRER.«
Er schnaubte. »Das Arschloch dahinter habe ich nicht gesehen.«
»Quatsch.«
»Doch. Ich hab ihm zwar keinen Namen gegeben, aber in mir drin steckt offenbar ein dominanter Egoist.«
Er rieb die Hände aneinander. Räusperte sich.
»Ich hab auch testen wollen, wie weit ich gehen kann. Aber nicht bei irgendeiner Zufallsbekanntschaft. Sondern bei der Frau, die ich liebe.«
Sie schwieg und wartete.

Schließlich fuhr er fort: »Sie wollte ein Kind. Und ich wollte keins. Zu dem Zeitpunkt jedenfalls nicht. Sie war sechsunddreißig und drängte. Ich sagte: Nein. Einfach so.«
Er seufzte. »Weißt du: Das Schlimme ist, es ging irgendwann gar nicht mehr um das Kind. Ich mag Kinder, sonst könnte ich mich nicht jeden Tag diesem Grundschulwahnsinn aussetzen – okay, jetzt übertreibe ich.«
Er schaffte ein schiefes Grinsen.
»Es ging mir nur noch darum, dass ich mich durchsetze. Ich verweigerte jede Diskussion. Mein Nein war wie das Fallgatter einer Burg, in die ich mich verschanzt hatte. Bis sie keine Lust mehr hatte, sie zu erobern.«
Er räusperte sich erneut.
»Filmrisse hatte ich auch ein paar, nachdem sie genug hatte. Mich verließ. Ich hab mich eine Zeit lang abends ziemlich weggesoffen. Und wachte einmal neben einer Frau auf, von der ich dachte: Wer um alles in der Welt bist du denn?«
»Und wie ging es weiter?«
»Yvonne ist weggezogen.« Sein Lächeln konnte die Bitterkeit in seinem Gesicht nicht mildern. »Und fehlt mir immer noch.« Er nahm Eva das leere Glas ab, als müsste er sich daran festhalten.
Wie gut sie das kannte. Sich an einen Gegenstand klammern. Einer Zigarette zum Beispiel. Ihr fiel auf, dass sie seit Wochen nicht mehr geraucht hatte.
Dafür hatte sie ja genug Gläser zum Festhalten gehabt. Mit jeder Menge Alkohol drin.
»Hast du noch Kontakt zu Yvonne?«
»In letzter Zeit wieder ab und zu.« Kai drehte das Glas in den Händen. »Sie ist schwanger. Aber … die Beziehung zu ihrem Neuen ist unglücklich.«
»Warst du …« Eva war sich nicht sicher, ob sie diese Frage stel-

len sollte. Sie tat es trotzdem. »Warst du schadenfroh?«
Er hob den Kopf. »Für einen winzigen Moment. Aber dann dachte ich, dass es mein Kind hätte sein können. Stattdessen ist es von irgendeinem Vollidioten – verheiratet. Hat er ihr aber nicht gesagt.«
»Uhh.«
»Ja.«
»Und jetzt?«
Er zuckte die Achseln.
Jeder von ihnen versenkte sich in sein eigenes Schweigen. Als ob es verhindern wollte, dass die Stille in Befangenheit umkippte, schrillte das orangefarbene Telefon auf der Theke.
Kai zuckte zusammen. »Ach je, ich fürchte Schlimmes. Wie viel Uhr ist es?«
Eva kramte in ihrer Tasche nach dem Handy, vergeblich. Da fiel ihr ein, dass sie es in der Wohnung gelassen hatte.
»Keine Ahnung.«
Er stand auf, ging zur Theke und nahm den Hörer des altmodischen Apparats ab. »Hallo?«
Er drehte sich zu Eva um und verdrehte theatralisch die Augen. »Nein. Ich hab's nicht vergessen. Ich hatte nur … ich bin eingeschlafen. Ja. Ja, in den Ferien werde ich mich erholen. Ja. Bis gleich dann.«
Mit einem Seufzen legte er auf.
»Meine Tante. Ich hab ihr versprochen, ein paar Lampen anzuschließen. Hab ich völlig vergessen.«
»Das macht doch nichts.«
Eva erhob sich und lächelte, damit er ihr die Enttäuschung nicht anmerkte.
Sie hätte den ganzen Abend auf diesem Sofa sitzen können, auf diesem schäbigen schweiß-, bier- und was sonst noch getränkten Polster. Jetzt musste sie in die Sterilität von Agnès'

Wohnung zurück. Den Luxus-Zweckbau. Vielleicht war genau das Agnès' individuelle Note: der glänzende, kühle Lack der Unpersönlichkeit.
»Wenn du willst, komm morgen wieder.«
»Ja. Vielleicht mach ich das.«
»Und wenn was ist: Ruf ruhig an.«
Er fischte einen Stift und ein Notizbuch aus der Hosentasche, riss ein Blatt heraus und schrieb etwas auf.
»Die Erste ist die von meiner Wohnung, und darunter von hier – falls du meine Flyer schon alle verschenkt hast.« Er zwinkerte ihr zu.
»Okay.« Sie steckte das Blatt ein, nahm ihm Notizbuch und Stift aus der Hand und schrieb ihm ihre Handynummer auf.
»Und das ist meine.«
Kai lächelte. Er nahm das Geschirr und verschwand hinter dem Vorhang. Kurz darauf trat er wieder hervor und quetschte ein Fahrrad an der Theke vorbei.
»Also, hinter diesen Vorhang würde ich gerne mal schauen. Was versteckst du denn noch dahinter? Einen Kleinwagen, eine Waschmaschine …«
Er lachte. »Vor allem Gerümpel. Unter anderem.«
»Aha.« Sie hielt ihm die Ladentür auf. Er schob das Fahrrad nach draußen.
»In welche Richtung musst du?«
»Fahr einfach los«, sagte sie. »Sonst flippt deine Tante vielleicht völlig aus.«
»Das tut sie sowieso.«
Er streckte ihr die Hand hin. »Also, vielleicht bis morgen?«
Sie nickte.
Er stieg aufs Fahrrad und fuhr los. Nach ein paar Metern wandte er sich um und winkte.
Sie winkte zurück.

Kapitel 38

Von irgendwoher läuteten Kirchenglocken. Sechs Uhr.
Die Beine taten ihr weh. Vielleicht sollte sie wieder ein Taxi nehmen, aber das wurde langsam teuer. Auch wenn sie von Agnès' Anzahlung noch genug übrig hatte.
Ein Bus fuhr an ihr vorbei und hielt. Sie beeilte sich, schaffte es gerade noch hinein und fragte den Fahrer, ob er zufällig in Richtung Zeppelinstraße fahre.
Nur bis zur Galerie, dann müsse sie in die 215 umsteigen.
Sie zahlte. Die Münzen rutschten ihr aus der Hand. Der Busfahrer trommelte mit den Händen auf das nierenförmige Schälchen, in die das Restgeld hineinfiel.
Der Bus ratterte los, bevor sie sich gesetzt hatte. Zwei Teenies kicherten, als sie fast das Gleichgewicht verlor.
Sie rutschte ans Fenster und lehnte den Kopf an die Scheibe.
Die Straßen zogen an ihr vorbei. Passanten mit vom Sommer berauschten Gesichtern, mit Eistüten in der Hand. Dazwischen Geschäftsmänner mit Knopf im Ohr, die mit irgendjemandem redeten, der ungeheuer wichtig war oder sich dafür hielt.
Sie erkannte mittlerweile die einzelnen Stadtteile. Dennoch fühlte sie sich so fremd wie nie zuvor. Würde sie sich überhaupt an irgendeinem Ort heimisch fühlen? Sie dachte an Kiesbach, wo sie jede Straße kannte. Und dennoch das Gefühl hatte, nie angekommen zu sein. Sie hatte Anpassung mit Zugehörigkeit verwechselt.

Aber vielleicht lag es nicht an Kiesbach, nicht an irgendeinem Ort. Vielleicht lag es an ihr.
Die nächste Haltestelle war jene an der Galerie. Sie stieg aus und der Anschlussbus hielt zum Glück direkt dahinter.
Zur Zeppelinstraße, knurrte die Fahrerin, seien es keine zehn Minuten, als könnte sie nicht verstehen, dass man für diese Strecke den Bus nahm. Immerhin verriet sie Eva, dass die Haltestelle Pasteurstraße hieß.
Eva erinnerte sich an Charlys Anekdoten über die tägliche Busfahrt zur Schule. Über die Fahrer und Fahrerinnen mit ihren Schrullen und Eigenheiten, wie über jene, die sich weigerte, ihren Exmann mitzunehmen und, wenn er alleine an der Haltestelle zwischen Kiesbach und Stadt wartete, einfach an ihm vorbeifuhr. Selbst wenn jemand den Halteknopf gedrückt hatte.
Charly.
Eva musste sie anrufen, wenn sie ... fast hätte sie »zu Hause war« gedacht. Kiesbach. Sie konnte sich kaum vorstellen, nach den Streitereien und mit dem Wissen, dass ihr Mann sie dort mit einer anderen Frau betrogen hatte, jemals wieder in dem Haus zu leben. Sie wusste ja nicht einmal, wie es mit Alexander und ihr weitergehen sollte. Das war vielleicht das einzig Positive an ihrem Blackout: dass die Sache mit Alexander in den Hintergrund gerückt war.
Hast du ein Problem, schaff dir ein noch größeres, ging ihr in einem Anflug von Sarkasmus durch den Kopf.
»Pasteurstraße«, schnarrte eine digitale Stimme. Eva drückte den Halteknopf, kämpfte sich zum Ausgang und stieg aus.
Einen Moment lang musste sie sich orientieren. Dann wandte sie sich nach rechts. Die Bäume, die auch hier beide Straßenseiten säumten, rauschten im Wind. Sie war dankbar für den Schatten, den sie spendeten. Noch immer pochte der Schmerz hinter ihren Schläfen.

Ihre Schritte verlangsamten sich, je näher sie der Wohnung kam. Der Abend, der vor ihr lag, riss schon sein Maul auf und sie konnte in seinen dunklen Schlund sehen. Sie sehnte sich nach der Leichtigkeit der ersten Tage in der Wohnung. Eine Leichtigkeit, die unwiederbringlich verloren schien. Sie hatte sie verspielt.

Eva bog in die Zeppelinstraße ein. Wie still es hier war. Als lebten hier keine Menschen. Als wären die Häuser stumme Riesen, die argwöhnisch auf sie herabblickten, weil Ihresgleichen hier nichts verloren hatten.

Sie sah den Mann erst, als er aus dem Schatten eines Baumes heraustrat. Im ersten Moment glaubte sie, es wäre Alexander, denn der Mann besaß die gleiche Größe und seine kräftige Statur. Trotz der Hitze trug er eine dunkle Lederjacke und eine Kapuze auf dem Kopf. So etwas würde Alexander niemals anziehen, weder im Sommer noch im Winter.

Der Mann stand breitbeinig auf dem Bürgersteig, die Hände am Gürtel wie ein Cowboy. Er starrte sie an. Obwohl sie noch einige Meter voneinander entfernt waren, spürte sie, dass er sie fixierte. Wartete er auf sie?

Sie kannte ihn nicht.

Aber er sie? Konnte das womöglich R. sein?

Sie blieb stehen, unschlüssig, ob sie kehrt machen sollte. Aber wieso? Was sollte er ihr tun, selbst wenn es R. sein sollte? Er hatte ja eine offenbar angenehme Nacht mit ihr verbracht.

Hatte sie ihm die Adresse der Wohnung gegeben? Was hatte sie ihm noch erzählt?

Die Gedanken summten durch ihren Schädel wie ein Bienenschwarm.

Sie standen einander gegenüber, wenige Meter voneinander entfernt, wie zwei Duellanten. Bis auf sie beide war die Straße tot, kein menschliches oder tierisches Geräusch zu hören. Weder er noch sie bewegten sich. Nur ihr Herz pochte laut hinter ihren Rippen.

Das Brummen eines Autos durchbrach die Stille. Als es an Eva vorbeifuhr, drehte der Mann sich um und eilte die Straße hinunter.

Sie blieb stehen, bis er um die Ecke verschwunden war, und noch ein paar Sekunden länger. Dann lief sie los, obwohl ihr der Asphalt entgegenzuspringen schien. Das Blut in den Ohren rauschte.

Sie riss die Tür auf. Vielleicht aus Instinkt, aus Furcht oder wovor auch immer, drehte sie sich um und sah die Frau, die gegenüber von Agnès' Apartment wohnte. Auch sie verbarg die Augen hinter einer Sonnenbrille. Ihr steif dastehender Körper in der weißen Leinenkombination strahlte Kälte aus. Sie schüttelte den Kopf, wandte sich ab und verschwand in ihrem Haus.

Eva zitterte den Hausschlüssel hervor. Betrat den kühlen Treppenaufgang. Wieso hatte die Frau den Kopf geschüttelt? Oder hatte sie sich getäuscht? Konnte sie ihren Sinnen noch trauen? Hatte sie mit R. irgendeine Droge geschluckt und etwas Verwerfliches getan, das diese Frau beobachtet hatte? Das konnte nicht sein.

Konnte. Es. Nicht?

Sie hielt sich am Geländer fest.

Vielleicht sollte sie doch R. anrufen. Um dahinterzukommen, was in der Nacht passiert war. Aber ... was, wenn das, was er ihr erzählen würde, beschämender war als die Ungewissheit?

Vor der Wohnung lugte ein Stück Papier unter dem Türritz hervor. Sie bückte sich und zog es heraus.

Das Blatt bebte in ihren Händen. Nur drei Wörter standen darauf.

Ich komme wieder.

Die Schrift hatte sie noch nie im Leben gesehen.

Kapitel 39

Eva blickte sich um. Niemand war zu sehen, bis auf den Postboten mit seinem gelben Fahrrad am Ende der Straße.
Eva setzte Mütze und Sonnenbrille auf. Sie sah schon besser aus als am Tag zuvor, wie ihr ein vorsichtiger Blick in den Spiegel bestätigt hatte. Aber sie fühlte sich sicherer, wenn sie die Welt abgedunkelt wahrnahm und sich hinter den Gläsern verbergen konnte.
Eigentlich hatte sie die Wohnung nicht verlassen wollen. Hatte sich vorgenommen, den Tag auf der Terrasse zu verbringen. Sich mit Musik und Büchern abzulenken. Aber Kopfschmerzen machten ihr einen Strich durch die Rechnung. Sie hatte keine Tabletten mehr. Am Abend zuvor hatte sie die letzte genommen und gehofft, endlich schlafen zu können. So kreisten ihre Gedanken immer um die drei Worte.
Ich komme wieder.
Es musste sich um eine Verwechslung handeln. Anders konnte es nicht sein. Sie hatte den Zettel neben R.'s Brief gelegt. Weder brauchte man eine Lupe noch musste man Grafologin sein, um festzustellen, dass die beiden Texte von verschiedenen Menschen verfasst worden sein mussten. R. hatte eine weitschweifige, verspielte Handschrift. Die Andere ähnelte Druckschrift und wirkte so, als wäre der Schreiber in großer Hast oder Ungeduld gewesen.
Die Nachricht war sicher für jemand anderen bestimmt und fälschlicherweise bei ihr gelandet. Oder vielleicht hatte Mark

ihr den Zettel vor die Tür gelegt, weil er es nicht ertrug, eine Abfuhr bekommen zu haben? Dummer Zufall, der sich ausgerechnet nach der rätselhaften Nacht ereignet hatte. Beziehungsweise nur wegen dieser Nacht rätselhaft erschien. Genau wie der dunkel gekleidete Mann vor dem Haus.

Gestern hatte sie es geschafft, ihre Nervosität zur Ratlosigkeit zu zähmen. Selbst der Kopfschmerz hatte irgendwann nachgelassen.

Am Morgen jedoch war er zurückgekommen. Sie hatte geduscht und sich etwas zu essen gemacht, aber dadurch hatte er sich nicht bändigen lassen. Danach hatte sie es mit Ablenkung versucht. Ihr Handy geholt.

Alexander hatte sich nicht getraut, anzurufen, ihr jedoch eine Nachricht geschickt: Wie geht es dir?

Sie hatte sie unbeantwortet gelöscht.

Agnès hatte sich nicht gemeldet. Aber Charly hatte angerufen, und die Freude darüber hatte sich warm in Eva zusammengerollt wie eine Katze. Sie hatte ihre Nummer gewählt. Charly hatte nicht abgenommen.

Jetzt ging sie die Straße hinunter Richtung Zentrum. Ihre Schritte wirkten unangemessen laut in der Stille. Hin und wieder drehte sie sich um. Niemand folgte ihr.

Zwei Straßen weiter fand sie eine Apotheke, wo sie sich mit Schmerzmitteln eindeckte.

Danach machte sie sich sofort auf den Rückweg.

»Eva!«

Sie blieb abrupt stehen.

»Hey, Eva.«

Die Stimme kam ihr vage bekannt vor, aber sie konnte sie nicht zuordnen. Langsam drehte sie sich um.

Hinter ihr stand Harry. Er lächelte. »Schön, dich zu sehen.«

Er küsste sie auf beide Wangen, als wären sie alte Bekannte.

»Tolle Brille. Steht dir ausgezeichnet.«
»Danke.« Sie zwang sich, sein Lächeln zu erwidern.
»Hast du Zeit? Darf ich dich auf einen Kaffee einladen?«
Sie zögerte.
»Agnès ist verreist.« War ihrem Hirn nichts Intelligenteres eingefallen?
Harry lachte. »Jaja, ich weiß. Habe gestern noch mit ihr telefoniert.«
So war das. Sie starrte ihn an, dankbar, dass die dunklen Gläser ihre Augen versteckten.
Mit Harry pflegte Agnès also Kontakt. Und Eva konnte ihre Voicebox vollquatschen und erhielt irgendwann eventuell einen Rückruf. Oder eben nicht.
Dann war zwischen den beiden doch mehr. Warum hatte Agnès ihr das nicht erzählt?
»Also?« Er lächelte noch immer.
Sie brauchte ein paar Sekunden, bis ihr einfiel, dass er sie eingeladen hatte. Eigentlich hatte sie genug von Cafés und Bars. Und Männern. Bis auf Kai. Aber vielleicht erfuhr sie etwas von Agnès. Gefrühstückt hatte sie auch noch nichts. Und Harry kannte sie wenigstens.
»In Ordnung. Aber ich zahle selbst.«
Er lachte schon wieder. »Das gefällt mir. Ich mag es, wenn Frauen geradeheraus sind und ihren Stolz haben. Kein Wunder, dass Agnès mit dir befreundet ist.«
Früher hätte ihr so ein Satz geschmeichelt.
»Wohin?«, fragte sie.
»Gleich um die Ecke ist eine Espressobar. Nichts Besonderes, aber der Kaffee ist gut.«
»Okay.«
Die Bar war glücklicherweise wirklich nur eine Straße weiter. Der Kaffee schmeckte hervorragend, und da ihre Kopfschmer-

zen dank einer der Tabletten geschrumpft waren, fühlte sie sich sogar halbwegs gut. Sie bestellte ein Stück Heidelbeerkuchen. Harry nahm dasselbe.

Eva hatte die Brille abgenommen, aber Harrys Blick hatte sich nicht verengt. Sie sah offenbar wieder einigermaßen alltagstauglich aus. Zumindest für andere. Die sie nicht kannten.

Harry redete ziemlich viel. Dass er sein Lokal zwei Wochen schließe, weil er Ferien machen wolle. Er könne sich noch nicht entscheiden, ob er nach Cannes fahren oder lieber nach Sardinien fliegen solle. Sie tat so, als interessierte sie das, auch wenn seine Sätze ihr wie bunte Ballons vorkamen, gefüllt mit heißer Luft. Sie versuchte, wieder ein wenig Vivian zu sein, der amüsierte Kommentare und ebenso hohle Phrasen mit geistreichem Anstrich einfallen würden. Aber es wollte ihr nicht gelingen. Also ließ sie Harry reden.

Es war erstaunlich, wie wenig Feedback manche Menschen brauchten. Dass sie nur deswegen ein Gegenüber benötigten, um sich selbst sprechen hören zu können. Harry gehörte eindeutig dazu.

Und Agnès, flüsterte ein gekränkter Teil ihres Ichs.

»Eigentlich wollte ich ja Agnès besuchen.« Seine Verlegenheit war schlecht gespielt. »Aber sie mag das nicht, wenn sie einen Job hat.«

Er betonte das Wort »Job« auf unnatürliche Weise.

»Sie verrät mir dann nicht mal, wo sie ist.«

Wer glaubte, Männer könnten keinen Schmollmund ziehen, würde bei Harrys Anblick eines Besseren belehrt.

»So ist sie nun mal.« Eva zwang sich zu einem Lächeln, um von ihrem bissigen Tonfall abzulenken.

»Oh ja.«

Er seufzte, winkte dem Kellner und bestellte sich ein zweites Stück Kuchen. Wie hatte er es fertiggebracht, das erste zu ver-

tilgen, wo er doch immerzu geredet hatte? Sie hatte nicht mal ein Drittel aufgegessen.
»Genau wie mit ihrer Wohnung. Ich darf sie nie dort treffen. Da bleibt sie professionell.«
Professionell? Was meinte er damit? Ob Agnès ihm erzählt hatte, dass sie jetzt die Wohnung hütete? Vermutlich nicht.
»Sie ist wirklich einzigartig.« Er sah Eva an. Etwas Herausforderndes blitzte in seinem Blick auf.
»In jeder Hinsicht.«
»Ihr kennt euch schon länger?« Eva rührte Zucker in ihren Kaffee. Eine innere Unruhe hatte sie ergriffen und übertrug sich auf ihre Hände, die sie kaum noch stillzuhalten vermochte.
Er zuckte die Achseln. »Was heißt länger? Ein paar Monate.« Zeit spielte für Harry offenbar keine Rolle.
»Ihr kamt mir so vertraut vor.« Eva erinnerte sich an ihre erste Begegnung mit Harry in seinem Restaurant. Damals war es unübersehbar gewesen, dass Harry und Agnès einander anziehend fanden.
»Oh ja. Die Chemie hat sofort gestimmt, das ist ganz wichtig. Aber …« Er beugte sich vor. »Das weißt du ja selbst, oder?«
Sie lehnte sich zurück. Worauf spielte er an? Hielt er Agnès und sie für Freundinnen? Aus welchem Stoff war dieser Groll, der leise in ihr nagte, aus Eifersucht und der Erkenntnis, dass Agnès für sie offenbar mehr gewesen war als umgekehrt? Dass Agnès Harry näherstand als ihr?
Oder glaubte Harry allen Ernstes, mit ihr flirten zu müssen? Versuchte er das gerade?
Er ließ sie nicht zu Ende überlegen. »Sie wollte zwar nicht, dass ich dich frage.«
Das Nagen wurde lauter. Drängender.
»Was denn?«
Es war ihr egal, ob ihre Stimme scharf klang. Wieso hatte sie

Harrys Einladung zu einem Kaffee angenommen? Nichts hatte sie über Agnès erfahren. Es hatten sich nur noch mehr Fragen ergeben, die auf das Gedankenkarussell in ihrem Kopf aufsprangen und sich fröhlich mit im Kreis drehten.

»Nun ja.«

Harry beugte sich weiter vor, die Hände verschränkt. Ihr fiel auf, wie behaart sie waren. Am kleinen Finger trug er einen protzigen Siegelring.

»Sie hat mir anvertraut, dass du Geld brauchst. Deinen Job verloren hast.«

Worauf wollte er hinaus? Hatte Agnès ihm doch von ihrem Homesitterjob erzählt und wollte er sie fragen, ob sie auch seine Wohnung hütete, wenn er in Urlaub war? Oder in seinem Restaurant jobben wolle? Wo lag das Problem? Er tat so, als handelte es sich um etwas Geheimnisvolles.

»Wie viel würdest du bezahlen?« Sie fragte mehr aus Verlegenheit denn aus Interesse.

Er riss die Augen auf. »Wow. Du bist direkt. Das gefällt mir. Sehr sogar.« Er schnalzte leise mit der Zunge. Es klang ordinär. »Passt dir heute Abend? Da können wir alles besprechen. Zwanzig Uhr? Ich kenne da ein wunderbares romantisches Restaurant, kurz hinter der französischen Grenze.«

Seine Stimme klang, als wäre sie mit rosa Plüsch überzogen. Auf seiner Stirn stand Schweiß, färbte seinen Haaransatz dunkel, was ihm etwas Schmieriges verlieh. Genau wie sein Charme.

Nein, mahnte sie sich.

Warum besprach er das nicht hier und jetzt?

Sie rammte die Gabel in das restliche Kuchenstück. »Ich muss leider ablehnen.«

Verwunderung zuckte über sein Gesicht. Sekunden der Verblüffung, wie bei einem verwöhnten Kind, dem man einen

Wunsch abschlägt, kurz vor dem unvermeidlichen Wutanfall.
Aber Harry beherrschte sich.
»Eva. Du musst da keine Bedenken haben.«
Sie hatte genug. »Ich muss jetzt gehen.« Sie winkte dem Kellner.
Harrys Hand schnellte vor, legte sich auf ihren Unterarm.
»Siebenhundert. Überleg es dir. Wir gehen einfach essen. Unterhalten uns. Dann sehen wir weiter. Das ist ein Super-Angebot für eine Nacht.«
Eine Nacht.
Endlich packte sie das Begreifen an den Schultern und schüttelte sie.
»Was erlaubst du dir!« Sie stieß seinen Arm weg.
Er zuckte zurück.
»Für wen oder was hältst du mich eigentlich?«
Ein Mann am Nachbartisch glotzte. Es war ihr egal.
Harry schnappte nach Luft. »Eva, bitte beruhige dich.«
Immer sollte sie sich beruhigen. Alexander hatte die gleichen Worte gesagt. Beide hatten sie gedemütigt. Aber sie sollte sich beruhigen.
»Ich dachte, weil Agnès und du …«
Das Wort schien zu groß für seine Kehle.
»Dass ich was?«
»Dass du offen für so etwas wärst.«
So ein Feigling. Er konnte es nicht mal aussprechen.
Sie warf die Gabel auf den Teller. Stand auf, dass ihr Stuhl über den Boden schrappte. Egal, alles egal. Dass sich die Leute nach ihr umdrehten. Dass sie sie anstarrten. Dass sie sie für beschränkt hielten, die das Offensichtliche nicht begriffen hatte. Sie unterdrückte den Impuls, aufzulachen, laut und schrill, mit beiden Händen auf den Tisch zu trommeln. Weil es stimmte. Egal ob sie sich Eva oder Vivian oder wie auch immer nannte.

»Der Herr übernimmt«, rief sie dem Kellner zu. Das war das Mindeste. Auch wenn es ihre Demütigung nicht aufwog: Sie würde nicht auch noch den Kaffee bezahlen.
Aus einer Ecke lachte eine Frau.
Sie spürte eine Million Blicke in ihrem Rücken, als sie die Espressobar verließ und die Tür hinter sich zuknallte.

Kapitel 40

Ihr war schon wieder schwindlig, doch sie beschleunigte ihren Schritt. Egal, ob sie stolperte. Hinfiel. Sich lächerlich machte. Das war wenigstens der Vorteil, wenn man seine Selbstachtung verloren hatte. Eine Steigerung der Peinlichkeit war kaum möglich.

Sie wollte zurück in die Wohnung und Agnès anrufen. Die wahrscheinlich nicht ans Telefon gehen würde. Denn es war ja nur sie, die anrief, die dumme Eva. Aus ihrem kleinen Dorf. Die nichts kapierte. Dann würde sie eben auf die Voicebox sprechen, ach was, brüllen würde sie, wie es sein konnte, dass Harry sie für eine Frau hielt, die sich für Sex bezahlen ließ. Vielleicht, weil Agnès genau das tat?

Sie schüttelte den Kopf. Das konnte nicht stimmen. Dass sie jemanden bewundert hatte, dass sie hatte sein wollen wie jemand, der log und täuschte und Geschichten über andere erfand. Was hatte Agnès Harry über sie erzählt?

Eva bog in die Zeppelinstraße ein. Diese tote Straße mit ihren makellosen Fassaden. Sie konnte sich nicht mehr vorstellen, dass sie hier hatte leben wollen. Dass überhaupt irgendjemand hier lebte. Hier wurde allenfalls inszeniert, und ja, auch sie hatte das getan. Das war lustig gewesen. Vivian hatte kurz ihren Spaß gehabt, bis sie in das schwarze Loch jener Nacht gestürzt war.

Ein frischer Wind kam auf, der sie frösteln ließ. Sie blickte zum Himmel. Graue Wolken klumpten sich zusammen. Sie

kramte den Schlüssel aus der Tasche, wollte aufschließen. Und taumelte zurück. Vor ihr stand ein Mann. Diesmal hielt sie ihn nicht für Alexander. Wieder trug er die dunkle Lederjacke, hatte die Kapuze seines Sweatshirts ins Gesicht gezogen.
»Na endlich. Hab schon auf dich gewartet.«
Ihr Herz klopfte hart gegen ihre Rippen.
»Ich kenne Sie nicht«, stieß sie hervor. »Sie müssen mich verwechseln.«
»Einen Scheiß muss ich.« Er packte sie grob am Arm.
Sein Gesicht hätte attraktiv sein können, mit den lang bewimperten dunklen Augen, der geraden Nase und den vollen Lippen. Doch es war von Wut und Brutalität verzerrt.
War das R.? Sein Verhalten passte nicht zu der Nachricht, deren Tonfall freundlich gewesen war. Aber was wusste sie denn über den Mann aus der vergessenen Nacht, außer dem ersten Buchstaben seines Vornamens ...
»Wo ist sie?«
»Wo ist wer?«
Er zog Eva zu sich heran, sodass sie den Zigarettenrauch in seinem Atem riechen, die Narbe über seiner Oberlippe sehen konnte.
»Stell dich nicht blöd.« Seine Finger schlossen sich fester um ihren Arm.
Schon wieder. Schon wieder war sie in eine Situation geschlittert, die sie nicht verstand, wie eine Schauspielerin, die sich im falschen Stück wiederfand. Die glaubte, sich im Sommernachtstraum zu befinden und plötzlich in der Kulisse von Macbeth auftauchte.
Das musste aufhören. Sie öffnete den Mund und brüllte: »Lass mich los, sofort.«
Überraschung zuckte über sein Gesicht. Sie öffnete erneut den Mund, aber er presste seine Hand darauf, bevor sie schreien

konnte.
»Wo ist sie? Wo ist Agnès? Und erzähl mir bloß nicht, dass du sie nicht kennst. Seit Tagen gehst du in ihrer Wohnung ein und aus. Also, ich frag dich noch mal, und du antwortest mir, oder …« Seine Hand an ihrem Arm rutschte herunter zu ihren Fingern.
»… oder ich brech sie dir einzeln. Kapiert? Also: Wo. Ist. Agnès?«
Er nahm die Hand von ihrem Mund. Seine Augen schimmerten hasserfüllt. Aber da war noch etwas anderes.
»Sie ist mit einem Kunden im Ausland.«
»Wo?«
Ihr Herz flatterte wie ein verwundeter Vogel. »Ich weiß es nicht.«
Er drückte fester zu.
Sie musste etwas sagen, irgendwas, damit er sie freigab.
»Tunesien.«
Der Hass in seinen Augen zerriss wie ein Tuch. Dahinter schimmerte Irritation. Seinen Griff lockerte er nicht.
Sie biss sich auf die Lippen, um nicht aufzustöhnen. Diese Genugtuung würde er nicht bekommen.
»Tunesien?«
»Ja, in Tunis. Mehr weiß ich nicht. Wenn du sie kennst, dann weißt du ja, dass sie sehr professionell ist, was ihre Jobs angeht.«
Er schluckte so heftig, dass sein Kehlkopf hüpfte. Unvermittelt ließ er sie los.
»Sag ihr, dass ich sie finde«, stieß er zwischen den Zähnen hervor. »Sag ihr das.«
Sie wollte ihm am liebsten ins Gesicht spucken, gegen das Schienbein treten. Sie hielt seinen Blick.
»Wenn ich deinen Namen wüsste, könnte ich das sogar tun.«
Er packte sie am T-Shirt. »Werd nicht frech.«
»Was machen Sie da? Ich rufe die Polizei!«

Er zuckte zusammen und ließ sie los. Eva fuhr herum. Auf der anderen Straßenseite stand die Frau, die gegenüber von Agnès' Apartment wohnte. Sie trug einen Hosenanzug und schwarze Pumps.
Die Frau hielt drohend ihr Handy hoch. »Verschwinden Sie, sofort.«
Der Mann versetzte Eva einen Stoß, dass sie nach hinten taumelte und gegen einen Wagen prallte.
»Passen Sie doch auf!«
Sie blickte zu der Frau hinüber. Diese erwiderte ihren Blick. Eva erschrak, denn sie schaute sie kaum weniger hasserfüllt an als der Typ, der sie angegriffen hatte.
Die Frau bebte. »Hört das denn nie auf! Das ist eine ordentliche Straße, mit ordentlichen Menschen und nicht solchen Exemplaren wie Sie. Und Ihrer seltsamen Freundin. Und Euren Männern.«
Ihre Worte waren brutaler als der Griff des Angreifers. Die Frau wandte sich um, stieß die Eingangstür auf und verschwand in ihrem Haus.
Eva presste den Rücken gegen die Fassade. Kalt, rau, aber wenigstens etwas zum Anlehnen. Ihre Beine zitterten. In der Ferne, irgendwo über der Stadt, grollte es drohend. Es war tatsächlich ein Gewitter im Anzug. Sie atmete tief durch, stieß sich ab und zog die Tür auf.
Das Treppenhaus empfing sie mit der gewohnten Kühle.
Sie hangelte sich hinauf, schloss auf, knallte die Tür hinter sich zu.
Im Schlafzimmer riss sie ihr Handy vom Nachttisch. Wählte Agnès' Nummer.
Als sie auf das vertraute Tuten lauschte und sich im Wohnzimmer auf das Sofa fallen ließ, spürte sie die Wut. Wut, die sich zusammengebraut hatte wie das Gewitter draußen nach Wo-

chen der Hitze. Wut, deren Zwillingsschwester Verzweiflung war.
Agnès' gleichgültig amüsierte Stimme verkündete wie gewohnt, dass sie gerade nicht zu sprechen sei.
Jetzt war Eva an der Reihe.
»Irgendwann hörst du das ab, also spitz die Ohren: Ein Kerl war hier, der mit ziemlichem Körpereinsatz herausfinden wollte, wo du bist. Eine gute Frage, die ich ihm aber nicht beantworten konnte. Ich hab behauptet, du wärst in Tunesien.« Sie schluckte. »Agnès, wo bist du eigentlich? Ich finde, du könntest mir mal so Einiges verraten, zum Beispiel, was du Harry über mich erzählt hast und was genau du unter Coaching verstehst – ich glaube, da gehen unsere Ansichten weit auseinander. Nach meinem Verständnis hört das vor der Schlafzimmertür auf.« Eva holte tief Luft. »Agnès. Bitte, ruf mich an. Der Typ ... ich glaub, er kommt wieder.«
Sie legte auf.
Ein Blitz zuckte über den Himmel wie ein höhnisches Grinsen über ein Gesicht. Danach Donnergelächter. Regentropfen prasselten auf das Dach, so abrupt, als hätte jemand einen Schalter umgelegt. Eva starrte nach draußen. Sah zu, wie Regen und Hagel auf die Stadt einschlugen.
Ihr Handy, das sie noch immer in der Hand hielt, klingelte. Agnès, hoffte sie, aber natürlich war es nicht Agnès.
Es war Charly.

Agnès

Agnès legte das Handy zur Seite. Sie lag ganz ruhig, achtete auf ihren Atem, um dem Aufruhr in ihrer Magengrube etwas entgegenzusetzen. Zum Glück hatte Guido nichts mitbekommen. Er war drinnen und telefonierte mit einem Geschäftspartner. Evas Stimme schrillte in ihren Ohren. Ihre Vorwürfe kratzten

an einer wunden Stelle, die Agnès gerne vor sich selbst verleugnete.
Alles lief aus dem Ruder.
Sie spülte den Gedanken mit einem Schluck Martini weg.
Nicht alles. Dann läge sie nicht hier, auf einer Sonnenliege am Swimmingpool einer südfranzösischen Villa.
Du hast Eva reingeritten, flüsterte eine Stimme in ihr, die wieder eine frappierende Ähnlichkeit mit Riki hatte.
Und Harry unterschätzt. Du vertraust immer den falschen Leuten. Ziehst sie an wie Schmeißfliegen …
Harry. Sie ballte die Hand zur Faust. Wie konnte er es wagen, Eva so einen Schwachsinn zu erzählen, verdammt! Kein Wunder, dass sie so heftig reagiert hatte.
Ihr Magen pochte heftiger. Sie hatte ihn gemocht. Sie hatte ihn für einen Freund gehalten. Oder etwas Ähnliches.
Agnès lauschte auf Guidos Geschäftsstimme. Das würde noch dauern.
Sie nahm ihr Handy und wählte Harrys Nummer. Er meldete sich sofort. Vermutlich lag sein Telefon selbst nachts neben ihm auf dem Kopfkissen, und jetzt hechelte er wie ein Hund. Wie in den Nächten, die sie mit ihm verbracht hatte.
»Agnès!«
Sie mochte seine Stimme nicht. Das fiel ihr jetzt erst auf. Sie war zu hoch. Wie die eines … Kastraten. Ja.
»Mach das nicht noch mal!«
»Was? Agnès …«
»Wie kannst du das behaupten.«
»Wie … was meinst du?«
Wie er schmorte. Herrlich. Dann drehen wir die Flamme noch ein bisschen höher.
»Du weißt genau, was ich meine. Das war höchst illoyal von dir.«

Pause. Vielleicht musste er über die Bedeutung des Wortes illoyal nachdenken.
»Du hältst dich von Eva fern. Du erzählst nie mehr Lügen über mich. Du kennst mich ab sofort nicht mehr. Für dich habe ich nie existiert. Verstanden?«
»Aber, Agnès, hör zu. Sorry, ich wusste nicht ... Ich dachte, weil sie doch einen Job sucht ...«
»Und da fällt dir nichts anderes ein, als ihr Geld für Sex anzubieten? Was bist du für ein Mensch?« Sie war überrascht, wie aufgebracht sie war. Musste ihr Stimme dämpfen.
»Das zwischen uns war kein Job, Harry. Das weißt du genau. Ich habe dich bei deinen Restaurantplänen unterstützt. Alles andere war privat. Leider. Wenn ich gewusst hätte, wie schäbig du dich einer Freundin gegenüber verhältst ...«
»Agnès, bitte, ich ...«
»Und wenn du dich nicht daran hältst ...«
Sie genoss die Stille zwischen ihnen, die sich wie eine Schlinge um seinen Hals legte. Und er wusste nicht, ob und wann sie sich zuziehen würde.
»Dann werde ich dich bei der Steuerfahndung verpfeifen.«
Sein Atem stieß durch die Leitung.
»Übrigens: Du warst nicht mal gut. Und jetzt lösch meine Nummer!« Sie legte auf.
»Alles in Ordnung?«
Nur innerlich zuckte sie zusammen. Langsam drehte sie sich zu Guido um und schenkte ihm ein Lächeln.
»Aber sicher. Nur ein penetranter Mensch, dessen Angebot ich abgelehnt habe. War nicht mein Niveau.«
Er nickte. Sie war verblüfft, wie viele Menschen bereit waren, ihr das dekadente Getue abzunehmen. Auch er.
Vielleicht war es das, was sie antrieb, was alles entschuldigte: dass die Menschen so gierig waren. Nach etwas Aufregung, ein

bisschen Glamour, und wenn er noch so billig, noch so falsch war. Lieber der glänzende Lack über Pressspan als massives Holz mit ein paar Kratzern.

Sie gab ihnen nur, was sie wollten.

»Noch einen Drink?«

»Sehr gerne.« Sie schlug die Beine übereinander und reichte ihm ihr Glas.

Sie wartete, bis er ihr einen neuen Martini gebracht und sich wieder zum Telefonieren zurückgezogen hatte.

Dann trank sie gierig.

Harry war erledigt. Der machte ihr keine Schwierigkeiten mehr.

Das machte die andere Sache jedoch nicht besser.

Wieso konnte Cedric keine Ruhe geben. Sie hatte geglaubt, den Psycho abgeschüttelt zu haben. Hatte seit Tagen nicht mehr an ihn gedacht.

Wieso konnte er nicht akzeptieren, dass sie weg war?

Tunesien. Hut ab, Eva. So viel Geistesgegenwart hätte sie ihr nicht zugetraut.

Aber vermutlich nützte es nichts. Denn Cedric war zwar irre, aber nicht völlig verblödet. Und, wie sie am eigenen Körper erfahren hatte, sehr, sehr hartnäckig. Er würde sich höchst wahrscheinlich mit dieser dürftigen Information nicht abspeisen lassen.

Wie gut, dass sie Eva nicht gesagt hatte, wo sie war. Dass Eva sich hatte vertrösten lasen.

Sie vertraute ihr vollkommen. Hatte sie jedenfalls. Bis heute.

Der Gedanke biss Agnès irgendwo in ihrer Körpermitte. Aber Schmerzen konnte sie gut aushalten. Sie hatten sie noch nie davon abgehalten, das zu tun, was sie wollte.

Fast nie.

Weg mit dem Gedanken.

Sie seufzte. Es war ein Fehler gewesen, Eva als Homesitterin zu »engagieren«, ein idiotischer Einfall. Sie hätte einfach abhauen sollen. Hätte die Wohnung eben leer gestanden. Ihr wäre schon was eingefallen, wenn Adrian nachgefragt hätte, warum sein verdammtes Gestrüpp auf der Terrasse verdorrt war. Eingebrochen wäre da sowieso niemand, mit der Gefängnistür. Und die dumme Pute von gegenüber glotzte sowieso ständig rüber.
Aber was, wenn Cedric Eva weiter auflauerte? Verfolgte? Sie terrorisierte? Und Fragen stellte?
Zum Glück hatte er nicht daran gedacht, Eva ihre Handynummer abzupressen. Aber was, wenn ihm diese Idee doch noch dämmern würde? Und Eva sie ihm gab?
Wie hätte sie ahnen können, dass er ein unkalkulierbares Risiko werden würde? Dass er so durchdrehte. Wie krank das auch immer war.
Tu nicht so, höhnte die Stimme in ihr, die sie zutiefst verabscheute. Genau deswegen bist du doch abgehauen. Und lässt mal wieder andere deinen Mist ausbaden.
Schuldgefühle nagten in ihrem Magen. Sie ertränkte sie mit einem großen Schluck.
Halt`s Maul, dachte sie.
Ja, sie hatte Fehler gemacht. Sie hätte Cedric nie so nahe an sich herankommen lassen dürfen. Ein bisschen Spaß, ein warmer Körper neben sich für ein oder zwei Nächte, mehr hatte sie nicht gewollt. Sie war davon ausgegangen, dass er das genauso sah. Sie wäre nie auf den Gedanken gekommen, dass sie ihm … etwas bedeutete.
Was, wenn er Eva etwas antat? Dass ihm die Hand ausrutschen konnte, oder besser gesagt die Faust, das hatte sie selbst erfahren.
Und wenn Eva die Polizei rief?
Agnès schwenkte ihr Glas mit dem Rest Flüssigkeit, schaute zu,

wie sie träge der Bewegung folgte.
Würde sie schon nicht. Eva war vielleicht etwas naiv, aber nicht bescheuert. Dann würden die Bullen nämlich auch bei ihr nachbohren, und wie sie ihrem letztem Anruf hatte entnehmen können, war ihr die Kontrolle über ihr Leben ein wenig entglitten. Wenn Agnès an die dämlichen Tropfen dachte, konnte sie nur den Kopf schütteln.
Ihren Filmriss, den wollte Eva sicher für sich behalten.
Tja, so was konnte passieren, wenn man Spaß haben wollte. Oder einen Schmerz zu betäuben versuchte, der so groß war, dass er keinen Platz zum Denken ließ.
Hatte sie auch lernen müssen.
Unwillkürlich griff sie nach der Kette mit dem Kreuz um ihren Hals.
Sie trank das Glas aus.
Eva war erwachsen. Sie würde sich schon zu helfen wissen.
Das war nicht mehr ihre Sache.
Jeder war letztlich für sich selbst verantwortlich. Musste entscheiden, mit welchen Bandagen er sich durchs Leben kämpfen wollte.
Nur diese Anrufe, die mussten aufhören.
Agnès erhob sich und nahm das alte Prepaid-Handy, jenes, auf dem nur die unwichtigen Nummern gespeichert waren. Sie schlenderte vor an den Rand des Pools und blickte hinunter ins Wasser.
Ein Gedanke schlich sich ein. Sie dachte an den Tag, als sie mit Eva im Park gewesen war. Einer ihrer schlechteren Tage, an dem sie sentimental geworden war, an dem sie geglaubt hatte, dass Eva eine gute Freundin wäre. Wenn sie eine gewollt hätte.
Sie verjagte den Gedanken.
»Sorry, Eva.« Sie ließ das Handy fallen und schaute ihm zu, wie es auf den Grund des Pools sank.

Kapitel 41

Evas Handy klingelte. Ihre Tochter!
»Hallo Charly.«
»Mensch Mama! Endlich erreiche ich dich. Wie geht's dir?«
Wie es ihr ging?
Wie sollte sie in Worte fassen, wie sie sich fühlte, und das ausgerechnet dem Menschen gegenüber, der ihr am meisten bedeutete? Der von dem Chaos in ihrem Leben nichts wissen sollte. Zum Glück ließ ihr Charly keine Zeit zu antworten.
»Das ist so schrecklich alles.«
Eva seufzte. »Du hast mit Papa gesprochen.«
Welche Version der Wahrheit er ihr wohl erzählt hatte? Wie viel hatte er weggelassen, beschönigt, verschwiegen?
»Ich hab dich nicht erreicht.«
»Das war kein Vorwurf.« Eva lächelte und hoffte, ihre Tochter konnte das an ihrer Stimme erkennen.
»Papa sagt …«
Ein Donner krachte.
»Ist bei euch Gewitter?«
»Ja, aber sprich ruhig weiter.«
»Also, Papa sagt, er habe Mist gebaut.« Charly machte eine Pause. »Es hätte … mit einer anderen Frau zu tun.« Wieder Pause.
Als wäre die Wahrheit ein wildes Tier, das sie in immer enger werdenden Radien einkreiste, um zu prüfen, wann es gefährlich für sie wurde.

Das würde es nie.
»Charly, reden wir doch Klartext. Er hatte eine Affäre mit einer ehemaligen Klassenkameradin. Während wir zur Mutter-Kind-Kur waren, und noch ein paar Monate danach.«
Charly schnappte nach Luft, obwohl ihr klar gewesen sein musste, dass ihr Vater ihre Mutter betrogen hatte. Aber es war für Kinder schon schwer vorstellbar, dass ihre Eltern ein Sexualleben hatten – so war es ihr selbst als Jugendliche gegangen. Und schier inakzeptabel war es, dass Vater oder Mutter Lust auf einen anderen Mann oder eine andere Frau hatten und fremdgingen. Und dass sie das auch noch in Worte fassten. Große wie kleine Kinder wollten eine heile Familie, wie in den Bilderbüchern, die sie als Dreijährige durchgeblättert hatten.
»Wie konnte er nur?« Charly schnaubte. »Ich hab ihm gesagt, wie mies ich das finde. Noch mieser als sein Verhalten Philipp gegenüber.«
Der vermasselte Grillnachmittag und Charlys verdorbener Geburtstag, die Spannungen zwischen Alexander und Philipp, ihr abermaliger Streit – das alles war so weit weg, als hätte es nie zu Evas Leben gehört. Als hätte sie einen Teil abgespalten, wie eine Echse ihren Schwanz abwarf. Aber ihr würde kein unversehrtes Stück nachwachsen. Sie musste mit dem Rest auskommen.
»Wir haben dir den Tag vermasselt. Ich hoffe, wir können das nachholen. Irgendwann.«
»Mach dir deswegen keine Sorgen, ich hab noch öfter Geburtstag.« Charly lachte, aber sie war eine schlechte Schauspielerin.
»Papa ist jedenfalls total reumütig. Er hat gesagt, er würde gerne noch mal mit dir reden.«
»Im Moment kann ich das nicht. Noch nicht. Verstehst du das?«
»Klar.«
Blitze zuckten durchs Zimmer. Eva stand auf und schloss die

Vorhänge.
»Mama, glaubst du, dass ihr …«
»Ich weiß es nicht, Charly.«
»Okay.«
Das war es nicht. Aber sie konnte ihre Tochter nicht belügen.
»Du warst bei Opa«, wechselte sie das Thema und war erleichtert, dass sie über etwas anderes als über Alexander mit Charly sprechen konnte. Wer hätte gedacht, dass sie einmal froh sein würde, über ihren Vater zu reden.
»Ja.« Zärtlichkeit und Trauer vermischten sich in Charlys Stimme. »Er hat gedacht, ich wäre du.«
Eva räusperte sich. »So was.«
»Er war total süß. Hatte so eine komische Fliege um. Die hat er früher doch nie getragen, oder?«
»Nein, hat er nicht.«
»Ich glaube, er hängt ziemlich an dir.«
Langsam sickerten die Worte ihrer Tochter in ihr Herz. Ballten sich zusammen zu einer kleinen, warmen Kugel. Sie öffnete den Mund, aber es reichte nur für ein weiteres Räuspern.
»Auch wenn du das vielleicht nicht immer gemerkt hast«, fuhr Charly fort, als hätte es die Sekunden der Stille nicht gegeben.
Wieder grollte der Donner, aber leiser als zuvor. Das Unwetter zog hoffentlich langsam ab.
»Mama. Was machst du jetzt? Und wo bist du eigentlich? Bei Hannah?«
Hannah. Dass ihre Freundin ihn damals mit der anderen Frau gesehen hatte, davon hatte Alexander seiner Tochter offenbar nichts erzählt.
»Ich bin in Agnès' Apartment. Das ist die … die Bekannte, die mich als Homesitterin angeheuert hat.«
Hoffentlich merkte Charly nicht, wie verkrampft sie hinter ihren lockeren Worten war.

»Okay. Ansonsten, also wenn du willst, könntest du natürlich auch zu uns kommen.«

Eva lächelte. »Das ist sehr lieb von euch. Ich überlege es mir, okay?«

»Klar.«

Durch die Leitung hörte Eva ein Schrillen. Charly murmelte einen Fluch. »Ach Mama, das ist eine Studienfreundin, es geht um einen neuen Job.«

»Ist doch in Ordnung. Wir telefonieren demnächst noch mal.«

»Machen wir.«

»Charly …«

»Ich dich auch Mama.« Charly beendete das Gespräch.

Eva starrte ein paar Sekunden ihr Telefon an, bevor es ihr bewusst wurde und sie es weglegte.

Das Donnergrollen war leiser geworden. Das wütende Prasseln des Regens hatte sich in gleichgültiges Rauschen verwandelt.

Sie kam nicht dazu, die Unterhaltung mit Charly noch einmal Revue passieren zu lassen. Ein Geräusch ließ sie aufhorchen. Es kam von der Eingangstür. Ein Schaben. Kratzen.

Sie saß ganz still. Die Luft knisterte, als wäre sie aus Papier, das jemand langsam zusammenknüllte.

Da war jemand an der Tür.

Sie war sich sicher, wer dieser jemand war.

Warum war die verdammte Haustür unten eigentlich immer offen? Sie hätte sie abschließen müssen. Aber die Wohnungstür, die war aus Metall, einbruchssicher. Oder nicht?

Lautlos glitt sie vom Sofa. Ging auf Zehenspitzen durch das Wohnzimmer, in den Flur. Kauerte sich auf den Boden. Roch ihren Schweiß, der sich von den Achselhöhlen über ihren Oberkörper ausbreitete. Sie versuchte, möglichst flach zu atmen, damit er sie nicht hörte, falls er noch immer hinter der Tür lauerte.

Jetzt Schritte. Das waren eindeutig Schritte. Die sich entfernten. Sie rutschte näher an die Tür heran, legte ihr Ohr auf das kühle Metall.
Ja, da stieg jemand die Treppe hinunter.
Sie wartete. War da eben die Haustür ins Schloss gefallen?
Sie lauschte angestrengt. Nichts war zu hören. Sie zählte bis hundert. Nichts.
Vorsichtig stand sie auf, spähte durch den Spion.
Niemand da.
Sie atmete aus, aber ihre Erleichterung war aus dünnem Stoff gewoben.
Er war zurückgekommen. Und würde es wieder tun. Bis er sie erwischte. Dann würde er sie nach Agnès fragen. Und sie hatte keine Antworten.
Wieso wollte er wissen, wo Agnès war? Er schien sie gut zu kennen. War sie ihm etwas schuldig? Hatten die beiden irgendeine Rechnung offen, deren Mathematik sie nicht verstand?
Oder war das einfach ein Irrer, der sich von Agnès mehr erhofft, den sie jedoch abserviert hatte?
Und sie sollte das jetzt büßen?
Sie ist abgehauen, dachte Eva. Agnès ist abgehauen.
Aber wieso?
Vielleicht sollte sie zur Polizei gehen – aber was sollte sie der sagen? Die konnte ihr bestimmt nicht helfen. Es war ja nichts passiert. Noch nicht.
Worauf hatte sie sich eingelassen – vor allem, auf wen?
»Wer bist du eigentlich?« Sie war sich nicht sicher, wen sie mit ihrer Frage meinte.

Langsam kroch der Abend näher.
Sie fühlte sich wie eine Gefangene, aufgeputscht von ihrer Nervosität vor dem, was kommen mochte. Sie nahm einen der

Krimis zur Hand, die sie aus Kiesbach mitgenommen hatte, kam aber über eine Seite nicht hinaus.
Sie versuchte sich mit Kochen abzulenken, obwohl sie keinen Appetit hatte. Räumte auf, putzte das Bad. Verhasste, sinnlose Arbeiten, mit denen sie sich Normalität vorgaukelte.
Gar nichts war normal, vielleicht noch nie gewesen. Möglicherweise war »normal« ein nicht existenter Zustand, den die eine Hälfte der Menschheit anstrebte und dem die andere Hälfte um jeden Preis entfliehen wollte.
Es war später Nachmittag. Es gab nichts mehr zu tun als zu warten, dass etwas passierte. Oder dass nichts passierte. Sie saß auf dem Sofa, in eine Decke gewickelt. Starrte durch den Spalt der Vorhänge. Dunkle Wolken schäumten über den wässriggrauen Himmel, in dem die Sonne längst ertrunken war.
Die Dämmerung schlich herein. Sie sammelte sich in den Ecken, hinter den Vorhängen und unter den Möbeln. Evas Herz schlug, spülte die Angst durch ihren Körper. Eine alte, verdrängte Angst. Es gab nicht nur das Urvertrauen, sondern auch eine Urangst, irrational, vor Monstern und Gespenstern. Ihr Monster trug Leder und hatte eine Kapuze auf dem Kopf. War er eines von Agnès' Gespenstern, von denen sie gesprochen hatte, an jenem Nachmittag im Park? Als Eva sich ihr so vertraut, so nahe gefühlt hatte? Es war schwer zu glauben, dass es diese Stunden gegeben hatte. Dass es Agnès gegeben hatte, die mehr und mehr zu einem Phantom verblasste, das in ihrem Leben sein Unwesen trieb.
Und da hörte Eva sie wieder.
Schritte.
Die stoppten.
Vor der Wohnungstür.
Sie lauschte.
Nichts. Was machte er da? Glaubte er, sie kam heraus? Woll-

te er so lange warten? Sich ins Treppenhaus setzen, bis sie irgendwann die Wohnung verließ?
Es war totenstill. Vielleicht hatte sie sich getäuscht? Spielte ihr Hirn ihr einen Streich?
Sie fröstelte. Das hielt sie nicht aus. Die ganze Nacht hier auszuharren. Und alle folgenden Tage.
Sie musste hier weg.
Plötzlich schrillte ihr Handy. Sie zuckte zusammen, starrte auf das Display, auf die Nummer, die sie nicht kannte.
Wenn das R. war?
Vielleicht sollte sie es einfach klingeln lassen.
Nein, verdammt. Sie würde jetzt drangehen.
»Hallo?«
»Eva? Hier ist Kai.«
Leise atmete sie auf.
»Ich wollte mal nachhören, wie es dir geht. Alles in Ordnung?«
»Ehrlich gesagt, nein.«
»Was ist los? Machst du dir immer noch Sorgen wegen des Blackouts?«
»Auch.« Sie zögerte einen Moment. »Kai, jemand bedroht mich. Ich glaube, er ist vor meiner Tür.«
Sein Atem rauschte. »Wo bist du?«
Sie nannte ihm die Adresse.
»Ich komme.«
»Kai, nein, so war das nicht gemeint. Ich will nicht, dass du …«
»Ich aber. Bis gleich.«
Sie legte auf und wartete.
Je mehr Minuten verstrichen, desto größer wurden ihre Gewissensbisse. Wie konnte sie Kai da hineinziehen? War sie besser als Agnès?
Da. Jetzt hörte sie es eindeutig. Schritte. Schwer, wie von Stiefeln.

Hatte der Mann Stiefel getragen? Nein, sie glaubte nicht.
An der Tür klopfte es.
»Eva?«
Es war Kai.
Sie hastete zur Tür. Sie schloss auf, öffnete sie. Und taumelte zurück.

Kapitel 42

»Hey!« Kai legte ihr die Hand auf den Arm. »Ich hab nur ein bisschen Verstärkung mitgebracht.«

Eva atmete tief durch.

»Keine Angst, er ist ganz brav.«

Sie lächelte. »Ich habe keine Angst. Ich habe nur nicht mit einem Hund gerechnet. Schon gar nicht mit so einem großen.«

»Das ist Manni. Seit zwei Monaten mein Lebensgefährte.«

Als er seinen Namen hörte, schaute Manni auf.

»Komm rein.«

Sie schloss hinter Kai und dem Hund die Tür.

»Warum hab ich ihn noch nie gesehen?«

»Tja, du hast dich doch gefragt, was sich hinter dem Vorhang in meinem Laden befindet. Also, den größten Platz beansprucht Mannis Matratze.«

Eva ging in die Hocke. Der Hund trat einen Schritt auf sie zu und schnupperte an ihrem Ohr.

»Wusste ich doch gleich, dass ihr euch mögt.«

»Kai. Es tut mir leid.«

»Schon okay. Wenn ich jemandem meine Hilfe anbiete, dann meine ich es so. Oder ich lass es. Außerdem hab ich dich angerufen.«

»Danke.« Sie vergrub die Hände in Mannis Fell.

»Was ist das für eine Rasse?«

»Irgendein Mix. Mastiff oder Boxer mit irgendwas. Die Leute im Tierheim wussten es nicht genau.«

Sie erhob sich. »Setz dich doch.«

Kai ließ sich auf das weiße Sofa nieder. Eva setzte sich daneben, und Manni legte sich zu ihren Füßen.

»Ist dir im Treppenhaus jemand begegnet?«

»Nein, da war niemand. In der ganzen Straße nicht. Vielleicht wegen des Wetters. Ich war ja nur einmal nachts hier, aber ehrlich gesagt, bei Tag sieht die Gegend aus wie eine Filmkulisse, in der niemand wohnt.«

Zweifelte er, ob sie die Wahrheit gesagt hatte? Glaubte er, sie hätte sich den Mann eingebildet?

»Kai, da war wirklich jemand. Gestern schon. Und heute wieder.«

»Was wollte der Typ?«

»Er wollte wissen, wo Agnès ist.«

»Die, der das Apartment hier gehört?«

Sie nickte. »Ich hab ihn schon einmal in der Straße gesehen, mir aber nichts dabei gedacht. Gestern drückte er sich vor dem Haus herum. Er hat mich angestarrt und ist dann weggegangen. Aber vor meiner Wohnung lag ein Zettel.«

»Was für ein Zettel?«

Sie stand auf und holte ihn aus dem Bücherregal, wo sie ihn hingelegt hatte.

»Ich komme wieder«, las Kai vor.

»Ja, und das hat er auch gemacht. Er hat mich bedroht, Kai. Er hat mich gepackt, und wenn die Frau von gegenüber nicht aufgetaucht wäre …«

Ein Schauer huschte über ihren Rücken.

»Hat er dich geschlagen?«

Sie schüttelte den Kopf. »Aber ich glaube, er würde es tun.

Ich habe keine Ahnung, wo Agnès ist. Ich habe behauptet, sie sei in Tunesien. Das hat er mir wahrscheinlich nicht geglaubt. Jetzt will er wissen, wo sie wirklich ist.«

»Er denkt natürlich, dass du in Kontakt mit ihr stehst. Wenn du in ihrer Wohnung ein und aus gehst. «
»Er hat gesagt, dass er sie findet.«
Sie rieb mit beiden Händen über ihre Schläfen, die zu pochen begonnen hatten.
Kai beugte sich vor. »Soll ich dir was holen? Wasser?«
»Geht schon.« Es war ihr peinlich genug, dass sie ihn in ihren Schlamassel hineinzog. Jetzt sollte er sie nicht auch noch umsorgen.
»Wieso hat Agnès dir eigentlich nicht gesagt, wo sie ist?«
Die Skepsis in seinem Blick verriet, dass er die Frage anders hatte stellen wollen: Wieso hast du nicht gefragt, wo sie hinfährt? Dir keine Adresse geben lassen?
Wie dämlich sie gewesen war. Passte auf jemandes Wohnung auf, ohne zu wissen, wo diejenige sich wirklich aufhielt.
»Es war nicht wichtig. Mit Agnès, da war alles anders. Unkonventionell. Leicht. Das hat mir gefallen. Ich dachte, ich kann ihr vertrauen. Denn sie hat mir ja auch vertraut, hätte sie mich sonst gebeten, auf die Wohnung aufzupassen?«
Er nickte langsam.
Draußen begann es erneut zu regnen. Gleichförmig platschten die Tropfen aufs Dach, als müssten sie das Schweigen mit Pausenmusik füllen.
»Eva«, sagte Kai schließlich. »Ich habe schon gestern viel über das nachgedacht, was du mir erzählt hast. Ich glaube, dass Agnès nicht die ist, für die du sie hältst.«
»Allerdings.« Sie berichtete ihm von ihrem zufälligen Treffen mit Harry. Und nach kurzem Zögern auch von seinem Angebot. Und dass sie Agnès eine Nachricht hinterlassen hatte, auf die sie bisher nicht reagiert hatte.
Kai zog die Brauen hoch. »Also Eva …« Er brach ab.
»Ja, ich weiß, ich war total naiv.«

»Ja. Kann passieren. Aber schlimmer ist: Sie hat dich in was reingezogen.« Er strich sich eine Haarsträhne hinters Ohr, die sich aus seinem Zopf gelöst hatte. »Ich finde, du solltest nicht hierbleiben.«

»Aber ich kann ihre Wohnung doch nicht einfach alleinlassen.«

»Wieso nicht, nach all dem, was passiert ist? Hast du dir mal überlegt, dass sie womöglich nicht zurückkommt?«

Eva starrte ihn an. »Was?«

»Also, wenn jemand auf meine Wohnung aufpassen würde, dann würde ich mich doch ab und zu mal melden. Auch wenn ich der Person hundertprozentig vertraue, würde ich schon wissen wollen, ob alles in Ordnung ist. Und zurückrufen, wenn ich angerufen werde.«

Sie schluckte. »Du musst mich für total bescheuert halten.«

Sie grub die Nägel in die Handflächen.

Er zuckte die Achseln. »Es gibt Menschen, die wissen genau, wie man andere manipuliert.«

Alles eine Frage der Inszenierung.

Das waren Agnès' Worte gewesen. Vielleicht war es der ehrlichste Satz, den sie je gesprochen hatte. Oder der einzige ehrliche Satz.

Vielleicht war Agnès nicht mehr als ein Konstrukt. Wer der Mensch dahinter war, das wusste womöglich nur sie allein. Oder vielleicht auch nicht.

»Trotzdem. Ich kann nicht einfach abhauen. Was, wenn dieser Typ herausbekommt, wo sie ist? Und ihr etwas antut?«

Kai runzelte die Stirn.

»Dann ruf sie noch einmal an.«

»Jetzt?«

»Jetzt. Trag ein bisschen dick auf. Sag ihr, dass du dich hier nicht mehr sicher fühlst. Dass sie kommen und die Sache mit diesem ominösen Mann klären muss.«

»Okay.«
Sie holte ihr Handy aus dem Schlafzimmer. Drei neue Nachrichten von Alexander. Das musste warten.
Im Wohnzimmer setzte sie sich wieder neben Kai. Wählte Agnès' Nummer.
»Der gewünschte Teilnehmer ist derzeit nicht verfügbar«, erklärte eine weibliche Computerstimme.
Sie schüttelte den Kopf und hielt Kai das Handy ans Ohr.
»Das ist noch nie vorgekommen. Entweder lief die Voicebox oder Agnès ging nicht dran.«
Kai blinzelte. »Sie will nicht mehr erreicht werden.«
Von mir, dachte Eva.
Enttäuschung legte sich wie eine kalte Hand auf ihren Rücken. Agnès ließ sie wirklich hängen. Kai brauchte es nicht auszusprechen.
»Ich wüsste nur gern, warum. Wieso das alles? Wenn sie abhauen wollte, wieso hat sie es nicht einfach gemacht? Wieso hat sie mich gebeten, auf die Wohnung aufzupassen und mir sogar noch Geld dafür gegeben?«
Er schüttelte den Kopf. »Falls Agnès nicht irgendwann zurückkommt, wirst du es wohl nie erfahren. Vielleicht hat sie die Wohnung längst gekündigt. Und morgen taucht ein Makler auf und sagt dir, dass du gehen kannst.«
Wohin?, fragte sie nicht.
»Aber letztlich ist alles nur Spekulation.«
»Was soll ich jetzt tun, Kai?« Sie sah an ihm vorbei zu den Terrassenfenstern, wo durch den Spalt der Vorhänge graues Licht hereinfiel. Der Regen prasselte unablässig. Wochenlang von der Sonne verdrängt, schien er jetzt nicht gewillt, wieder aufzuhören.
»Erst mal etwas essen?«
Der Hund, den sie fast vergessen hatte, brummte, als hätte er

ihn verstanden. Kai lächelte.
»Ja«, sagte sie, obwohl sie keinen Hunger hatte.
»Okay, ich koche uns was.«
»Ich hab nicht viel da.«
»Ich bin Meister der Improvisation. Kümmere du dich in der Zeit um Manni, sonst läuft der mir nur in den Füßen herum.«
Kai stand auf und ging in die Küche. Eva rückte näher an den Hund heran und vergrub die Hand in seinem Fell. Er stieß einen wohligen Seufzer aus.
Das Klicken der Kühlschranktür, das Knacken eines Schraubglases beim Öffnen, das Klappern von Besteck. All diesen Geräuschen wohnte etwas Tröstliches inne.
Sie lauschte auf das Zischen der Gasflamme. Das Klacken des Messers auf dem Schneidbrett, das Klirren eines Löffels. Währenddessen streichelte sie den Hund, in rhythmischen Bewegungen, die den Schmerz in ihren Schläfen einzuschläfern schienen.
»Essen ist fertig.«
Er hatte eine Gemüsepfanne gekocht, mit den Resten, die er im Kühlschrank gefunden hatte, und ziemlich stark mit allem gewürzt, was er hatte finden können.
Sie aßen in der Küche. Manni saß neben seinem Herrchen und hielt den Kopf schief.
Kai seufzte. »Schau mich nicht so an.«
»Im Schrank links ist eine Dose mit Würstchen«, sagte sie. »Vielleicht hat er auch Hunger.«
»Das hat er immer.«
»Schmeckt übrigens gut.«
»Lügnerin. Höchstens passabel.«
Sie lachte.
Es tat gut, mit jemandem gemeinsam an einem Tisch zu sitzen, der nicht in einem Restaurant stand. Etwas ganz Normales zu

tun.
Die Sehnsucht traf sie unvermittelt. Eine Sehnsucht nach den gemeinsamen Abendessen mit Alexander. Es war nicht er, den sie vermisste – oder doch? – aber dieses Stückchen Alltag, dieses Ritual des gemeinsamen Essens, dessen sie doch manchmal so überdrüssig gewesen war.
Sie war wie ein Metallteilchen, das von zwei Magneten gleich stark angezogen wurde. Und regungslos verharrte.
Kai erzählte, wie er Manni im Tierheim ausgesucht hatte. Er verstieg sich in Details, die nicht nötig waren. Sie wusste, dass er ihre Gedanken weglenken wollte von dem Mann, der sie bedroht hatte. Und von Agnès.
Nachdem der Hund mehrmals gejault hatte, stand Eva auf und holte das Glas Würstchen aus dem Schrank. Manni wedelte und setzte sich vor sie, bis sie, unter Kais gespieltem Protest, alle an ihn verfüttert hatte.
»Kaffee?«, fragte Kai, als wäre er hier zu Hause.
»Besser nicht. Obwohl, ich kann sowieso nicht schlafen.«
»Kannst du ruhig. Wir passen auf.« Er blickte hinüber ins Wohnzimmer. »Die Couch sieht aus, als wäre sie irre bequem.«
Sie holte ihm eine Decke und ein Kissen aus dem Schlafzimmer. Manni hatte sich bereits wieder auf dem Teppich zusammengerollt. Kai befüllte den Wasserkocher.
»Du hast was gut bei mir«, sagte sie zu seinem Rücken.
Er drehte sich um und schüttelte den Kopf. »Gute Nacht, Eva. Versuch ein bisschen zu schlafen.«
Sie ließ die Schlafzimmertür angelehnt, sodass die Geräusche aus der Küche zu ihr drangen. Der Gedanke streifte sie, dass Kai nur dieser Geräusche wegen herumhantierte. Damit sie beruhigt schlafen konnte. Sie lächelte und schloss die Augen.

Sie erwachte vom Regen. Durch die dünnen Vorhänge sicker-

te mattes Tageslicht. Sie drehte sich auf die Seite und tastete nach ihrem Telefon. Es war kurz nach acht.
Die Wohnung war still. Kai und sein Hund schliefen wohl noch. Sie sank zurück und starrte an die Decke, als stünde dort eine Botschaft, die ihr verraten würde, wie es jetzt weitergehen sollte.
Ihr Telefon surrte. Alexander schrieb ihr. Sie zögerte, dann las sie seine Nachricht.
Eva, melde dich doch mal wegen des Hauses.
Wegen des Hauses? Wollte er ihr Haus in Kiesbach verkaufen? War für ihn zwischen ihnen bereits alles entschieden?
Sie schluckte an gegen den Kloß aus Traurigkeit und Wut, der sich in ihrer Kehle zusammenballte.
Sie las die drei Nachrichten, die er ihr am Vortag geschickt hatte. In den beiden ersten fragte er, wie es ihr gehe. Dass er sie vermisse. Dass er sich tausendmal entschuldige. In der dritten stand: Bitte melde dich mal. Frau Hartmann hat angerufen. Es gibt Interessenten für das Haus in Hirschweiler.
Ihr Elternhaus in Hirschweiler. Daran hatte sie überhaupt nicht mehr gedacht. Sie hatte das Gefühl, im Kreis gelaufen zu sein und die ganze Zeit eine Abzweigung übersehen zu haben. Es gab einen Ort, wo sie hingehen konnte. Auch wenn sie dorthin nicht mehr hatte zurückkehren wollen.
Nachdem ihre Mutter ihr das Haus überschrieben hatte, war sie höchstens zweimal dort gewesen. Sie hätte es nie für möglich gehalten, dass sich irgendjemand für den düsteren Bau interessieren würde. Sie hatte es eine Weile inseriert, im Internet und in der Lokalzeitung. Die Resonanz war gleich null gewesen. Frau Hartmann hatte dann den Vorschlag gemacht, ein Zu-verkaufen-Schild in den Vorgarten zu stellen, mit dem Hinweis, dass sich Interessenten bei ihr melden könnten. Sie sei ja ohnehin fast immer da und könne dann schon mal ein paar Auskünfte geben. Erleichtert, die Sorge los zu sein, hatten

sie es genau so gehandhabt. Das war nahezu ein Jahr her. Gemeldet hatte sich Frau Hartmann nie.
Eva schrieb Alexander: Es geht mir gut. Ich kümmere mich um das Haus. Melde mich später.
Vom Wohnzimmer erklangen Schritte. Das Klicken von Pfoten. Kais Murmeln. Sie stand auf und zog sich rasch an. Er sollte nicht auf die Idee kommen, ihr Frühstück zu machen.
Er hantierte tatsächlich bereits mit dem Wasserkocher.
»Guten Morgen.«
Er drehte sich um und blinzelte sie an. »Hey. Gut geschlafen?«
Sie nickte. »Und du?«
»Super. Auch wenn ich nicht so aussehe. Mein alter Körper braucht ein bisschen, bis er in Fahrt kommt.«
»Dann hast du als Lehrer ja den optimalen Job. Mit frühem Aufstehen und so.«
Er hob die Hände, als wollte er sagen: Tja, dumm gelaufen.
Er ging kurz mit dem Hund raus. Draußen habe niemand gestanden, sagte er, als er zurückkam. Sie duschten nacheinander und deckten den Tisch. Frühstückten und unterhielten sich, als wären sie WG-Bewohner und alles normal. Aber hinter ihren Scherzen und Erzählungen knisterte Anspannung.
Sie schob ihren Teller weg. »Ich weiß jetzt, wo ich hingehe.«
Kai hob den Kopf und sah sie erwartungsvoll an.
»In das Haus, in dem ich aufgewachsen bin. Es steht in Hirschweiler, das ist ein winziger Ort etwa zehn Kilometer außerhalb der Stadt. Meine Mutter hat es mir vor ihrem Tod überschrieben. Sie hat es selbst von ihren Eltern geerbt. Ich war schon ewig nicht mehr dort, eine Nachbarin kümmert sich. Sie hat Alexander benachrichtigt, dass jemand das Haus kaufen will.«
Er fragte nicht, ob sie mit Alexander gesprochen habe, überhaupt klammerte er ihn aus ihren Gesprächen aus.
»Ich fahre nachher hin.«

Er nickte. »Gute Idee. Aber ist das Haus denn bewohnbar? Ansonsten könnte ich dir auch mein Gästezimmer anbieten.«

»Nein, dort ist alles okay. Nur ein bisschen staubig.«

»Tja, ich fürchte, das wäre es bei mir auch.« Er schmunzelte.

»Das glaub ich dir nicht.« Sie erwiderte sein Grinsen. »Aber danke für dein Angebot.«

Nach dem Frühstück packte sie, während Kai das Geschirr spülte.

»Also, ich wäre fertig.« Kai stand im Türrahmen. »Das Geschirr steht im Schrank, alle Fenster sind zu, den Müll hab ich rausgebracht – bevor du fragst: Vor der Tür war niemand.«

Er drehte sich um und gab ihr keine Gelegenheit, sich zum wiederholten Mal zu bedanken.

Sie machte das Bett, kontrollierte den Schrank. Sie hatte alle ihre Sachen eingepackt. Bis auf das türkisfarbene Kleid. Es gehörte hierher.

Sie betrachtete ihr müdes Gesicht im Spiegel.

Machs gut, Vivian.

Aber sie hatte das Gefühl, dass sie Vivian nie mehr ganz loswerden würde. Vielleicht war sie immer schon da gewesen. Und sie hatte es nur nie bemerkt.

Entschlossen drehte sie sich um und verließ das Schlafzimmer.

Kai wartete mit Manni an der Haustür.

Sie horchte in sich hinein. Lauschte auf die Resonanz eines Gefühls, des Bedauerns, der Erleichterung.

Eva öffnete die Tür. Für einen Moment fürchtete sie, es könnte eine weitere Nachricht davor liegen, aber der dunkle Boden war nackt und sonderte kalte Gleichgültigkeit ab.

Ohne sich noch einmal umzudrehen, zog sie die Tür des Apartments hinter sich zu und schloss ab.

Kapitel 43

Der Bus rumpelte über die löchrigen Straßen. Die Gräser der Wiesen waren niedergedrückt vom Regen. Auf den Hügeln stießen die Bäume ihre Kronen in den schwarz bewölkten Himmel. Eva fühlte sich klamm, vor allem innen. Wie früher, wenn sie nach Hause fuhr, als hätte ihr Körper die Beklemmung von damals konserviert. Die Landschaft draußen wirkte wie ein Schlüsselreiz. Als sich die Straße gabelte – links die Abzweigung nach Kiesbach, rechts nach Hirschweiler –, schloss sie die Augen.

Sie öffnete sie erst wieder, als der Bus hielt. Sie war die Einzige, die ausstieg. Natürlich. War sie immer gewesen. Niemand sonst aus ihrer Klasse hatte in einer solchen Einöde gewohnt, wo es weder einen Laden noch einen Fußballplatz gab. Einmal pro Woche hatten ein Bäckerauto und eine Eierfrau, die auch Nudeln und Fleisch anbot, gehalten. Ansonsten fuhren die vorwiegend älteren Bewohner Hirschweilers zum Einkaufen mit dem Bus nach Kiesbach oder weiter nördlich in ein anderes Dorf, auf dessen Kirchplatz samstags ein Markt veranstaltet wurde, wenn das, was sie im Garten anbauten, nicht ausreichte. Die Stadt schien einer anderen Welt anzugehören, obwohl sie nur wenige Kilometer entfernt war.

»Ich muss in die Stadt«, war ein Satz, bei dem ihre Mutter und sie aufhorchten, wenn ihr Vater ihn aussprach. Ihre Eltern waren selten dorthin gefahren. Ihr Vater hatte im Nachbardorf in einem Sägewerk gearbeitet. Als Eva zehn Jahre alt gewesen war und aufs Gymnasium ging, hatte auch ihre Mutter dort im Büro angefangen. Der Radius ihres Lebens war klein gewesen, aber ihren Eltern hatte er genügt. Und jetzt, wo ihr Vater alt geworden war, hatte er Hirschweiler verlassen müssen.

Eva hatte sich schon als kleines Kind gefragt, was hinter den Wäldern lag. Mit fünf Jahren war sie einmal von zu Hause weggelaufen. Sie hatte im Garten gespielt. Es war kühl gewesen und von der Erde stieg Feuchtigkeit auf vom tagelangen Regen. Sie fror ein wenig, aber sie durfte das Haus nicht betreten, weil ihre Mutter ihren wöchentlichen Großputz machte – jeden Freitag, sommers wie winters. Wenn es nicht gerade in Strömen schüttete, ein Gewitter oder Schneesturm wütete, musste Eva in dieser Zeit nach draußen in den Garten. An jenem Nachmittag zeichnete sie lustlos mit einem Stöckchen Linien in die Erde und ärgerte sich, dass sie noch nicht schreiben konnte. Sie blickte über die Wiese hinter dem Gartentor, die nach etwa hundert Metern in Wald überging. Sie stand auf und stieß das Tor auf, lief über das Gras in den Wald hinein. Die Bäume mit ihren schattigen Stämmen, das Dornengestrüpp und das Dickicht aus Farn machten ihr keine Angst. Sie war mit ihren Eltern oft hier spazieren gegangen, immer den gleichen Weg, ein Rundweg nah am Waldrand, sodass das helle Grün der Wiese zwischen den Bäumen hindurch schimmerte. Ein Weg, auf dem es nichts zu entdecken gab. Den Wald hatte sie noch nie ganz durchquert. Entschlossen stapfte sie los und nahm einen Pfad, der sie mitten hineinführte.

Natürlich hatte sie sich verlaufen. Panik hatte sie erst bekommen, als sich die schrille Stimme ihrer Mutter an den Stämmen brach und sie sie nicht orten konnte. Ihre Mutter fand sie schließlich und schlug ihr hart ins Gesicht. Es war das einzige Mal, dass sie Eva geohrfeigt hatte. Und dass Eva ihre Mutter hatte weinen sehen.

Die Besuche in der Stadt waren für Eva stets enttäuschend gewesen. Ihre Eltern fuhren nur dorthin, um die ganze Familie in dem immer gleichen Kaufhaus mit Kleidern einzudecken. Nie bummelten sie mit Eva durch die Fußgängerzone. Sie besuchten kein Theaterstück oder Museum, nur ein- oder zweimal ging ihre Mutter mit ihr ins Kino. Evas Sehnsucht nach einem »Dahinter« blieb. Noch weiter weg musste es eine größere, interessantere Stadt geben, eine andere Landschaft, andere Menschen. Andere Eindrücke, die neue Gefühle auslösten. Sie wusste, dass es so war, denn ihre Klassenkameradinnen erzählten nach den Sommerferien von ihren Urlauben. Von Wattwanderungen an der Nordseeküste, von weißen spanischen Stränden oder Bergen, die selbst im Sommer eine Krone aus Schnee trugen.
Und dann hatte sie etwas getan, das ihre Mutter, ihren Vater und am meisten sie selbst überrascht hatte. Sie hatte ihre Eltern erpresst. Beim Abendessen am letzten Schultag, nachdem ihr Vater ihr gutes Zeugnis nur wortlos nickend zur Kenntnis genommen hatte und ihr Stolz, Klassenbeste zu sein, in sich zusammengefallen war wie eine Sandburg, da hatte sie den Löffel zur Seite gelegt und gesagt: »Ich werde erst wieder etwas essen, wenn wir diese Ferien in Urlaub fahren.« Ihre Eltern hatten synchron die Brauen gehoben, den Kopf geschüttelt und ein kleines freudloses Lachen ausgestoßen, das die Worte: »So ein Blödsinn« überflüssig machte. Aber Eva war hart geblieben. Sie hatte nicht nur das Abendessen, sondern am kommenden Tag Frühstück und Mittagessen verweigert. Am Abend, als sie wieder stumm auf ihren Teller gestarrt hatte, sagte ihr Vater: »Iss jetzt. In zwei Wochen verreisen wir.«
Sie waren in den Schwarzwald gefahren. Eine Woche hatten sie in einer Pension gewohnt und Wanderungen unternommen. Es war eine Zeit gewesen, in der sie sich ihren Eltern ver-

bunden fühlte – nicht nur als das späte Produkt eines älteren Paares, sondern als Teil einer Familie.
Als sie zu Hause waren, war ihr Vater vor dem Schlafen in ihr Zimmer gekommen. Er hatte sich auf ihr Bett gesetzt und gesagt: »Jetzt waren wir in Urlaub. Das nächste Mal musst du verhungern.«
Sie hatte lange wach gelegen an jenem Abend. In ihr hatte ein Gefühl genagt, das sie nicht benennen konnte. Erst später wusste sie, dass es Einsamkeit war.
Eine Einsamkeit, die auch heute noch in ihr wohnte.
Mit siebzehn hatte sie endlich das Meer gesehen, die Nordsee, während der Schulfahrt in der zwölften Klasse. Sie hatte Pläne gehabt. Sie hatte reisen wollen.
Nichts davon hatte sie getan. Erst wegen Charly. Und später? Wieso hatte sie sich auf ein Leben eingelassen, das jenem ihrer Eltern so sehr glich? Wieso hatte sie es nie geschafft, einen Schritt zu tun, ihrer Sehnsucht nach dem »Dahinter«, die sie als Mädchen umgetrieben hatte, nachzugehen? Aus Liebe zu Alexander, der so mühelos den von Konventionen vorgezeichneten Weg hatte gehen können?
Wie konnte sie da sicher sein? Vielleicht war seine Affäre ebenfalls der Versuch gewesen, eine Sehnsucht zu stillen, von der sie keine Ahnung hatte.
Sie waren zu jung gewesen. Zu ängstlich. Zu mutlos.
Eva hatte sich keinen Schritt bewegt. Sie stand noch immer an der Haltestelle, wo sie der Bus vor einer gefühlten Ewigkeit abgesetzt hatte.
Sie ging die Straße entlang. Der Bürgersteig war schmal und der Regen hatte ihn mit Erde überspült. Der Riemen der Tasche schnitt ihr in die Schulter. Sie hatte noch eingekauft, Kai sei Dank, der sie gefragt hatte, ob es ein Geschäft gebe in diesem Hirschweiler. Sie hatten, nachdem sie die Wohnung verlassen

und sich vergewissert hatten, dass der dunkel gekleidete Mann nirgendwo auf der Straße herumlungerte, Manni in Kais Laden gebracht, wo er sofort hinter dem Vorhang verschwunden war. Dann hatte Kai sie in den Supermarkt begleitet und ihr anschließend angeboten, sie zu fahren. Er habe selbst zwar kein Auto, aber seine Tante, und die würde sich sowieso nicht mehr hinters Steuer setzen. Eva hatte dankend abgelehnt. Es war ihr unangenehm, wie viel Umstände sie ihm schon gemacht hatte. Er hatte sie zur Haltestelle gebracht und sie umarmt zum Abschied.

Als wären sie Freunde.

Dann hatte er ihr etwas in die Hand gedrückt. Es war eine Dose Reizgas. »Zur Sicherheit.«

Er war geblieben, bis der Bus gehalten hatte.

Eva bog ab, in eine der acht Straßen, die das Dorf durchkreuzten. Das alte Sandsteinhaus blickte ihr vom Ende der Gasse entgegen. Dahinter erhob sich der Wald wie eine Wand. Schon von hier aus machte das Haus einen vernachlässigten Eindruck. Der Zaun im Vorgarten war als solcher kaum noch zu erkennen, so hoch wucherte das Gras. Moosballen wuchsen wie Geschwüre auf den Dachziegeln. Von den Läden blätterte die Farbe. Die Blumenkästen davor beherbergten nur noch vertrocknetes Gestrüpp.

Sie zwang sich, ihren forschen Schritt beizubehalten.

Am Nachbarhaus blieb sie stehen. Sie musste Frau Hartmann Bescheid geben, dass sie ein paar Tage hier sein würde, musste nach dem angeblichen Kaufinteressenten fragen.

Frau Hartmanns Haus war ebenfalls aus Sandstein gebaut und Anfang des zwanzigsten Jahrhunderts errichtet worden. Das Mauerwerk verschwand unter einem Mantel aus Efeu, der das Gebäude an drei Seiten einhüllte, bis auf die Frontseite mit der Vordertreppe und dem Glasdach. Hinter den beiden halb geöffneten Fenstern links und rechts der Tür, vor denen sich Husarenknöpfchen und Lobelien ergossen, bauschten sich Spitzenvorhänge. Frau Hartmann hatte ein Faible für Spitze. Überall lagen Deckchen herum, das wusste Eva von früher. Sie hatte die Nachbarin oft besucht, auch mangels gleichaltriger Kinder im Ort. Einmal hatte Frau Hartmann Eva ihr Hochzeitskleid gezeigt, eine in Gewebe verwandelte Sahnetorte aus mehreren Lagen hauchdünner Spitze, übersät mit Bändern und Schleifchen. Eva hatte sich gefragt, wie man allen Ernstes so etwas tragen wollte.

Sie trat die Treppe hinauf und klingelte. Als hätte Frau Hartmann hinter der Tür gewartet, öffnete sie sofort.

Sie freute sich sichtlich und bat Eva hinein, aber sie lehnte ab. Sie wollte sich gleich um ihr Elternhaus und den Kaufinteressenten kümmern. Frau Hartmann nickte nur, verschwand kurz im Haus und kehrte mit einem zerknitterten Zettel und einem Teller Kirschkuchen zurück. Eva bedankte sich. Sie steckte den Zettel in ihre Tasche und versprach, in den nächsten Tagen wieder vorbeizuschauen.

Kapitel 44

Das Haus roch nach Staub und verdrängten Erinnerungen. Eva fiel ein, wie sie als Kind vor der Tür nicht bloß die Schuhe abgestreift hatte, sondern auch die Unbeschwertheit des Nachmittags, die wie immer nur geliehen gewesen war.
Sie steckte den Schlüssel in ihre Tasche, der seit Jahr und Tag unter einem Stein hinter einem Fliederbusch lag – falls sich jemand aussperrte. Was nie geschehen war.
Dann trat sie ein. Der kalte Flur. Die ausgetretenen Bodendielen. Die metallenen Haken an der Wand, an der noch eine Jacke ihres Vaters hing und einen modrigen Geruch verströmte. Sie fröstelte.
Rechts neben der Tür die winzige Toilette. Daneben ging es hinunter in den Keller. Links die Küche. Die Einbaumöbel aus dunklem Holz erschlugen den Raum und saugten das wenige Licht auf, das die Gardinen durchließen. Eine feine Staubschicht bedeckte die Arbeitsplatte wie Raureif. Hier stand kein Tisch, kein Stuhl, nur ein Hocker in der Ecke, als müsste er sich schämen. Auf ihn war ihre Mutter gestiegen, wenn sie etwas aus dem oberen Hängeschrank holen musste. Nicht ein einziges Mal hatte Eva sie darauf sitzen sehen.
Aber sie selbst hatte darauf gesessen. Wenn sie mit ihrer Mutter Plätzchen gebacken hatte, zog diese den Hocker heran, und Eva hatte sich darauf gekniet. An solchen Nachmittagen hatten sie viel miteinander gelacht. Bis ihr Vater nach Hause kam. Nicht, dass er sofort sein Essen eingefordert hätte. Aber sein

Auftauchen erinnerte ihre Mutter an die Pflichten, die sie für kurze Zeit vergessen hatte.
Gegessen hatten sie stets im Esszimmer. Sogar im Sommer. Auf der Terrasse hatten lediglich zwei Liegestühle gestanden, aber kein Tisch. Ihre Eltern hatten sich gar nicht erst in Versuchung führen wollen, von ihren Gewohnheiten abzuweichen. Als stünden Veränderungen unter Strafe.
An Sonntagnachmittagen – da war es erlaubt – hatten sie sich manchmal in die Stühle gelegt. Eva hatten sie einen Plastikstuhl und ein Tischchen gekauft, für das sie sich irgendwann schämte. Deswegen hatte sie meistens auf der Mauer unter der Pergola gesessen, wenn sie draußen lesen wollte.
Als ihre Mutter vor eineinhalb Jahren gestorben war und ihr Vater ins Altersheim umsiedelte, hatte Eva mit Alexanders Hilfe einiges ausgemistet und weggeworfen. Die beiden Liegestühle waren als Erste dabei gewesen.
Gegenüber der Küche führte eine Holztreppe ins Obergeschoss. Eva ging jedoch zunächst ins Wohnzimmer. Die dunkelroten Vorhänge waren zugezogen. Vaters mit einem Tuch abgedeckter Sessel und ein niedriger, nierenförmiger Tisch verloren sich im Raum. Die alte Schrankwand hatte sie verkauft, genau wie das Bücherregal, das vollgestellt gewesen war mit dicken, teils in Leder gebundenen Bänden deutscher Dichter, mit Heimatromanen und den gesammelten Werken Max Frischs. Ihr Vater hatte regelmäßig gelesen und Eva hatte sich jederzeit eines der Bücher holen dürfen. Manchmal hatte sie demonstrativ nach dem Buch gegriffen, das ihr Vater gerade ausgelesen hatte. Sie hatte zu dem Sessel hinübergeschaut, in dem ihr Vater hoch aufgerichtet gesessen und sich seiner Lektüre gewidmet hatte, in der Hoffnung, er möge aufsehen und ihre Wahl kommentieren. Er tat es nie.
Sie hatte die Bücher verkauft, bis auf zwei wertvolle Bände mit

Gedichten von Goethe und einige Romane, die sie in einem Kiesbacher Kellerraum lagerte, als müsste sie sie verstecken.
Eva knotete die Ärmel des Sweatshirts auf, das sie sich um die Hüften gebunden hatte, und streifte es über. Sie hatte vergessen, wie kühl das Haus war.
Sie zog die Vorhänge zur Terrasse auf. Der Rasen war hoch geschossen und in der Hitze vertrocknet. Der Gewitterregen hatte die spröden Halme umgeknickt. Ein paar Rosenbüsche blühten. In den Beeten wucherte Unkraut neben verkümmerten Stauden. Die Apfel- und Birnbäume reckten am Ende des Grundstücks ihre knorrigen Äste. Letzten Herbst hatte Alexander zwei Körbe Obst geholt. Sie hatte kaum davon essen können.
Sie schob die Gardinen wieder zu.
Vom Wohnzimmer führte eine Tür in Vaters Arbeitszimmer, ein winziger Raum, den ein wuchtiger Schreibtisch, ein Stuhl und ein Bücherbord zur Gänze ausfüllten. Man konnte sich darin kaum umdrehen. Eva betrachtete einen Moment die verschlossene Tür. Jenes Herzklopfen, das sie als Jugendliche gehabt hatte, echote aus ihrer Erinnerung. Wie sie davor stand und anklopfte, weil ihr Vater sie hatte sprechen wollen. Wenn er im Arbeitszimmer saß, wusste sie schon, dass er sie tadeln würde – wegen der Unordnung in ihrem Zimmer oder weil sie ihrer Mutter zu wenig zur Hand gegangen war. Er hatte sich Zeit gelassen mit seinem »Herein«. Dann hatte sie öffnen dürfen und musste im Türrahmen stehen bleiben, um sich seinen bohrenden Fragen zu stellen.
Sie verließ das Wohnzimmer. Im Flur blieb sie am Absatz der Treppe stehen. Fuhr mit den Fingern über das Geländer, das sich am Ende schneckenförmig aufrollte. Ihre Hände wurden feucht. Als erwartete sie oben etwas Schlimmes. Eine Wahrheit, der sie sich nicht stellen wollte.

Sie legte die Hand aufs Geländer und stieg die Stufen hinauf. Wieder ein kleiner Flur. Direkt gegenüber der Treppe befand sich das Bad. Links davon das Schlafzimmer ihrer Eltern. Auf der anderen Seite ihr ehemaliges Kinderzimmer.
Sie drückte die Klinke herunter.
Ein Geruch strömte ihr entgegen, der Geruch ihrer Kindheit. Nach getrockneten Rosenblättern, vermischt mit Staub und noch etwas anderem, das sie nicht benennen, das womöglich nur sie wahrnehmen konnte. Vielleicht war es möglich, Gefühle zu riechen. Gefühle, die das Zimmer aufgesogen hatte.
Sie betrachtete den schlichten Raum. Die Wände mit den Postern. Ein Wal, der gerade auftauchte, neben cool blickenden Rockmusikern. Dass ihre Eltern das geduldet hatten.
Das Bett an der Wand war bezogen mit weißer Bettwäsche.
Der schlichte Schreibtisch am Fenster. Die getrockneten Rosenblätter in einer weißen Schale auf der Fensterbank. Sie sahen aus, als würden sie bei der geringsten Berührung zerbröseln.
Über dem Bett das Bücherregal. Sie nahm einen der Bände heraus. Klassiker und ein paar schreckliche rosarote Teenieromanzen.
Daneben Krimskrams, der in Staub badete: Haargummis. Glasperlen. Aufkleber mit Peace-Zeichen und Friedenstaube.
Wie vor über zwanzig Jahren.
Wenn Charly bei ihren Großeltern übernachtet hatte, beschwerte sie sich danach regelmäßig, dass sie zwar in Evas Bett habe schlafen, aber außer den Büchern nichts habe anfassen dürfen.
Eva hatte sich jedes Mal vorgenommen, ihre Mutter nach dem Grund zu fragen. Und hatte es nie getan.
Wieso fragte man nicht die Dinge, die wichtig waren? Warum löste man sie nicht auf, die Missverständnisse und Irritatio-

nen, sondern häufte sie zu einem riesigen Berg an, der irgendwann unüberwindbar wurde?
Sie seufzte. Öffnete den Schrank. Da hingen sogar noch ein paar Kleider von ihr. Jene, die ihre Mutter gerne gemocht hatte, Pullis in Pastellfarben und ein Faltenrock. Entsetzlich.
Sie wandte sich dem Schreibtisch zu. Zog die oberste Schublade heraus. Sie war leer. Die Zweite enthielt eine Mappe. Schule, war mit Filzstift darauf geschrieben. Eva nahm die Mappe heraus und klemmte sie sich unter den Arm. Die würde sie sich später betrachten. In der Schublade lag zudem der Ordner mit ihren gesammelten Zeugnissen. Den ignorierte sie. Was hatten ihr die Einser und Zweier im Leben genutzt?
Sie verließ das Zimmer und wollte wieder nach unten. Durch das Fenster am Ende des Flurs fiel ein matter Lichtstrahl auf die Tür des Elternschlafzimmers. Wie eine Aufforderung.
Das Schlafzimmer war das größte unausgesprochene Tabu ihrer Kindheit. Später hatte sie sich manchmal in einem Anflug von Wut gefragt, ob ihre Eltern erotisches Spielzeug unter dem Bett versteckten, das ihre Tochter nicht finden sollte. Das war Unsinn. Es ging darum, die Grenze, die ihre Eltern gezogen hatten, mit einem Verbot zu zementieren. Respekt sollte Eva haben.
Hatte sie gehabt.
Manchmal hatte sie als Kind vom Flur aus hineingespäht, wenn ihre Mutter reingegangen war, um sich eine Strickjacke aus dem Schrank zu holen. Der Raum war schmucklos: beige Tapete, weiße Vorhänge. Ehebett, Schrank, zwei Nachttische aus dunklem Holz. Zweckmäßig und robust. Die Lebensformel ihrer Eltern. Sie war aufgegangen bis zu jenem Tag, als ihre Mutter das erste Mal seit zwanzig Jahren einen Arzt aufgesucht und der ihr eine Frist von sechs Wochen gegeben hatte. Sie hatte nie geklagt, nie über körperliche Beschwerden

gesprochen, als wäre sie gefeit vor Krankheit und Tod. Genauso wenig wie ihr Vater über seine Vergesslichkeit geredet hatte. Das Wort Demenz war in diesem Haus nie gefallen.

Eva öffnete die Zimmertür und trat hinein. Lavendelgeruch, der Lieblingsduft ihrer Mutter, kitzelte ihre Nase. Sie setzte sich auf das Bett, auf die linke Seite am Fenster, wo ihre Mutter geschlafen hatte. Das wusste sie. Woher eigentlich, wenn sie sie nie hatte im Bett liegen sehen?

Was machte sie überhaupt hier?

Wie um sich eine Antwort geben zu können, zog sie die Nachttischschublade auf. Darin lagen zwei Bücher. Eins davon war eine Bibel. Das Zweite war ein in dunkelgrünes Leinen gebundenes Buch.

Ein Tagebuch? Eva schüttelte den Kopf. Das hätte nicht zu ihrer Mutter gepasst. Oder doch?

Was wusste sie eigentlich von ihr, von ihrem Vater? Wie gut konnte man jemanden kennen? Wie viel spielte man den anderen täglich vor, mit einer Selbstverständlichkeit, dass man vergaß, dass man spielte? Was versuchte man zu schützen, wenn man so tat als ob?

Sie schlug das Buch auf. Es war leer.

Fast war sie enttäuscht. Aber was hatte sie erwartet? Womöglich hatte jemand ihrer Mutter dieses Buch geschenkt, aber sie hatte keinen Sinn darin gesehen, es mit Einträgen zu füllen. Als Eva es zusammenklappen wollte, fiel eine Fotografie heraus. Es war ein Bild von ihr. Mit blonden Zöpfen, Zahnlücken, die Arme um eine blau-orange gestreifte Schultüte geklammert. Sie drehte das Foto um.

Unser geliebtes Mädchen, stand darauf.

Eva starrte auf die enge Handschrift ihrer Mutter. So lange, bis die Buchstaben verschwammen.

Unser geliebtes Mädchen.

Ihre Nase begann zu laufen. Sie suchte in ihrer Jeans nach einem Taschentuch. Ihre Finger tasteten Papier.
Der Zettel mit der Nummer des Hausinteressenten. Den hätte sie fast vergessen.
Sie wischte sich mit dem Handrücken über die Nase, froh, eine Pflicht erfüllen zu müssen und nicht über die drei Worte nachdenken zu müssen, die ihre Mutter aufschreiben, aber nicht hatte aussprechen können.
Eva legte das Buch zurück, schloss die Schublade und verließ den Raum.
Unten schaltete sie ihr Telefon ein. Eine Nachricht von Kai.
Alles okay?
Ja. Melde mich später, schrieb sie zurück.
Sie wählte die Nummer, die Frau Hartmann notiert hatte. Eine Männerstimme meldete sich. Im Hintergrund rauschte es, er telefonierte vom Auto aus.
Sie erklärte, wer sie war. Er war hocherfreut. Sein Interesse an dem Haus schien echt. Er fragte, ob er es einmal anschauen könne, aber das ginge erst in der kommenden Woche, er sei geschäftlich unterwegs.
Sie versicherte, dass das kein Problem sei. Sie vereinbarten einen Termin in sechs Tagen.
Sie legte auf.
Sechs Tage. Sie hatte kaum etwas zum Anziehen dabei und nur ein paar Lebensmittel.
Was war die Alternative: in Agnès' Wohnung zurückzugehen und diesem Psychopathen in die Arme zu laufen? Nach Kiesbach zu Alexander? Kai fragen, ob sein Angebot, ein paar Tage bei ihm zu wohnen, noch galt? Oder Charlys Einladung annehmen? Das fehlte gerade noch. Wer war hier das Kind und wer die Mutter?
Nein. In die Wohnung würde sie nur noch einmal zurückkeh-

ren, um ihre restlichen Sachen zu holen. Für Kiesbach und vor allem Alexander, für die Gespräche mit ihm, fühlte sie sich nicht bereit. Und Kai hatte genug getan.
Nein. Sie würde niemanden bitten. Bei niemandem unterschlüpfen.
Sie würde zurechtkommen.
Allein.

Agnès

Ihre Hand zitterte. Sie starrte auf das Foto auf dem Display ihres Handys. Dass Riki es wagte.
Nie hasste sie sie mehr als in diesem Moment.
Es war weniger das Foto selbst, dass sie so sehr in Rage brachte.
Es war die Tatsache, dass Riki ihr wehtun wollte.
Ihr zeigen wollte, dass sie im Recht war, vor allem moralisch.
Dass sie Druck ausüben, sie zwingen wollte.
Da konnte sie lange warten.
Sie würde sich an ihr die Zähne ausbeißen.
Sie packte das Handy zurück in die Tasche. Blickte auf die Wellen, die gegen den Strand rollten. Sanft war es heute, das Meer, aber das täuschte. Es ließ sich nicht zähmen. Vielleicht liebte sie es deswegen. Das Mittelmeer noch mehr als die Nordsee. Der Atlantik war ihr am liebsten.
Menschen waren viel berechenbarer. Die meisten zumindest.
Riki in jedem Fall. Es passte eigentlich gut zu ihr, dass sie diese Fotos schickte. Dass sie sich für anständig hielt, rechtschaffen. Genau das Wort hatte sie bei einem ihrer letzten Worte benutzt: »Wir sind rechtschaffene Leute.« Dabei hatte sie das »Wir« betont. Ihre Pause nach diesem Satz war unmissverständlich: Und du nicht.
Sie nahm die Sonnenbrille ab, legte sie auf das rote Badetuch. Obwohl es erst später Vormittag war, betrug die Temperatur

schon an die dreißig Grad. Dennoch war wenig los am Strand. Er war einer der wenigen echten Geheimtipps in diesem von Touristen gefluteten, wunderschönen Fleckchen Europas. Die nächsten Menschen hatten sich einige Meter weit von ihr entfernt niedergelassen. Gut so.

In den letzten Tagen hatte sie die Einsamkeit gesucht. Brauchte sie manchmal. Sie brauchte auch Menschen – »Du benutzt sie«, sagte Riki, womit sie vielleicht sogar recht hatte. So what! Guido war ein paar Tage weggefahren und hatte ihr die Villa überlassen. Jetzt war sie wieder Housesitterin.

Solange kein Psycho in der Nähe war und die Bezahlung gut, hatte sie kein Problem damit.

Die Wellen rauschten. Als lockten sie.

Sie gab ihrer Aufforderung gerne nach.

Der Sand verbrannte ihr die Fußsohlen. Aber sie beschleunigte nicht ihre Schritte. Manchmal setzte sie sich Dingen bewusst aus: einem Schmerz, einem Risiko. Härtete ab.

»Du und deine Sprüche«, würde Riki dazu sagen. »Du bist immer so extrem.«

Riki. Immer wieder Riki.

Das Meer war warm. Sie watete ein paar Meter ins Wasser, dann schwamm sie los. Das Wasser glitt um ihren Körper. Sie war schon immer gerne geschwommen. Die Besuche im Hallen- oder Freibad in ihrer Kindheit waren immer Highlights gewesen. Sehr seltene Highlights, nachdem ihre Familie herausgefunden hatte, dass sie sie mit Schwimmverbot bestrafen konnten. Riki hatte sie noch öfter angeschwärzt, nachdem ihr das klar gewesen war. Nie vergaß Agnès ihren triumphierenden Blick, wenn sie in den Sommerferien das Haus verließ, die Schwimmtasche über der Schulter, und sie wegen einer ihrer zahlreichen Verfehlungen zu Hause bleiben musste.

Nun denn. Dafür sah sie jetzt jedes Jahr das Meer. Dafür wohnte sie jetzt in den luxuriösesten Häusern und nicht in einem biederen Haus in irgendeinem Hinterweltsort. Was spielte es für eine Rolle, dass sie ihr nicht gehörten? Was hatte Riki letztlich von ihrem Bausparvertrag? Im Süden Europas war sie noch nie gewesen.

Irgendwann würde sie sich vielleicht eine Wohnung hier kaufen. Das war das einzige Ziel, der einzige ihrer Wunschträume, der noch existierte. Den sie glaubte, vielleicht wahr werden lassen zu können. Wenn sie genug Geld zusammengespart hätte, irgendwann.

Doch eigentlich wusste sie, dass das Leben nicht für Träume taugte.

Sie begann zu kraulen. Genoss die Kraft ihrer Beine, spürte die Wärme der Sonne durch die Wasseroberfläche, den Geruch des Meeres. Irgendwann hielt sie inne, blickte zurück. Wie weit das Ufer entfernt war.

Was, wenn sie es nicht zurückschaffte, sie einen Krampf bekam, unterging?

Der Gedanke löste nichts in ihr aus. Keine Angst, keine Beklemmung. Vielleicht würde es irgendwann so mit ihr enden. Dass sie hinausschwimmen würde, ins Meer. Bis die Kraft sie verließ. Bis sie unterging.

Sich treiben, sinken ließ.

Aber nicht jetzt.

Sie drehte um. Erreichte sicher den Strand.

Sie watete aus dem Wasser, ging zu ihrem Platz. Nahm das Handy aus der Tasche und löschte die Fotos.

Kapitel 45

In der Nacht kehrte die Traurigkeit zurück.
Eva tastete nach dem Foto aus dem Buch ihrer Mutter, das sie neben das Bett gelegt hatte.
Unser geliebtes Mädchen.
Natürlich hatte Eva gewusst, dass sie ihren Eltern nicht gleichgültig gewesen war. Aber warum war es ihnen so schwer gefallen, Zuneigung zu zeigen?
Auf diese Frage würde sie keine Antwort bekommen.
Sie seufzte. Nichts als Rätsel.
Die Geschehnisse der Nacht mit dem ominösen R. enthielt ihr Gedächtnis ihr weiterhin vor. Sie hatte keine Ahnung, wer der Mann war, der sie verfolgt hatte. Und ihre Zukunft – wie sollte es mit ihr weitergehen? Was sollte sie anfangen mit ihrem Leben, wie weitermachen? Geld verdienen? Wohnen?
Und Alexander ...
Sie lauschte in die Stille des alten Hauses, als hätte es ihr die Antworten versprochen.
Irgendwo unter ihr knarrte es.
Konnten das Schritte sein? Auf der Treppe? Sie setzte sich auf und knipste die Lampe an. Lauschte.
Hatte sie eigentlich abgesperrt?
Der Mann konnte nicht hier sein. Kai und sie hatten sich gründlich umgesehen, nachdem sie das Apartment verlassen hatten. Waren sogar die Straße abgelaufen.
Der Typ war ihr nicht gefolgt. Das hätte sie gemerkt. Ganz sicher.

Sicher?
Hatte sie nicht erfahren, wie wenig man der eigenen Wahrnehmung trauen konnte? Von Menschen, und kannte man sie noch so gut, ganz zu schweigen.
Blinde, das waren die Menschen. Mit offenen Augen.
Und sie ganz besonders.
Agnès. Der Gedanke an sie schoss wie ein Pfeil hervor und bohrte sich tief in Evas Fleisch.
Arbeitete Agnès wirklich, wie Harry angedeutet hatte, im Escortservice? Und wenn ja, warum hatte sie es ihr nicht erzählt? Hatte Agnès sie für prüde gehalten? Und was hatte sie mit dem dunklen Mann zu tun?
Und warum ließ Agnès sie jetzt hängen?
»Du hast mir das alles eingebrockt.« Evas Flüstern versickerte in der Stille. Es klang wie eine Lüge.
Agnès' Lachen schallte durch ihren Kopf, ihr unbekümmertes, lebensfrohes Lachen. Mit einer Prise Hohn. Ein Lachen, das ansteckend gewesen war an jenen Nachmittagen, die sie mit ihr verbracht hatte. Stunden, getränkt von dem Gefühl, über den Dingen zu schweben.
»Ich dachte, wir wären Freundinnen.«
Sie sah Agnès vor sich, die perfekt geschwungenen Augenbrauen hochgezogen. Der Gedanke an ihre spöttische Miene, die sie amüsiert hatte, mischte Wehmut in ihre Furcht. Und Wut.
»Hast du mich verarscht, ja? Wolltest dich ein bisschen amüsieren? Hat es dir Spaß gemacht, Harry Lügen über mich zu erzählen?« Ihre Stimme schwoll an. »Hast gedacht, die kleine dumme Eva, die glaubt mir sowieso alles?«
Jeder Satz schmerzte.
Agnès war wie eine süße Frucht gewesen, auf die sie sich gestürzt hatte wie eine Fruchtfliege.
Eine Frucht, die innen faul war.

Aber sie hatte unbedingt davon kosten wollen.
Agnès musste das gesehen haben. Von Anfang an.
Eva ballte die Hände zu Fäusten. Das Haus war so still, als hielte es den Atem an. Dann, nach einer Weile, wieder dieses Knistern. Knarren. Flüstern.
Dann schlief sie eben nicht mehr. Und würde sich selbst beweisen, dass niemand hier war außer ihr. Dass das Haus nur ein Greis war, dessen Knochen knackten.
Sie schlug die Decke zurück und stand auf, streifte Socken und Sweatshirt über.
Im Flur tastete sie nach dem Lichtschalter. Es blieb dunkel. Verdammt! Hätte sie nur an eine Taschenlampe gedacht.
Ihre Finger fuhren über die raue Tapete. Langsam setzte sie Fuß vor Fuß, bis ihre Hand ans Ende der Wand stieß. Dann das Geländer ertastete. Vorsichtig trat sie auf die erste Stufe. Stieg die Treppe nach unten. Hier reagierte die Flurlampe. Eva blinzelte ins aufflammende Licht.
Der Schlüssel steckte an der Haustür, und sie war verschlossen und verriegelt. So, wie sie es schon als Dreijährige gelernt hatte. Auch die Kellertür war abgeschlossen.
Im Wohnzimmer ließ sie sich auf Vaters Sessel sinken. Er roch nach Zigarrenrauch und Holzspänen. So wie ihr Vater immer gerochen hatte. Ihr Blick fiel auf die Mappe aus ihrem Zimmer und das Buch, das sie im Nachttisch ihrer Mutter gefunden hatte. Sie hatte am Abend den Ordner durchsehen wollen, nachdem sie sich Tee und Nudeln gekocht hatte. Doch danach war sie müde gewesen und hatte nur noch schlafen wollen.
Eva griff nach der Mappe und klappte sie auf.
Ein Bündel Briefe rutschte heraus. Einladungen zu Geburtstagen mit pinkfarbenen, großohrigen Mäusen auf den Umschlägen. Postkarten, die ihr Schulkameradinnen aus Bayern oder Mallorca oder Italien geschickt hatten. Ein paar schlecht ko-

pierte Zettel, die Schulveranstaltungen ankündigten. Sie legte sie zur Seite und holte den Packen Fotos heraus.

Aufnahmen ihrer Klasse, vom fünften bis zum 13. Schuljahr. Auf jedem der Fotos stand sie am Rand. Hatten der Lehrer oder Fotograf sie dorthin dirigiert, oder hatte sie sich den Platz selbst gewählt? Wie auch immer, sie blickte brav in die Kamera und lächelte. Wie es sich gehörte.

»Lach doch mal«, hatte auch ihre Mutter gefordert, wenn sie Aufnahmen von ihr machte. Irgendwann hatte Eva automatisch den Mund verzogen, sobald jemand eine Kamera auf sie gerichtet hatte.

Sie suchte Agnès. Und fand sie.

Sie stand oder saß ebenfalls immer am Rand, jedoch nicht wie Eva in der letzten, sondern in der ersten Reihe. Auf keinem der Fotos lächelte sie. Mit zusammengezogenen Augenbrauen schaute sie an der Kamera vorbei. Einmal band sie sich einen Schuh. Oder saß da mit verschränkten Armen, hängenden Schultern.

Agnès war mager gewesen. Das mausbraune Haar hing ihr in die Augen. Sie waren es, an denen man die heutige Agnès erkannte. Wenn man genau hinsah, funkelte in ihnen der spöttische Glanz.

Eva betrachtete das Mädchen in den abgewetzten Jeans, den alten Turnschuhen, dem schlabbrigen Sweatshirt. Agnès war eine Außenseiterin gewesen. Evas Wut auf sie schliff sich ab an einem diffusen Gefühl von Mitleid.

Wie war aus dem unscheinbaren, missmutigen Mädchen eine selbstbewusste Frau geworden, die überall, wo sie auftauchte, Blicke auf sich zog?

Darin hatte sie sich nicht getäuscht.

Eva blätterte die anderen Fotos durch. Sie waren wild durcheinander gewürfelt, die meisten undatiert. Da waren welche von irgendeinem Schulfest, an dem ihre Klasse ein Theaterstück aufgeführt hatte, das sie im Deutschunterricht selbst geschrieben hatten. Sie wusste nur noch, dass es um einen Schiffbrüchigen ging, der auf einer Insel mit seltsamen Bewohnern strandete. Welche Rolle hatte sie damals gespielt? Irgendeine Dorffrau – wie vorausschauend, dachte sie ironisch. Sie hatte keine Hauptrolle übernehmen wollen.

Dann Bilder eines Klassenausflugs in einem Park. Schnappschüsse von Mitschülern, die auf Bänken oder in wackligen Booten saßen, willkürlich aufgenommen mit ihrer roten Kamera, die ihr Vater ihr zu ihrem zwölften Geburtstag geschenkt hatte. Ein Foto von Eva allein. Sie stand auf einer Wiese, vor ihr schlug ein Pfau sein Rad. Sie strahlte. Sie schien glücklich zu sein. Wer das Foto gemacht hatte, daran erinnerte sie sich nicht.

Auf den anderen Bildern war sie stets Teil einer Gruppe. Ja, sie hatte Spaß gehabt damals. Zwar hatte sie keine engen Freundschaften gehabt, aber sie war mit allen gut ausgekommen. Tanja und Michael waren oft in ihrer Nähe gewesen.

Auf einem Bild hockte Agnès ein Stück entfernt von ihr mit angezogenen Beinen auf einer Bank. Sie sah zu ihr herüber.

Eva rückte das Foto näher an ihre Augen. Sie schluckte.

Dieser Blick. Galt er ihr oder der ganzen Gruppe? Lag es an der Perspektive der Aufnahme, dass die Augen so schmal, der Mund so abschätzig wirkte, sodass man den Eindruck hatte, als hasste sie sie?

Hatte Agnès sie insgeheim gehasst? Oder die ganze Klasse?

Die restlichen Fotos stammten von der Kursfahrt an der Nordsee im zwölften Schuljahr. Wattwanderung. Dünen. Ein rot-weiß gestreifter Leuchtturm. Lagerfeuer. Auf keinem der Fotos war Agnès zu sehen. Da fiel es Eva wieder ein. Agnès hatte die Schule nach der zehnten Klasse verlassen. Sie hatte es nicht angekündigt, war im elften Schuljahr einfach nicht mehr erschienen.

Wann war es ihr aufgefallen, dass Agnès gefehlt hatte?
Sie hatten nie über die gemeinsame Schulzeit gesprochen. Auf welches Gymnasium Agnès gewechselt war, wo sie studiert hatte, all das hatte sie nicht gefragt. Es war nicht wichtig gewesen. Sie hatte sich zufriedengegeben mit dem Abriss, den Agnès ihr von ihrem Leben gegeben hatte. Mit der Aufmerksamkeit und dem Interesse, dass sie ihr geschenkt hatte.
Wie viel war Fassade an Agnès gewesen, wie viel echt? Wer war die wirkliche Agnès, das Mädchen von damals, die Frau von heute?
Was hatte sie verändert?
Eva schob die Fotos zusammen. Was interessierte sie das überhaupt? Was hatte das mit ihr zu tun?
Vielleicht nichts.
Vielleicht alles.
Ganz unten in der Mappe lag ein Blatt Papier. Sie fischte es heraus.
Es war eine Adressliste. Mit allen Namen und Anschriften der Schüler des zehnten Schuljahres. Mit dem Finger fuhr sie über die Zeilen. Und fand den Namen ganz am Ende.
Agnes Zimmermann. Der Ort, wo sie gewohnt hatte, war nicht weit von hier. Wieso war Agnès dann ins Internat gegangen?
Die Buchstaben fixierten ihren Blick. Als wollten sie ihr etwas mitteilen.
Vielleicht wohnten Agnès' Eltern noch immer dort.
Evas Herz pochte auffordernd.
Die Eltern hatten vielleicht noch Kontakt zu ihr. Und konnten Eva sagen, wo sie war.
Sie fischte ihr Handy aus der Tasche und suchte die Adresse im Internet.
Sie stimmte. Unter dem Namen Eberhard Zimmermann.
Eva wusste, was sie zu tun hatte.

Kapitel 46

Der Provinzbahnhof strahlte die Trostlosigkeit aus, die Eva erwartet hatte. Obszöne Botschaften an grauen Mauern. Ein nach Urin stinkender Tunnel, wo Müll in einer Pfütze badete. Ein mit Kaugummi verklebter Fahrkartenautomat, der außer Betrieb war.

Sie fröstelte, obwohl die Luft sich wie ein warmer Film auf ihre Haut legte. Die Sonne bohrte sich durch den milchigen Himmel. Es war elf Uhr vormittags.

Sie fischte den Zettel mit der Adresse aus ihrer Tasche. Sie hatte überlegt, sich vorher telefonisch anzukündigen, jedoch befürchtet, abgewimmelt zu werden und gar nichts zu erfahren. So musste sie das Risiko in Kauf nehmen, niemanden anzutreffen.

In der Nähe des Bahnhofs befand sich eine Bäckerei. In der Hast hatte sie am Morgen Frau Hartmanns Kuchen vergessen und jetzt knurrte ihr Magen.

Sie kaufte sich ein Laugenbrötchen und eine Flasche Wasser. Bei der Verkäuferin erkundigte sie sich nach der Straße, in der Agnès' Eltern wohnten. Sie befinde sich am Ortsrand, sagte die Bäckerin und erklärte ihr den Weg.

Die Straße verlief zwischen Feldern auf der einen und schlichten Einfamilienhäusern mit Nutzgärten auf der anderen Seite. Die Ähnlichkeit zu Kiesbachs altem Ortskern war verblüffend: eine Siedlung schmuckloser Häuser mit erdfarbenen Fassaden und nahezu quadratischen Grundrissen, die sich nur durch die

Geranien in den Kästen unterschieden: rosa oder rot. Jemand ganz Gewagtes hatte sein Dach mit glänzend blauen Ziegeln gedeckt statt mit stumpfen rostfarbenen.

Agnès' Elternhaus war das letzte in der Reihe. Dahinter erstreckten sich Felder. In der Ferne konnte Eva einen Bauernhof erkennen.

Das Haus machte einen vernachlässigten Eindruck, auch wenn sich seine Bewohner Mühe gaben, das zu vertuschen. Zwar waren die Beete im Vorgarten gepflegt, aber die Fassade hatte dringend einen Anstrich nötig. Der Kletterrose neben der Haustür sah man an, dass Verblühtes regelmäßig abgeschnitten wurde. Doch das Holz der Tür wirkte abgenutzt und spröde.

Eva blieb stehen. Der Zettel mit der Adresse, den sie immer noch in der Hand hielt, fühlte sich feucht an.

Vielleicht war das hier eine Schnapsidee. Wieso sollte sie Agnès' Eltern mit ihren Problemen behelligen?

Es blieb keine Zeit zum Umkehren. Die Haustür wurde geöffnet, und eine Frau Anfang fünfzig trat heraus. In der Hand hielt sie eine giftgrüne Gießkanne.

»Ach Gott!« Sie zuckte zurück. »Haben Sie mich erschreckt.«

Die Frau griff sich an die Brust und atmete schwer. Gleichzeitig musterte sie Eva. Eine Mischung aus Ablehnung und Neugier flackerte in ihrem Blick auf. Wie es die Kiesbacher in der Alten Buche getan hatten.

»Sie wollen zu meinen Eltern?«

Die Frau hatte sich von ihrem Schrecken erholt, war einen Schritt vorgetreten und stemmte eine Hand in die Hüfte.

Ihren Eltern? Dann musste die Frau Agnès' Schwester sein.

Von einer Schwester hatte Agnès nie erzählt. Weder als Schülerin noch später.

»Ja.« Eva räusperte sich. »Ich würde sie gerne sprechen.«

»Worum geht's denn?« Die Frau war nicht unfreundlich, trat

jedoch einen weiteren Schritt vor. Der orangefarbene Lack ihrer Zehennägel biss sich mit dem grellen Lila ihrer Flip-Flops.
»Es geht um Agnès.«
Die Mundwinkel der Frau zuckten. Sie zog die Brauen hoch, und in Evas Magengrube kribbelte es. Dieser Gesichtsausdruck. Wie bei Agnès.
»Ag-nès«, wiederholte die Frau gedehnt. Dann stieß sie ein hartes Lachen aus.
»Mutti!«, rief sie über die Schulter. »Da ist jemand, der nach Agnes fragt.«
Schritte schlurften durch den Flur. Eine stämmige Frau erschien. Wie ihre Tochter trug sie ein geblümtes T-Shirt, jedoch keine knielangen Jeans, sondern eine schlabbrige, weiße Hose und rote Pantoffeln. Ihr kurzes, weißes Haar schimmerte bläulich. Mit großen, schattigen Augen starrte sie Eva an.
»Sie kommen wegen Agnes?« Ihre Stimme klang schlaff, wie ein Ballon, aus dem die Luft entwichen war.
»Ja. Ich versuche sie seit Tagen zu erreichen, aber …«
»… sie geht nicht ans Telefon«, vollendete Agnès' Mutter den Satz. Ihrem Mund entwich ein Laut, der sowohl ein Lachen als auch ein Seufzen sein konnte.
»Kommen Sie rein, wenn Sie wollen.« Sie wandte sich ihrer Tochter zu. »Kümmerst du dich bitte.«
Die Jüngere nickte. Agnès' Mutter drehte sich um und verschwand im Haus.
»Wollen Sie was trinken? Ich bin übrigens Ulrike.«
Die Frau stellte die Gießkanne neben der Haustür ab. Eva folgte ihr hinein.
Drinnen war es kühl. Eine Treppe führte ins Obergeschoss, aber Ulrike ging voraus durch den mit grauem PVC ausgelegten Flur. Er schien die Hauptschlagader des Hauses zu sein, denn er zog sich durch das gesamte Untergeschoss. An den

Wänden mit der weißen Schaumtapete hingen ein schlecht gerahmtes Bild von einem weinenden Harlekin sowie zwei Ölgemälde mit Hirschen und Füchsen neben dem Schädel eines Tieres, vielleicht eines Rehs. Eva schauderte.

Vom Flur zweigten mehrere Türen ab, alle geschlossen. Aus einem ertönten Fernsehstimmen. Von Agnès' Mutter keine Spur. Die Hintertür stand offen und mündete auf eine Terrasse, wo sich weiße Gartenmöbel unter einem pinkfarbenen Sonnenschirm zusammendrängten. Auf dem Tisch starb eine Zigarette in einem gläsernen Aschenbecher ihren Tod. Daneben standen eine Wasserflasche und zwei Gläser. Als hätten die Zimmermanns mit Evas Besuch gerechnet.

Ulrike goss ein Glas voll und reichte es Eva.

»Setzen Sie sich ruhig.«

Eva ließ sich auf einem der Stühle nieder und trank. Das Wasser tat gut in ihrer trockenen Kehle.

»Meine Mutter feiert in zwei Wochen ihren Fünfundsiebzigsten. Hab extra Urlaub genommen. Wollten nachher noch ein paar Dinge besprechen.«

Wieso erwähnte sie das? Wollte Ulrike ihr durch die Blume sagen, dass sie eigentlich störte? Oder war diese Preisgabe von Informationen, die Eva weder etwas angingen noch interessierten, Ausdruck der dörflichen Prägung, wo man sich der Neugier seiner Mitbewohner am besten dadurch erwehrte, indem man ein paar Häppchen preisgab, bevor die anderen bohrende Fragen stellten?

Alexander machte es ganz ähnlich, wenn seine Kundschaft ihn ausfragen wollte. Das Gleichgewicht zu finden zwischen harmloser Plauderei und Schutz der eigenen Privatsphäre war eine Kunst, die er immer besser beherrscht hatte als sie. Manchmal hatte sie den Eindruck gehabt, dass ihm diese Gratwanderung sogar Spaß machte.

»Wie heißen Sie eigentlich?« Ulrike musterte sie. »Oder duzen wir uns?«
»Ich heiße Eva.«
»Ah.« Der Name schien keine Erinnerung in ihr auszulösen. Agnès hatte ihn also nie erwähnt. Sollte Eva das wundern?
Sie beobachtete verstohlen, wie Ulrike eine Packung Zigaretten aus ihrer Hosentasche fingerte und sich eine neue Kippe ansteckte. Eine Strähne ihres kastanienbraunen, von einer Klammer zusammengehaltenen Haares fiel ihr ins Gesicht. Sie wischte sie beiseite und blickte auf.
»Woher kennen Sie meine Schwester?«
»Wir waren Schulkameradinnen. Und haben uns beim Klassentreffen wiedergetroffen.« Den Homesitterjob erwähnte sie besser erst mal nicht.
»Klassentreffen.« Ulrike nickte vor sich hin. »Hätte ich nie gedacht, dass Agnes zu so was hingeht.«
Sie inhalierte tief und blies den Rauch in die Luft. »Auch eine?«
»Nein, danke.« Eva beugte sich vor. »Hat sie ... dir von dem Treffen erzählt?«
Ulrike schnaubte. »Mit mir redet sie nur, wenn sich's nicht vermeiden lässt. Hier kam eine Karte an. Mutti hat sie geöffnet und Agnes eine Nachricht aufs Handy geschickt.«
»Ihr habt ihre Nummer?«
Was für eine dämliche Frage. Eva hätte sich ohrfeigen können. Mit aggressiver Langsamkeit führte Ulrike die Zigarette zum Mund. Sog den Rauch tief ein. Pustete ihn wieder aus.
»Du nicht?«
Eva biss sich auf die Lippe.
»Ach ja, sie reagiert ja nicht.« Ulrike nickte wissend vor sich hin. Langsam ging die Frau Eva auf die Nerven. Sie bemühte sich um einen bewusst sachlichen Ton. »Ja, sie hat den Kontakt zu mir abgebrochen. Aber ich muss sie erreichen. Es ist wichtig.«

Ulrike kniff die Augen zusammen. »Ist sie in der Klemme oder du?« Sie nahm einen weiteren Zug. »Oder ihr beide?«
Eva unterdrückte den Impuls, die Frau zu packen und zu schütteln.
»Ja, das konnte sie schon immer gut. Andere in Schwierigkeiten bringen.«
»Wie meinst du das?«
»So, wie ich's gesagt hab.« Ulrike blickte dem Rauch hinterher. »Wir haben eine Handynummer. Aber die haben nur wir, verstehst du? Und niemand sonst darf sie haben.«
Eva begriff überhaupt nichts mehr. Statt Klarheit über Agnès zu erhalten, taten sich immer neue Rätsel auf.
»Ich glaube, sie ist in Gefahr. Ein Mann ist hinter ihr her, und der scheut sich nicht, Gewalt anzuwenden.«
Ulrike rauchte ihre Zigarette weiter.
»Das scheint dir egal zu sein.«
Ulrike zuckte die Achseln. »Weißt du, Agnes hat schon so viel Scheiße in ihrem Leben gebaut, da wundert mich gar nichts mehr. Und es interessiert mich auch nicht.«
»Du bist ihre Schwester!«
»Ja. Leider.«
Ulrike drückte ihre Zigarette aus und steckte sich direkt eine neue an. So kaltblütig war sie offenbar nicht. Wenn sie ständig rauchen musste.
Der Geruch weckte eine überwunden geglaubte Lust in Eva. Nein, sie würde nicht um eine Kippe bitten.
Ulrike beugte sich vor. »Weißt du, Agnes hatte Männergeschichten, seit sie sechzehn war. Sie hat die Schule geschmissen und ist ausgegangen, hat die Wochenenden in der Stadt verbracht, bei irgendwem, keine Ahnung. Sie hat sich die Haare schwarz gefärbt und angefangen, sich auffällig zu schminken. Teure Klamotten getragen. Wenn meine Eltern fragten,

woher die Kohle kam, hat sie nur gelacht.«
Ulrike blickte in den Garten, als sähe sie dort kein struppiges Gras, Bohnenstangen und Blumenbeete, die von Unkraut zersetzt waren, sondern die Bilder der Vergangenheit. Hinter dem Haus, wo keine Nachbarn hinsahen, war es offenbar egal, ob es gepflegt war.
Eva konnte es hören, dieses Lachen, Agnès' ansteckendes, lebensbejahendes Lachen. Es hatte sie so amüsiert, dass sie seine Kälte nie hatte wahrnehmen wollen.
»Als hätte sie ihnen nicht schon genug Kummer gemacht.« Ulrike schnaubte. »Sie war immer schwierig. Oder hat so getan. Bei ihr wusste man nie. Sie konnte allen alles weismachen.«
Ulrike nahm einen weiteren Zug.
»Du weißt, wie sie früher aussah: Blass und schäbig angezogen. Das arme Kind. Aus schwachen Verhältnissen.« Sie lachte rau. »Sie hat sich sogar die Haare selbst abgesäbelt und behauptet, meine Mutter hätte sie so verunstaltet, weil sie das Geld für den Friseur sparen wollte. Dabei hat meine Mutter auf ordentliches Aussehen geachtet. Agnes' neue Klamotten hingen hier im Schrank. Aber in der Schule sollten alle denken, ihre Eltern wären geizig und würden sie kurzhalten.«
Eva schluckte. Weil es stimmte. Das hatte sie gedacht. Alle hatten das gedacht.
»Später hat sie die Strategie gewechselt. Wollte nicht mehr das Mauerblümchen sein, sondern der Paradiesvogel. Kommt ja auch bei den Männern besser an.«
»Warum war sie im Internat?«, fragte Eva.
»Sie wollte. Und es war besser für uns alle.« Ulrike beugte sich weiter vor. »Schon als Kind hat sie nicht gemacht, worum man sie gebeten hat. Wenn man gesagt hat, komm um sechs nach Hause, kam sie um sieben. Wenn man sie bis um sieben ließ, kam sie um acht.«

»Das machen Kinder nun mal so. Loten ihre Grenzen aus.«
Warum verteidigte sie Agnès? Weil ihr Ulrike alles andere als sympathisch war? Weil sie fror beim Anblick dieses Gartens, der seinem kleinbürgerlichen Ideal schon lange nicht mehr entsprach, beim Gedanken an den weinenden Harlekin im Flur, der Enge des Hauses?
Ihre Kehle verengte sich. Sie nahm einen Schluck Wasser.
Ulrike betrachtete sie mit zusammengekniffenen Augen.
»Mag sein. Aber nicht alle Kinder erzählen rum, ihr Vater wäre Alkoholiker, nur weil er sich ab und zu mal ein Schnäpschen gönnt.«
»Das hat sie gemacht? In der Schule war ihre Familie nie Thema.«
»Tiere hat sie geliebt.« Ulrike wechselte das Thema, als fühlte sie sich gezwungen, angesichts von Evas Einwand etwas Positives über ihre Schwester zu erzählen. »Sie hat immer einen Hund gewollt. Oder ein Kätzchen.«
»Aber der macht ja Dreck.«
Falls Ulrike verwundert war, ließ sie es sich nicht anmerken.
»Andere Kinder kriegen auch kein Haustier. Und benehmen sich trotzdem.« Ulrike schnaubte erneut. »Dabei war sie die Kleine. Acht Jahre jünger als ich. Wurde vergöttert. Aber hat nie genug bekommen können. Musste immer im Mittelpunkt stehen.«
War das Unverständnis über Agnès' Wunsch nach Aufmerksamkeit oder einfach nur Eifersucht auf die kleine Schwester? Vielleicht beides.
»Sie hat sich Geschichten ausgedacht. Einmal hat eine Frau aus dem Dorf meine Mutter gefragt, ob Agnes ein Konzert beim Adventsbasar geben könne. Meine Schwester hatte nämlich herumerzählt, sie spiele Geige. Dabei konnte sie nicht mal eine Triangel gerade halten.«

Ulrike schüttelte verächtlich den Kopf. Aber in Eva regte sich erneut Mitgefühl, wie am Tag zuvor, als sie Agnès' blasses Gesicht auf den alten Fotos betrachtet hatte. Vermischt mit Unbehagen. Der Drang, Gewohnheiten infrage zu stellen, die Grenzen zu überwinden, die der Lebensstil der Familie einem setzte – wie gut sie das verstand.

Waren Agnès und sie sich ähnlich? War es das, was sie angezogen hatte? Dass Agnès Schranken überwunden und sich ausprobiert hatte – im Gegensatz zu ihr selbst?

»Aber das waren noch die harmlosen Geschichten. Später hat sie unserer Nachbarin vorgeschwindelt, unser Vater sperre sie regelmäßig im Keller ein, wenn sie nicht hört.«

»Und hat er?«

Ulrike quittierte ihren provokativen Ton, indem sie die Brauen hochzog.

»Er hat ein-, zweimal die Tür hinter ihr zugemacht. Sie war höchstens eine halbe Stunde da unten.«

Wie sie ihr das einfach so hinwarf. Eva verspürte plötzlich Lust, Ulrike herauszufordern.

»Bei dir war das sicher nicht nötig. Du warst bestimmt die Mustertochter.«

Ulrike lachte rau. »Ich war ganz normal.«

Sie wischte sich das Haar aus der Stirn, auf der ein dünner Schweißfilm glänzte.

»Du sagst, ein Mann ist hinter ihr her. Was hast du denn damit zu tun? Treibst du dich auch in dubiosen Kreisen herum?«

Ulrikes Fragen waren Nadelstiche. Hatte sie auch Agnès auf diese Weise traktiert?

Bleib cool, befahl Eva sich.

»Ich kenne den Mann nicht und habe keine Ahnung, in welcher Beziehung er zu Agnès steht. Er muss uns zusammen gesehen haben. Er hat mich abgepasst und will von mir wissen, wo Ag-

nès ist. Aber ich weiß es nicht.«
»Sie hat sich schon immer mit seltsamen Typen eingelassen.«
Schimmerte zwischen Ulrikes moralischer Entrüstung Neid durch? Neid auf die Schwester, die viel besser ankam, auch bei Männern?
Jeder suchte sich seine Rolle.
»Woher weißt du das alles? Ich denke, Agnès war fast immer unterwegs.«
»Ich hab sie einmal durch Zufall gesehen. In der Stadt. Ich war mit meinem Freund unterwegs. Und jetzigem Mann.« Diese Tatsache schien ihr enorm wichtig zu sein, denn sie betonte die letzten beiden Sätze.
»Es hat uns in irgendeine Disco verschlagen. Und da hab ich sie gesehen. Hat mit einem Kerl rumgemacht, der mindestens zehn Jahre älter war als sie.«
Ulrike drückte die Zigarette aus, nahm gleich die nächste aus der Schachtel und zündete sie an.
»Ich bin zu ihr hin und wollte ihr eine Standpauke halten. Sie war ja erst sechzehn. Aber sie hat nur gelacht. Und der Typ hat auch gelacht. Vor Wut bin ich gegangen. Aber in den folgenden Wochen bin ich wieder in die Disco. Hab sie beobachtet. Vielleicht hat sie's gemerkt, aber dann war's ihr egal.«
Ja. Das passte zu der Agnès, die Eva kennen gelernt hatte.
»Es waren oft andere Kerle, mit denen sie rumgemacht hat. Sie haben für sie bezahlt. Da war mir klar, wo sie das Geld herhat. Die teuren Klamotten.«
Den letzten Satz hüllte sie in Zigarettenrauch. Aber Eva hatte die Andeutung verstanden.
Ulrike führte sie dennoch aus. »Keine Ahnung, ob sie Sex gegen Geld gehabt hat. Aber versprochen hat sie es den Kerlen bestimmt, und sabbernd vor Gier, wie die waren, haben die ihr alles gekauft, was sie wollte. Ging natürlich irgendwann schief.

So ein Leben kann nur schiefgehen.«
Vielleicht. Aber wie glückte es denn?
Ulrike inhalierte wieder tief. Eva hatte noch nie jemanden getroffen, der das Rauchen derart zelebrierte. Das Talent zum Inszenieren lag anscheinend in der Familie.
»Einmal kam sie heulend heim. Hat meine Eltern geweckt, mitten in der Nacht vor ihrem Bett gestanden. Ein Typ hat ihr die Nase blutig geschlagen. Und wollte sie anzeigen. Hat behauptet, sie hätte ihm was ins Glas gemischt, KO-Tropfen, was weiß ich, und ihn dann beklaut. Hatte angeblich sogar einen Zeugen.«
Eva starrte Ulrike an. Eine Erkenntnis schoss ihr kalt durchs Hirn.
Das Fläschchen.
»Sie hat alles abgestritten. Hat plötzlich auf Papamädchen gemacht. Und mein Vater wurde weich. Hat dem Typen gedroht, von wegen Belästigung Minderjähriger, was weiß ich. Da hat der Kerl die Anzeige zurückgezogen.«
Eva musste es wissen. Auch wenn die Frage sich in ihrer Kehle festsetzen wollte, sie musste raus.
»Hat sie es gemacht?« Sie räusperte sich. »Hat sie dem Typen was ins Glas gemischt?«
Ulrike biss sich auf die Lippen. Dann fuhr sie fort. »Ich hab ihre Sachen durchgeguckt, als sie mal geduscht hat …«
»Ja und?« Evas Finger schlossen sich um ihr Glas, als suchten sie Halt.
»Ich hab ein Fläschchen gefunden. Aber es war ein Mittel gegen Durchfall.«
»Wie hat es gerochen? Geschmeckt?«
Ulrike zog misstrauisch die Brauen hoch. »Wieso? Ich hab das Zeug doch nicht genommen.«
Ich schon, dachte Eva. Ihr Herz begann zu rasen.

Die angeblichen Bachblüten. Sie hatte das Fläschchen weggeworfen. Wie Agnès es ihr befohlen hatte.
Das Mitgefühl, das sie eben noch für sie empfunden hatte, verbrannte in der Hitze von Scham und Zorn.
Sie trank ihr Glas leer.
»Noch Wasser?«
Sie nickte, und Ulrike goss ihr nach.
Ein Mann erschien in der Terrassentür. Er war jung, Anfang zwanzig, hochgewachsen und schlank. Das dunkelblonde Haar war sehr kurz und modisch geschnitten. Er trug ein marinefarbenes Polohemd und beige Shorts. Im Haar saß eine Sonnenbrille. Er stutzte, als er Eva sah.
»Hi. Ich wusste nicht, dass Besuch da ist.«
Ulrike lächelte. »Das ist Eva«.
»Marlon.« Er reichte Eva die Hand.
An Ulrike gewandt sagte er: »Ich muss kurz weg. Bin in einer Stunde wieder da.«
Ulrike nickte. Die Härte in ihren Gesichtszügen war zu offener Zuneigung geschmolzen.
»Alles klar. Bis dann.«
Ulrike blickte ihm nach.
»Dein Sohn?« Eva fragte, um eine Brücke über die Beschämung zu schlagen, die sich in ihr aufgetan hatte.
Ulrike drehte langsam den Kopf. In ihren Augen blitzte etwas Abweisendes auf, als hätte Eva sie bedroht.
»Ja«, sagte sie mit fester Stimme. »Das ist mein Sohn.«
Sie stand auf und zog die Tür zu, als fürchtete sie erst jetzt, jemand könnte lauschen. Sie setzte sich wieder und schaute Eva direkt an.
»Mein Sohn«, wiederholte sie. »Auch wenn Agnes ihn geboren hat.«

Kapitel 47

Eva fühlte sich, als hätte jemand sie mit kochendem Wasser übergossen. Sie starrte Ulrike an, die ihrem Blick standhielt.
»Sie hat ihn nicht gewollt. Ihr eigenes Kind verlassen. Verstehst du jetzt, was ich meine?«
Ulrike wartete Evas Antwort nicht ab und redete weiter. Sie wollte es zu Ende bringen.
Es war surreal, wie sich die Verhältnisse umkehrten. Sie hatte gehofft, etwas über Agnès zu erfahren und die Ereignisse der letzten Wochen besser verstehen zu können. Und jetzt erfuhr sie Geschichten, nach denen sie nicht gefragt hatte. Ulrike hingegen schien darauf gewartet zu haben, dass jemand aus Agnès' Umfeld sie aufspürte, um ihr den kompletten verdorbenen Lebenslauf ihrer kleinen Schwester erzählen zu können.
»Irgendwann stand sie wieder vor der Tür. Verheult. Kleinlaut. Natürlich sind meine Eltern ihr wieder auf den Leim gegangen.«
In Ulrikes grimmiges Lächeln mischte sich liebevolle Nachsicht.
»Sie war schwanger. Hat nicht gesagt, von wem. Vielleicht von dem Typen, mit dem sie seit ein paar Jahren so was wie ein normales Verhältnis hatte. Das weiß ich nur, weil sie zu ihm gezogen und zwei Jahre gar nicht mehr heimgekommen ist. Nicht mal an Weihnachten. Der hatte ein Lokal oder so. Wo sie angeblich auch gearbeitet hat.«
Zigarette Nummer keine Ahnung wurde ausgedrückt, die

nächste angezündet.
»Was weiß ich, warum mit dem Typen plötzlich Schluss war. Ob er sie geschwängert und dann fallen gelassen hat. Darüber hat sie eisern geschwiegen.«
Ulrike schüttelte den Kopf über diese Ungeheuerlichkeit. »Meine Eltern haben alles geregelt: ihr einen Job bei einer Floristin im Dorf besorgt, das Stockwerk oben hergerichtet. Mein Zimmer hat sie auch bekommen. Ich war da ja schon verheiratet.«
Wieder schien es ihr wichtig zu betonen, dass sie einen Mann hatte. Einen, nicht mehrere. Solide Verhältnisse.
Eva saß starr in ihrem Stuhl und wartete, dass Agnès' Schwester weiterredete. Sie tat ihr den Gefallen nur zu gerne.
»Natürlich ging es nicht gut. Marlon kam auf die Welt und Agnes war vom ersten Tag an überfordert. Obwohl meine Mutter und ich uns um den Kleinen gekümmert haben, war sie ständig gereizt. Sie hat ihr Baby angeguckt, als wär es ein Monster. Und dann ...«
Ulrike inhalierte tief, schloss die Augen und presste den Rauch durch den halb offenen Mund.
»Dann ist sie abgehauen«, hörte Eva sich sagen.
Ulrike nickte.
»War einfach weg, eines Nachts. Rief nach drei Wochen an. Und schlug einen Deal vor.«
»Einen Deal?« Evas Stimme klang so matt, wie sie sich fühlte.
»Ja. Sie wusste, dass mein Mann und ich uns vergeblich ein Kind wünschten, aber ich kann keine kriegen. Sie hat gesagt, wir könnten den Kleinen haben.«
Ihn haben.
Eva betrachtete die Frau vor ihr, die vor Hitze oder Eifer schwitzte, mit unverhohlenem Ekel. Obwohl er eigentlich Agnès hätte gelten müssen.
Ulrike merkte es nicht, oder es kümmerte sie einen Dreck.

»Ich hätte Luftsprünge machen können – ich hab den Kleinen geliebt. Aber so leicht sollte Agnes nicht davonkommen. Ich hab gefordert, dass sie jeden Monat Geld für ihn zahlt – so lange, bis er auf eigenen Füßen steht. Sie war einverstanden, haben meine Eltern ihr doch einen Hauch Anstand beibringen können. Jeden Monat hat sie Geld überwiesen, immer pünktlich. Keine Ahnung, wie sie sich ihren Lebensunterhalt verdient hat. Vielleicht hat sie als Fotomodell gejobbt, einmal ist ihr meiner Mutter gegenüber eine Bemerkung rausgerutscht.«
Ulrike unterbrach ihren Monolog für einen weiteren Zigarettenzug.
»Naja, ist mir eigentlich egal. Hat sie früher schon gemacht, in ihrer Kneipenzeit. Aber wo sie wohnt, hat sie nie verraten. Kontakt nur übers Telefon. Wenn sie Lust dazu hatte.«
Sie betrachtete ihre glühende Zigarette.
»Bis heute verweigert sie meinem Mann und mir die Adoption. Obwohl wir Marlon großgezogen haben. Er mich Mama und meinen Mann Papa nennt.«
Ulrike drückte die halb gerauchte Kippe in den Aschenbecher, presste ihre dicken Finger auf den Stummel, als wollte sie den gläsernen Boden durchbrechen. Ihr Gesicht war gerötet.
Sie hasste Agnès.
Und Eva verstand sie.
Ulrike zog ein Smartphone aus der Hosentasche. Sie wischte darauf herum, dann hielt sie es Eva hin.
Zu sehen war ein Foto. Von Ulrike, einem korpulentem Mann mit Schnauzbart und schütterem grauen Haar. In ihrer Mitte Marlon, die Arme um die Schultern der beiden gelegt. Alle drei lächelten. Sie sahen aus wie eine Familie. Eine glückliche Familie.
»Das habe ich ihr geschickt. Damit sie begreift. Dass es das Beste ist für den Jungen. Und für sie auch.«

Ulrike wandte das Gesicht ab, wischte mit der rechten Hand darüber. Als ob sie geweint hätte.

»Jetzt ist er volljährig. Aber all die Jahre ... diese Ungewissheit. Und er ist doch mein Sohn. Das soll er auch vom Gesetz her sein. Er weiß zwar ... aber er kann sich nicht mal an sie erinnern. Und sie? Antwortet natürlich nicht mal.«

Sie war schwer zu ertragen, ihre mühsam beherrschte Verzweiflung, die sie all die Jahre gequält haben musste. Ihre Schultern sackten nach vorne, als stemmte sich eine unsichtbare Kraft darauf. Ulrike presste die Lippen zusammen und straffte sich.

Sie wandte sich wieder Eva zu.

»Mir ist es egal, ob jemand hinter Agnes her ist. Ob einer sie zusammenschlägt oder absticht oder sonst was.«

Sie ballte die Hand zur Faust und legte sie auf den Tisch, wie zum Zeichen, dass sie jetzt fertig war und Eva gehen konnte.

Nur zu gerne. Sie hatte mehr erfahren, als ihr lieb war.

Mit zitternden Beinen stand sie auf. »Ulrike«.

Agnès' Schwester sah auf.

»Schickt Agnes bitte trotzdem eine Nachricht, dass jemand unbedingt wissen will, wo sie ist. Dass sie das regeln soll.«

Ulrikes Augen funkelten.

Eva wurde bewusst, dass sie Agnes statt Agnès gesagt hatte.

»Du hast doch Anstand, oder? Also tu es für mich. Der Kerl lässt es nämlich an mir aus, dass er deine Schwester nicht erreicht. Weil er denkt, ich weiß mehr als er. Oder ist es dir auch egal, wenn er mich absticht?«

Ulrikes Lächeln verblasste. »Okay. Ich versuch's.«

Eva wandte den Kopf und blickte zum Gartentor. Sie würde jetzt gehen, auf direktem Weg, nicht mehr durch das gruselige Haus, das hinter seiner Spießigkeit mehr Geheimnisse verbarg als ihr Elternhaus.

Sie nahm ihre Tasche und wandte sich ab. Sie hatte das Gefühl, nicht auf Steinplatten zu gehen, sondern über Murmeln.
»Eva.«
Sie blieb stehen und drehte sich um. Ulrike hatte sich erhoben.
»Es tut mir leid. Für dich.«
Eva nickte. Sie wollte sich abwenden, da fiel ihr eine letzte Frage ein.
»War Agnès eigentlich mal verheiratet?«
Ulrike zuckte die Achseln. »Glaub nicht. Wieso, hat sie einen anderen Nachnamen als früher?«
Eva nickte.
»Und, wie hat sie sich denn genannt, außer Ag-nès?«
»Kaspari.«
»Wow.« Ulrike stemmte die Hand in die Hüfte.
»Das ist mal ein Name: Agnès Kaspari. Wenn der keinen Eindruck macht.«
Eva drehte sich um und hastete über den struppigen Rasen davon.

Kapitel 48

Chaos. Im Kopf, im Herzen.

Die Räder des Zuges ratterten. Eva lehnte die Stirn an die Scheibe. Zum Glück hatte sie ein leeres Abteil gefunden. Sie wollte keine anderen Menschen um sich haben.

Sie versuchte, das Gewirr ihrer Gedanken zu sortieren.

Agnes war ein unglückliches Kind gewesen. Ein Mädchen vom Land, das sich nach Aufmerksamkeit gesehnt, am Lebensstil ihrer Eltern gezweifelt hatte. Sie hatte ab dem sechzehnten Lebensjahr wechselnde Männerbekanntschaften. Kam auf dubiose, ungeklärte Weise an Geld. Hatte zumindest eine längere Beziehung.

Und hat einen Sohn.

»Ich wollte nie Kinder«, hatte Agnès damals im Park gesagt. Vielleicht ihr einzig wahrer Satz.

Wann hatte Agnes beschlossen, Agnès zu sein? Eine Kunstfigur, ein Ersatz-Ich, das sich in ein fremdes, aufregenderes Leben stürzte? Das Spaß hatte, Grenzen überschritt, blendete und beeindruckte? Ohne Rücksicht auf Verluste, auf andere Menschen und deren Gefühle. Und ihre eigenen?

Ulrikes raue Stimme schürfte in ihren Gehörgängen.

Hatte Agnès niemals Gewissensbisse gehabt, wenn sie andere Menschen benutzt hatte? Spätestens, als sie ihr Kind verlassen hatte, oder schon früher, als sie Männern Betäubungsmittel oder was auch immer in die Getränke gemischt hatte, um sie später beklauen zu können?

Eva erinnerte sich an Agnès' angespannten Tonfall, die Eindringlichkeit, mit der sie sie aufgefordert hatte, das Fläschchen wegzuwerfen. Dabei war es Agnès sicher nicht um sie gegangen. Sondern nur darum, das eigene Versäumnis zu vertuschen.

Agnès hatte einen Fehler gemacht, weil sie in Panik war. Weil sie den Typen, der jetzt hinter ihr her war, nicht einfach verscheuchen konnte wie ein Insekt. Der vielleicht mehr gewollt hatte als das, was Agnès zu geben vermochte.

Eva war übel. Sie schloss die Augen.

Was hatte sie geschluckt, vor jener Nacht, deren Geschehnisse ihr Unterbewusstsein nach wie vor unter Verschluss hielt?

Wieso war sie so bereitwillig dem Pfad gefolgt, den Agnès vorgezeichnet hatte, ohne sich darüber Gedanken zu machen, wo er hinführte? War vor allem Alexanders Untreue der Auslöser für ihre Kopflosigkeit gewesen?

Sie wusste, dass das nicht stimmte. Dass sie schon vorher eine Portion des Glamours abhaben wollte, den Agnès versprühte. Diese Leichtigkeit, Unbeschwertheit, die das Gegenteil ihres in Form gegossenen Lebens in Kiesbach gewesen waren. Dass sie nur zu gern in eine Rolle geschlüpft war.

Vivian.

Es war so einfach gewesen, Vivian zu sein. Weil schon immer ein Teil von ihr Vivian gewesen war, aber nie zum Zug kommen durfte?

Ihr Kopf schwirrte.

Sie hatte die Schattenseiten nicht sehen wollen – das Trinken, die Täuschung, das Leben an der Oberfläche.

Weil Agnès und sie sich ähnlich waren.

Der Gedanke war bitter.

Aber waren nicht die Unterschiede entscheidender als die Ähnlichkeiten?

Niemals hätte sie ihr Kind verlassen. Niemals hätte sie jemanden im Stich gelassen. Jemanden bewusstlos gemacht und beklaut.
Das wusste sie.
Sie musste abschließen mit Agnès. Musste sich damit abfinden, dass sie nie alle Ungereimtheiten klären, niemals Agnès' Beweggründe erfahren würde. Musste akzeptieren, dass Agnès sich bewusst gegen eine Freundschaft mit ihr entschieden hatte. Agnès hatte ihr Vertrauen ausgenutzt.
Der Zug verlangsamte und hielt. Als Eva aufstand, wurde ihr schwindlig. Sie stieg aus. Die Sonne hatte die Herrschaft über den Sommer zurückerobert und brannte vom tiefblauen Himmel.
Sie blinzelte ins Nachmittagslicht. Suchte in ihrer Tasche nach der Sonnenbrille. Ihre Finger stießen auf Metall, das leise klirrte.
Schlüssel. Aber nicht ihre eigenen, die steckte sie immer in ein Seitenfach der Tasche. Es waren die Schlüssel zu Agnès' Apartment.
Langsam zog sie sie heraus.
Was sollte sie damit machen? Sie wollte sie nicht. Sie hatte nichts mehr damit zu tun. Mit der Wohnung. Mit Agnès.
Sie hatte Ulrike gegenüber das Apartment nicht erwähnt. Wieso eigentlich nicht? Dann hätte sie eine Adresse gehabt, an die sie sich wenden konnte.
Vielleicht hätte sie Ulrike die Schlüssel geben sollen.
Behalten wollte sie die Dinger jedenfalls nicht.
Warum brachte sie sie nicht zurück? Warf sie wie vereinbart in den Briefkasten? Das wäre ein sauberer Abschluss.
Aber das ging nicht. Was, wenn der Typ dort wieder auf sie wartete? Sie traute ihm zu, dass er die Wohnung beobachtete. Das letzte Mal hatte er Eva am helllichten Tag bedroht.

Es war doch verrückt, erst abzuhauen und dann genau dort wieder aufzutauchen, wo er am ehesten nach ihr suchen würde.
Eva betrachtete die Schlüssel in ihrer Hand.
Sie wollte sie nicht mehr. Nicht mal mehr in ihrer Nähe wollte sie sie wissen.
Also würde sie Kai noch einmal um Hilfe bitten. Sie seufzte.
In Bahnhofsnähe befand sich ein Hotel und davor eine kleine Grünanlage mit einer Bank unter einem Baum. Dorthin ging sie, setzte sich und holte ihr Handy hervor. Die eingegangenen Nachrichten ignorierte sie.
Kai meldete sich fast sofort.
»Hey. Alles klar?«
»Ich weiß nicht.«
»Was ist los?«
»Ich war bei Agnès' Eltern. Ich erzähle dir nachher alles ausführlich.« Sie räusperte sich. »Kai, kannst du noch einmal mit mir zu der Wohnung kommen? Ich habe noch die Schlüssel. Ich will sie in den Briefkasten werfen, ich muss sie loswerden, verstehst du?«
Sein Atem rauschte in der Leitung. »Ja, klar. Ich fahre direkt los.«
»Du fährst?«
»Ich habe mir das Auto meiner Tante geliehen. Warum, erzähle ich dir nachher.«
»Okay.«
»Soll ich dich irgendwo aufgabeln?«
»Wir können uns dort treffen. Mit dem Auto bist du doch ohnehin schneller und wartest einfach auf mich. Außerdem habe ich das Gas.«
Er zögerte nur kurz. »Na gut. Bis gleich dann.«
Sie nahm den Bus, betrachtete teilnahmslos die Stadt, die Gebäude und Menschen. Ihr Herz pochte, als sie ausstieg.

In die Straße einbog, in der sich Agnès' Wohnung befand.
Sie war leer. Kein Kai. Seltsam. Mit dem Auto müsste er bereits hier sein.
Sie wartete ein paar Minuten. Die Schlüssel in ihrer Hand schienen von Minute zu Minute an Gewicht zu gewinnen.
Fast eine Viertelstunde verstrich, ohne dass Kai auftauchte.
Warum hatte sie Kai überhaupt angerufen? Das hier war ihre Sache. Und die würde sie jetzt zu Ende bringen.
Allein.
Wie von selbst setzten sich ihre Füße in Bewegung. Stoppten vor den Briefkästen. Der Schlüsselbund klebte an ihrer Hand. Als wollte er sich weigern, sich von ihr zu trennen.
Aber sie wollte.
Sie hob die Klappe des Briefkastens an.
Schritte. Aus dem Haus. Jemand öffnete die Eingangstür. Ein Mann schaute sie an. Mitte fünfzig, grau meliertes Haar, groß und schlank.
»Guten Tag. Haben Sie etwas für mich?«
Für ihn? Sie hatte ihn nie zuvor gesehen.
Er lächelte und deutete auf den Briefkasten. Auf dem das Schild mit dem Namen A. Hassler angebracht war.
Eva konnte ihrem Hirn dabei zusehen, wie es ein weiteres Teil des Puzzles an die richtige Stelle setzte. Vollendet würde es nie sein. Aber zumindest konnte sie die Umrisse erkennen.
Cool bleiben.
Sie bemühte sich, ein Lächeln aufzusetzen. Vivians Lächeln.
»Ich wollte sie nicht stören. Ich bringe nur die Schlüssel zurück.« Sie gab sie ihm. »Von Agnès.«
Sie hoffte, dass der Bluff funktionierte.
Der Mann blinzelte. »Vielen Dank. Aber … wo ist Agnès? Ich hatte ihr eine Nachricht geschickt …«
»Agnès ist leider verhindert. Sie wird sich melden.«

»Ja, herzlichen Dank.« Auf seiner Stirn war eine Falte erschienen.
»Also, noch einen schönen Tag.« Sie wandte sich ab.
»Warten Sie.«
Eva drehte sich um. Übertrieben lässig lehnte der Mann am Türrahmen.
»Wollen Sie vielleicht noch auf einen Kaffee raufkommen? Ich bin zwar erst gestern Abend von einer längeren Reise zurückgekommen – in Italien war das Wetter schlechter als hier, kaum zu glauben –, aber einen Cappuccino kann ich Ihnen gerne anbieten.«
Er legte seinen ganzen Charme in sein Lächeln.
Ach ja, Italien. War nicht das Paket aus Italien gekommen, das Mark ihr gebracht hatte? Der Mann wohnte also hier.
Wem wohl die Kleider oben im Schrank gehörten, zu denen sie das Türkisfarbene gehängt hatte? Sie war davon ausgegangen, dass es Agnès' Sachen gewesen waren. Aber vielleicht hielt A. Hassler sie für seine wechselnden Freundinnen bereit. Möglicherweise auch für Agnès.
So war das.
Agnès war seine Homesitterin gewesen. Sie hatte Eva ihren Job aufgedrückt, um sich aus dem Staub machen zu können.
Fast musste sie lächeln über so viel Dreistigkeit.
Sorry, A. Hassler, dachte sie. Um nichts in der Welt werde ich dein Apartment betreten und den mit deiner sündhaft teuren Maschine gebrauten Kaffee trinken. Und wenn du mich noch so lieb anlächelst.
Ob er ahnte, dass Agnès die glückliche Fügung, dass sein und ihr Vorname den gleichen Anfangsbuchstaben hatten, für ihre Zwecke ausgenutzt hatte? Ihn als ihren Ex-Mann verkauft hatte?
»Danke. Aber ich habe schon eine Verabredung.«
»Schade. Dann vielleicht ein andermal? Ich heiße übrigens Adrian.«

Vivian, dachte sie. Und sagte es nicht.

»Wiedersehen.« Sie wandte sich um und konzentrierte sich auf ihre Schritte, die sie so fest wie möglich aufsetzte. Sie wusste, dass Hassler ihr nachblickte.

Die Straße war noch immer so verwaist wie zuvor.

Jemand bog um die Ecke. Ein Mann.

Der nicht Kai war.

Er blieb breitbeinig stehen und starrte sie an. Natürlich trug er auch heute seine Kampfmontur. In einer anderen Situation hätte sie über ihn gelacht. Wenn sie nur Zuschauerin und nicht Beteiligte gewesen wäre.

Er fixierte sie aus zusammengekniffenen Augen.

Adrenalin schoss durch ihre Adern.

Sie trat einen Schritt zurück.

Aber eine andere Stimme übertönte den Befehl zu verschwinden.

Nein.

Sie stoppte ihren Fluchtreflex, als wären die dafür verantwortlichen Nervenbahnen gekappt worden.

Wo war Kai? Er müsste längst hier sein.

War ihm womöglich etwas passiert? Ein Unfall? Weil er sich beeilt hatte? Ihretwegen.

Oder … kam er absichtlich nicht?

Der Gedanke zog so plötzlich herauf wie ein Unwetter.

Eigentlich konnte sie es ihm nicht verdenken, dass er keine Lust mehr hatte, sich mit ihren herumzuschlagen. Sie kannte sich kaum. Vielleicht hatte auch er in den letzten Tagen nachgedacht und war zu dem Schluss gekommen, dass er schon genug getan hatte und sich fortan lieber raushielt.

Nein. Sie mochte sich in Agnès getäuscht haben. Aber doch nicht in Kai.

Oder?

Das musste aufhören. Das alles. Agnès, der Mann, das Chaos. Keiner würde mehr über sie bestimmen. Nur sie selbst.

Eva richtete sich auf. Der Mann, der sie die ganze Zeit fixiert hatte, nahm eine breitbeinige Haltung an.

Dann setzte er sich in Bewegung. Mit kantigen, vor Testosteron triefenden Schritten.

Nichts als Pose, flüsterte sie sich stumm zu. Inszenierung. Einschüchterung.

Wir tun es alle. Mehr oder weniger.

Er beschleunigte.

Das Spray. Sie hatte das Spray.

Sie griff in die Handtasche. »Stopp!«

Er grinste abfällig. »Na? Was hast du denn in deinem Täschchen? Etwas, das mir Angst macht?«

»Vielleicht.« Ihre Finger schlossen sich fester um die Spraydose. Sie wusste, wie höllisch das Gas in den Augen brannte. Sie hatte selbst mal etwas davon abgekommen, als zwei Klassenkameradinnen vor der Schule damit herumhantiert hatten.

Aber ob es ihn aufhielt?

Sie schluckte den Zweifel herunter. Hielt den Blick des Mannes. Er war höchstens noch zwei Meter entfernt.

»Du wolltest mich verarschen, ja? Hast gedacht, ich nehm dir den Scheiß ab, von wegen Tunesien, und lass dich dann in Ruhe?« Er schnaubte. »Agnès wär nie nach Tunesien gegangen.«

»Und das weißt du, ja?«

Sein Mund zuckte vor Verärgerung. Er trat näher.

»Hör zu.« Sie hoffte, durch Lautstärke vom Beben ihrer Stimme abzulenken.

»Ich habe keine Ahnung, wo Agnès ist. Sie hat mir gesagt, dass sie für zwei Monate verreisen wird, und ich sollte mich in der Zeit um ihre Wohnung kümmern. Sie hat mich angelogen. Sie

ist abgehauen. Meldet sich nicht mehr. Und ich kann sie nicht erreichen.«
Sie beobachtete, ob ihre Worte Spuren zeigten. Tatsächlich zerriss eine steile Falte auf der Stirn seine hasserfüllte Mimik.
»Sie hat mich genauso verarscht wie dich.«
»Das soll ich dir glauben.«
»Es ist die Wahrheit.«
Er schüttelte den Kopf.
»Du bist doch auch nur so eine Schlampe, die meint, sie könnte alles mit den Typen machen.« Er stampfte mit dem Fuß auf. »Sag mir, wo sie ist.«
Seine Stimme, die einen Ton hoch gerutscht war und das Stampfen, das an einen zornigen Vierjährigen erinnerte, entlarvten ihn.
Agnès hatte ihm etwas bedeutet. Das war die Rechnung, die er mit ihr offen hatte: verletzte Eitelkeit und die Verwechslung von Liebe mit Macht. So einfach.
Vielleicht hatte er Agnès im Affekt geschlagen. Er würde auch ihr eine reinhauen.
Eva nutzte den Moment seiner Schwäche. Mit forschen Schritten trat sie auf ihn zu.
»Du lässt mich in Ruhe, sonst gehe ich zur Polizei. Deine DNA hab ich ja auf deiner kleinen Nachricht. Und deine Handschrift.«
Sie redete wie eine Schauspielerin in einer mittelmäßigen Kriminserie.
Er hob den Kopf und funkelte sie an. »Du glaubst doch nicht, dass du mir drohen kannst.«
Wie breitbeinig er da stand, als hätte er es einstudiert.
Hatte er vielleicht. Das hier war seine Rolle.
Gut, wahrscheinlich rutschte ihm leicht die Hand aus. Aber war er sonst wirklich zu mehr fähig, als zu brüllen und alberne

Zettelchen zu schreiben?
Es war sicher nicht in erster Linie seine Brutalität, vor der Agnès geflohen war. Agnès würde sich nicht einschüchtern lassen. Es war seine Beharrlichkeit. Die Tatsache, dass er etwas von ihr einforderte, das sie ihm nicht zu geben bereit war. Niemandem.
Daraus speiste Eva ihren Mut.
»Ich glaube, dass du schlau genug bist, einzusehen, wenn es keinen Zweck hat.«
Vielleicht konnte ein Appell an seine Intelligenz doch etwas bewirken, auch wenn davon, wie sie ahnte, nicht übermäßig viel vorhanden war.
»Du kannst mich natürlich zusammenschlagen. Aber jemand wird dich hören. Und sehen. Die Leute hier wollen ihre Ruhe. Wollen, dass ihr Viertel sauber bleibt.«
Jetzt trat sie einen Schritt vor. Und er wich einen zurück.
Sie konnte es regelrecht rattern sehen hinter seiner Stirn.
»Glaubst du wirklich, es ist niemandem aufgefallen, dass du hier ständig rumstreunst? Glaubst du, die haben dich nicht längst auf dem Schirm? Denk an die Frau vom letzten Mal – diesmal wird sie die Polizei rufen.«
Er rührte sich nicht.
Sie trat einen weiteren Schritt vor. Ihre Hand umklammerte das Reizgas wie einen Talisman.
»Und mal ehrlich: Findest du wirklich, dass sich der Ärger lohnt? Für eine Frau, die abgehauen ist? Ich bin jedenfalls fertig mit ihr.«
Verwirrung huschte über seine Stirn. Er schien es zu merken, denn er zwang seinem Gesicht wieder eine wütende Miene auf.
»Ach halt doch dein Maul.« Aber er trat weiter zurück. Plötzlich drehte er sich um und stampfte davon.
In dem Moment hastete Kai um die Ecke, Manni an seiner Sei-

te. Fast stießen die drei zusammen.
Ein Gefühl der Erleichterung flutete sie – Kai hatte sein Versprechen gehalten.
»Hey!« Sie hätte nie geglaubt, dass Kai zu einem derartigen Gebrüll in der Lage war. Seine Stimme klang dunkel und rau. »Kannst du nicht aufpassen? Sieh zu, dass du Land gewinnst, oder ich hetze den Hund auf dich!«
Manni grummelte zur Bestätigung.
Fast musste sie lachen.
Der Ledertyp stolperte, fing sich und verschwand.
Eva blickte von Kai hoch zu den Fenstern, deren Blendlicht sich in den Scheiben spiegelte. Als wollte es die Bewohner dahinter hindern, etwas wahrzunehmen, das sie ohnehin nicht sehen wollten. Das keinen Platz hatte in ihrer schönen, glatten, kalten Scheinwelt.
Evas Sichtfeld verdunkelte sich an den Rändern.
»Hey, alles klar?« Kais Stimme riss sie aus dem schwarzen Nebel, in den sie eingetaucht war.
Sie nickte.
»Mensch Eva, entschuldige! Da war ein Unfall in der Stadt, der Verkehr wurde umgeleitet, das alles hat ewig gedauert.«
»Danke, Kai.«
»Wofür? Der war doch schon auf dem Rückzug. Ich musste lediglich meine männliche Beschützerehre retten.«
Sie lachte.
»Also, wie du da gestanden hast … Von Angst keine Spur.«
»Hör auf.« Sie schmunzelte. »Ich sah bestimmt total lächerlich aus.«
Er zuckte die Achseln. »Der Typ ist jedenfalls weg. Sollen wir?«
Sie nickte, obwohl sich ihre Beine noch immer anfühlten, als wären die Knochen in ihnen geschmolzen.
»Ich parke in der Seitenstraße. Ist nicht weit.«

Ein Auto fuhr heran. Sportcabrio. Tomatenrot.
Das ist meins, flüsterte Agnès' Stimme aus Evas Erinnerung.
Der Wagen verlangsamte und scherte in eine Parklücke ein. Eine Frau stieg aus. Hellblaues Etuikleid, die Haare unter einem roten Tuch, die Augen hinter einer riesigen Sonnenbrille verborgen. Als befände sie sich im Südfrankreich der Sechzigerjahre. Sie bewegte sich mit den sicheren Gesten einer Frau, die viel Geld besaß.
Agnès hatte sich dieses Gehabe gut abgeschaut. Aber die Frau war nicht Agnès. Mit einer eleganten, stets auf Zuschauer bedachten Bewegung zog sie das Tuch vom Kopf. Blondes Haar fiel auf ihre Schultern. Es war die Frau, die Agnès' Apartment gegenüber wohnte. Falsch. Herrn Hasslers Apartment.
»Ist etwas?« Kai fasste Eva am Arm.
»Nein«, sagte sie. »Lass uns endlich von hier verschwinden.«

Kapitel 49

Sie trank den ersten Alkohol seit Tagen, und sie trank ihn gerne. Es war irgendein selbst gebrannter Schnaps von Kais Tante. So, wie er in der Kehle brannte, konnte Eva nicht schmecken, ob es Mirabellen- oder Himbeergeist war. Doch er spülte die letzten Reste ihrer Aufregung weg.

Sie saß in Kais Wohnung auf einem alten, mit rotem Samt bezogenen Ottomane, der ebenfalls von seiner Tante stammte.

»Sie hat vor ein paar Jahren beschlossen, nur noch ein Geschoss ihres Hauses zu bewohnen und wollte jede Menge Zeug loswerden«, hatte Kai erklärt.

An ihn war sie offenbar viele Dinge losgeworden. Außer diesem Ottomanen alte Schränke aus Holz, hinter deren teils gläsernen Fronten kobaltblaues Geschirr auf seine Benutzung wartete. Ein mit Schnitzereien verzierter, wuchtiger Esstisch, dazu vier passende Stühle. Kombiniert hatte Kai die edlen Stücke mit Baumarktmöbeln. Ein Holzregal barst über vor Büchern, Zeitschriften, CDs und Schallplatten. Daneben stand eine Musikanlage. In der Ecke kauerte ein alter Röhrenfernseher, als hätte er etwas ausgefressen und man ihn zur Strafe dorthin geschickt.

Seltsamerweise harmonierten alt und neu, wertvoll und billig gut zusammen. Sie fand es originell. Am besten gefiel Eva die weiße E-Gitarre, die Kai über dem Ottomanen angebracht hatte, streng beäugt von dem Mann mit dem Helm von Rembrandt, dessen Druck an der Wand gegenüber hing.

»Auch wenn ich nicht mehr spiele: hergeben kommt nicht infrage«, hatte Kai ihren Blick kommentiert.

Er saß ihr gegenüber in einem Kunstledersessel und drehte sein Glas hin und her.

Durch die offenen Fenster wehte die warme Nachmittagsluft den Geruch von Asphalt herein.

»Jetzt erzähl mal.«

Erzählen.

Sie fing an. Von der Nacht in ihrem ehemaligen Elternhaus in Hirschweiler, dass es einen echten Kaufinteressenten gab und dass sie einen Termin ausgemacht hatte. Eigentlich waren diese Details unnötig, aber sie hatte das Gefühl, Anlauf nehmen zu müssen, bevor sie sich dem Kern ihrer Geschichte näherte. Sie erzählte von ihrer Schlaflosigkeit. Den Grübeleien über Agnès und der damit verbundenen Wut. Ihrem Gestöber in den alten Fotos. Wie sie die Adresse von Agnès' Eltern gefunden und die Idee hatte, diese aufzusuchen und nach Agnès zu fragen.

Und schließlich von ihrem Besuch dort.

Von Ulrike und deren Wut auf die Schwester. Von Agnès' Kindheit, ihrer Veränderung. Ihren Lügen. Ihrem Kind.

Dem Wunsch, die Apartmentschlüssel loszuwerden. Von Hassler, dem eigentlichen Besitzer der Wohnung. Dass Agnès ihr nur ihren eigenen Job aufgedrückt hatte, um den Mann in Leder loszuwerden.

Als sie ihren Bericht beendet hatte, setzte sie nichts mehr hinzu. Kein: »Wie konnte ich mich nur so täuschen« oder: »Ich habe sie doch ganz anders kennen gelernt.«

Sie reflektierte nicht und behielt den Gedanken für sich, dass es zwischen ihr und Agnès Ähnlichkeiten gab – sowie die ambivalenten Gefühle, die er in ihr auslöste.

Kai war klug genug, die eigenen Schlüsse zu ziehen.

Was sie außerdem verschwieg: Trotz allem vermisste sie die

Zeit mit Agnès. Sie würde sie nie vergessen. Ein winziger Teil von ihr glaubte noch immer, dass Agnès und sie mehr füreinander hätten sein können.
Oder waren.
Nachdem sie geendet hatte, wechselte sie schnell das Thema. »Wolltest du mir nicht auch etwas erzählen?«
»Wollte ich.«
Täuschte sie sich, oder zog eine leichte Röte über sein Gesicht? Er klemmte eine dunkle Strähne hinters Ohr, die sich aus seinem Zopf gelöst hatte. Räusperte sich.
»Yvonne hat angerufen.«
Er musste nicht erklären, wer das war.
»Sie … also, sie hat sich getrennt. Von dem Neuen. Schon vor ein paar Wochen. Sie …« Erneutes Räuspern.
»Sie will zu dir zurück.«
Er hob den Kopf.
»Ich will sie zurück. Und hab ihr das gesagt. Findest du das verwerflich?«
Sie schüttelte den Kopf. »Was sagt sie denn dazu?«
Seine Antwort war ein Lächeln. Es schmolz etwas in Evas Innerem, das sich in den letzten Tagen oder schon lange davor verhärtet hatte. Sehnsucht und Wehmut breiteten sich in ihrem Körper aus.
Nach Alexander.
Nach ihm? Oder nach ihrer Vorstellung von ihrem gemeinsamen Leben, vor über zwanzig Jahren, das an der Realität oder an ihnen selbst gescheitert war?
Sie konzentrierte sich auf Kai, der sich über die Stirn wischte, die Hände aneinanderrieb.
»Nervös?«
»Ich hab Yvonne lange nicht gesehen. Jetzt ist sie im sechsten Monat.«

Er griff nach der Schnapsflasche, von der er sich bisher nur einen Schluck gegönnt hatte. Er schien sich zu besinnen und stellte sie zurück auf den Wohnzimmertisch.
»Kannst du dir das vorstellen, Kai? Ein Kind aufzuziehen, das nicht deines ist?«
»Ich will sie zurück«, wiederholte er. »Von mir aus mit Drillingen.«
»Das ist nicht dein Ernst, oder?«
Er lachte.
»Dann ist doch alles klar.« Sie lächelte. »Und vielleicht bekommt ihr ja noch eins.«
»Ich auf meine alten Tage?«
»Wenn ihr es wollt. Warum nicht.«
Er nickte vor sich hin.
»Sie wird wieder hierherziehen. Ich fahre zu ihr, um ihr beim Packen zu helfen, alles zu organisieren.«
»Deswegen das Auto vom Tantchen.«
Er deutete mit dem Zeigefinger auf sie. »Bingo.«
»Ich freue mich für dich.« Es war die neidlose Wahrheit. Wenn sie jemandem Glück wünschte, dann war es Kai.
»Es ist nur ... ich bräuchte jemanden, der nach meiner Wohnung sieht.« Er grinste.
»Kein Problem. Darin habe ich ja Übung.«
»Danke dir!«
Er wollte ihr nachschenken, aber sie lehnte ab. Ab sofort weniger Alkohol.
»Noch was anderes, Eva. Es geht mich ja nichts an, aber ... was ist mit Alexander?«
Sie seufzte.
»Ich denke, ich muss langsam mal mit ihm reden«, sagte sie leise.
»War es das zwischen euch beiden?«

Ihr Herz stolperte. Sie betrachtete ihr Glas, als enthielte es die Antwort.
»Ich weiß es nicht.«
Kai beugte sich vor und legte seine auf ihre Hand.
»Und wegen der Wohnung: Du kannst natürlich hierbleiben, während ich weg bin. Sind erst mal nur vier oder fünf Tage, und Manni passt auf dich auf. Es sei denn, er stört dich, dann nehme ich ihn mit.«
Der Hund, der zu Kais Füßen lag, hob bei der Erwähnung seines Namens träge den Kopf. Er blickte von seinem Herrchen zu Eva, als hätte er alles verstanden.
Eva strich ihm übers Fell. »Lass ihn ruhig hier. Und was ist mit dem Laden?«
»Den schließe ich, bis ich wieder da bin.«
Sie nickte. »Ich müsste nur noch meine restlichen Sachen aus Hirschweiler holen.«
»Ging das jetzt gleich? Ich wollte mich nämlich bald hinhauen, weil ich morgen ganz früh aufbreche.«
Sie nickte.
»Und dann koche ich noch was Leckeres.«
»Das übernehme ich gerne, während du packst.«
»Schon verstanden.« Er erwiderte ihr Grinsen und erhob sich.
»Eva …« Sein dankbares Lächeln machte sie verlegen.
Sie knuffte ihn in die Seite. »Jetzt lass uns schon fahren«, sagte sie.

Kapitel 50

Wieder eine andere Wohnung, in der Eva erwachte, mit ihren eigenen Geräuschen und Gerüchen. Das Echo des Stadtverkehrs rauschte leise. Der Geruch nach Hund kitzelte ihre Nase. Sie blickte auf den grünen Wecker, der auf dem Nachttisch stand – wobei Letzterer eigentlich eine umgedrehte Bierkiste mit einer Platte darauf war, worüber sie am Abend zuvor hatte grinsen müssen.

Die Zeiger standen auf kurz vor halb elf.

Es war lange her, dass sie so tief geschlafen hatte. Und so lange.

Traumlos.

Angstfrei.

Nur die vertraute Wehmut pochte leise in ihr. Eine Wehmut, die sie womöglich nie loswerden würde. Die ihrem Wesen anhaftete und sich an manchen Tagen meldete wie Narbenschmerzen.

Es war ein schöner Abend gewesen. Sie hatten ihre Sachen aus Hirschweiler geholt. Eva hatte sich nur ein paar Minuten im Haus aufgehalten, rasch alles zusammengesucht und noch kurz bei Frau Hartmann vorbeigeschaut, um ihr Bescheid zu geben, dass sie ihr ehemaliges Elternhaus wieder verließ. Sie versprach, bald zu Besuch zu kommen. Und nächste Woche, wenn der Interessent vorbeikam.

Anschließend hatte Eva Gemüselasagne gekocht, während Kai gepackt hatte. Dazu hatten sie The Hooters gehört. Manni hatte ihr Gesellschaft geleistet, den Kopf schief gelegt, als sie

Johnny B laut mitgesungen und sich über ihre heimlich zugesteckten Leckerchen gefreut hatte.

Als sie sich mit Kai beim Essen unterhalten hatte und den Anekdoten aus seiner Jugend lauschte, hatte sie fast vergessen, was in den letzten Wochen alles geschehen war. Gegen elf war sie müde in Kais Futonbett getaumelt, das er ihr überlassen hatte. Er hatte es sich auf der Couch bequem gemacht.

Jetzt, beim Aufwachen, drängten die Erinnerungen zurück. In ihrem Schlepptau folgten Wut, Enttäuschung und Schmerz. Es würde dauern, bis die Zeit ihre spitzen Kanten und scharfen Ecken abgeschliffen haben würde.

Etwas Kaltes, Nasses berührte sie am Arm.

Manni hatte sie angestupst und verdeutlichte mit einem hohen Wimmern seine Aufforderung, sie möge endlich das Bett verlassen und mit ihm spazieren gehen.

Sie streichelte ihm über den Kopf. »Ich komme ja schon.«

Sie zog sich an, trank im Bad einen Schluck Wasser und ging mit Manni raus. Kai hatte ihr am Abend noch eine Grünanlage gezeigt, in die sie Manni führen konnte, wenn sie morgens nicht schon den langen Weg zum Park oder zum Wäldchen am Stadtrand in Kauf nehmen wollte.

Zurück in der Wohnung machte sie Manni Frühstück und sich einen Kaffee. Sie setzte sich in Kais winziger Küche an den Tisch. Das Handy hatte sie in die Mitte gelegt. Sie musste jetzt endlich eine Reihe Telefonate erledigen.

Sie wollte Hannahs Nummer wählen, da fiel ihr ein, dass sie um diese Zeit auf der Arbeit in der Kita war. Also schrieb sie ihr, dass sie am Nachmittag anrufen werde.

Als Nächstes Charly. Sie ging nicht ran. Ihr hinterließ Eva die Nachricht, sie könne sie den ganzen Tag erreichen.

Blieb Alexander.

Ihre Hände wurden feucht.

Es war kurz nach zwölf. Vielleicht war er noch im Geschäft, ging über Mittag gar nicht nach Hause. Möglicherweise war er noch im Gespräch mit einem Kunden.
Das waren Ausflüchte.
Sie holte tief Luft und wählte seine Nummer.
Er meldete sich fast sofort.
»Ich bin's«, sagte sie überflüssigerweise. Sie wusste doch, dass auf dem Display seines Handys ihr Name aufgeleuchtet war.
»Eva.« Das war Freude in seiner Stimme. Und Erleichterung. »Wie geht es dir? Wo bist du? Noch in Hirschweiler?«
»Nein. In der Stadt. In der Wohnung eines Freundes.«
Stille am anderen Ende.
»Eines Freundes, Alexander«, sagte sie. »Nicht meines neuen Freundes.«
Wie leicht hätte es sein können, ihn schmoren, für Sekunden im Glauben zu lassen, sie hätte sich sofort in eine andere Beziehung gestürzt. Aber ihr Wunsch nach Rache war verflogen. Er fragte nicht nach. Auch nicht, wieso sie nicht in Agnès' Apartment war.
»Bist du noch da? Oder kannst du nicht reden? Dann kann ich auch später anrufen.«
»Nein.« Er räusperte sich. »Es ist nur, ich hab so auf deinen Anruf gewartet. Und jetzt weiß ich nicht, was ich sagen soll.«
»Bist du nicht im Laden?«
»Ich hab ihn heute geschlossen. Mir ging's nicht so gut.«
Er lachte verlegen.
Sie sah ihn vor sich, wie er in der Küche hin und her ging, wie er es immer tat, wenn er nervös war. Wie er Schränke auf und zu machte. Über die Tischplatte wischte.
Es war erst einige Tage her, seit sie ihn das letzte Mal gesehen hatte. Es kam ihr vor, als wären es Monate. Zu viel war passiert. Nachdem jahrelang nichts passiert war. Oder sie es nicht hatte

merken wollen.
»Mir auch nicht.«
»Eva.«
»Ja.«
Sein Atem rauschte in der Leitung.
»Ich liebe dich, Eva. Hab ich immer.«
Sie schloss die Augen.
»Das damals hatte mit uns gar nichts zu tun. Es war so, als wäre das gar nicht ich. Verstehst du?«
Doch, dachte sie. Hatte es.
»Wir waren so jung, Eva. Wir sind Eltern geworden, da haben andere Partys gefeiert. Zu studieren begonnen. Sich ausprobiert. Wir mussten gleich erwachsen sein und alles richtig machen.«
Er fasste in Worte, was sie nur zu denken gewagt hatte.
Warum hatten sie nie darüber gesprochen?
»Ich hatte an dem Abend zu viel getrunken. Und Sabrina ... es war offensichtlich, dass sie scharf auf mich war. Etwas in mir hat es einfach zugelassen. Etwas, das wissen wollte, wie es mit einer anderen Frau ist als mit der eigenen.« Er seufzte. »Nach zwei weiteren Bacardi-Colas haben wir geknutscht, und dann ... naja, den Rest kennst du. Ich hätte nie geglaubt, dass man so leicht in eine Affäre reinrutschen kann.«
Glaubte er selbst, was er da sagte?
Eva holte tief Luft. Zeit der Ehrlichkeit.
»Ich habe mit einem anderen Mann geschlafen, von dem ich nicht mal den Namen kenne. Um genau zu sein, kann ich mich an die Nacht kaum erinnern.« Sie erzählte ihm, dass man ihr wohl K.o.-Tropfen untergejubelt habe – ohne zunächst Agnès zu erwähnen. Und wie sie sich in ihr getäuscht hatte. »Ich war so sauer auf dich.«
Sie wusste, dass er jetzt dastand, die Augen aufgerissen, den

Hörer ans Ohr gepresst. Warum sagte er nichts dazu? Glaubte er ihr nicht?
»Hast du verstanden, was ich gesagt habe?«
»K.o.-Tropfen?«
»Ja. Ich hab recherchiert, ich habe mich die Tage danach genau so gefühlt, wie es beschrieben wird.«
»Hmm.«
»Glaubst du mir nicht?«
»Doch. Aber warum passt du denn nicht auf, Eva? Jeder weiß doch, dass man sein Getränk nie unbeaufsichtigt lassen soll.«
Wie schulmeisterlich er klang. Es war genau jener Tonfall, der ihr auf die Nerven ging.
»Wie auch immer. Wir sind jetzt quitt, oder?«
Quitt?
Durch die Mattigkeit in ihrem Inneren bohrte sich Wut.
Wie konnte er seine willentliche Entscheidung, sich mit einer anderen Frau einzulassen, damit gleichsetzen, dass sie nichtsahnend unter Drogen gestanden hatte?
Doch sie hatte keine Lust zu streiten. Keine Kraft. Nicht jetzt. Die Wut verzog sich wie Nebel. Dahinter zeichnete sich eine Erkenntnis ab. Sie wollte etwas sagen, aber er kam ihr zuvor.
»Charly hat mir übrigens ganz schön den Kopf gewaschen.«
Beim Gedanken an ihre Tochter musste sie lächeln.
»Natürlich weil ich mich bei ihrem Besuch wie ein Vollidiot verhalten habe. Aber in erster Linie wegen dir.« Er lachte. »Sie hätte vielleicht doch lieber Jura statt Soziologie studieren sollen. Du hättest ihr flammendes Plädoyer für dich hören sollen.«
Warm breitete sich die Zuneigung für ihr Kind in ihr aus, wie früher, wenn Charly sich ereiferte, über eine Lehrerin, die eine Klassenkameradin ungerecht behandelt hatte. Oder über einen Dorfbewohner, der seinen Hund immer anbrüllte. Sie hatte sogar den Mut besessen, bei dem Alten zu klingeln und ihm mit

einer Anzeige zu drohen. Mit elf Jahren.
Woher hatte sie diese Courage? Ihre Eltern waren viel feiger als sie. Oder wussten sie nur nichts von ihrem eigenen Mut?
»Hast du dich bei ihr entschuldigt wegen Philipp? Was hast du eigentlich gegen ihn?«
Sie hörte, wie er tief einatmete.
»Ich war eifersüchtig. Ja, ganz klassisch, weil er der endgültige Beweis dafür ist, dass Charly erwachsen ist. Und dass er dich offenbar ganz toll fand und du ihn so nett. Aber vor allem ...«
Er zögerte.
»Vor allem was?«
»Ich war neidisch auf seine Freiheit. Die Freiheit, Charly zu lieben, einfach zu lieben und die Zeit zu genießen. Diese Zeit vor dem Sesshaftwerden und Kinderzeugen und Verantwortungübernehmen. Die war bei uns einfach zu kurz.«
»Ich dachte, für dich wäre immer alles in Ordnung gewesen«, sagte sie. »Nur ich war die ewig Nörgelnde.«
»Ich war ja auch zufrieden. Aber manchmal ...«
»Wir hätten reden müssen.«
»Ich weiß.« Er seufzte. »Eva. Was machen wir jetzt?«
Sie fuhr über die Kunststoffplatte des Tisches. Wie oft hatte sie in Kiesbach am Küchentisch gesessen, die Kerben seiner Oberfläche mit den Fingern ertastet.
Die Stille zwischen ihnen wog schwer.
»Du kommst also nicht nach Hause.«
Sie schluckte. Er gab ihr die Antwort auf die Frage, die sie sich selbst nicht zu stellen gewagt hatte.
»Es ist zu viel passiert. Wir brauchen Abstand. Ich brauche Abstand.«
Ihre Ehrlichkeit schmerzte sie selbst. Gleichzeitig fühlte sie Erleichterung.
Liebe allein reichte nicht.

Ihre Eltern hatten sie geliebt. Hatten es ihr jedoch nicht zeigen können.
Sie hatte Charly von der ersten Sekunde an geliebt. Und dennoch um die Jahre getrauert, die ihr durch die frühe Mutterschaft verloren gegangen waren.
Sie hatte Alexander geliebt. Dennoch schien das Zusammensein mit ihm nur die Inszenierung eines Lebens zu sein. Wofür sie beide verantwortlich waren.
Sie wünschte, er würde etwas erwidern. Hörte, wie er seinen Atem in den Hörer stieß.
Sie dachte an die Auseinandersetzungen, die sie gehabt hatten. Es hatte sich immer nur um Alltagskleinkram gedreht. Nie um die Frage, um die es eigentlich ging, die sich wie ein Gewicht an sie gehängt und die sie mit sich herumgeschleppt hatte. Die Frage, ob sie zufrieden waren und was es bedurfte, um es zu sein.
Wollten wir mit unserem Schweigen den anderen schützen oder nur uns selbst?
Er seufzte. »Kann ich dich wenigstens anrufen?«
»Ja. Kannst du.«
»Ja dann ...«
»Mach's gut.« Sie legte das Telefon auf den Tisch. Ihre Hand zitterte.
Ein Gewicht senkte sich auf ihren Oberschenkel. Es war Manni, der seinen Kopf abgelegt hatte. Als hätte er ihre Aufregung gespürt. Sie vergrub die Finger hinter seinen Ohren.
»Na Großer? Sollen wir noch mal raus, mit einem Abstecher beim Bäcker? Ich brauche nämlich dringend etwas Süßes. Und du kriegst auch was ab, versprochen.«
Er wedelte zur Antwort.
Sie leinte ihn an und ging nach unten. Um auf die Straße zu gelangen, musste man durch den Laden. So hatten sie es auch

vor einer Stunde gemacht.
Draußen hatten dunkle Wolken den Himmel erobert. Als sie auf die Straße traten, tröpfelte es.
»Sollen wir besser warten, bis der Schauer vorbei ist?«
Manni bedachte sie mit einem ratlosen Blick.
Sie ging in den Laden zurück. Manni legte sich vor die Schwelle.
Was jetzt?
Ihr Blick fiel auf die Stereoanlage hinter der Theke. Sie schaltete sie ein. Vagabonds von New Model Army. Cool.
Eva blickte in den stärker werdenden Regen. Sie streifte die Schuhe ab und trat auf die Straße. Schloss die Augen und hielt das Gesicht in die herabprasselnden Tropfen. Sie lächelte.
Der Moment gehörte ihr. Ihr allein.
Der Schauer hörte so abrupt auf, wie er eingesetzt hatte.
Manni stand in der Ladentür. Er fixierte sie. Nein, er starrte etwas an, das sich hinter ihr befand.
Sie drehte sich um.
Etwa zwei Meter entfernt stand eine junge Frau. Sie trug eine große, dunkel eingefasste Brille. Ihr nasses Haar fiel ihr lang in die Stirn und auf die Schultern.
»Kann ich helfen?,« fragte Eva forsch, um den Anflug von Verlegenheit zu überspielen, und strich sich die feuchten Locken zurück.
»Cooler Laden.« Die junge Frau zeigte zwei Reihen ebenmäßiger weißer Zähne. Generation Zahnspange, dachte Eva.
»Ja. Ist derzeit aber geschlossen.«
»Ach so. Schade.« Die Frau machte keine Anstalten zu gehen.
»Wollen Sie mal kurz einen Blick reinwerfen?«
»Du. Ich bin Vicky.«
»Eva.«
Manni trat nach draußen und legte den Kopf schief.
»Cooler Hund.«

»Und ob.« Sie tätschelte Mannis Kopf.
»Nee, du, ich will dich nicht aufhalten. Wann ist denn offen?«
Eva überlegte kurz. Kai hätte bestimmt nichts dagegen, wenn sie Vicky den Laden zeigte. Er konnte Kundschaft gebrauchen.
»Komm doch einfach morgen um drei.«
»Okay. Ich bin da. Bis dann.« Sie ging ein paar Schritte, dann blieb sie stehen und drehte sich um.
»Echt cooler Laden«, wiederholte sie. »Noch ein bisschen größer, wär der super für Gigs.«
Der Satz ließ Eva aufhorchen. »Spielst du in einer Band?«
Sie nickte.
»Welche Musik?«
»Ja, was wohl.« Vicky grinste.
Sie hob die Hand zum Gruß, als wären sie Freundinnen.
»Morgen um drei!« Vicky grinste, drehte sich um und ging die Gasse hinunter.
Eva blickte ihr nach.
Eine Idee war zum Greifen nah. Sie sah ihr Schemen wie eine Gestalt im Nebel.
»Morgen um drei«, wiederholte sie leise.
Es klang wie der Anfang von etwas.

Agnès

Agnès ließ das Telefon sinken. Sie war gerade nach Hause gekommen, müde, verschwitzt, hungrig. Erst hatte Adrian ihr einen Schrecken versetzt, als er sie anrief und von seiner vorzeitigen Rückkehr erzählte. Zum Glück war er nicht sauer darüber, sie nicht angetroffen zu haben. Im Gegenteil, er dankte ihr, dass sie ihre »bezaubernde Freundin« geschickt habe, die Apartmentschlüssel zurückzubringen.
Ja, die sei ein echter Schatz, hatte sie gesagt und sich ein Lachen abgerungen. Glücklicherweise war Adrian kein Mann der

feinen Töne und merkte nicht, wie falsch es klang.
Sie kam nicht dazu, über Evas Entschlossenheit, ja Kaltblütigkeit angesichts des Stresses, den Cedric ihr gemacht hatte, zu staunen. Sie dafür vielleicht sogar zu bewundern.
Ihr zweites Handy piepte. Auch das noch. Sie starrte voller Hass auf das Telefon. Am liebsten hätte sie es zerschmettert.
Das Handy piepte erneut.
Verdammt.
Was wollte Riki jetzt schon wieder? Sie zahlte pünktlich jeden Monat. Das war es doch, was ihre Familie am meisten interessierte. Sollte sie sich doch damit zufrieden geben. Oder hielt sie es nicht aus, weil sie nicht auf die bescheuerten Heile-Welt-Fotos reagiert hatte?
Sie hörte die Nachricht ab.
»Ruf an«, begann Riki grußlos. »Ist wichtig. Sehr wichtig. Und in deinem eigenen Interesse.«
Ein Wunder, dass sie so einen Satz formulieren konnte, schlicht, wie sie war. Kein Ehrgeiz, für nichts. Einfach die vertrauten Pfade entlangtrotten, von Generationen platt getrampelt. Niemals abweichen oder sich fragen, ob es einen schöneren, spannenderen, sonnigeren Weg gab, auch wenn es vielleicht mal bergauf ging und man noch nicht erkennen konnte, was hinter dem Hügel wartete.
Fluchend wählte sie Rikis Nummer, um sich weitere Nachrichten zu ersparen.
Ihre Schwester ging sofort dran. Und begann zu reden. In selbstgefälligem Befehlston. Wie früher.
»Ist dir eigentlich klar, dass du nicht nur dich, sondern auch andere …«
»Ich hab dich verstanden! Ich kümmere mich. Und lege jetzt auf.«
Agnès schleuderte das Telefon aufs Sofa und starrte es an, als

wäre es eine Giftschlange.
Das Blut rauschte in ihren Ohren.
Eva. Sie hatte nicht nur die Schlüssel zurückgebracht, sondern war zu ihren Eltern gefahren. Hatte mit Riki auf der Terrasse ihres Elternhauses gesessen. Hatte die ärmliche Einrichtung gesehen, hatte an dem schrecklichen Harlekin im Flur vorbeigemusst, der dort bestimmt noch immer hing. Sie hatte ihn als Kind schon schlimmer gefunden als die Jagdtrophäe. Hoffentlich war ihr wenigstens der Anblick ihres Vaters erspart geblieben, dessen Alkoholproblem in diesem Haus seit Jahren geleugnet wurde. Ihre Familie verachtete sie und ihr Leben. Dabei hatten sie sich selbst nicht im Griff.
Dass Eva so weit gehen würde, hätte sie nie gedacht. Cedric musste sie gehörig unter Druck gesetzt haben. Gut, er hatte ihr eine reingehauen. Das war lange nicht mehr vorgekommen, da hatte sie ihn falsch eingeschätzt. Typen mit mangelnder Impulskontrolle erkannte sie eigentlich sofort.
Was war ihr sein Stalkergehabe auf die Nerven gegangen! Sie würde sich ganz sicher nicht mehr bei ihm melden.
Für Eva war das auch das Beste. Wenn sie Cedric anrief, dann musste er annehmen, dass sie die ganze Zeit doch mit Eva in Kontakt gestanden und die ihn belogen hatte.
So würde er irgendwann einsehen, dass sie weg war und nicht zurückkommen würde. Und dass Eva nichts wusste.
Psycho-Cedric würde eine andere finden. Eine, die dumm genug war, sein besitzergreifendes Gehabe als Beschützerinstinkt zu deuten.
Wie hätte sie ihr Leben führen sollen, wenn er ihr weiterhin überallhin gefolgt wäre? Wenn man ihn für ihren Partner gehalten hätte ... Undenkbar. In den letzten zwanzig Jahren hatte sie es geschafft, Beziehungen einen geschäftlichen Rahmen zu verleihen. Ein Netz aus Kontakten zu knüpfen, engmaschig

genug, dass es sie auch dann auffangen und halten würde, wenn sich ein paar davon im Lauf der Jahre aus ihrem Leben verabschiedeten. Das kam vor: wenn einer heiratete und plötzlich brav wurde. Oder starb. Oder keine Lust mehr auf sie hatte. Oder sie nicht mehr auf ihn.

Sie dachte an Guido, der sie heute Morgen zum Flughafen gebracht hatte. Sie trafen sich unregelmäßig, vor allem, wenn er eine weibliche Begleitung brauchte zu Geschäftsessen mit sehr konservativen, schwulenfeindlichen Unternehmern. Vielleicht war er das, was einem Freund am Nächsten kam. Weil sie beide Aspekte ihres Lebens verheimlichten.

Sie stand auf, holte in der Küche den Wodka aus dem Kühlschrank und ein Schnapsglas, das immer auf der Anrichte bereitstand. Schenkte sich ein, leerte es in einem Zug, kehrte mit Flasche und Glas ins Wohnzimmer zurück.

Sie schaute sich in ihrer Wohnung um. Regale und Schränke waren aus Pressspan. Tische und Stühle aus Hartplastik. Nichts hatte Klasse oder Stil. Die Küche war winzig: ein Bistrotisch, zwei Stühle, sie besaß nicht mal einen Herd. Nur eine Mikrowelle und zwei Kochplatten.

Alles sollte lediglich seinen Zweck erfüllen.

Sie wollte es so. Ein Ort, an dem sie sich häuten konnte. Alle Schichten abstreifen. Sich entblößen, nur vor sich selbst. Ein Zuhause, das nichts forderte, nichts spiegelte. Wo sie verweilen konnte, bis sie erneut aufbrechen würde. Wohin auch immer. Zu wem auch immer.

Außer ihr hatte niemand die Wohnung betreten, bis auf Paola, die unter ihr wohnte und jene Post für sie aufbewahrte, die sich hierher verirrte. Eigentlich schwor sie auf Postfächer. Im Gegenzug brachte sie Paola von jeder Reise ein Andenken mit und erzählte ihr bei süßem Tee von den Städten, die sie besucht hatte. Oder vorgab, dort gewesen zu sein, wie von ihrer angeblichen Namibiareise. Von Afrika träumte sie zeit ihres Lebens. Das Mitbringsel dieser »Reise« hatte sie in einem Dritte-Welt-Laden erstanden. Sie wusste nicht, ob Paola sie durchschaute und es ihr egal war. Sie lauschte jedes Mal mit versonnenem Lächeln. Scheherazade nannte sie sie.

Aber sie fragte nicht: Warum bist du immer so oft weg, was machst du, mit wem, hast du keinen Mann? Leute wie ihre Eltern und ihre Schwester hätten sie damit gelöchert. Paola nie. Aber reichte das für eine Freundschaft?

Agnès goss sich ein weiteres Glas ein.

Sie sollte aufhören zu trinken.

Ist mir doch egal, dachte sie und kippte auch dieses Glas in einem Zug.

Als der Taumel in ihrem Kopf einsetzte, früher als sonst, weil sie kaum etwas gegessen hatte, goss sie sich ein weiteres Mal ein und stellte die Flasche auf den Boden. Sie trat ans Fenster. Mittlerweile war es dunkel geworden.

Sie blickte hinaus auf die Stadt. Die Straßenlaternen starrten dumpf zurück. So viele Jahre lebte sie jetzt schon hier. Nein, sie lebte hier nicht. Leben, das fand anderswo statt, in dem Moment, wenn sie eintauchte in jenes ihrer Kunden beziehungsweise das, was sie ihr vorgaukelten. Wenn sie sie baten, diesen Schwindel noch ein bisschen auszuschmücken. Denen es egal war, die gar nicht wissen wollten, dass sie auf dem zweiten Bildungsweg Abitur gemacht, ein BWL-Studium abgebrochen und ansonsten nur ein paar psychologisch angehauchte, nicht allzu seriöse Kurse besucht hatte. Dann vergaß sie manchmal selbst, wo sie herkam.

Diese Wohnung war nur ihre Meldeadresse. Der Ort, an dem sie Station machte. Sie wusste nichts von den Menschen in dieser Stadt außer von Paola. Ansonsten kannte sie niemanden.

Im Wohnhaus auf der anderen Straßenseite war nur noch ein

Fenster erleuchtet. Agnès wusste nicht, wer dort lebte. Mann oder Frau. Jung oder Alt. Single oder Teil einer vierköpfigen Familie.
Familie.
Warum hatte Riki Eva ihren Sohn präsentieren müssen? Oder hatte ihr mal wieder ein glücklicher Zufall in die Hände gespielt?
Agnès ließ einen weiteren Schluck Wodka die Kehle hinabrinnen.
Wie genüsslich ihre Schwester von der Fassungslosigkeit berichtet hatte, mit der Eva Marlon angestarrt hatte.
Ihren Sohn. Den ihre Schwester für sich beanspruchte.
Ja, sie hatte ihn Ulrike überlassen. Sie war einfach auf und davon, als er ein Baby gewesen war. Sie hatte es nicht geschafft. Hatte das Kind in den Armen gehalten, es betrachtet und nichts dabei gefühlt als Trauer und Entsetzen. Und bei allem Hass hatte sie gewusst, dass ihre Schwester eine bessere Mutter war, als sie es je sein könnte.
Sie hatte das Baby nicht lieben können.
Was mochte Eva gedacht haben? Sie war selbst Mutter.
Konnte ihr doch egal sein. Oder?
Beinahe. Beinahe hätte sie sich Eva anvertraut, an jenem Tag im Park. Sie hasste es, daran zu denken. Aber die Erinnerung an diesen Nachmittag schwappte immer wieder hoch, als litte ihr Hirn an einer Art Refluxkrankheit. Führte ihr ihre Schwäche vor Augen. Eine Schwäche, die sie vielleicht nie würde besiegen können.
Nicht nur Cedric war ihr zu nahe gekommen. Sondern auch Eva. Vor allem Eva.
Ihre Finger umklammerten das Glas, als wollten sie es zerdrücken.
Eva hätte sie nicht verurteilt. Wenn sie alles gewusst hätte.

Ihr hätte sie erzählen können von Jannis. Von jener Nacht, in der sie ihn getötet hatte.
Sie zog das Kreuz, das er ihr geschenkt hatte, aus ihrem Ausschnitt und hielt es an die Lippen.
»Jannis war meine große Liebe, und ich war so eifersüchtig«, sagte sie, als stünde jemand neben ihr, vielleicht Eva.
»So viele haben ihn angehimmelt, allein schon, weil ihm der Club gehörte, in dem ich damals gearbeitet habe. Wenn er mit anderen Frauen lachte, bin ich wahnsinnig geworden.«
Sie trank sich einen weiteren Schluck Mut an.
»Ich hatte einen Verehrer damals. Kevin.«
Ihre Stimme begann zu zittern, als sie den verabscheuten Namen aussprach.
»Eines Abends ... Jannis redete die ganze Zeit mit einer neuen, bildhübschen Bedienung, lachte mit ihr. Sie ließ keine Gelegenheit aus, ihn zu berühren. Da habe ich mit Kevin geflirtet. Eigentlich ganz harmlos. Dumme Sprüche. Aber als ich den Club verlassen habe – stinksauer, wie ich war, bin ich vorzeitig gegangen – da ist Kevin mir gefolgt. Kein Mensch war auf dem Parkplatz.«
Sie schluckte.
»Er hat mich vergewaltigt, Eva. Jannis kam dazu. Er hatte im Club mitbekommen, wie ich mit Kevin geflirtet hatte. Er verstand die Situation völlig falsch. Kevin ist abgehauen. Jannis glaubte mir nicht. Hörte nicht zu. Er hörte einfach nicht zu ... Jannis stieg in sein Auto und raste davon.«
Agnès wischte sich mit der linken Hand über ihr nasses Gesicht.
»In jener Nacht ist Jannis tödlich verunglückt. Und ein Teil von mir ist mit gestorben. Ich war wochenlang betäubt. Als ich endlich kapiert habe, dass ich schwanger bin, war es für einen Abbruch schon zu spät.

Ich bin zu meinen Eltern zurück – niemand aus Jannis' Umgebung durfte etwas von der Schwangerschaft wissen. Das Kind kam – und es sah aus wie Kevin.«

Sie trank den Rest ihres Wodkas.

»Ich konnte ihn nicht lieben. Verstehst du das? Verstehst du das, Eva?«

Aber Eva antwortete nicht.

Agnès' Hand umklammerte das Glas, das längst ausgetrunken war und unter ihrem festen Griff die Hitze ihres Körpers aufsaugte.

Sie blieb stehen, bis das Licht im Fenster auf der anderen Straßenseite erlosch.

Und noch eine Weile danach.

Epilog

Die Luft roch nach Frost. Eva nahm einen letzten Zug kalter Luft, dann schloss sie das Fenster. Auf Zehenspitzen, um Charly und Philipp nicht zu wecken, die nebenan schliefen, schlich sie zur Flurtür. Manni folgte ihr ohne Aufforderung.

Unten trat sie durch den Vorhang und betrat den Laden. Sie ließ den Blick schweifen über den einzelnen Stuhl, davor das Mikrofon. Über die Reihe bunt zusammengewürfelter Sitze – Küchenstühle, Sessel und Hocker, auf denen am vorigen Abend über dreißig Menschen gesessen hatten, um Vicky zuzuhören. Auch für sie war es eine Premiere gewesen. Ihr erstes Solokonzert, unplugged.

Letzte Nacht hatte Eva nur Gläser, Bierflaschen und Teller weggeräumt, trunken vor Müdigkeit. Und Stolz.

Nachdem sie Vicky im Sommer getroffen hatte, war in Eva über Wochen eine Idee gereift. Eine kühne, vielleicht verrückte Idee, die sie zunächst für sich behalten hatte. Form nahm sie an, nachdem sie das Haus in Hirschweiler verkauft hatte und plötzlich im Besitz von etwas mehr als 140.000 Euro gewesen war. Dann hatte sie Kai und Yvonne eingeweiht – beide waren begeistert gewesen.

Eva schritt durch den Raum. Die Theke stand unverändert an ihrem Platz, auch das alte Sofa, die meisten Regale mit Platten und CDs. Von der Eingangstür aus öffnete sich der Laden jetzt jedoch weit nach rechts. Sie hatten die dünne Trennwand zur »Rumpelkammer« eingerissen, wie Kai das Zimmer dahinter genannt hatte, weil er dort neben weiteren Platten und DVDs auch alten Hausrat gestapelt hatte. An einem regnerischen Wochenende hatte sie mit Kai ausgemistet und später viele Sachen auf dem Flohmarkt verkauft. Manches hatte er ihr geschenkt, weil oben einige Möbel fehlten, die er in das Reihenhaus am Stadtrand mitgenommen hatte. Dort war er mit Yvonne eingezogen. Bereits im Sommer, nachdem er zurückgekehrt war, hatte er Eva seine Wohnung angeboten – und sie gefragt, ob sie Lust habe, dafür ab und zu im Laden auszuhelfen.

Sie hatte über die Antwort nicht nachdenken müssen.

Nach dem Umbau hatte sie gestrichen und das Sortiment alter Stühle um ein paar Sitzsäcke und Sessel, ebenfalls vom Flohmarkt, ergänzt. Mal hatten ihr Kai und Yvonne geholfen, mal Charly und Philipp, die sie bestärkt hatten, ihre Idee umzusetzen. Philipp hatte ihr zudem geholfen, eine Website einzurichten, und sie hatte Profile in diversen sozialen Netzwerken erstellt.

Eigentlich war Vicky die Initialzündung gewesen, genau genommen ihr Satz: Aus dem Laden müsste man etwas machen. Sie war, nachdem sie sich im Sommer kennen gelernt hatten, regelmäßig vorbeigekommen und hatte kräftig Mundpropaganda betrieben. Als Eva sie gefragt hatte, ob sie das Erste in einer Reihe von hoffentlich zahlreichen Unplugged-Konzerten geben wolle, hatte sie sofort zugestimmt. Seither waren sie befreundet – trotz des Altersunterschieds.

Im neuen Jahr würde eine Lesung einer Krimiautorin stattfinden. Weiter ging die Planung noch nicht. Aber wer wusste schon, was in ein paar Wochen war.

Jetzt taumelte Eva in dem Glücksgefühl, den ersten Abend gemeistert zu haben. Gleich dreißig Leute – viel mehr gingen sowieso kaum in den Raum. Charly und Philipp waren extra gekommen. Vickys Band. Ein paar Lehrerkollegen von Kai.

Hannah hatte eine Grippe erwischt, und sie hatte bedauernd abgesagt.
Auch Kai und Yvonne hatten nicht kommen können.
Aber sie hatten die beste Entschuldigung der Welt.
Eva zog ihr Handy aus der Jeans. Sie betrachtete das Foto, das Kai ihr letzte Nacht geschickt hatte. Er hielt ein Baby im Arm, dessen Gesicht verquollen war. Die schwarzen Haare standen wild von seinem Köpfchen ab. Kai strahlte in die Kamera.
Unsere kleine Alma ist da, hatte er geschrieben.
Eva lächelte. Sowohl für sie als auch für Kai würde der gestrige Tag unvergesslich bleiben.
Morgen würde sie Yvonne im Krankenhaus besuchen. Zu ihrem Vater ins Altenheim gehen, was sie jetzt wieder regelmäßiger tat, auch wenn er sie meistens mit großer Ratlosigkeit anblickte. Dann berichtete sie ihm einfach von ihren Plänen. Vom Umbau des Ladens, ihrer Arbeit dort und dem Teilzeitjob in einem Café. Von Charly und Philipp. Immerhin hörte er ihr zu. Sie hatte herausgefunden, dass ihre Erzählungen eine beruhigende Wirkung auf ihn hatten, womöglich weil er ahnte, dass er diese Frau doch von irgendwoher kennen musste, wenn sie ihm so viel anvertraute. Da sie ihm regelmäßig Nougatschokolade mitbrachte, schenkte er ihr zur Begrüßung sogar ein Lächeln.
Sogar Gerda hatte sie besucht, die jetzt bei ihrem Sohn in der Stadt lebte. Und Hannah hatte öfter bei ihr übernachtet, nachdem sie abends zusammen eine Kneipentour gemacht hatten. Wie sehr ihr das gefehlt hatte.
Sie zog den Mantel über, den sie in einem Secondhand-Shop gekauft hatte. Charly hatte ihr angeboten, ein paar Sachen aus Kiesbach zu holen. Eva hatte abgelehnt. Es war wichtig für sie, vollkommen für sich selbst zu sorgen.
Sie schenkte dem Laden einen letzten Blick. Das Aufräumen

musste noch einen Tag warten. Heute hatte sie etwas anderes vor. Etwas, das sie schon lange aufgeschoben hatte.
Manni folgte ihr. Seine Anhänglichkeit rührte sie nach wie vor. Als Kai im Sommer zurückgekehrt war, hatte der Hund ihn freudig begrüßt. Aber als er ihn in das neue Haus hatte mitnehmen wollen, war er neben Eva sitzen geblieben.
Kai hatte geschluckt. »Ich glaube, er mag dich lieber«, hatte er gesagt, mit Erstaunen und einer Prise Traurigkeit. Seitdem war Manni offiziell Evas Hund. Er wich ihr kaum von der Seite. Selbst ins Café kam er mit. Nachts lag er neben ihrem Bett. Manchmal wachte sie aus einem Traum auf oder hatte Schwierigkeiten, einzuschlafen, weil sie an Alexander dachte – insbesondere an ihr letztes Gespräch. Oder weil sie Zweifel plagten, ob der Weg, den sie eingeschlagen hatte, nicht doch eine Sackgasse war. Dann beruhigte sie Mannis sanftes Schnarchen.
Zumindest Agnès ging ihr von Woche zu Woche weniger durch den Kopf. Und wenn doch, dann die schönen Stunden mit ihr, mit einer milden Melancholie.
Der Mann in der Lederjacke war zu einer Anekdote verblasst. Die Angst, die sie vor ihm gehabt hatte, erschien ihr in der Rückschau fast lächerlich. Und dass die Ereignisse jener Nacht, die sie mit einem R. verbracht hatte, noch immer in ihrem Unterbewusstsein verschlossen waren, hatte sie mittlerweile akzeptiert. Bis jetzt war noch kein Wildfremder auf sie zugekommen und hatte gefragt, warum sie sich damals nicht gemeldet habe.
So viel hatte sich geändert … Und Narben hinterlassen. Andererseits war sie dankbar und zuweilen gerührt über die Unterstützung und Hilfsbereitschaft so vieler unterschiedlicher Menschen. Über die Freundschaften, die sie wiederbelebt oder neu geknüpft hatte.
Es war so kalt, dass die Luft zu klirren schien. Sie zog den Schal

fester um den Hals, streifte Handschuhe über. Auf dem Weg zur Bushaltestelle begegneten ihnen kaum Menschen. Eine Kirchenglocke schlug zwölf Mal. Aus dem gekippten Fenster eines Hauses lockte der Duft nach Gebratenem und Rotkohl. Ein falscher Nikolaus hing dicht daneben an der Fassade, als hätte ihn der Geruch angelockt.

Evas Magen, dem sie außer einer Tasse Kaffee an diesem Morgen nichts gegönnt hatte, zog sich zusammen.

Der Bus kam pünktlich. Sie zahlte und stieg mit Manni ein. Setzte sich auf die Bank hinter dem Mittelgang, damit der Hund genug Platz hatte. Außer einer alten Frau und einem Mann in mittleren Jahren war der Bus leer.

Er ratterte los, fuhr die vertrauten Haltestellen an. Als er die Stadt verließ, wurden ihre Hände feucht. Sie zog die Handschuhe aus.

Die Sonne schien auf die weiß überzuckerten Felder. Die Äste der kahlen Bäume zeichneten ein abstraktes Muster in den blauen Himmel.

Der Bus bog ab. Geradeaus wäre er nach Hirschweiler gefahren. Die neuen Besitzer hatten sie mehrfach eingeladen. Sie hatte sie erst vertröstet, vor ein paar Tagen jedoch einen Besuch für das kommende Jahr ausgemacht. Auch bei Frau Hartmann würde sie vorbeischauen.

Am Tag der Schlüsselübergabe war sie mit gemischten Gefühlen nach Hirschweiler gefahren. Der fünfjährige Sohn der Familie war durch die Zimmer gewuselt, durch den Garten, mit vor Begeisterung überschäumender Energie. Das Haus war ihr weniger düster vorgekommen, und sie hatte gedacht, wenn Häuser das Wesen ihrer Bewohner beeinflussen konnten, vielleicht war das auch umgekehrt möglich. Sie wünschte der jungen Familie, dass sie es mit Leben füllen würde. Mit Erleichterung war sie in die Stadt zurückgekehrt.

Die Straße führte in einer ausgedehnten Kurve abwärts. Vor ihr tauchte Kiesbach auf. Wie ein zufriedener Kater auf einem Kissen lag es in seiner Mulde und ließ sich von der Wintersonne wärmen.
Im Dorf schlurfte eine Gestalt die Straße entlang. Es war Uwe, der ehemalige Stammgast der Alten Buche.
Die Buche. Wie lange war das her?
Gerade mal ein halbes Jahr.
Als sie an Uwe vorbeifuhr und er aufsah, hob sie die Hand. Seine Miene ein Fragezeichen, winkte er dennoch zurück.
Der Bus schob sich durch eine schmale Straße und passierte den Marktplatz, wo wie jedes Jahr ein Tannenbaum aufragte. Die Buden des kleinen Kiesbacher Weihnachtsmarktes umringten ihn hufeisenförmig. Es waren schon einige Besucher da. Von ihren Glühweintassen stieg Dampf auf. Eva erkannte keinen der Menschen.
Kurz darauf drückte sie den Halteknopf. Der Bus stoppte. Draußen blinzelte sie gegen die Sonne.
Sie nahm den vertrauten Weg den kleinen Hügel hinauf, dann stand sie mit Manni vor dem Haus.
Mit Herzklopfen blieb sie am Gartentor stehen. Das Holz war kürzlich gestrichen worden. Die Sträucher waren ordentlich gestutzt. Das Rosenstämmchen trug seine Winterhaube. Wie oft hatte sie Alexander früher immer daran erinnern müssen.
Seit ihrem letzten Streit hatte sie ihn nicht mehr getroffen, nur in unregelmäßigen Abständen mit ihm telefoniert. Sie hatte ihn gebeten, nicht zu Vickys Konzert zu kommen. Falls er gekränkt gewesen war, hatte er es sich nicht anmerken lassen. Was sie verschwieg, war ihre Angst, er könnte sie scheitern sehen.
»Dann musst du mir aber jede Einzelheit erzählen«, hatte er gesagt. »Vielleicht magst du den Sonntag danach zum Essen kommen?«

Sie hatte sekundenlang gezögert. »Gerne«, hatte sie schließlich geantwortet, und die Anspannung zwischen ihnen war zusammengeschnurrt wie ein Gummiband. »Nur müsste ich jemanden mitbringen.« Sie erzählte von Manni.

»Von mir aus kannst du mit drei Hunden kommen.« Ausgerechnet er, der Charlys Wunsch nach einem Hund immer kategorisch abgelehnt hatte. Jetzt erinnerte er sie an Kai, der etwas Ähnliches über Yvonne gesagt hatte: »Und wenn sie Drillinge bekommt, ich will sie trotzdem zurück.«

Alexander wollte Eva auch zurück.

Der Gedanke pikste eine Stelle in ihrem Inneren, der sie lange keine Beachtung geschenkt hatte. Mit Absicht.

Natürlich besaß sie noch den Haustürschlüssel. Doch einfach aufzusperren, erschien ihr ungehörig. Sie drückte den Zeigefinger auf die Klingel.

Er öffnete, und ihr Magen hob sich. Alexander trat vor die Tür. Er war dünner geworden. Sein Haar grauer. Er trug ein weißes Hemd und eine dunkle Jeans.

»Da bist du.«

»Da bin ich«, antwortete sie und machte das Tor auf.

Stunden später stand sie in ihrer Wohnung am Fenster. Dunkelheit senkte sich über die Stadt.

Sie hatte gewusst, dass sie nicht würde schlafen können. Dass sie das Gespräch mit Alexander zu sehr aufwühlen würde.

Er hatte sich Mühe gegeben mit dem Essen, hatte sich eine Bemerkung verkniffen, als sie den Braten ablehnte und ihm sagte, dass auch sie wie ihre Tochter mittlerweile vollkommen auf Fleisch verzichte.

Lange hatten sie geredet. Und geschwiegen. Er hatte zugehört, ohne sie zu unterbrechen. Ohne laut zu werden. Obwohl sie ihm ansah, dass er manches nicht nachvollziehen konnte. Bis sie geendet hatte.

»Ist das deine endgültige Entscheidung?«, hatte er gefragt. Sie hatte genickt. »Ja. Ist es.«
Sie hatte ihre Hand auf seine gelegt. Vertraut fühlte es sich an, die Geste, seine Haut, seine Wärme.
Sie würde sie vermissen.
Aber sie hatte begriffen, dass sie mit Alexander nicht das Leben führen konnte, das sie sich wünschte. Sie wollte, sie musste weiter wachsen.
Er sagte, seine Affäre sei dumm gewesen. Das Klassentreffen sei Schuld gewesen, habe dieses Gefühl in ihm ausgeslöst, etwas verpasst zu haben. Das habe Sabrina ausgenutzt.
Er hatte sie angeschaut, aber sie hatte dazu geschwiegen.
Für die Zukunft wolle er jedenfalls an das Leben anknüpfen, das sie all die Jahre geführt hatten.
Ein Leben, das sie unglücklich machte.
Ja, es verband sie einiges – doch es trennte sie mehr, wie Eva in der Zeit, die sie allein verbracht hatte, klar geworden war.
Mit keinem Wort war er auf die Nacht mit R. eingegangen. Hatte nicht wissen wollen, was es mit den K.o.-Tropfen auf sich gehabt habe.
»Dann sind wir quitt.«
Mit diesem Satz, das war ihr später klar geworden, hatte er die Verbindung zu ihr endgültig gekappt. Zumindest zu ihr als Ehefrau.
Der Satz hatte sie in vielen Nächten seit ihrem Telefonat wach gehalten. Mal hatte er Zorn, mal Traurigkeit ausgelöst. Aber auch das Wissen, das er zu groß war, ein Hindernis, das sie nicht würde überwinden können.
Alexander hatte mit den Tränen gekämpft, als sie sich verabschiedet hatte.
»Sagst du es Charly?«, hatte er gefragt.
Sie hatte genickt. Ihm verschwiegen, dass Charly von ihrer

Entscheidung bereits wusste. Dass sie traurig darüber war. Aber Eva auch verstand.
Ob sie wenigstens noch einmal Weihnachten zu dritt feiern würden, hatte Alexander gefragt. Sie hatte verneint. Auch das hatte sie bereits mit Charly besprochen. Sie würde Heiligabend mit ihr verbringen, den ersten Feiertag bei Kai. Und am zweiten ihren Vater besuchen. Den Rest des Tages würde sie mit Hannah verbringen.
Alexander hatte mehrfach geschluckt, als sie ihm von ihren Plänen erzählt hatte. Hatte genickt, sein Blick leer vor Resignation. Dann hatte er sie umarmt, und sie hatte es zugelassen. Sie war gegangen, ohne sich noch einmal umzudrehen. Nach ihm, nach dem Haus. Es tat schon weh genug.
Er hatte gesagt, er wolle das Haus behalten. Wo solle er sonst hin? Vielleicht würde er die Wohnung verkaufen.
Von den Möbeln wollte sie nichts – bis auf den Esszimmertisch. Was sie wirklich vermissen würde, war ihr Garten.
Viel würde zu regeln sein.
Kai, Hannah, Charly und Philipp, selbst Vicky – alle hatten versprochen, für sie da zu sein.
Manni drückte sich an ihr Bein. Sie streichelte ihm über den Kopf.
Draußen am Himmel funkelte ein Stern auf. Als würde ihr jemand aus dem All zuwinken. Sie lächelte bei dem Gedanken.
Der Song eins ihrer Lieblingsalben kam ihr in den Sinn. Starman von David Bowie. Sie hatte ihn noch auf Schallplatte. Wie gut, dass sie all ihre CDs und Platten heute aus Kiesbach mitgenommen hatte.
Sie holte die LP und legte sie auf den Teller des Plattenspielers, den sie auf dem Flohmarkt gekauft hatte.
Eva stand am Fenster und lauschte der Musik. Sie blickte hinauf zu dem einsamen Stern, die Hand in Mannis Fell vergraben.

Playlist

Metallica: Enter Sandman

Nirvana: Smells Like Teen Spirit

AC/DC: Thunderstruck

Billy Idol: Dancing with myself

Iron Maiden: Fear of the Dark

Dream Theater: Surrounded, Wait for Sleep

Guns N' Roses: Welcome to the Jungle

Iggy Pop: Passenger

Queen: Under Pressure

Queensrÿche: Operation: Mindcrime, I Don't Believe in Love

Faith No More: Midlife Crisis

Guano Apes: Open Your Eyes

The Hooters: Johnny B

New Model Army: Vagabonds

David Bowie: Starman

Dank

Ich danke meiner Familie. Danke, dass Ihr es gelassen nehmt, wenn ich gedanklich in Geschichten abtauche oder unvermittelt aufstehe, um etwas in mein Notizbuch zu schreiben.

Mein Dank gilt außerdem:

Meinen Eltern: dafür, dass Ihr mir die Liebe zum geschriebenen Wort weitergegeben habt und immer unerschütterlich an mich glaubt.

Birgit Wilms: für die guten Gespräche, nicht nur über „Die Klassenkameradin“ oder Literatur. Für Deine Begeisterung. Für Deine Ermutigung und Deinen Zuspruch.

Gabriele Korn: für Deinen kritischen Blick, der mir immer hilft, es noch besser zu machen. Für den Austausch. Für dein und Peters Interesse und Begleitung meines Schreibens.

Julia Reichelt: weil unsere (viel zu seltenen) Treffen mich immer aus dem Alltag herausziehen.

Karolin Hagendorf: dafür, dass Du „Die Klassenkameradin“ 2020 ausgesucht und damit auf die Longlist des Blogbuster-Preises gesetzt hast. Für deine Begeisterung und schöne Besprechung.

Katja Bohlander-Sahner und Tom Störmer von der Edition Schaumberg: für Euer Vertrauen in diesen Roman. Für die gute und unkomplizierte Zusammenarbeit. Das großartige Cover, das so wunderbar den Inhalt spiegelt. Für das tolle Lektorat.

Über die Autorin

Martina Berscheid, geboren 1973 in Kaiserslautern, studierte Biologin, lebt mit ihrer Familie in Homburg/Saar.
Sie schreibt seit etlichen Jahren und hat bisher weit mehr als Hundert Kurzgeschichten und Erzählungen verfasst, einige wurden in Anthologien und Literaturzeitschriften publiziert.
2015 erhielt sie den Hans-Bernhard-Schiff-Literaturpreis der Stadt Saarbrücken.
2017 veröffentlichte sie acht Geschichten unter dem Titel »Leichtgewichte«.
2018 erschien ihr Roman »Das Echo unseres Schweigens« im Rabenwald Verlag.
Ihr Romanmanuskript »Die Klassenkameradin« stand 2020 auf der Longlist des Blogbuster-Preises.